Diogenes Taschenbuch 196

Wladimir Woinowitsch

Die denkwürdigen Abenteuer des Soldaten Iwan Tschonkin

Aus dem Russischen von Alexander Kaempfe

Diogenes

Titel der Originalausgabe: ЖИЗНЬ И НЕОБЫЧАНЙЫЕ ПРИКЛЮЧЕНИЯ СОЛДАТА ИВАНА ЧОНКИНА

Umschlagzeichnung von Tomi Ungerer

Veröffentlicht als Diogenes Taschenbuch, 1979
Lizenzausgabe mit freundlicher Genehmigung
des Luchterhand Verlags

60/79/9/1
ISBN 3 257 20628 3

Erster Teil

1

Ob das auf den Seiten dieses Buches Erzählte wirklich geschehen ist oder nicht, kann man heute nicht mehr mit Sicherheit sagen. Der Vorfall, mit dem die ganze Geschichte (die sich fast bis in unsere Tage hinzieht) ihren Anfang nahm, spielte sich im Dorf Krassnoje vor so langer Zeit ab, daß fast keine Augenzeugen übriggeblieben sind. Diese wenigen erzählen die Geschichte verschieden und einige können sich überhaupt nicht mehr daran erinnern. Um die Wahrheit zu sagen, war dieser Vorfall auch nicht wichtig genug, um ihn so lange im Gedächtnis zu behalten. Ich jedoch habe alles zusammengetragen, was ich zu dieser Sache in Erfahrung brachte. Dann habe ich von mir aus noch einiges hinzugefügt, vielleicht mehr als ich hörte. Zuletzt erschien mir die Geschichte so unterhaltsam, daß ich mich dazu entschloß, sie aufzuschreiben. Sollte sie Ihnen uninteressant, langweilig oder gar dumm erscheinen, sind Sie natürlich berechtigt, so zu tun, als hätte ich nichts erzählt.

Das nachfolgend Berichtete geschah unmittelbar vor dem Krieg: so etwa Ende Mai oder Anfang Juni 1941.

Es war an einem ganz gewöhnlichen, für die Jahreszeit typischen heißen Tag. Alle Kolchosbauern arbeiteten auf den Feldern, während Njura Beljaschowa, die bei der Post angestellt war und nicht in direkter Beziehung zum Kolchos stand, ihren freien Tag damit verbrachte, im Gemüsegarten Kartoffeln anzuhäufeln.

Es war so heiß, daß Njura schon völlig außer Atem war, als sie drei Beete hinter sich hatte. Ihr Kleid war auf dem Rücken und unter den Achselhöhlen durchgeschwitzt und wurde beim Wiedertrocknen salzig, weiß und hart. Der

Schweiß rann ihr in die Augen. Njura richtete sich auf, um das widerspenstige Haar unters Kopftuch zu schieben. Bei dieser Gelegenheit blickte sie zur Sonne hoch, um festzustellen, ob bald Mittag sein würde. Doch Njura bekam die Sonne nicht zu sehen. Ein großer eiserner Vogel mit einem gekrümmten Schnabel hatte sich vor die Sonne und den Himmel geschoben und stürzte direkt auf sie herab.

»O weh!« rief Njura entsetzt, schlug die Hände vors Gesicht und ließ sich wie tot in eine Furche fallen.

Der Eber Borjka, der damit beschäftigt war, die Erde neben dem Haus aufzuwühlen, sprang zur Seite, vergewisserte sich indessen, daß ihm keine Gefahr drohte, und kehrte an seinen alten Platz zurück.

Es verging einige Zeit. Njura kam zu sich. Die Sonne brannte ihr auf den Rücken. Es roch nach trockener Erde und Mist. Irgendwo zwitscherten Sperlinge und gackerten Hühner. Das Leben nahm weiter seinen Lauf. Njura öffnete die Augen und sah unter sich die klumpige Erde.

»Warum liege ich hier eigentlich herum?« dachte sie ratlos, und da fiel ihr der eiserne Vogel wieder ein.

Njura war ein gebildetes Mädchen. Manchmal las sie das *Notizbuch des Agitators*, das Parteistellenleiter Kilin abonniert hatte. Im *Notizbuch* hieß es klipp und klar, daß jeglicher Aberglaube zum Erbe der finsteren Vergangenheit gehöre und folglich auszumerzen sei. Diesen Gedanken hielt Njura für durchaus zutreffend.

Njura wandte den Kopf nach rechts und sah die Außentreppe ihres Hauses sowie den Eber Borjka, der wieder dabei war, die Erde umzuwühlen. Daran war nichts Übernatürliches. Borjka ging dieser Beschäftigung regelmäßig nach, wenn er einen passenden Ort dafür fand. Fand er ihn nicht, tat er dasselbe am unpassenden Ort. Njura drehte den Kopf ein Stück weiter und sah den klaren blauen Himmel und die blendend gelbe Sonne. Kühner geworden wandte Njura den Kopf nach links und stürzte gleich wieder, mit dem Gesicht nach vorn, zu Boden. Der entsetzliche Vogel war leibhaftig da. Er stand unweit von Njuras Gemüsegarten auf der Erde und hielt seine großen grünen Flügel gespreizt.

»Weiche von mir!« befahl Njura wortlos und wollte das Zeichen des Kreuzes machen, aber auf dem Bauche liegend war das schwer, und vor dem Aufstehen fürchtete sie sich.

Da durchzuckte sie eine Eingebung: »Das ist doch ein Aeroplan!« Und so war es. Was Njura zunächst für einen Eisenvogel gehalten hatte, war ein gewöhnliches Flugzeug, und der gekrümmte Schnabel war nichts anderes als der nun zu Unbeweglichkeit erstarrte Propeller.

Das Flugzeug hatte Njuras Dach fast gestreift, war dann auf der Wiese gelandet und kurz vor Fedjka Reschotow zum Stehen gekommen. Dabei hätte der rechte Flügel Fedjka fast aus den Stiefeln gehoben. Fedjka, ein rothaariger Lulatsch mit feister Visage und dem Spitznamen Pletschewoj, mähte gerade das Gras.

Als der Flieger Pletschewoj sah, löste er sich aus den Haltegurten, beugte sich zur Kabine heraus und rief: »He du, was für ein Dorf ist das?«

Pletschewoj war überhaupt nicht verwundert oder gar erschrocken. Er trat auf das Flugzeug zu und erklärte bereitwillig, das Dorf heiße Krassnoje*, früher Grjasnoje, außerdem gehörten noch Kljukwino und Neu-Kljukwino, die beide auf der anderen Flußseite lägen, zum gleichen Kolchos, während Alt-Kljukwino, obwohl es diesseits des Flusses läge, zu einem anderen Kolchos gehöre. Ihr Kolchos heiße »Rote Ähre«, der andere sei nach Woroschilow benannt. Dort habe man im Verlauf der letzten beiden Jahre den Kolchosvorsitzenden dreimal abgelöst, den

* Krassnyj = Rot
Grjasnyj = Schmutzig

ersten wegen Diebstahls, den zweiten wegen Verführung Minderjähriger, und der dritte, der habe, als man ihn zur Festigung der Lage herschickte, die Lage zunächst ein wenig gefestigt, dann aber zu saufen begonnen, seine persönliche Habe sowie die Kolchoskasse vertrunken und sei schließlich so weit gegangen, sich in einem Anfall von Säuferwahn in seinem Arbeitszimmer zu erhängen. Er habe einen Zettel hinterlassen, auf dem nur »Oh«, aber das gleich mit drei Ausrufezeichen, zu lesen stand. Hinter die Bedeutung dieses »Oh!!!« sei bislang noch niemand gekommen. Was den hiesigen Vorsitzenden betreffe, so saufe der zwar auch, hoffe aber immer noch auf irgend etwas.

Pletschewoj wollte dem Flieger noch einiges mehr über das Leben der umliegenden Dörfer berichten, aber schon kam das Volk angelaufen.

Den Anfang machten wie immer die kleinen Buben. Hinter ihnen eilten die Weiber, schwanger oder von Kindern umringt oder beides. Es gab auch Frauen, die hatten ein Kind am Rockzipfel, hielten ein zweites an der Hand, ein drittes lag an ihrer Brust, während das vierte im Bauch heranreifte. Übrigens brachten die Weiber in Krassnoje (und sicherlich nicht nur dort) ziemlich gern Kinder zur Welt, weshalb sie immer entweder in anderen Umständen oder in den Wochen waren. Manchmal sah es so aus, als hätten sie gerade entbunden und seien schon wieder schwanger.

Hinter den jüngeren Weibern trotteten die alten Männer und Frauen her, und auf den weiter abliegenden Feldern ließen die übrigen Bauern ihre Arbeit liegen und kamen mit ihren Sensen, Harken und Hackmessern angelaufen.

Njura, die immer noch in ihrem Gemüsegarten lag, öffnete wieder die Augen und stützte sich auf einen Ellbogen. »Herrgottnochmal«, fuhr es ihr durch den Kopf, »während ich hier herumliege, schauen die Leute längst zu.«

Sie sprang auf ihre Beine, in denen noch der Schreck saß, schlüpfte behend durch die Holzlatten des Zaunes und rannte auf die dichter werdende Menge zu. Hinten standen die Weiber. Njura stieß sie mit den Ellbogen auseinander und japste: »Weiber, laßt mich durch!«
Und die Weiber traten beiseite, denn sie merkten an Njuras Stimme, daß es ihr sehr wichtig war sich durchzudrängen. Nach den Weibern kamen die Männer. Njura schubste auch die auseinander und sprach dazu: »Männer, laßt mich durch!«
Endlich stand sie in der vordersten Reihe. Nun sah sie das Flugzeug, dessen Rumpf ein breiter Ölstreifen zierte und den Flieger in seiner braunen Lederjacke ganz aus der Nähe. Der Flieger stand gegen eine Tragfläche gelehnt, blickte das ihn umringende Volk verwirrt an und ließ die abgewetzte Fliegerhaube mit den getönten Brillengläsern um seinen Finger kreisen.
Neben Njura stand Pletschewoj. Er musterte sie von oben bis unten, lachte dann und sagte gutmütig: »Du lebst ja noch, Njura. Ich dachte schon, du wärst hinüber. Ich hab den Flieger nämlich gleich gesehn. Ich hab hier am Hügel Gras gemäht, da sehe ich: er kommt geflogen. Und direkt auf dein Dach zu, direkt auf den Kamin. Gleich, denke ich, wird er ihn abrasieren.«
»Halt doch mal dein Maul, Pletschewoj«, sagte der weiter rechts stehende Nikolaj Kursow.
Pletschewoj brach mitten im Wort ab, blickte Nikolaj von oben herab an, denn er war um einen Kopf größer als dieser, und sagte nach kurzem Nachdenken: »Deinem Hund kannst du das Maul verbieten. Nicht mir. Mach lieber deinen eigenen Mund zu, und mach ihn nicht wieder auf, bevor ich es dir erlaubt habe, verstanden? Sonst tret ich dir auf die Zunge drauf.«
Dann blickte er die Leute an, blinzelte dem Flieger zu und fuhr, zufrieden über den Eindruck, den er gemacht hatte,

in seinem Bericht fort: »Der Aeroplan, Njura, ist höchstens einen Zoll weit weg an deinem Kamin vorbei. Und mindestens noch weniger. Und wenn er den Kamin erwischt hätte, dann hätten sie morgen deine Leiche gewaschen. Ich wär nicht hin, aber der Kursow Nikolaj, der wär hin. Der ist nämlich auf nackte Frauen wild. Letztes Jahr haben sie ihn drei Tage lang auf der Miliz behalten, weil er ins Weiberbad geklettert ist und sich unter eine Bank gehockt hat.«
Alle lachten, obwohl jeder wußte, daß diese Geschichte nicht stimmte, Pletschewoj hatte sie gerade erfunden. Als sie zu lachen aufhörten, fragte Stepan Lukow: »Sag mal, Pletschewoj, hast du dich erschreckt, als du sahst, wie der Flieger auf den Kamin zu ist?«
Pletschewoj runzelte verächtlich die Stirn und wollte auf den Boden spucken. Nur gab es ringsum kein freies Fleckchen Erde. Er schluckte die Spucke wieder hinunter und sagte: »Was soll ich mich groß erschrecken? Der Flieger gehört mir nicht, und der Kamin gehört mir auch nicht. Wenn es mein Kamin gewesen wäre, dann wär ich vielleicht erschrocken.«
Unterdessen ergriff einer der Buben, die sich zwischen den Beinen der Erwachsenen tummelten, einen Stock und schlug damit gegen den einen Flügel des Flugzeugs. Der Flügel dröhnte wie eine Trommel.
»Was machst du da?« brüllte der Flieger den Buben an.
Der Junge schlüpfte erschreckt in die Menge zurück, kam jedoch kurz darauf wieder zum Vorschein. Den Stock hatte er inzwischen weggeworfen.
Als Pletschewoj das Dröhnen des Flugzeugflügels hörte, schüttelte er den Kopf und fragte den Flieger hämisch: »Der ist wohl mit Schweinsleder überzogen?«
Der Flieger erwiderte: »Mit Perkal.«
»Was ist denn das?«

»Das ist so ein Ding«, erläuterte der Flieger. »So ein Stoff.«
»Teuflisch«, meinte Pletschewoj. »Und ich dachte, er wäre aus Eisen.«
»Wenn er aus Eisen wäre«, mischte sich Kursow wieder ins Gespräch, »würde ihn der Motor nicht in die Höhe ziehen.«
»Den Flieger zieht nicht der Motor in die Höhe, sondern die Ziehkraft«, sagte der wegen seiner Gelehrtheit bekannte Magazinverwalter Gladyschew.
Man achtete Gladyschew als gebildeten Mann, aber diesmal wurden seine Worte mit Zweifel aufgenommen.
Die Weiber hörten nicht auf diese Gespräche, sie hatten ihr eigenes Thema. Ungeniert musterten sie den Flieger wie einen unbeseelten Gegenstand und tauschten Bemerkungen über die Vorzüge seiner Kleidung aus.
»Die Jacke, Weiber, ist aus reinstem Chromleder«, versicherte Tajka Gorschkowa. »Und Falten hat sie. Für die Flieger wird nicht an Chromleder gespart.«
Ninka Kursowa widersprach: »Das ist kein Chromleder, sondern Chevreauleder.«
»Du spinnst wohl!« ereiferte sich Tajka. »Das soll Chevreauleder sein? Chevreau hat doch Bläschen.«
»Seine Jacke hat auch Bläschen.«
»Wo denn? Wo sind da die Bläschen?«
»Fühl mal, dann spürst du sie.«
Tajka blickte den Flieger zweifelnd an und sagte: »Täte ich ja, aber der ist sicher kitzlig.«
Der Flieger wurde verlegen und errötete. Er wußte nicht, wie er sich verhalten sollte.
Ihn erlöste der Kolchosvorsitzende Golubew, der jetzt im Zweiradwagen angefahren kam.
Als sich die Sache mit dem Flugzeug ereignete, war Golubew gerade damit beschäftigt, zusammen mit dem einarmigen Rechnungsführer Wolkow die alte Dunja auf

den Verdacht der Schwarzbrennerei hin zu überprüfen. Der Verdacht hatte sich bestätigt, was schon daraus hervorging, daß der Vorsitzende jetzt mit besonderer Behutsamkeit aus seinem Wagen stieg und längere Zeit mit der Stiefelspitze den eisernen Bügel suchte, der anstelle eines Trittbretts an einem Draht hing.

In letzter Zeit trank der Vorsitzende oft und viel, nicht weniger als jener, der sich in Alt-Kljukwino erhängt hatte. Die einen meinten, daß er soff, weil er ein Säufer war, andere vermuteten familiäre Hintergründe. Der Vorsitzende hatte eine große Familie: eine ständig nierenkranke Frau und sechs Kinder, die schmutzig herumliefen, unablässig rauften und viel aßen.

Das alles wäre halb so schlimm gewesen, aber zu allem Überfluß standen die Dinge im Kolchos keineswegs zum besten. Direkt schlecht war die Lage nicht, man kann sogar sagen, daß sie gut war, nur wurde sie von Jahr zu Jahr schlechter.

Anfangs, als das Hab und Gut eines jeden Hauses zusammengeworfen wurde, sah das sogar imposant aus, und es war angenehm, von höherer Warte aus damit zu wirtschaften, aber dann kam irgend jemand darauf, daß man auch umgekehrt verfahren kann. Das war zwar verboten, und der Vorsitzende kam sich schon bald wie jene Wächterin vor, die man auf einen Haufen Trödel gesetzt hat, damit sie ihn bewacht. Um den Haufen herum stehen überall Leute, die nach dem Trödel greifen. Wenn die Wächterin den einen an der Hand packt, nutzt ein anderer den Augenblick und holt sich was. Sie will ihn daran hindern, aber er ist schon fort. Was soll man da machen?

Der Vorsitzende nahm sich die so entstandene Lage sehr zu Herzen – er begriff nicht, daß nicht er allein Schuld daran war. Er wartete immer darauf, daß irgendeine Inspektion und Revision hereinbreche und sich ein Strafgericht über seinem Haupt entlade. Aber bis jetzt war alles gutgegangen. Aus dem Rayon kamen manchmal Revisoren, Inspekteure und Instrukteure, tranken Wodka mit dem Vorsitzenden, aßen Speck und Eier zum Wodka, unterschrieben ihre Dienstauftragsbescheinigungen und fuhren in gutem Einvernehmen wieder fort. Der Vorsitzende hörte sogar auf, sie zu fürchten, aber da er ein von Natur durchaus nicht dummer Mann war, verstand er sehr wohl, daß es so nicht ewig weitergehen konnte. Eines Tages würde die Höchste und Verantwortlichste Inspektion über ihn hereinbrechen und das letzte Wort sprechen.

Als Golubew erfuhr, daß hinter dem Dorf neben dem Haus der Njura Beljaschowa ein Flugzeug gelandet war, war er überhaupt nicht verwundert. Er begriff, daß die Stunde der Vergeltung gekommen war und war bereit, sie mannhaft und würdig zu bestehen. Dem Rechnungsführer Wolkow befahl er, die Mitglieder der Kolchosleitung zusammenzurufen. Er selber nahm ein paar Teeblätter in den Mund und kaute daran, um den Alkoholgeruch etwas zu dämpfen. Dann bestieg er seinen Zweiradwagen und fuhr an den Ort des Vorfalls. Er fuhr seinem Schicksal entgegen.

Bei seinem Erscheinen trat die Menge auseinander und bildete zwischen dem Vorsitzenden und dem Flieger einen lebenden Korridor. Durch diesen Korridor ging der Vorsitzende ziemlich festen Schrittes auf den Flieger zu und streckte ihm bereits aus einiger Entfernung die Hand zum Gruß entgegen.

»Golubew, Iwan Timofejewitsch, Kolchosvorsitzender«, stellte er sich unzweideutig vor und versuchte, seitwärts zu atmen.

»Leutnant Meleschko«, sagte der Flieger.

Der Vorsitzende war etwas erstaunt, daß der Vertreter der Höchsten Inspektion so blutjung und bescheidenen Dienstranges war, aber er ließ sich nichts anmerken und

sagte: »Sehr angenehm. Womit kann ich dienen?«
»Ich weiß nicht recht«, erwiderte der Pilot. »Die Ölleitung ist geplatzt, und der Motor streikt. Da mußte ich notlanden.«
»Im Auftrag?« wollte der Vorsitzende wissen.
»In welchem Auftrag?« fragte der Flieger. »Ich sagte doch: ich bin notgelandet. Weil der Motor gestreikt hat.«
»Verstell dich bloß nicht so«, dachte Iwan Timofejewitsch, sagte aber: »Wenn der Motor schadhaft ist, können wir Ihnen helfen. Stepan«, wandte er sich an Lukow, »schau mal nach, was kaputt ist. Der Stepan fährt bei uns Traktor«, erläuterte er. »Der kann jedes Fahrzeug zerlegen und wieder zusammensetzen.«
»Zerlegen ist einfacher als bauen«, bestätigte Lukow, holte einen Schraubenschlüssel aus der Seitentasche seiner ölverschmierten Joppe und machte einen entschlossenen Schritt auf das Flugzeug zu.
»Lieber nicht«, stellte sich ihm der Pilot in den Weg. »Das ist kein Traktor, sondern ein Flugapparat.«
»Das kommt aufs gleiche raus«, entgegnete Lukow unverdrossen. »Eine Schraube ist überall eine Schraube. Schraubst du nach links, wird sie locker, schraubst du nach rechts, wird sie wieder fest.«
»Sie hätten nicht hier landen sollen«, sagte der Vorsitzende, »sondern in Alt-Kljukwino. Dort ist eine Maschinen- und Traktorenstation. Die hätten Ihnen alles gleich gerichtet.«
»Wenn man notlanden muß«, erklärte der Flieger geduldig, »kann man sich den Landeort nicht aussuchen. Ich sah ein unbestelltes Feld, da bin ich runter.«
»Wir richten uns nach dem Futtergrasanbausystem, deshalb ist das Feld nicht bestellt«, rechtfertigte sich der Vorsitzende. »Vielleicht wollen Sie die Felder besichtigen oder die Dokumentation prüfen? Dann kommen Sie doch bitte ins Kontor.«

»Ihr Kontor kann mir gestohlen bleiben!« sagte der Pilot verärgert. Er spürte, daß der Vorsitzende auf irgend etwas hinaus wollte. Aber worauf, war ihm nicht klar. »Oder warten Sie«, korrigierte er sich. »Ist im Kontor ein Telefon? Ich muß telefonieren.«

»Warum denn gleich telefonieren?« erwiderte Golubew gekränkt. »Sie sollten sich zunächst alles anschauen und mit dem Volk reden.«

»Hören Sie«, flehte der Flieger. »Warum wollen Sie mir den Kopf verdrehen? Weshalb soll ich denn mit dem Volk reden? Ich muß mich mit meinen Vorgesetzten in Verbindung setzen.«

»Welch ein Gespräch«, dachte Golubew. »Er siezt mich und flucht nicht. Und will nicht mit dem Volk reden, sondern gleich mit den Vorgesetzten.«

»Tun Sie, was Sie für richtig halten«, sagte er schicksalsergeben. »Aber wenn Sie mich fragen: es schadet nie, mit dem Volk zu reden. Das Volk sieht und weiß nämlich alles. Wer war nicht schon alles hier und hat harte Reden geführt und mit der Faust auf den Tisch geschlagen!« Der Vorsitzende machte eine hoffnungslose Geste und lud den Flieger zum Einsteigen ein. »Nehmen Sie Platz, ich bringe Sie hin. Telefonieren Sie nach Herzenslust.«

Die Kolchosbauern traten wieder auseinander. Golubew half dem Flieger dienstfertig in den Zweiradwagen und nahm selber darin Platz. Dabei drückte es die Federung auf seiner Seite bis ganz nach unten.

2

Der diensthabende Offizier, Hauptmann Sawgorodnyj, saß mit aufgeknöpfter Bluse und in schon lange nicht mehr gewichsten, mit einer dicken Staubschicht bedeckten Stiefeln, vor Hitze ächzend, auf der Außentreppe des

Stabsgebäudes und verfolgte, was vor dem Eingang in die Kaserne der Wachkompanie vorging.
Dort ging folgendes vor: Iwan Tschonkin, Rotarmist im letzten Dienstjahr, ein kleiner, krummbeiniger Bursche in einer zerknitterten Uniformbluse, stand mit auf die großen roten Ohren geschobenem Käppi und herabrutschenden Wickelgamaschen vor Hauptfeldwebel Pesskow stramm und blickte diesen aus entzündeten Augen verschreckt an.
Der Hauptfeldwebel, ein wohlgenährter, blonder, rotbäkkiger Mann, saß mit übereinandergeschlagenen Beinen lässig auf einer kleinen, aus rohen Brettern gezimmerten Sitzbank und rauchte eine Zigarette.
»Hinlegen!« kommandierte er, nicht sehr laut und scheinbar lustlos, und Tschonkin ließ sich gehorsam auf die Erde fallen.
»Kommando zurück!« Tschonkin sprang auf. »Hinlegen! Kommando zurück! Hinlegen! Genosse Hauptmann, können Sie mir sagen, wie spät es auf Ihrer goldenen Uhr ist?«
Hauptmann Sawgorodnyj schaute auf seine große Uhr, ein Erzeugnis der Kirow-Uhrenwerke (sie war natürlich nicht aus Gold, der Hauptfeldwebel hatte gescherzt) und erwiderte träge: »Halb elf.«
»So früh und schon so bullenheiß«, klagte der Spieß und wandte sich wieder Tschonkin zu. »Kommando zurück! Hinlegen! Kommando zurück!«
Auf der Außentreppe erschien Stubendiensthabender Alimow.
»Genosse Hauptfeldwebel«, rief er. »Sie werden am Telefon verlangt!«
»Von wem?« fragte Pesskow und blickte sich unwillig um.
»Weiß ich nicht, Genosse Hauptfeldwebel. So eine heisere Stimme, der Mann muß erkältet sein.«
»Frag ihn, wer er ist.«

Der Stubendiensthabende verschwand in der Tür, der Spieß drehte sich wieder zu Tschonkin um.
»Hinlegen! Kommando zurück! Hinlegen!«
Der Stubendiensthabende kam wieder, trat auf die Sitzbank zu und meldete mit einem teilnahmsvollen Seitenblick auf den im Staub ausgestreckten Tschonkin: »Genosse Hauptfeldwebel, am Apparat ist die Sauna. Sie läßt anfragen, ob Sie die Seife persönlich abholen oder ob Sie wen schicken.«
»Du siehst doch, daß ich beschäftigt bin«, sagte der Spieß ungehalten. »Sag Trofimowitsch, er soll die Seife holen.« Und wieder zu Tschonkin: »Kommando zurück! Hinlegen! Kommando zurück! Hinlegen! Kommando zurück!«
»Sag mal, Spieß«, erkundigte sich Hauptmann Sawgorodnyj. »Warum schleifst du ihn so?«
»Weil er ein Schlamper ist, Genosse Hauptmann«, erläuterte der Hauptfeldwebel bereitwillig und kommandierte Tschonkin wieder in den Staub. »Hinlegen! Seine Dienstzeit ist fast abgelaufen, und der Kerl kann noch nicht mal richtig grüßen. Kommando zurück! Statt vorschriftsmäßig zu salutieren, legt er die gespreizten Finger ans Ohr und geht nicht im Stechschritt, sondern wie auf einem Spaziergang. Hinlegen!« Der Hauptfeldwebel holte ein Taschentuch aus der Hosentasche und wischte sich den schweißnassen Hals. »So einer bringt einen zur Erschöpfung, Genosse Hauptmann. Man gibt sich Mühe, gibt sich mit ihm ab, man opfert seine Nerven, und das Ergebnis ist gleich null. Kommando zurück!«
»Jag ihn doch einmal am Pfahl vorbei«, schlug der Hauptmann vor. »Er soll zehnmal im Stechschritt hin und zurück gehen und das Grüßen üben.«
»Eine gute Idee«, meinte Pesskow und machte seine Zigarette aus. »Sie haben völlig recht, Genosse Hauptmann. Tschonkin, hast du gehört, was der Hauptmann gesagt hat?«

Tschonkin stand schweratmend vor Pesskow und erwiderte nichts.
»Wie der aussieht! Ganz staubig, das Gesicht voller Dreck, kein Soldat, sondern ein Häufchen Unglück. Zehnmal hin und zurück, Augen zum Pfahl, im Stechschritt...«, der Spieß machte eine kleine Pause, »... marsch!«
»So ist es recht«, belebte sich der Hauptmann. »Befehl ihm, die Hacken hochzustrecken und zwar vierzig Zentimeter hoch. So ein Waschlappen!«
Der durch den Hauptmann ermunterte Hauptfeldwebel kommandierte: »Hoch das Bein. Den Arm im Ellbogen biegen, die Finger an die Schläfe. Ich werde dir beibringen, wie man Vorgesetzte grüßt. Kehrt marsch!«
Währenddessen klingelte im Stabskorridor das Telefon. Hauptmann Sawgorodnyj schielte hinüber, war aber zu faul aufzustehen.
»Hauptfeldwebel«, rief er, »schau mal, seine Gamasche ist lose. Gleich wird er sich darin verheddern und hinfallen. Es ist wirklich zum Totlachen. Ich frage mich, warum so eine Vogelscheuche zur Armee eingezogen wird. Was meinst du, Pesskow?«
Das Telefon im Gang läutete immer hartnäckiger und lauter. Sawgorodnyj erhob sich unwillig und ging ins Haus.
»Hier Hauptmann Sawgorodnyj«, sagte er mit träger Stimme in den Hörer.
Zwischen dem Dorf Krassnoje und dem Ort, an dem die Einheit stationiert war, lagen hundertzwanzig Kilometer, vielleicht noch mehr, Leutnant Meleschkos Stimme war kaum zu hören vor lauter Knistern und Musik. Hauptmann Sawgorodnyj verstand nur mit Mühe, worum es ging. Zunächst maß er der Mitteilung des Leutnants keine Bedeutung bei und war bereits drauf und dran, sich wieder dem Schauspiel zuzuwenden, doch auf dem Weg

zur Tür erfaßte er den Sinn dessen, was ihm gerade gemeldet worden war. Er knöpfte sich den Blusenkragen zu, wischte einen Stiefel am anderen ab und begab sich zum Chef des Stabes.

Sawgorodnyj pochte mit der Faust gegen die Tür (der Chef des Stabes war schwerhörig) und öffnete sie, ohne eine Antwort abzuwarten. Er trat über die Schwelle und rief laut: »Gestatten Sie, daß ich eintrete, Genosse Major?«

»Ich gestatte nicht«, sagte der Major leise, ohne den Kopf von seinen Papieren zu heben.

Aber Sawgorodnyj kümmerte sich nicht um die Worte des Majors, er konnte sich nicht entsinnen, daß der Chef des Stabes irgendwem jemals irgendwas gestattet hätte.

»Gestatten Sie, daß ich Meldung mache, Genosse Major?«

»Ich gestatte nicht.« Der Major hob den Kopf. »Wie sehen Sie denn aus, Hauptmann? Sie sind unrasiert, und die Uniformknöpfe und die Stiefel sind nicht geputzt.«

»Ach was . . .«, sagte der Hauptmann halblaut und blickte dem Major dreist in die Augen.

Von den Lippen des Hauptmanns las der Chef des Stabes den ungefähren Sinn des Gesagten ab, doch war er sich nicht sicher, denn er konnte sich nicht vorstellen, daß ein Untergebener einem Ranghöheren eine Frechheit sagt. Deshalb gab er sich den Anschein, den Hauptmann nicht verstanden zu haben, und fuhr fort: »Wenn Ihnen das Geld nicht reicht, sich im Armeeladen Wichse zu kaufen, kann ich Ihnen eine Büchse schenken.«

»Danke sehr, Genosse Major«, erwiderte der Hauptmann höflich. »Gestatten Sie, daß ich melde: Leutnant Meleschkos Motor hat gestreikt, der Leutnant mußte notlanden.«

»Wo das?« fragte der Major verständnislos.

»Auf dem Erdboden.«

»Lassen Sie Ihre Kalauer. Ich frage Sie, wo Leutnant Meleschko notgelandet ist.«

»In der Nähe des Dorfes Krassnoje.«
Der Chef des Stabes ging auf eine an der Wand hängende Landkarte zu und fand darauf Krassnoje.
»Und was jetzt?« fragte er Sawgorodnyj mit ratlosem Blick.
Dieser zuckte die Achseln.
»Sie sind der Chef, Sie müssen es wissen. Ich denke, man sollte die Sache dem Regimentskommandeur melden.«
Der Chef des Stabes hatte sich noch nie durch übergroßen Mut im Umgang mit Höhergestellten ausgezeichnet, doch seitdem er schwerhörig zu werden begann, fürchtete er sie noch mehr. Er dachte stets daran, daß man ihn jederzeit zur Reserve versetzen konnte.
»Der Kommandeur hat zu tun«, sagte er. »Er leitet die Flugübung.«
»Eine Notlandung ist ein besonderes Vorkommnis beim Flug«, erinnerte Sawgorodnyj. »Der Kommandeur muß davon in Kenntnis gesetzt werden.«
»Sie meinen also, daß es richtig ist, den Kommandeur zu stören?«
Sawgorodnyj schwieg.
»Vielleicht wird Meleschko selber damit fertig, was meinen Sie?«
Sawgorodnyj schaute ihn mitleidig an. Der Chef des Stabes kam aus der Infanterie und verstand wenig von der Fliegerei.
»Gestatten Sie, daß ich mich von der Einheit entferne, Genosse Major? Ich werde dem Kommandeur selber Meldung machen.«
»Eine gute Idee«, freute sich der Major. »Sie gehen selber hin und rapportieren in Ihrem eigenen Namen. Sie sind der diensthabende Offizier und haben das Recht dazu. Oder nein. Sie können doch nicht weg. Plötzlich passiert noch was in der Einheit!«
Aber Sawgorodnyj hörte ihn nicht mehr, er war bereits

zur Tür hinaus und hatte sie hinter sich geschlossen.
Etwa eine Stunde später kehrte er in Begleitung von Regimentskommandeur Oberstleutnant Opalikow sowie von Regimentsingenieur Kudlaj zum Stab zurück. Mittlerweile hatte sich auch Oberstleutnant Pachomow, der Kommandeur des Bodenbedienungs-Bataillons, im Stab eingefunden. Er war gerade dabei, mit dem Chef des Stabes irgendwelche Dinge zu besprechen und wollte sich beim Erscheinen Opalikows entfernen, wurde jedoch von diesem zurückgehalten. Man begann zu beratschlagen, was zu tun sei. Kudlaj sagte, im Magazin gebe es keine Reservemotoren und die Division würde frühestens in einer Woche liefern. Sawgorodnyj schlug vor, die Flügel abzumontieren, das Flugzeug auf ein Auto zu laden und herzuschaffen. Der Chef des Stabes machte den Vorschlag, das Flugzeug an einem Seil abzuschleppen, was Sawgorodnyj mit einem verächtlichen Lächeln quittierte. Oberstleutnant Pachomow schwieg und machte sich Notizen, was den Anschein großen Diensteifers erweckte. Opalikow lauschte spöttisch. Dann stand er auf und wanderte von einer Zimmerecke in die andere.
»Nachdem ich mir angehört und abgewogen habe, was jeder von euch nach dem Maß seiner Fähigkeiten an Blödsinn verzapft hat, bin ich zu der Einsicht gekommen, daß das Flugzeug bis zum Eintreffen des Motors an Ort und Stelle zu belassen ist. Wenn wir es nämlich hundertzwanzig Kilometer weit per Automobil befördern, wird es sich in Brennholz verwandeln. Bis dahin müssen wir einen Wachtposten hinschicken, schon deshalb, damit die Dorfbuben das Armaturenbrett nicht ausschlachten. Das geht dich an.« Er deutete auf Pachomow.
Oberstleutnant Pachomow legte das Notizbuch aufs Fensterbrett und stand auf.
»Entschuldigen Sie, daraus wird nichts«, sagte er schüchtern. Obwohl er den gleichen Dienstrang wie Opalikow

hatte und überdies älter war, spürte er dessen Überlegenheit, wußte, daß jener der Obrigkeit näherstand und früher als er zum Oberst befördert werden würde. Deshalb pflegte er ihn zu siezen.
»Wieso nicht?« fragte Opalikow unwirsch. Er liebte es nicht, wenn man ihm widersprach.
»Die ganze Wachkompanie hat schon die zweite Woche über Wachdienst, und es ist niemand da, um sie abzulösen.« Pachomow nahm sein Notizbuch und schaute hinein. »Sieben Mann liegen im Lazarett, zwölf sind bei Waldarbeiten beschäftigt, einer hat Urlaub.«
»Irgendwen wird man wohl noch auftreiben! Irgendeinen Miesepeter! Von mir aus soll er neben jenem Flugzeug schlafen. Hauptsache, man kann jemanden zur Verantwortung ziehen.«
»Es ist buchstäblich niemand da, Genosse Oberstleutnant«, sagte Pachomow und schnitt ein so klägliches Gesicht, daß man ihm einfach glauben mußte.
»Dann steht es schlecht«, meinte Opalikow. Er dachte kurz nach und rief: »Halt, ich weiß, wen wir hinschicken! Wir schicken diesen . . . wie heißt er noch mal . . . du hast doch so einen schlampigen Soldaten, der immer mit dem Gaul unterwegs ist.«
»Meinen Sie Tschonkin?« fragte Pachomow ungläubig.
»Tschonkin, natürlich. Ich bin doch ein kluger Mann, nicht wahr?« sagte Opalikow und klatschte sich mit der Handfläche gegen die Stirn.
»Aber Tschonkin ist doch . . .«, wollte Pachomow einwenden.
»Was ist mit Tschonkin?«
»Wer soll das Brennholz für die Küche anfahren?«
»Unersetzliche Menschen gibt es bei uns nicht«, sagte der Regimentskommandeur.
Das war eine approbierte These. Oberstleutnant Pachomow wagte nicht mehr zu widersprechen.

3

Lieber Leser! Es ist dir natürlich schon aufgefallen, daß der Rotarmist im letzten Dienstjahr Iwan Tschonkin klein und krummbeinig und dazu noch rotohrig war. »Welch deplazierte Figur!« wirst du empört ausrufen. »Wo bleibt da das Vorbild für die heranwachsende Generation? Und wo hat der Autor einen solchen ›Helden‹ zu Gesicht bekommen?«
Da der Verfasser nun in flagranti ertappt und in die Ecke gedrängt ist, wird er, werde ich gestehen müssen, daß ich Tschonkin nirgendwo gesehen, sondern schlichtweg erfunden habe, und zwar nicht als Vorbild und Beispiel, sondern einfach weil ich gerade nichts Besseres zu tun hatte. »Unterstellen wir das einmal«, werden Sie mißtrauisch erwidern, »aber wozu diese ganze Erfinderei? Hätte der Autor nicht einen echten mannhaften Krieger aus dem Leben herausgreifen können, einen hochgewachsenen und disziplinierten Soldaten, der bei der militärischen genauso wie bei der politischen Ausbildung ganz vorn liegt?« Darauf kann ich nur erwidern: Ich hätte es gekonnt, doch es ist mir nicht gelungen. Die Guten und die Besten waren alle schon vergriffen, da mußte ich mich an Tschonkin halten. Erst war ich betrübt, dann fand ich mich damit ab. Mit dem Helden eines Buches ist es wie mit einem Kind. Es ist so, wie es auf die Welt kommt. Zum Fenster kannst du es nicht hinauswerfen. Vielleicht haben andere Leute andere und bessere Kinder, aber mir ist mein eigenes dennoch am liebsten: weil es mein eigenes ist.
In Tschonkins Lebenslauf gibt es keine markanten Momente, die es rechtfertigen würden, Ihre Aufmerksamkeit in Anspruch zu nehmen. Es ist jedoch kaum zu vermeiden, seine Herkunft und sein bisheriges Leben und Treiben wenigstens mit ein paar Worten zu erwähnen.
Es lebte also in einem Dorf an der Wolga dereinst eine

gewisse Marjana Tschonkina, ein gewöhnliches Bauernweib. Marjana war Witwe, ihr Mann war anno vierzehn während des imperialistischen Krieges gefallen, welcher später bekanntlich in den Bürgerkrieg überging und noch sehr lange dauerte. Zu jener Zeit, als die Kämpfe um Zarizyn tobten, befand sich das Dorf, in dem Marjana lebte, am Kreuzweg der Kriegsstraßen. Die Roten und die Weißen zogen abwechselnd durch dieses Dorf, das geräumige Haus der Marjana gefiel den einen wie den anderen. Einmal war bei Marjana eine volle Woche lang ein Fahnenjunker namens Golizyn einquartiert, der in einer allerdings unklaren Beziehung zum gleichnamigen Fürstengeschlecht stand. Dann verließ der Fahnenjunker das Dorf und vergaß es wahrscheinlich bald, aber das Dorf vergaß ihn nicht. Als nach einem Jahr oder auch etwas später (niemand hat nachgezählt) Marjana einen Sohn gebar, begann man im Dorf zu witzeln. Die Bauern meinten, jener Fürst sei daran nicht ganz unbeteiligt gewesen. Außerdem fiel der Verdacht noch auf den Viehhirten Serjoga, aber der stritt rundweg alles ab.

Marjana taufte den Sohn auf den Namen Iwan und fügte als Vatersnamen den Namen ihres gefallenen Ehemannes Wassilij hinzu.

Die ersten sechs Jahre, an die sich Iwan nicht mehr erinnerte, verlebte er in großer Armut. Seine Mutter hatte eine schwache Gesundheit, sie vernachlässigte die Wirtschaft, schlug sich mehr schlecht als recht durch. Zum Essen gab es nur Brot, zum Trinken nur Wasser. Eines Tages ertrank sie im Fluß. Sie wollte zu Winteranfang ihre Wäsche in der Wolga waschen und stürzte durch das noch dünne Eis ins Wasser. Genau in diese Zeit fallen Tschonkins erste Erinnerungen an seine Person und die ihn umgebende Welt.

Iwan blieb nicht allein, die kinderlosen Nachbarn nahmen ihn auf. Sie führten den gleichen Familiennamen Tschonkin und waren vielleicht sogar mit ihm verwandt. Sie bekamen viele Jahre hindurch keine Kinder und wollten sogar eines aus dem Waisenhaus adoptieren, da bot sich ihnen diese Gelegenheit. Tschonkin wurde eingekleidet und beschuht, und als er ein wenig herangewachsen war, führte man ihn nach und nach in die Wirtschaft ein. Mal mußte er das Heu wenden, mal die Kartoffeln im Keller sortieren, es gab immer irgend etwas zu tun. Dafür mußten seine Zieheltern teuer bezahlen.

Zu einer gewissen Zeit begann man im Dorf nach Kulaken zu suchen, konnte aber nicht einen einzigen finden. Der Befehl war jedoch unmißverständlich: es mußte ein Kulak her, und sei es auch nur als abschreckendes Beispiel. Da fand man die Tschonkins, die eine fremde und dazu noch kindliche Arbeitskraft ausbeuteten. Tschonkins wurden verschickt, Iwan kam ins Kinderheim, wo man ihm mehr als zwei Jahre lang mit der Mathematik zusetzte. Anfangs ließ er alles gleichmütig über sich ergehen, aber als das Dividieren ganzer Zahlen mit Rest drankam, hielt er es nicht mehr aus und entwich in sein heimatliches Dorf.

Zu jener Zeit war er schon ziemlich groß und kräftig genug, um einen Kummetriemen festzuschnallen. Man gab ihm ein Pferd und schickte ihn auf eine Milchfarm zur Arbeit. Iwans hohe Herkunft hatten die Dörfler nicht vergessen, sie redeten ihn so an: »Fürst, spann den Grauen ein und fahr den Mist weg.«

In der Armee wurde er nicht so betitelt, hier kannte man jenen Beinamen nicht und Iwan hatte nichts Fürstliches an sich. Bataillonskommandeur Pachomow sagte auf Anhieb: »Tschonkin in den Stall!«

Das saß wie angeklebt. Der Stall war genau der richtige Platz für Tschonkin. Seither saß er immer auf dem Pferd und fuhr Brennholz und Kartoffeln an. An seinen Dienst hatte er sich rasch gewöhnt. Er prägte sich die Grund-

sätze des Militärdienstes ein wie: »Der Soldat schläft – der Dienst läuft.« Oder: »Beeil dich nicht, den Befehl auszuführen, vielleicht wird er abgeblasen.«
Und obwohl man ihn im Verlauf seiner Dienstzeit, im Gegensatz zu seinen Altersgenossen weder zum Mechaniker noch zum Fahrer ausgebildet hatte, war Tschonkin, von Hauptfeldwebel Pesskow abgesehen, mit seinem Leben vollauf zufrieden. Er wurde nicht bei Außenarbeiten eingesetzt, mußte keine Kasernenfußböden scheuern und war sogar vom Exerzieren befreit. Er hielt sich kaum jemals in der Kaserne auf, schlief im Winter gewöhnlich in der Küche und im Sommer auf dem Heu im Stall. Dank seiner direkten Kontakte zur Küche ernährte er sich nach »Norm Nummer fünf«, das heißt, er bekam die Fliegerration. Nur von einer einzigen allgemeinen Verpflichtung war er nicht dispensiert: vom Polituntericht.

4

Im Sommer fand der Politunterricht bei gutem Wetter gewöhnlich nicht im geschlossenen Raum statt, sondern am Rande eines kleinen Wäldchens unweit des Militärgeländes. Tschonkin kam wie immer zu spät, aber diesmal war es nicht seine Schuld. Zuerst hatte ihn der Spieß erzogen, dann hatte ihn der Koch Schurka noch im letzten Augenblick zum Grießholen ins Magazin geschickt. Der Magazinleiter war nicht da, und Tschonkin mußte ihn auf dem ganzen Gelände suchen. Als er endlich hoch zu Roß am Waldrand eintraf, waren alle schon versammelt. Bei seinem Erscheinen machte Unterrichtsleiter Oberpolitruk Jarzew eine spitze Bemerkung, des Inhalts, daß man ja nun, da Tschonkin eingetroffen sei, mit dem Unterricht beginnen könne.
Die Soldaten lagerten auf einer kleinen Wiese um einen

breiten Baumstumpf herum, auf dem Oberpolitruk Jarzew Platz genommen hatte.

Tschonkin zäumte das Pferd ab und band es an einen in der Nähe stehenden Baum. Er selbst suchte sich einen Platz unter den Soldaten, möglichst weit weg vom Unterrichtsleiter.

Er setzte sich hin, zog die Beine unter den Rumpf und merkte erst jetzt, daß er einen denkbar ungünstigen Platz gewählt hatte. Neben ihm, aus blauen Augen spöttisch blickend, saß sein eingeschworener Feind Samuschkin. Dieser Samuschkin ließ keine Gelegenheit aus, Tschonkin irgendeinen gemeinen Streich zu spielen: in der Kantine vermischte er das Salz mit dem Zucker, nachts in der Kaserne (in jenen seltenen Fällen, wenn Tschonkin dort nächtigte) band er Tschonkins Hose und Bluse zusammen, was dazu führte, daß sich Tschonkin zum Frühappell verspätete. Einmal ließ Samuschkin Tschonkin »Radfahren«: er steckte Papierstreifen zwischen die Zehen des Schlafenden und zündete sie an. Dafür bekam er zwei Arbeitseinsätze aufgebrummt, während Tschonkin drei Tage lang hinkte.

Als er Samuschkin erblickte, begriff Tschonkin, daß er sich besser auf einen Ameisenhaufen gesetzt hätte, denn von Samuschkin war, seiner unternehmungslustigen Laune nach zu urteilen, nichts Gutes zu erwarten.

Thema des Tages war: »Das moralische Gesicht des Soldaten der Roten Armee.« Oberpolitruk Jarzew entnahm einer auf seinen Knien liegenden großen gelben Aktentasche ein Konzept, blätterte darin, erinnerte die Versammelten an den Lehrstoff der letzten Stunden und fragte dann: »Wer möchte sich äußern? Tschonkin?« verwunderte er sich, als er sah, daß Tschonkin den Arm hochstreckte.

Tschonkin stand auf, zupfte die Bluse zurecht und blickte Jarzew, von einem Bein auf das andere tretend, starr an.

So blickten sie beide ziemlich lange.
»Warum antworten Sie nicht?« fragte Jarzew endlich.
»Ich bin nicht vorbereitet, Genosse Oberpolitruk«, murmelte Tschonkin unschlüssig und senkte die Augen.
»Warum haben Sie dann den Arm gestreckt?«
»Hab ich doch gar nicht, Genosse Oberpolitruk, ich hab bloß den Käfer weggemacht, den mir Samuschkin unters Hemd gesteckt hat.«
»Den Käfer?« fragte Jarzew mit unheildrohender Stimme. »Genosse Tschonkin, sind Sie zum Politunterricht hergekommen oder zum Käferfangen?«
Tschonkin schwieg. Der Oberpolitruk erhob sich und ging erregt auf der Wiese hin und her.
»Wir befassen uns«, begann er, langsam nach Worten suchend, »mit einem ungemein wichtigen Thema, mit dem Thema: ›Das moralische Gesicht des Soldaten der Roten Armee‹. Sie, Genosse Tschonkin, sind auf dem Gebiet der Politausbildung weiter zurück als die Mehrzahl Ihrer Kameraden, die beim Politunterricht aufmerksam den Worten des Unterrichtsleiters lauschen. Dabei kommt langsam aber sicher die Inspektion auf uns zu. Wie wollen Sie die Inspektion bestehen? Deshalb hapert es bei Ihnen auch mit der Disziplin. Letztes Mal, als ich Offizier vom Dienst war, sind Sie nicht zur Körperertüchtigung erschienen. Das ist ein augenfälliges Beispiel dafür, daß schlechte Politausbildung zu einem direkten Verstoß gegen die militärische Disziplin führt. Setzen Sie sich, Genosse Tschonkin. Wer möchte sich äußern?«
Unterabteilungskommandeur Balaschow streckte seine Hand.
»Genosse Balaschow«, sagte Jarzew, »streckt immer als erster die Hand. Und es ist immer erfreulich, ihm zuzuhören. Haben Sie das Konzept ausgearbeitet, Genosse Balaschow?«
»Habe ich«, sagte Balaschow bescheiden aber würdevoll.

»Ich weiß, daß Sie das haben«, sagte Jarzew und blickte Balaschow mit unverhohlener Liebe an. »Antworten Sie.« Der Oberpolitruk setzte sich wieder auf seinen Baumstumpf und schloß die Augen, um damit anzudeuten, welch wahres Vergnügen ihm Balaschows präzise und richtige Antwort bereiten würde. Balaschow öffnete sein in Pappe eingebundenes Konzeptheft und begann. Er las laut und ausdrucksvoll und ohne ein einziges eigenes Wort.

Während er las, gingen die Soldaten verschiedenen Beschäftigungen nach. Einer las, hinter dem Rücken des Vordermanns versteckt, Flauberts *Madame Bovary*, zwei andere spielten »Seeschlacht«. Tschonkin gab sich unterdessen seinen Gedanken hin. Die Gedanken waren mal so, mal anders. Beim aufmerksamen Betrachten des Lebens, beim Eindringen in seine Gesetze hatte er begriffen, daß es im Sommer gemeinhin warm, im Winter dagegen kalt ist. »Wäre es aber umgekehrt«, dachte er, »wäre es im Sommer kalt und im Winter warm, dann würde der Sommer Winter und der Winter Sommer heißen.« Dann kam ihm noch ein anderer Gedanke in den Sinn, ein Gedanke, der wichtiger und interessanter war, aber er vergaß sogleich wieder, welch ein Gedanke das war. Der Gedanke an den verlorenen Gedanken war qualvoll. In diesem Augenblick stieß ihn irgend jemand an. Tschonkin blickte sich um und sah Samuschkin, den er völlig vergessen hatte. Samuschkin winkte ihn mit dem Finger heran und machte ein Zeichen, daß sich Tschonkin zu ihm herabneigen solle, damit er, Samuschkin, ihm etwas sagen könne. Tschonkin zögerte. Samuschkin hatte sich bestimmt wieder etwas ausgedacht. Ihm ins Ohr zu brüllen, würde er wohl in Gegenwart des Oberpolitruk nicht wagen, aber ins Ohr zu spucken, das schon eher.

»Was willst du?« flüsterte Tschonkin.

»Hab keine Angst«, flüsterte Samuschkin zurück und

neigte sich jetzt selber zu Tschonkins Ohr. »Weiß du eigentlich, daß Stalin zwei Frauen gehabt hat?«
»Hau ab, du«, wehrte sich Tschonkin.
»Es stimmt aber: zwei Frauen.«
»Halt das Maul«, sagte Tschonkin.
»Wenn du mir nicht glaubst, dann frag den Oberpolitruk.«
»Aber was hab ich denn davon, wenn ich das weiß?« sperrte sich Tschonkin.
»Komm, frag ihn, sei so lieb. Ich würde ja selber fragen, aber ich traue mich nicht, ich hab letztes Mal so viele Fragen gestellt.«
Samuschkins Gesicht war anzusehen, wie wichtig es ihm war, daß Tschonkin ihm diesen im Grunde winzigen Dienst erwies. Und Tschonkin als gutmütiger Mensch, der er war, konnte niemals und niemandem einen Dienst verweigern. Er ließ sich breitschlagen.
Balaschow las noch immer aus seinem Heft ab. Der Oberpolitruk hörte zerstreut zu, er wußte, daß Balaschow ein gewissenhafter Soldat war, wahrscheinlich hatte er alles Wort für Wort aus dem Lehrbuch abgeschrieben. Von seiner Antwort war nichts Unerwartetes zu befürchten. Aber es blieb nicht mehr viel Zeit, auch die anderen Soldaten mußten befragt werden, deshalb unterbrach Jarzew Balaschows Redefluß.
»Vielen Dank, Genosse Balaschow«, sagte er. »Ich habe noch eine Frage an Sie: warum gilt unsere Armee als Armee des Volkes?«
»Weil sie dem Volke dient«, erwiderte Balaschow wie aus der Pistole geschossen.
»Richtig. Und wem dienen die Armeen der kapitalistischen Länder?«
»Einem Häuflein von Kapitalisten.«
»Richtig.« Jarzew war sehr zufrieden. »Ich habe mir Ihre Antwort mit Befriedigung angehört. Sie denken richtig

und ziehen aus dem durchgenommenen Lehrstoff die richtigen Schlußfolgerungen. Ich gebe Ihnen dafür ›sehr gut‹ und werde den Bataillonskommandeur bitten, Ihnen seinen Dank auszusprechen und denselben in die Personalakte eintragen zu lassen.«

»Ich diene dem werktätigen Volk«, sagte Balaschow leise.

»Setzen Sie sich, Genosse Balaschow.« Mit seinen schmalen, stechenden Augen musterte der Oberpolitruk die vor ihm sitzenden Soldaten. »Wer möchte den Gedanken des Vorredners weiterentwickeln?«

Tschonkin machte eine Bewegung mit dem Arm. Jarzew bemerkte es.

»Genosse Tschonkin, wie darf ich Ihre ausdrucksvolle Geste deuten? Vielleicht kämpfen Sie wieder mit einem Käfer?«

Tschonkin stand auf.

»Eine Frage, Genosse Oberpolitruk.«

»Bitte sehr.« Der Politruk zeigte ein breites Lächeln und gab damit zu erkennen, daß Tschonkin natürlich nur eine sehr einfache und vielleicht sogar dumme Frage stellen könne, aber er, Oberpolitruk Jarzew, sei nun einmal verpflichtet, sich auf das Niveau eines jeden Soldaten herabzubegeben und das Unverständliche verständlich zu machen. Doch er sollte sich geirrt haben. Tschonkins Frage war möglicherweise dumm, aber einfach war sie gewiß nicht.

»Stimmt es«, fragte Tschonkin, »daß der Genosse Stalin zwei Frauen gehabt hat?«

Jarzew sprang mit einer solchen Schnelligkeit auf, als hätte ihn jemand mit einer Ahle in einen gewissen Weichteil gestochen.

»Wie?!« schrie er und zitterte vor Wut und Angst. »Was reden Sie da? Lassen Sie mich da gefälligst heraus.« Er hielt gleich wieder ein, denn er merkte, daß das nicht ganz die richtigen Worte waren.

Tschonkin klapperte verwirrt mit den Augen. Er konnte nicht begreifen, wodurch er den Grimm des Oberpolitruk ausgelöst hatte. Er versuchte, sein Verhalten zu erklären: »Ich meine das gar nicht so, Genosse Oberpolitruk«, sagte er. »Ich wollte nur fragen ... Man sagte mir, der Genosse Stalin ...«

»Wer hat Ihnen das gesagt?« schrie Jarzew mit entstellter Stimme. »Wer war es, frage ich Sie! Was lassen Sie sich einflüstern!«

Tschonkin schaute sich hilflos nach Samuschkin um, doch der blätterte seelenruhig im *Kurzen Lehrgang der Geschichte der Allunions-KP*, als hätte das Ganze nicht das geringste mit ihm zu tun. Tschonkin erkannte: wenn er sich auf Samuschkin beriefe, würde dieser, ohne mit der Wimper zu zucken, alles abstreiten. Und obwohl Tschonkin immer noch nicht verstehen konnte, was nun eigentlich diesen ungewöhnlichen Zorn des Oberpolitruk verursacht hatte, war ihm inzwischen klargeworden, daß Samuschkin ihm wieder einmal einen üblen Streich gespielt hatte, vielleicht sogar einen übleren als seinerzeit den mit dem »Fahrrad«.

Der Oberpolitruk konnte, nachdem er einmal zu schreien begonnen hatte, nicht mehr aufhören, er hängte Tschonkin die unschmeichelhaftesten Titel an und sagte, das seien die Folgen der politischen Unreife und mangelnden Wachsamkeit, Leute wie Tschonkin seien ein gefundenes Fressen für unsere Feinde, die nur danach trachteten, einen schmalen Spalt zu finden, durch den sie, vor keinem Mittel zurückschreckend, sich bei uns einschleichen könnten; Leute wie Tschonkin bedeckten nicht nur ihre Untereinheit und Einheit mit Schande, sondern die gesamte Rote Armee.

Es ist schwer zu sagen, worin Jarzews Monolog noch gemündet hätte, wäre er nicht durch das Erscheinen des Diensthabenden Alimow unterbrochen worden. Offenbar hatte Alimow den ganzen Weg vom Militärgelände bis an den Waldrand laufend zurückgelegt, denn er konnte seine Puste lange nicht wiederfinden und fuhr, selbst noch mit der Hand an der Mütze, eine Weile schwer zu atmen fort, wobei er Oberpolitruk Jarzew stumm anblickte. Sein Erscheinen brachte Jarzew aus dem Konzept. »Was wollen Sie?« fragte er gereizt.

»Genosse Oberpolitruk, gestatten Sie, daß ich Meldung mache.« Alimow konnte endlich wieder atmen.

»Machen Sie Meldung«, sagte Jarzew erschöpft und setzte sich auf seinen Baumstumpf.

»Gemeiner Tschonkin wird auf Befehl des Bataillonskommandeurs in die Kaserne gerufen.«

Über diesen Umstand waren Tschonkin wie Jarzew erfreut.

Beim Losbinden seines Pferdes schalt sich Tschonkin in Gedanken selber aus. Was zum Kuckuck hatte ihn bewogen, zum erstenmal in seiner ganzen Dienstzeit eine Frage zu stellen! Und gleich war er ins Fettnäpfchen getappt. Er faßte den Entschluß, im Leben nie wieder Fragen zu stellen. Sonst ist hinterher der Teufel los.

5

Hauptfeldwebel Pesskow saß in der BA-Kammer und zerschnitt die Seife mit einem scharfen Faden. Er rüstete sich für den bevorstehenden Saunatag der Kompanie. Während er damit beschäftigt war, wurde er ans Telefon gerufen. Bataillonskommandeur Pachomow befahl ihm, Tschonkin unverzüglich ausfindig zu machen, demselben eine Waffe, sowie eine Wochenration auszuhändigen und ihn für einen Wachdienst von längerer Dauer zu instruieren.

Um welchen Wachdienst es sich handelte und warum er

von längerer Dauer sein sollte, ging dem Hauptfeldwebel nicht ein, aber er sagte »Jawoll!«, denn er war es gewöhnt, Befehle ohne Widerspruch und genau nach Vorschrift auszuführen.

Er schickte Kammerunteroffizier Trofimowitsch, der ihm beim Zerschneiden der Seife geholfen hatte, ins Magazin und den Diensthabenden Alimow auf die Suche nach Tschonkin. Dann schnitt er den Rest der Seife zurecht, wischte sich die Hände an einem Handtuch ab und setzte sich hin, um einen Brief an seine Verlobte in Kotlas zu schreiben.

Nach Ablauf der Pflichtzeit hatte Pesskow noch zwei weitere Jahre in der Armee gedient. Er wollte die Frist wieder verlängern, aber seine Braut war dagegen. Sie war der Meinung, daß ein verheirateter Mann lieber in einer Fabrik arbeiten als in der Armee dienen sollte. Hauptfeldwebel Pesskow war anderer Ansicht und schrieb jetzt:

»Und dann, Ljuba, schreiben Sie noch, daß das Zivilleben besser ist als das Armeeleben, aber das, Ljuba, ist eine unrichtige Ansicht, denn für jeden Krieger der Roten Armee ist das Ertragen aller Mühsale und das entbehrungsreiche Armeeleben oberstes Gebot. Und dann noch die Erziehung der Untergebenen. Sie wissen, daß sich unser Land von allen vier Seiten in der kapitalistischen Umzingelung befindet und daß unsere Feinde an nichts anderes denken als daran, das Sowjetland zu erdrosseln, und unsere Frauen und Kinder in die Sklaverei zu verschleppen. Deswegen werden Jahr für Jahr junge Soldaten, die Kinder der Arbeiter und des werktätigen Bauerntums, zum Armeedienst einberufen. Und wir bereits gestählten Krieger müssen ihnen unsere Kampferfahrung und die Beherrschung des Waffenhandwerks, in der Sache der Erziehung der jungen Generation, weitergeben. Aber das ist eine sehr ernsthafte Frage, man muß die Leute jeden Tag mit Strenge behandeln, denn wenn du ihnen gutmütig kommst, werden sie dir was husten. Nehmen wir zum Beispiel eine einfache Familie. Wenn du dein Kind nicht mit Strenge und mit dem Riemen erziehst, dann wird aus deinem Kind ein Dieb oder ein Rowdy, Kinder jedoch, liebe Ljuba, sind das Ziel unseres Lebens. Und wenn man kein Ziel hat, dann kann man sich gleich aufhängen oder erschießen (wie Majakowskij und Jessenin).«

Der Hauptfeldwebel setzte einen Punkt, tunkte die Feder ins Tintenfaß und begann über den nächsten Satz nachzudenken. Er wollte die Fragen der Familie und Ehe irgendwie mit der Verteidigungsbereitschaft des Staates verbinden, wußte aber noch nicht, wie er das anstellen sollte. Da wurde er unterbrochen. Irgend jemand klopfte an die Tür.

»Treten Sie ein«, gestattete Pesskow.

Tschonkin trat ein. Die Blamage beim Polituntterricht hatte ihn derart betrübt, daß er sogar vergaß, sein Eintreffen vorschriftsmäßig zu melden. Statt dessen fragte er bloß: »Sie haben mich gerufen, Genosse Stabsfeldwebel?«

»Ich habe Sie nicht gerufen, ich habe befohlen, daß Sie hier erscheinen«, berichtigte Pesskow. »Gehen Sie raus und machen Sie vorschriftsmäßig Meldung.«

Tschonkin drehte sich zur Tür um.

»Kommando zurück!« sagte der Stabsfeldwebel. »Wie muß man sich laut Vorschrift umdrehen?«

Tschonkin bemühte sich, alles in der erwünschten Weise auszuführen, aber er verwechselte wieder etwas und drehte sich, statt um die linke, um die rechte Schulter. Erst beim drittenmal fiel die Drehung halbwegs passabel aus, woraufhin sich Pesskow endlich dazu herabließ, Tschonkin zu gestatten hinauszugehen, wieder einzutreten und Meldung zu machen. Dann drückte er ihm die Standort- und Wachdienstvorschrift in die Hand und schickte ihn in die Kaserne, auf daß er sich die Pflichten eines Wachsoldaten einpräge. Er selber blieb im Zimmer, um den Brief fertigzuschreiben. Der Umgang mit Tschonkin hatte ihn auf einige neue Gedanken gebracht:

»Da arbeitet, zum Beispiel in Ihrer Fabrik, Ljuba, ein Ingenieur mit Hochschulbildung und hat zehn bis zwölf Personen unter sich. Er kann ihnen trotzdem nur während der Arbeit was befehlen, während sie ihm nach der Arbeit oder an freien Tagen schon nicht mehr unterstehen und tun und lassen können, was sie wollen, nach dem Prinzip: du lebst für dich, ich lebe für mich. Bei uns kann es einen solchen Zustand nicht geben. In meiner Kompanie sind siebenundneunzig Rotarmisten und Unterkommandeure. Ich kann ihnen zu jeder Zeit einen Befehl erteilen und sie werden ihn ohne Widerspruch ausführen, genau nach Vorschrift und im Einvernehmen mit der militärischen Disziplin, obwohl ich nur fünf Klassen besucht habe.«

An dieser Stelle wurde er wieder unterbrochen. Die Tür wurde geöffnet, irgend jemand betrat die Kammer. In der Annahme, daß es Tschonkin sei, sagte Pesskow, ohne den Kopf zu wenden: »Geh raus, klopf an und komm wieder rein.«

Er bekam die Antwort: »Dir werd ich's zeigen.«

Pesskow drehte sich wie ein Kreisel auf seinem Schemel herum und nahm gleichzeitig Haltung an, denn der Eingetretene war nicht Tschonkin, sondern Oberstleutnant Pachomow.

»Genosse Oberstleutnant, während Ihrer Abwesenheit gab es in der Kompanie keinerlei Vorkommnisse ...«, begann Pesskow, mit der Hand an der Mütze, Meldung zu machen, aber Pachomow unterbrach ihn: »Wo ist Tschonkin?«

»Weggeschickt zum Studium der Standort- und Wachdienstvorschrift«, meldete der Hauptfeldwebel.

»Wie? Wohin weggeschickt?«
»In die Kaserne, Genosse Oberstleutnant.«
»Du hast wohl den Verstand verloren?« brüllte Pachomow. »Das Flugzeug wartet auf Tschonkin, und du willst ihm irgendwelche Vorschriften eintrichtern. Was habe ich dir am Telefon gesagt? Tschonkin ist unverzüglich herbeizurufen und zur Abreise auszurüsten.«
»Jawoll, Genosse Oberstleutnant«, posaunte Pesskow und rannte zur Tür.
»Warte. Hat er die Marschverpflegung erhalten?«
»Trofimowitsch ist sie holen gegangen und ist immer noch nicht zurück. Vielleicht schwätzt er mit dem Magazinverwalter.«
»Dem werd ich das Schwätzen austreiben. Schleif ihn herbei mitsamt der Verpflegung!«
»Gleich schick ich den Diensthabenden«, sagte Pesskow.
»Der Diensthabende bleibt hier! Du rennst selber hin und zwar sofort. Ich gebe dir fünf Minuten Zeit. Für jede Minute darüber kriegst du einen Tag Arrest. Verstanden? Lauf jetzt.«
Mit dem Hauptfeldwebel redete der Oberstleutnant ganz anders als vor einer Stunde mit dem Regimentskommandeur. Aber auch das Gespräch des Hauptfeldwebels mit Tschonkin verlief ganz anders als das mit dem Oberstleutnant. Was Tschonkin betraf, so konnte er in diesem Ton allenfalls mit seinem Pferd reden, denn das Pferd stand im Dienstrang sogar noch unter ihm. Unterhalb des Pferdes gab es niemanden mehr.
Draußen auf der Straße blickte Pesskow auf seine Taschenuhr und merkte sich die Uhrzeit. Dann ging er im Schritt los, als er aber sah, daß ihn Oberstleutnant Pachomow durch das Fenster beobachtete, begann er zu rennen.
Er hatte etwa vierhundert Meter zu laufen: ans andere Ende des Militärgeländes. Auf seinem Weg stand nicht ein

einziges Bauwerk, hinter dem er hätte Deckung suchen und unbeobachtet Atem schöpfen können. Hauptfeldwebel Pesskow kam sich vor wie jemand, der unter Beschuß irgendwohin unterwegs ist. Er war fünfundzwanzig Jahre alt, aber während der beiden freiwilligen Dienstjahre war er nur ein einziges Mal gelaufen, und das war bei einem Probealarm gewesen, als es nicht die geringste Möglichkeit gab, sich ums Laufen zu drücken. Die Entwöhnung machte sich bemerkbar, außerdem war es entsetzlich heiß. Im Magazin war es wie immer dämmrig und kühl. Die wenigen Sonnenstrahlen, die durch die Löcher und Ritzen in der Wand und im Dach in den Raum drangen, lösten an einem Querbalken hängende Kisten, Fässer, Säcke und große Fleischhälften aus dem Halbdunkel. Neben der halboffenen Tür saß Magazinverwalter Dudnik und schlummerte, das Kinn auf die Hand gestützt. Wenn er anfing, richtig einzuschlafen, rutschte das Kinn von der schweißfeuchten Hand ab. Dudnik schlug mit dem Kinn gegen die Tischfläche, öffnete die Augen, blickte den Tisch mißtrauisch und feindselig an, konnte aber der Versuchung des Schlummers nicht widerstehen und schob die Hand wieder unters Kinn.

Hauptfeldwebel Pesskow kam mit hängender Zunge angerannt. Er sank auf eine Kiste neben Dudnik und fragte: »Hast du Trofimowitsch gesehen?«

Dudnik schlug wieder gegen den Tisch und blickte Pesskow verschlafen an.

»Was sagst du?«

Pesskow schaute voller Respekt auf Dudniks Kinn, das solchen Stößen standhielt.

»Sind die Zähne noch heil?« fragte er.

»Die sind heil«, sagte Dudnik, schüttelte den Kopf und gähnte. »Aber der Tisch ist, fürchte ich, bald reparaturreif. Nach wem hast du gefragt?«

»Ich fragte, ob Trofimowitsch hier war?«

»Ach, Trofimowitsch! Ja, freilich, der war hier«, sagte Dudnik, schloß die Augen und schob die Hand wieder unters Kinn.
»Komm, schlaf nicht ein.« Pesskow schüttelte Dudnik. »Wo ist er hin?«
Ohne die Augen zu öffnen, machte Dudnik mit der freien Hand eine Bewegung zur Tür: »Dorthin.«
Pesskow begriff, daß aus Dudnik nichts Vernünftiges herauszubekommen war. Er ging hinaus und blieb nachdenklich vor der Tür stehen. Wohin sollte er sich wenden? Er ging in Gedanken alle Orte durch, an denen sich Trofimowitsch aufhalten konnte, aber es gab deren viele, und die Wahl fiel Pesskow schwer. Er zog seine Taschenuhr. Seit dem Augenblick, an dem er den Befehl erhalten hatte, waren über fünf Minuten vergangen. Der Hauptfeldwebel seufzte. Er wußte, daß Oberstleutnant Pachomow nie etwas umsonst sagte. Erst jetzt begriff Pesskow plötzlich, daß etwas überaus Wichtiges im Gange sein mußte, immerhin sollte Tschonkin mit dem Flugzeug fliegen. War Tschonkin vielleicht eine prominente Person geworden? Ihn selber, den Hauptfeldwebel Pesskow, hatte man kein einziges Mal mit dem Flugzeug befördert. Der Gedanke an die Wichtigkeit dieses Vorgangs ließ Pesskows Gehirn produktiver als sonst arbeiten. Der Hauptfeldwebel überschlug noch einmal, wo Trofimowitsch stecken konnte, und rannte dann ohne weiteres Zögern auf den Armeeladen zu.
Pesskow hatte sich nicht getäuscht. Trofimowitsch stand im leeren Laden neben der Verkäuferin Tossja und erzählte ihr den Inhalt des Films *Vier Herzen*. Zu seinen Füßen lag der Wäschesack mit der Marschverpflegung für Tschonkin.
Als Oberstleutnant Pachomow eine Minute später zum Fenster hinausblickte, wurde er Zeuge folgenden Bildes: den Wäschesack über der Schulter hopste Trofimowitsch

in kleinen Sprüngen auf die Kaserne zu, hinter ihm her lief, ihn durch Fauststöße in den Rücken antreibend, Hauptfeldwebel Pesskow.

Am Abend des gleichen Tages schrieb Pesskow in der Arrestzelle den Brief an seine Verlobte in der Stadt Kotlas weiter.

»Im allgemeinen jedoch, Ljuba«, schrieb er, »ist das Leben in der Armee auch kein Zuckerschlecken. Es gibt Leute, die ihre Position nicht zur Stärkung der militärischen Disziplin benutzen, sondern im Gegenteil dazu, ihre Untergebenen zu verhöhnen. Und im zivilen Leben kann natürlich eine solche Lage nicht entstehen, denn dort hat jeder Mensch seine acht Stunden abgearbeitet und kann sich dann als frei betrachten, und wenn irgendein Ingenieur oder Werkmeister ihm irgendwas befiehlt, dann kann er ihn dorthin wünschen, wo der Pfeffer wächst und das mit vollem Recht.«

6

Es ist eine verbürgte Wahrheit, daß es im Leben des Menschen unerwartete Wendungen gibt. Wenn an jenem denkwürdigen Tag alles nach Plan verlaufen wäre, dann hätte Tschonkin nach dem Polituntericht das Brennholz für die Küche angefahren, danach wäre das Mittagessen gewesen, dann der Mittagsschlaf und nach dem Schlaf die Sauna. Anläßlich des Badens sollten neue Untersachen ausgegeben werden. (Tschonkin trug sich mit dem Gedanken, die zwei neuen Fußlappen für die Zeit nach der Armee zurückzulegen.) Nach der Sauna sollte es wieder in den Stall gehen, dann ins Magazin zum Abholen der Lebensmittel fürs Abendessen, und anschließend sollte unter freiem Himmel ein bunter Abend mit Laiendarbietungen stattfinden.

Da rief man ihn plötzlich mir nichts dir nichts in die Kaserne, gab ihm ein Gewehr in die Hand, eine Mantelrolle, einen Wäschesack, setzte ihn in ein Flugzeug, und höchstens anderthalb Stunden später befand sich Tschonkin bereits in irgendeinem abgelegenen Dorf, von dem er bis dahin nie etwas gehört hatte. Dieser erste Flug seines Lebens lag Tschonkin noch im Magen, als die beiden Flieger (jener, der ihn hergebracht hatte, und der andere, der notgelandet war) das defekte Flugzeug mit einer Plane bedeckten, es an die Erde festbanden, sich in das andere Flugzeug setzten und davonflogen, als wären sie nie hier gewesen, während Tschonkin, das Flugzeug und die es umringende Menge vor Augen, zurückblieb. Aber auch die Menge zerstreute sich nach und nach und überließ Tschonkin sich selbst.

Als er endlich allein war, ging er um das Flugzeug herum, zupfte am Querruder und an den Seitenrudern und stieß mit dem Fuß gegen eines der Räder. Dann spuckte er auf den Boden. Warum er dies Gefährt bewachen, vor wem und wie lange er es bewachen sollte, wußte er nicht. Oberstleutnant Pachomow hatte gesagt, die Sache würde ungefähr eine Woche dauern, vielleicht auch länger. In einer Woche kann man schon vor Langeweile sterben. Früher konnte er sich wenigstens ab und zu mit seinem Pferd unterhalten. Er suchte das Gespräch mit dem Pferd sogar mehr als das Gespräch mit den Menschen, denn wenn man einem Menschen etwas sagt, hat man hinterher womöglich Scherereien, während sich ein Pferd alles anhört und alles schluckt. Deshalb redete Tschonkin gern mit dem Pferd, beriet sich mit ihm, erzählte ihm sein Leben, klagte über Samuschkin, über den Koch Schurka und Hauptfeldwebel Pesskow, und das Pferd begriff oder begriff nicht, bewegte jedenfalls den Schweif, nickte mit dem Kopf, das heißt, es ließ eine Reaktion erkennen. Aber wie willst du mit dieser Klapperkiste reden? Die Kiste hat

keine Seele. Tschonkin spuckte ein weiteres Mal aus und ging vom Bug des Flugzeugs zum Heck und vom Heck wieder zum Bug. Und schaute sich nach den Seiten um.
Die hiesige Landschaft gefiel ihm ganz und gar nicht. In dreihundert Schritt Entfernung glänzte hinter Weidengebüsch ein Flüßchen mit dem seltsamen Namen Tjopa. Von diesem Namen wußte Tschonkin zwar nichts, aber der Fluß mißfiel ihm dennoch.
Das dürftige Wäldchen, das sich flußabwärts an der Tjopa entlangzog, gefiel ihm noch weniger, und alles übrige, was in der Landschaft herumstand, verdiente gar nicht erst, erwähnt zu werden.
Die Erde war kahl, steinig und höckrig, das Dorf machte einen armseligen Eindruck. Zwei Häuser waren mit Brettern verschalt, alle anderen waren aus nachgedunkelten Stämmen gezimmert und halb in den Boden hineingewachsen. Sie waren mit Schindeln oder mit Stroh gedeckt.
Das Dorf scheint menschenleer. Wie lange du auch hinschaust, du erblickst keine Menschenseele. Das ist auch nicht verwunderlich, denn sie sind alle bei der Arbeit. Wer aber nicht bei der Arbeit ist, der verkriecht sich vor der Hitze in sein Haus. Nur ein verirrtes geschecktes Kalb liegt mitten auf der Straße und streckt die Zunge heraus.
Ein Mann mit einer am Rücken festgebundenen Harke radelte am Fluß entlang.
»He du, he!« rief ihm Tschonkin zu, doch der Radfahrer hielt nicht an und blickte sich nicht um, er hatte Tschonkins Ruf offenbar gar nicht gehört.
Iwan stellte den Wäschesack auf eine der Tragflächen und machte ihn auf, um nachzusehen, was darinnen war. Dort lagen zwei Laib Brot, eine Büchse Fleisch, eine Büchse Fisch, ein Stück Dauerwurst sowie einige in Zeitungspapier gewickelte Stück Zucker. Als Wochenration etwas mager. Wenn er das rechtzeitig gewußt hätte, dann hätte

er sich in der Fliegerkantine was stiebitzt; dazu war es jetzt zu spät.

Tschonkin ging wieder am Flugzeug entlang, auf und ab. Ein paar Schritte hin, ein paar Schritte zurück. Genau besehen hatte seine Lage natürlich auch ihre angenehme Seite. Jetzt ist er nicht einfach der Tschonkin, auf den man zugehen, dem man auf die Schulter klopfen, mit »altes Haus!« anreden oder gar ins Ohr spucken darf. Jetzt ist er ein Wachtposten, das heißt: eine unantastbare Person. Und wer ihm ins Ohr spucken will, wird sich das vorher gründlich überlegen. Denn gleich heißt es: »Halt! Wer da?« oder: »Stehenbleiben oder ich schieße!« Das ist eine ernste Sache.

Aber wenn man die Angelegenheit von der anderen Seite betrachtet ...

Tschonkin blieb stehen und versank, gegen die Tragfläche gelehnt, in Gedanken. Er mußte hier eine ganze Woche ohne Ablösung ausharren. Und weiter? Laut Vorschrift darf ein Wachtposten weder essen noch trinken noch rauchen noch lachen noch singen noch sprechen noch seine Notdurft verrichten. Und das eine ganze Woche lang?! Während dieser Woche wirst du kaum umhinkönnen, gegen die Vorschrift zu verstoßen. Als ihm dieser Gedanke gekommen war, stellte sich Tschonkin am Heck des Flugzeugs auf und verstieß gegen die Vorschrift. Er blickte sich um – alles war wie vorher.

Da stimmte er ein Lied an:

> Es ritt ein Reitersmann zu Tale
> durch das kaukasische Gefild ...

Es war das einzige Lied, das er von Anfang bis Ende kannte. Es war ein schlichtes Lied, jede Doppelzeile wiederholte sich:

Er reitet durch den grünen Garten,
an seinem Finger glänzt ein Ring ...
Er reitet durch den grünen Garten,
an seinem Finger glänzt ein Ring ...

Tschonkin verstummte und lauschte. Wieder nichts! Du kannst singen, du kannst platzen, niemand kümmert sich um dich. Gleich war ihm trübsinniger zumute als zuvor, er verspürte das dringende Bedürfnis, sich mit irgend jemandem über irgend etwas zu unterhalten.

Da entdeckte Tschonkin ein Fuhrwerk, das sich, Staub aufwirbelnd, auf das Dorf zu bewegte. Tschonkin schirmte die Augen mit der Hand ab und schaute genauer hin. Auf dem Wagen saßen mit baumelnden Beinen etwa zehn Bauernweiber. Ein weiteres Bauernweib in einem roten Kleid stand aufrecht auf dem Wagen und lenkte ihn. Als Tschonkin das sah, packte ihn eine unbeschreibliche Erregung, die um so größer wurde, je näher der Wagen kam. Als er ganz nahe war, knöpfte sich Tschonkin den Hemdkragen auf und lief auf die Landstraße zu.

»He, ihr Mädchen!« rief er. »Fahrt lieber zu mir!«

Die Mädchen lachten und lärmten, die Wagenlenkerin rief zurück: »Alle auf einmal oder jede einzeln?«

»Alle zugleich, dann sehn wir weiter!« winkte Tschonkin.

Die Mädchen lärmten noch lauter und winkten zurück, als wollten sie Tschonkin zu sich aufs Fuhrwerk einladen, während ihm die Lenkerin ein Wort zurief, das schon mehr als gewagt war.

»He, ihr Weiber!« juchzte Tschonkin im Überschwang seiner Gefühle, aber sie konnten ihn nicht mehr hören. Das Fuhrwerk hatte den Dorfrand erreicht und war hinter einer Wegbiegung verschwunden, und nur der weiße Staub hing noch lange in der heißen Luft.

Das alles hatte die denkbar angenehmste Wirkung auf

Tschonkin. Er lehnte sich auf sein Gewehr, und überaus unvorschriftsmäßige Gedanken bezüglich des weiblichen Geschlechts überkamen ihn. Er blickte noch immer in die Runde, aber das tat er jetzt nicht mehr einfach so und ohne Ziel, jetzt suchte er etwas Bestimmtes.
Und er fand es.
Im nächstgelegenen Gemüsegarten erblickte er Njura Beljaschowa, die nach der mittäglichen Ruhepause wieder hinausgegangen war, um ihre Kartoffeln anzuhäufeln. Sie ließ das Hackmesser rhythmisch aufblitzen und wandte Tschonkin abwechselnd ihre diversen Seiten zu. Er blickte genauer hin und wußte Njuras ausladende Körperformen bald gebührend zu würdigen.
Tschonkin fühlte sich zu Njura hingezogen, aber dann schaute er wieder das Flugzeug an und seufzte. Er begann wieder, am Flugzeug entlang hin und her zu gehen. Ein paar Schritte hin, ein paar Schritte zurück. Doch das »hin« wurde immer größer, das »zurück« wurde immer kleiner, und schließlich stieß Tschonkin mit dem Brustkorb gegen Njuras aus langen, krummen Latten gefertigten Gartenzaun. Das geschah für ihn selbst so unerwartet, daß Tschonkin, als er Njuras fragendem Blick begegnete, sofort begriff, daß er dem Mädchen seine Handlungsweise erklären mußte. Das tat er auch: »Ich habe Durst«, sagte er und stieß sich zur Verdeutlichung seiner Worte den Finger in den Bauch.
»Wasser ist da«, sagte Njura, »aber lauwarm.«
»Das ist egal«, sagte Tschonkin.
Njura legte das Hackmesser in die Furche, ging ins Haus hinein und kam sogleich mit einem schwarzen Eisenkrug zurück. Das Wasser war in der Tat ziemlich warm, es schmeckte nicht und roch nach dem Holzfaß, aus dem es stammte. Tschonkin nahm einen kleinen Schluck und goß sich den Rest über den Kopf.
»Das tut gut!« sagte er mit übertriebener Munterkeit.

»Was?«

»Hängen Sie den Krug auf einen Zaunpfahl«, erwiderte Njura und griff wieder nach dem Hackmesser.

Die Begegnung mit Tschonkin erregte auch sie, aber sie ließ sich das nicht anmerken und begann zu arbeiten, in der Erwartung, daß er sich wieder entferne. Das hatte Tschonkin indessen nicht vor. Er stand da, schwieg eine Weile und stellte dann gleich eine Frage, die das Wesentliche betraf: »Leben Sie allein oder mit Mann?«

»Müssen Sie das wissen?« antwortete Njura.

»Es interessiert mich eben«, erklärte Tschonkin.

»Allein oder nicht allein. Das geht Sie nichts an.«

Die Antwort befriedigte Tschonkin. Sie bedeutete, daß Njura allein lebte, ihr Mädchenstolz es ihr aber nicht erlaubte, solche Fragen direkt zu beantworten.

»Soll ich vielleicht helfen?« schlug Tschonkin vor.

»Nicht nötig«, sagte Njura, »das mach ich selber.«

Aber Tschonkin hatte sein Gewehr bereits über den Zaun geworfen und war zwischen den Latten hindurch in Njuras Gemüsegarten geschlüpft. Zuerst schlug Njura sein Anerbieten anstandshalber aus, aber dann gab sie Tschonkin ihr Hackmesser und holte sich selber ein zweites aus dem Stall. Zu zweit ging die Arbeit lustiger voran. Tschonkin arbeitete leicht und schnell, man merkte gleich, daß eine solche Beschäftigung nichts Neues für ihn war. Erst wollte Njura mit seinem Tempo Schritt halten, aber dann sah sie ein, daß ihr das nicht gelingen würde, und sie gab den Versuch auf. Als sie eine Zigarettenpause einlegten, bemerkte Njura neugierig: »Sie sind wohl selber vom Land?«

»Merkt man das?« fragte Tschonkin erstaunt.

»Und ob man das merkt«, sagte Njura und senkte verlegen den Blick. »Wir hatten Leute aus der Stadt im Dorf, die sollten uns bei der Arbeit helfen. Das war einfach nicht mitanzusehen. Die konnten nicht einmal ein

Hackmesser in der Hand halten. Ich frage mich, was die in ihren Stadtschulen lernen?«
»Das ist doch bekannt«, meinte Tschonkin. »Die lernen, wie man den Dorfspeck frißt.«
»Hab ich mir auch gedacht«, pflichtete Njura bei.
Tschonkin spuckte in die Hände und ging wieder an die Arbeit. Njura versuchte, nicht hinter ihm zurückzubleiben. Ab und zu warf sie einen heimlichen Blick auf ihren neuen Bekannten. Sie hatte natürlich gleich bemerkt, daß er nicht eben hochgewachsen und auch nicht bildschön war, aber ihre Einsamkeit hatte sich in die Länge gezogen, und so erschien Tschonkin ihr stattlich genug. Er konnte zupacken, die Arbeit ging ihm von der Hand, ein solcher Mann bringt im Haushalt seinen Nutzen. Er gefiel ihr immer mehr; in Njuras Seele glomm so etwas wie Hoffnung auf.

7

Njura war vollkommen allein. Eine einsamere Frau gab es nicht im Dorf, abgesehen von der alten Dunja, aber deren Leben ging zu Ende, während Njura gerade erst vierundzwanzig Jahre alt geworden war. In diesem Alter steht ein Weib in der Blüte seiner Jahre, aber zum Heiraten ist es schon fast zu spät. Die fixeren Mädchen im Dorf waren noch vor zwanzig unter die Haube gekommen und hatten auch schon genug Kinder in die Welt gesetzt, Njuras Altersgenossin Tajka Gorschkowa war im Winter von ihrem fünften Knaben genesen. Njura war nicht etwa neidisch, aber schließlich war sie nicht schlechter als die anderen. Ihr Gesicht und ihre Figur konnten sich durchaus sehen lassen, sie war zwar keine Schönheit, aber abstoßend häßlich hätte sie keiner genannt. Ninka Kursowa dagegen hatte von Geburt an einen großen Fleck im

Gesicht (der Fleck nahm die Hälfte von Ninkas Gesicht ein), und selbst sie hatte ihr Glück gefunden, sie hatte Kojka geheiratet und war jetzt im vierten oder fünften Monat schwanger.

Natürlich war nicht bloß Njura ledig geblieben, aber die anderen Mädchen besaßen wenigstens Eltern oder Geschwister oder sonst jemanden, sie aber hatte keine Menschenseele. Sie hatte zwei ältere Brüder gehabt, doch an die konnte sie sich nicht mehr erinnern. Der eine war im Alter von drei Jahren bei einer Feuersbrunst verbrannt, der andere war, fast genauso jung, an Fleckfieber gestorben.

Njuras Mutter war vor vier Jahren verstorben. Vorher hatte sie zwei Jahre lang über Kreuzschmerzen geklagt. Sie war immer gebückt gegangen – ob das nun an der schweren Arbeit lag oder ob sie sich verkühlt hatte, das wußte sie selber nicht. Vielleicht hätte sie eine Weile liegen und sich ausruhen müssen, aber wie soll man liegen, wenn dich der Brigadier jeden Morgen fast wie mit dem Lasso auf die Straße schleift. Da heißt es arbeiten. Und auch die eigene Haus- und Landwirtschaft, und mag sie noch so klein sein, stellt ihre Anforderungen. Und zum Feldscher in Dolgow sind es sieben Werst. Sieben Werst hin, sieben Werst zurück. Und das Heilverfahren ist immer das gleiche. Abends vor dem Schlafengehen die Füße heiß waschen und dann unter die Wattedecke. Und am Morgen, sagt der Feldscher, ist die Krankheit weg. Und von der Arbeit wirst du nicht befreit, wenn du nicht gerade Fieber hast. Denn: wo käme man hin, wenn man jeden von der Arbeit befreit?

Als es der Mutter schon ganz schlecht ging und sie laut zu schreien begann, ging der Vater zum Kolchosvorsitzenden (das war damals noch nicht Golubew) und bat ihn um ein Pferd. Darauf sagte der Vorsitzende: »Extra kann ich dir kein Pferd geben, aber wenn sich eine Mitfahrgelegenheit bietet, dann gern.« Als sich die Gelegenheit ergab, wurde sie nicht mehr benötigt. Der Friedhof von Krassnoje befand sich gleich hinter dem Gemüsegarten, dorthin trug man die Verstorbene auch ohne Pferdekraft.

Njuras Vater lebte noch ein Jahr in Krassnoje, dann bekam er mit mehr Glück als Verstand einen Paß und ging zum Geldverdienen in die Stadt.

Dort arbeitete er erst als Hilfsarbeiter beim Bau eines Kraftwerks, später ging er zur Miliz. Die Dorfleute, die das Kolchosgemüse auf den Markt fuhren, sahen ihn oft, wie er in Milizuniform und mit Revolver Jagd auf Schieber machte. Anfangs schrieb er Njura ab und zu einen Brief, aber dann heiratete er, ein Kind wurde geboren, der Vater schrieb immer seltener und hörte endlich ganz damit auf. Manchmal ließ er Njura durch Bekannte grüßen.

Aus dem Heiraten war vielleicht auch deshalb nichts geworden, weil Njura von Natur aus schüchtern war und die Männer nicht an sich zu fesseln vermochte. Der eine Verehrer wandte sich von ihr ab, weil sie ihm zu schweigsam war und man nichts mit ihr bereden konnte. Ein anderer bestand darauf, daß sie ihm bereits vor der Eheschließung zu willen sei und war beleidigt, daß sie ihm nicht glaubte. Dem dritten Verehrer glaubte sie, aber auch der ließ sie sitzen – weil sie zu rasch einverstanden gewesen war. Die Freier waren ohnehin dünn gesät und ihre Zahl ließ noch nach, sie schmolzen dahin wie Schnee auf der Handfläche. Die einen heirateten, die anderen gingen zur Armee und kehrten nicht mehr ins Dorf zurück. Und die heranwachsenden jungen Männer fanden Mädchen ihres Alters genug. So war Njura allein geblieben.

Die Einsamkeit hatte ihr Leben in besonderer Weise geprägt. Um das zu verdeutlichen, braucht man nur auf Njuras Verhältnis zum Vieh hinzuweisen. Für andere

Leute ist eine Kuh eine Kuh. Man füttert sie, tränkt sie, läßt sie mit der Herde ziehen; und dabei hat es sein Bewenden. Njura dagegen pflegte ihre Kuh mit großer Sorgfalt, sie striegelte sie und entfernte ihr die Stacheln aus dem Fell. Sie sprach zärtlich zu ihr wie mit einem Menschen und gab ihr schmackhafte Dinge zu essen: ein Stück Zucker oder eine Kohlpastete. Die Kuh vergalt gleiches mit gleichem und behandelte Njura wie ein Mensch den Menschen. Wenn die Herde abends ins Dorf zurückkehrte, lief die Kuh der Herde davon und galoppierte auf Njuras Haus zu, ungeduldig und treu. Sie spielte mit der Herrin, ging mit den Hörnern auf sie los, nicht im Ernst, sondern nur so, nur zum Spaß. Wenn sie aber merkte, daß irgend jemand Njura Böses wollte, dann war die Kuh nicht zu halten, das Spiel war aus, die Augen liefen blutrot an, und das Tier ging mit gesenktem Kopf auf Njuras Beleidiger los.

Und der Eber Borjka, der lief direkt wie ein Hund hinter Njura her. Njura hatte ihn vor zwei Jahren als kleines drei Tage altes Ferkelchen im Kolchos bekommen, um ihn zu gegebener Zeit zu schlachten. Das Ferkel war recht kümmerlich ausgefallen, es kränkelte oft. Njura pflegte und versorgte es wie ein Kind. Sie gab ihm Milch aus der Flasche, legte ihm ein Wärmekissen auf den Bauch, badete es mit Seife in einem Zuber, wickelte es in ein Tuch und legte es zu sich ins Bett. Borjka blieb am Leben und wurde gesund. Als er erwachsen war, brachte es Njura nicht mehr übers Herz, ihn zu schlachten. Mager und dreckig lebte er anstelle eines Hundes bei ihr. Er rannte durch den Hof, jagte hinter den Hühnern her, begleitete Njura, wenn sie zum Dienst bei der Post ging, und empfing sie, wenn sie zurückkam. Dann stimmte er ein solches Freudengequieke an, daß man es im ganzen Dorf hören konnte.

Sogar die Hühner waren bei Njura anders als bei anderen

Leuten. Njura setzt sich auf die Außentreppe – und schon sind die Hühner da. Eines fliegt auf die Schulter, ein anderes auf den Kopf, dort hocken sie wie im Hühnerstall und rühren sich nicht. Und auch Njura macht keine Bewegung, um die Hühner nicht zu verscheuchen.
Viele Leute im Dorf machten sich über Njura lustig, doch das kümmerte sie nicht, sie dachte nur, daß sie, wenn ihr ein, sei es auch häßlicher und nicht besonders kluger Mann begegnen würde, diesem Mann gegenüber nicht in der Schuld bleiben würde, wenn er sie nur gut behandelte. Sie würde sich ihm mit ganzer Seele öffnen. Und jetzt ging dieser kleine Mann in Armeeuniform und mit unter der Mütze hervorstehenden roten Ohren durch die Kartoffelfurche vor ihr her und schwang das Hackmesser. Wer ist er, dieser Mann, und was will er? Vielleicht langweilt er sich und will die Zeit totschlagen, vielleicht hat er etwas anderes im Sinn. Njura konnte es nicht erraten. Der Sommertag war sehr lang, aber auch er ging seinem Ende zu. Die Luft kam merklich in Bewegung, vom Fluß her strömte Feuchtigkeit, die große rote von einem Federwölkchen halbierte Sonne berührte den dunstigen Horizont. Am anderen Ende des Dorfes brüllte das Vieh, Njura ließ Tschonkin allein weiterarbeiten und rannte ihrer Krassawka entgegen. Unterwegs traf sie Ninka Kursowa, die, mit einer langen Gerte bewaffnet, ebenfalls zum Empfang ihrer Kuh ausgezogen war. Sie gingen eine Weile nebeneinander her.
»Na, bist du fertig mit dem Anhäufeln?« fragte Ninka mit deutlichem Spott, denn das ganze Dorf wußte schon, daß Njura nicht allein in ihrem Gemüsegarten arbeitete.
»Schon fast fertig«, sagte Njura.
»Mit einem Helfer geht es leichter«, blinzelte ihr Ninka zu.
»Vier Hände sind mehr als zwei«, bestätigte Njura und errötete.

»Ist er wenigstens ein guter Kerl?« erkundigte sich Ninka.
»Wer soll das wissen.« Njura zuckte die Achseln. »Auf den ersten Blick kann man nichts sagen. Stattlich ist er ja nicht, aber arbeiten kann er. Als er mit dem Hackmesser loslegte, hab ich nicht mithalten können.«
»So ist das also«, meinte Ninka. »Und wie heißt er?«
»Iwan heißt er«, verkündete Njura mit stolzgeschwellter Stimme, als wäre das ein weiß Gott wie ausgefallener Name.
»Ledig?«
»Hab ich nicht gefragt.«
»Das war falsch. Nach sowas muß man gleich fragen.«
»Ich kann nicht gleich fragen, ich geniere mich.«
»Natürlich nicht gleich«, erwiderte Ninka mit Überzeugung, »aber durch die Blume kannst du fragen. Allerdings lügt er dich sowieso an.«
»Warum soll er lügen?«
»Er muß einfach lügen«, erklärte Ninka. »Unser ganzes Leben besteht daraus, daß die Männer lügen und die Weiber es glauben. Und der ist auch noch beim Militär. Dem geht es bloß darum, sich die Zeit zu vertreiben. Fühl ihm mal auf den Zahn und schau, daß du seinen Ausweis erwischst. Obwohl in den Armeeausweisen nichts drinsteht, das sind keine Pässe.«
»Da kann man also nichts machen?« fragte Njura.
»Scheint so«, erwiderte Ninka.
»Ich weiß nicht warum, aber ich glaube ihm irgendwie«, sagte Njura. »Es sieht nicht so aus, als ob er lügt.«
»Wenn du ihm glaubst, ist das deine Sache«, bemerkte Ninka gleichgültig. »Ich an deiner Stelle würde nicht zu früh nachgeben.«
»Wer spricht denn von nachgeben?« sagte Njura verlegen.
»Ich sage nicht, daß du schon nachgegeben hast. Ich sage, daß du nachgeben könntest. Die Männer sind nun einmal

so, besonders die vom Militär. Die wollen nur das eine, und hinterher lachen sie sich ins Fäustchen und machen sich aus dem Staub.«

In diesem Augenblick machte Ninka einen Satz und landete am Zaun. Auf der Straße hatte sie Krassawka erblickt, die im Galopp durchs Dorf raste. Knapp hinter Krassawka her rannte ein laut kläffender kleiner Köter. Krassawka jagte in einem solchen Tempo direkt auf Njura zu, daß man meinen konnte, keine Macht der Welt könne sie zum Stehen bringen. Doch blieb die Kuh direkt vor Njura wie angewurzelt stehen.

»Der reinste Satan«, sagte Ninka erschreckt. »Paß auf, Njura, gleich spießt sie dich auf!«

»Die spießt mich nicht auf«, sagte Njura bestimmt und kraulte Krassawka zwischen den Hörnern. Die Kuh war außer Atem und keuchte laut und mit geblähten Nüstern.

»Mein Miststück ist nicht zu sehen«, sagte Ninka. »Ich laufe weiter und suche sie, sonst geht sie noch in einen Gemüsegarten. Komm zum Plaudern vorbei«, sagte sie wie immer zum Abschied. »Zum Liedersingen und zum Lachen.«

Die Gerte schwingend ging sie weiter.

Auf dem Rückweg schaute Njura bei der alten Dunja vorbei und kaufte eine Halbliterflasche schwarzgebrannten Schnaps. Sie fürchtete, die alte Dunja würde sie fragen, wozu sie den Schnaps brauche. Für diesen Fall hatte sich Njura die Antwort zurechtgelegt, sie erwarte ihren Vater zu Besuch. Aber die alte Dunja hatte ihrem selbstgebrannten Gebräu bereits so ausgiebig zugesprochen, daß ihr Interesse an anderen Dingen erloschen war.

Als Njura die Kuh gemolken hatte und auf die Außentreppe hinaustrat, hatte auch Tschonkin seine Arbeit beendet. Er saß im Gras und rauchte.

»Sie sind wohl erschöpft?« fragte Njura.

»Sowas mach ich mit der linken Hand«, sagte Tschonkin. »Das ist nicht Arbeit, sondern Kurzweil.«

»Ich habe im Haus den Tisch gedeckt«, sagte Njura, ihre Schüchternheit niederkämpfend.

»Den Tisch gedeckt?« Tschonkins Augen leuchteten auf, aber dann fiel ihm sein hiesiger Status ein, und er seufzte. »Leider geht es nicht. Ich möchte schon, aber ich darf nicht. Drüben steht das Ding.« Er machte eine ärgerliche Geste zum Flugzeug hin.

»Wer soll es schon anrühren!« sagte Njura eifrig. »Die Leute im Dorf schließen nicht mal ihre Häuser ab.«

»Was Sie nicht sagen!« Tschonkin schöpfte wieder Hoffnung.

»Und es kam noch nie vor, daß irgendwer irgendwas . . .?«

»Noch nie«, sagte Njura. »Ich kann mich jedenfalls an keinen Fall erinnern. Als ich noch ganz klein war, noch vor der Kolchoszeit, kam bei Stepan Lukow, der da hinter dem Kontor wohnt, einmal ein Pferd weg. Man dachte, die Zigeuner hätten es gestohlen, dabei war das Pferd bloß ans andere Flußufer geschwommen.«

»Und wenn die Dorfkinder irgendwas abschrauben?« fragte Tschonkin, bereits nachgebend.

»Die Dorfkinder schlafen schon«, sagte Njura.

»Na schön«, entschied Tschonkin, »dann komme ich für zehn Minuten rein.«

Er nahm sein Gewehr, Njura das Hackmesser.

Die vordere Hälfte des Hauses war sauber aufgeräumt. Auf dem breiten Tisch stand die mit einem Lappen verkorkte Flasche, daneben standen zwei Gläser und zwei Teller, einer mit Pellkartoffeln, der andere mit Gurken. Tschonkin stellte gleich fest, daß etwas Fleischernes fehlte. Er ließ das Gewehr stehen und rannte zum Flugzeug, um den Wäschesack zu holen. Die Wurst schnitt Njura in große Stücke auf, die Konserven wollten sie nicht öffnen, das war ihnen zu umständlich.

Tschonkin mußte auf der Bank an der Wand Platz nehmen, Njura setzte sich ihm gegenüber auf einen Schemel. Tschonkin schenkte den Schnaps ein, sich selbst ein volles Glas, Njura nur ein halbes (mehr erlaubte sie nicht). Tschonkin erhob sein Glas und prostete: »Auf unsere Bekanntschaft!«

Nach dem zweiten Glas spürte Tschonkin den Schnaps. Er knöpfte sich die Bluse auf, nahm den Riemen ab, lehnte sich mit der Schulter gegen die Wand und dachte nicht mehr an das Flugzeug. In der einbrechenden Dämmerung schwamm Njuras Gesicht wie im Nebel vor ihm, es verdoppelte sich und wurde wieder eins.

Tschonkin war fröhlich und frei zumute. Mit einer seinem Willen nicht mehr ganz gehorchenden Fingerbewegung winkte er Njura zu sich heran und sagte: »Komm her.«

»Warum?« fragte Njura.

»Einfach so.«

»Einfach so kann man auch über den Tisch hinweg sprechen«, sperrte sich Njura.

»Komm«, bettelte er, »ich beiß dich nicht.«

»Das dient zu nichts«, sagte Njura, ging aber um den Tisch herum und setzte sich in einiger Entfernung von Tschonkin auf die Bank.

Sie schwiegen eine Zeitlang. An der gegenüberliegenden Zimmerwand tickte laut eine alte Pendeluhr, doch in der Dunkelheit war sie nicht zu sehen. Es ging auf die Nacht zu.

Tschonkin seufzte tief und rückte zu Njura heran. Njura seufzte noch tiefer und rückte von ihm weg. Tschonkin seufzte wieder und rückte wieder heran. Njura seufzte wieder und rückte wieder fort. Bald war sie am Ende der Bank angelangt. Jede weitere Bewegung wäre gefährlich gewesen.

»Es ist plötzlich so kalt«, sagte Tschonkin und legte die linke Hand auf Njuras Schulter.

»Es ist gar nicht kalt«, widersprach Njura und versuchte, Tschonkins Hand von ihrer Schulter zu entfernen.
»Mich friert es an den Händen«, sagte er und langte mit der rechten Hand unter Njuras Bluse.
»Und Sie fliegen also immer mit dem Flugzeug«, fragte sie und versuchte noch einmal, sich zu befreien.
»Immer«, sagte er, schob seine Hand unter Njuras Achselhöhle und knöpfte ihr Leibchen auf.

8

Es war Tag oder Abend, Licht oder Dämmerung; genau war das nicht zu erkennen. Tschonkin wachte mit dem Gefühl auf, daß irgend jemand sein Flugzeug wegtrieb. Er sprang aus dem Bett, in dem er allein geschlafen hatte, und rannte auf die Außentreppe hinaus. Hier sah er Samuschkin, der in großer Eile ein Pferd, das wie der Graue aussah, vor das Flugzeug spannte. »Was machst du da?« schrie Tschonkin, aber Samuschkin antwortete nicht, sondern sprang in die Kabine und peitschte das Pferd mit den Zügelenden. Das Pferd machte einen Luftsprung und blieb in der Luft hängen. Dann flog es tippelnd knapp über dem Erdboden dahin. Das Flugzeug folgte ihm auf gleicher Höhe. Auf dem unteren Flügel saßen mit baumelnden Beinen jene Dorfmädchen, die am Tag mit dem Fuhrwerk an Tschonkin vorbeigefahren waren. Auch Njura saß dort, sie winkte Tschonkin mit dem Hackmesser und gab zu verstehen, daß er ihnen folgen solle. Tschonkin rannte hinter dem Flugzeug her und hatte es einige Male fast eingeholt, aber jedesmal entglitt ihm das Flugzeug. Das Laufen fiel Tschonkin immer schwerer, denn er hielt das Gewehr in der Hand, und um seine Schulter schlang sich die Mantelrolle. Tschonkin fiel ein, daß er das Gewehr gar nicht brauchte, der Hauptfeldwebel hatte ihm versehentlich keine Patronen mitgegeben. Er warf das Gewehr fort, und gleich lief es sich viel leichter. Schon hatte er das Flugzeug fast erreicht, schon griff er nach dem Hackmesser, das ihm Njura entgegenhielt, da wuchs plötzlich Hauptfeldwebel Pesskow vor ihm auf und fragte unheildrohend: »Warum grüßt du nicht?« Einen Augenblick lang verweilte Tschonkin vor Pesskow, er wußte nicht, ob er etwas erwidern oder weiter hinter dem Flugzeug herrennen sollte. Da brüllte ihn Pesskow an: »Geh am Pfahl entlang, Bürschchen, und grüß den Pfahl zehnmal!« Tschonkin blickte sich rasch um, denn er wollte den Befehl des Hauptfeldwebels ausführen, bevor das Flugzeug einen zu großen Vorsprung bekam, aber es war nirgends ein Pfahl zu sehen.

»Du siehst den Pfahl nicht!« tobte der Hauptfeldwebel. »Dann nehm ich dir dein Auge raus, dann siehst du gleich alles, was du zu sehen hast!« Mit diesen Worten ging Pesskow auf Tschonkin los, nahm dessen rechtes Auge aus der Augenhöhle heraus, hielt es in den Raum hinein, und jetzt sah Tschonkin wirklich einen rissigen Holzpfahl vor sich, an dessen Spitze eine Laterne brannte. Tschonkin dachte: wozu die Laterne, wo doch sowieso genug Licht ist? Er nahm sein Auge aus der Hand des Hauptfeldwebels und ging auf den Laternenpfahl zu, aber dann fiel ihm das Flugzeug ein, und er blickte sich um.

Das Flugzeug befand sich direkt hinter seinem Rücken. Es schwebte unbeweglich über der Erde, während das Pferd kleine hilflose Schritte machte, ohne sich von der Stelle rühren zu können. »Man müßte das Pferd zum Hufschmied bringen«, dachte Tschonkin und erblickte Oberpolitruk Jarzew, der hinter einem Hügel hervortrat und Tschonkin mit dem Finger herbeiwinkte. Tschonkin schaute den Hauptfeldwebel an, um dessen Erlaubnis zu erbitten, aber der war bereits anderweitig beschäftigt: er saß rittlings auf Kammerunteroffizier Trofimowitsch und ritt eine Runde nach der anderen. Im Mittelpunkt dieses Kreises stand Oberstleutnant Pachomow und schlug mit einer langen Peitsche abwechselnd auf den einen und den anderen ein.

Als Tschonkin auf Jarzew zutrat, beugte sich dieser zu seinem Ohr herab. Tschonkin erschrak und hielt die Hand vors Ohr.

»Hab keine Angst, er spuckt nicht«, sagte von hinten Samuschkin. Iwan ließ die Hand sinken. Sofort verwandelte sich Jarzew in einen Käfer und kroch in Tschonkins Ohr. Den kitzelte es, er wollte Jarzew aus seinem Ohr entfernen, aber Jarzew sprach leise: »Regen Sie sich nicht auf, Genosse Tschonkin, Sie sind eine unantastbare Persönlichkeit, ich kann Ihnen nichts anhaben. Ich bin beauftragt, Ihnen mitzuteilen, daß der Genosse Stalin überhaupt keine Frauen hatte, weil er selber eine Frau ist.«

Nach diesen Worten verwandelte sich Jarzew wieder in einen Menschen, sprang auf die Erde und verschwand hinter dem Hügel.

Da schwebte vom Himmel langsam der Genosse Stalin herab. Er trug ein Frauenkleid und hatte einen Schnauzbart. Zwischen seinen Zähnen steckte eine Pfeife, in der Hand hielt er ein Gewehr.

»Ist das dein Gewehr?« fragte er streng und mit leicht georgischem Akzent.

»Jawohl«, stotterte Tschonkin und streckte seine Hand nach dem Gewehr aus, aber der Genosse Stalin hielt das Gewehr weg und fragte: »Und wo ist Hauptfeldwebel Pesskow?«

Pesskow kam jetzt rittlings auf Trofimowitsch angaloppiert. Trofimowitsch wühlte mit dem Huf die Erde auf und versuchte, den Reiter abzuwerfen, aber der hielt sich an Trofimowitschs Ohren fest.

»Genosse Hauptfeldwebel«, sagte Stalin, »Gemeiner

Tschonkin hat seinen Posten verlassen und dabei sein Gewehr verloren. Unsere Rote Armee kann auf solche Soldaten verzichten. Ich schlage vor, den Genossen Tschonkin zu erschießen.«
Pesskow stieg langsam von Trofimowitsch herunter, nahm dem Genossen Stalin das Gewehr ab und befahl Tschonkin: »Hinlegen!« Tschonkin ging zu Boden. Unter ihm war Staub, der nachgab, ihn einsaugte und ihm Mund, Augen und Ohren verstopfte. Er versuchte, den Staub mit den Händen wegzuschieben, er wartete auf das Kommando »Zurück!«, aber das Kommando kam nicht, und er versank immer tiefer und tiefer im Staub. Etwas Kaltes berührte seinen Nacken und er begriff, daß das der Gewehrlauf war, und daß gleich der Schuß folgen würde...
... Schweißgebadet wachte er auf. Neben ihm schlief eine Frau an seiner Schulter. Er erinnerte sich nicht gleich, wer diese Frau war und wie sie beide in dasselbe Bett geraten waren. Erst als er sein Gewehr sah, das friedlich am Kleiderständer hing, fiel ihm alles wieder ein. Er sprang auf den kalten Fußboden und rannte, auf die Schnüre seiner Unterhosen tretend, zum Fenster.
Draußen tagte es bereits. Das Flugzeug stand am alten Platz, seine großen ungelenken Flügel ragten schwarz gegen den sich aufhellenden Himmel. Tschonkin seufzte erleichtert, blickte sich um und begegnete Njuras Blick. Njura wollte die Augen schließen, aber dafür war es zu spät. Nicht zu schauen, wäre dumm gewesen, doch vor dem Schauen empfand sie Scham. Sie schämte sich, daß ihr runder, weißer Arm nackt auf der Bettdecke lag. Njura bewegte den Arm langsam zur Seite, um ihn zu verbergen und lächelte verlegen. Auch Tschonkin war ein wenig verwirrt, da er das aber nicht zeigen wollte und da er nicht wußte, was er tun sollte, schritt er auf Njura zu, nahm ihre Hand in die Seine, schüttelte sie sacht und

sagte: »Guten Morgen.«
An jenem Morgen sahen die Dorfweiber, die das Vieh aufs Feld trieben, wie Tschonkin barfuß und ohne Uniformbluse aus Njuras Haus trat. Er ging zu dem Flugzeug, band es umständlich los, zerlegte einen Teil des Zaunes, rollte das Flugzeug in Njuras Garten und schloß die Lücke im Zaun wieder.

9

Eine hervorstechende Eigenschaft des Vorsitzenden Golubew war seine unbezwingbare Neigung zum Zweifel. Wenn ihn seine Frau am Morgen fragte: »Was willst du essen: Rührei oder Kartoffeln?« antwortete er: »Stell die Kartoffeln auf den Tisch.« Sie holte den Topf mit den Kartoffeln aus dem Ofen, und in dieser Sekunde wußte Golubew mit absoluter Sicherheit, daß er Rühreier essen wollte. Die Frau schob den Topf mit den Kartoffeln wieder in den Ofen und ging in die Diele, um Eier zu holen. Als sie zurückkam, begegnete sie dem schuldbewußten Blick ihres Gatten, der jetzt doch lieber Kartoffeln wollte.
Manchmal sagte er sogar ärgerlich: »Gib das eine oder das andere her, zwing mich nicht, über Dummheiten nachzudenken.«
Die Entscheidungsfreiheit war ihm eine ständige Last. Er quälte sich unsagbar, wenn es darum ging, welches Hemd er heute anziehen sollte, das grüne oder das blaue, welche Stiefel, die alten oder die neuen. Während der letzten zwanzig und soundsoviel Jahre war im Lande freilich viel getan worden, damit Golubew nicht zu zweifeln brauchte, aber irgendwelche Zweifel waren ihm dennoch geblieben, und sie erstreckten sich manchmal sogar auf solche Dinge, an denen zu zweifeln in jener Zeit nicht üblich

war. Nicht von ungefähr sagte der für die MTS-Zone zuständige Sekretär des Rayonskomitees Borissow manchmal: »Laß deine Zweifel, Golubew. Jetzt heißt es arbeiten – und nicht zweifeln.«
Auch dies sagte Borissow: »Denk daran, daß man dich genau beobachtet.«
Das freilich sagte er nicht allein zu Golubew, sondern auch zu vielen anderen. Welcher Art die Beobachtung war und wer sie durchführte, verriet Borissow nicht. Vielleicht wußte er es selber nicht.
Einmal leitete Borissow im Rayonskomitee eine Konferenz von Kolchosvorsitzenden über Fragen der Erhöhung des Milchertrags im laufenden Quartal. Golubews Kolchos gehörte zum Durchschnitt, man lobte ihn nicht und tadelte ihn nicht, er saß da und betrachtete die gipserne Stalinbüste, die auf einem braunen Postament am Fenster stand. Als die Besprechung vorbei war und die Teilnehmer auseinandergingen, hielt Borissow ihn zurück. Der Sekretär blieb neben der Büste des Führers stehen, strich ihr mechanisch über den Kopf und sagte: »Hör mal zu, Iwan Timofejewitsch. Dein Parteistellenleiter Kilin sagt, du würdest der anschaulichen Agitation zu wenig Aufmerksamkeit widmen. Zum Beispiel machst du kein Geld für ein Diagramm der Produktionssteigerung locker.«
»Das hab ich auch nicht vor«, erwiderte Golubew mit fester Stimme. »Ich habe kein Geld für den Kuhstall, und Kilin will das Kolchosgeld für Diagramme verplempern.«
»Was heißt verplempern?« widersprach der Sekretär. »Begreifst du, was du redest?«
»Das begreife ich wohl«, sagte Golubew. »Ich begreife alles. Aber es ist schade ums Geld. Das Geld reicht sowieso vorne und hinten nicht, ich weiß nicht, wie ich die Löcher stopfen soll. Nachher zieht ihr mir das Fell über die Ohren, weil ich Vorsitzender bin.«
»Du bist in erster Linie Kommunist und erst in zweiter

Linie Vorsitzender. Ein Diagramm ist etwas von großer politischer Tragweite. Ein seltsamer Kommunist, der das unterschätzt. Ich weiß nur noch nicht, ob hinter deinen Worten ein Irrtum oder eine feste Überzeugung steckt. Wenn du von deiner Position nicht abrückst, werden wir dich peinlich überprüfen, wir werden dir in die Seele hineinblicken, zum Teufel noch mal!« Wutentbrannt klatschte Borissow der Büste des Genossen Stalin auf den Kopf und schüttelte gleich darauf seine Hand vor Schmerz, doch wich der Ausdruck des Schmerzes auf seinem Gesicht sofort dem eines tödlichen Schreckens.

Sein Mund war wie ausgetrocknet. Er öffnete den Mund und blickte Golubew wie hypnotisiert an. Auch dem war der Schreck in die Glieder gefahren. Er hätte viel darum gegeben, nicht gesehen zu haben, was er eben gesehen hatte. Aber er hatte es nun einmal gesehen! Was nun? Sollte er so tun, als hätte er nichts bemerkt? Und wenn Borissow losrannte und diese Sache beichtete? Er würde sich herauswinden, und man würde Golubew belangen, weil er nichts gemeldet hatte. Aber wenn er Meldung machte, konnte er trotzdem ins Kittchen kommen, denn er war immerhin Augenzeuge.

Beide erinnerten sich daran, wie ein Schüler einmal mit einer Gummischleuder auf die Lehrerin gezielt, jedoch das Porträt getroffen und das Glas zerschossen hatte. Hätte er der Lehrerin ein Auge ausgeschossen, dann hätte man dem Schüler vielleicht aufgrund seiner Minderjährigkeit verziehen, aber er hatte nicht das Auge, sondern das Porträt getroffen, und das war ein Attentat, nicht mehr und nicht weniger. Was aus diesem Schüler geworden war, wußte niemand.

Als erster fand Borissow seine Kaltblütigkeit wieder. Mit einer raschen Bewegung holte er sein Zigarettenetui heraus, öffnete es und hielt es Golubew hin. Dieser zögerte. Schließlich entschied er sich fürs Nehmen.

»Ja, worüber sprachen wir?« fragte Borissow, als wäre nichts geschehen, trat jedoch sicherheitshalber ein wenig von der Büste weg.
»Wir sprachen über sinnfällige Agitation«, erinnerte Golubew eifrig. Auch er kam allmählich wieder zu sich.
»Ich sage also, Iwan Timofejewitsch«, fuhr Borissow nun bereits mit verändertem Ton fort, »daß man die politische Bedeutung dieser Art von Agitation nicht unterschätzen darf, und ich bitte dich als Freund: bring das in Ordnung in deinem Kolchos.«
»Na schön«, sagte Golubew mürrisch.
»Dann sind wir uns ja einig«, freute sich Borissow. Er hakte Golubew unter, begleitete ihn zur Tür und fügte mit gesenkter Stimme hinzu: »Und noch ein Freundeswort, mein Lieber. Denk immer daran, daß man dich aufmerksam beobachtet.«
Golubew trat auf die Straße. Draußen war es trocken und sonnig wie vorhin. Der Vorsitzende vermerkte das mit Unwillen, der Regen ließ weiter auf sich warten. Sein an ein eisernes Gitter gebundenes Pferd streckte sich nach einem Brennesselbüschel, konnte es aber nicht erreichen. Golubew kletterte auf seinen Zweiradwagen. Das Pferd trottete los und blieb dann, eine Häuserzeile weiter aus reiner Gewohnheit vor einem Holzhaus stehen, an dem ein Schild »Teestube« angebracht war. Vor dem Haus stand bereits ein Fuhrwerk mit leeren Milchkübeln. Der Vorsitzende erkannte sofort, daß das Fuhrwerk aus seinem Kolchos kam. Das Pferd war an einen Pfahl gebunden. An den gleichen Pfahl band Golubew seinen Gaul. Dann stieg er die wackligen Stufen der Außentreppe hinauf und öffnete die Haustür. In der Teestube roch es nach Bier und Sauerkohl.
Eine Frau, die gelangweilt hinter der Theke stand, wandte sich dem Eingetretenen zu.
»Guten Tag, Iwan Timofejewitsch.«

»Grüß dich, Anjuta«, erwiderte Golubew und warf einen Blick in die Ecke.

Dort trank Pletschewoj sein Bier aus. Beim Erscheinen des Kolchosvorsitzenden stand er auf.

»Bleib sitzen«, winkte Golubew ab und wartete, bis ihm Anjuta das Übliche eingeschenkt hatte: ein Glas Wodka und einen Krug Bier. Den Wodka goß er wie immer ins Bier, dann ging er zu Pletschewoj hinüber. Der wollte wieder aufstehen, doch Golubew drückte ihn auf den Stuhl zurück.

»Hast du die Milch abgeliefert?« fragte der Vorsitzende, sein Gebräu schlürfend.

»Hab ich«, sagte Pletschewoj. »Die sagen, der Fettgehalt sei zu niedrig.«

»Wird schon reichen«, meinte Golubew. »Und was sitzt du hier herum?«

»Ich hab Njura getroffen, die Briefträgerin. Der hab ich versprochen, daß ich sie mitnehme. Jetzt wart ich auf sie.«

»Lebt die immer noch mit ihrem Rotarmisten?« erkundigte sich der Vorsitzende.

»Tut sie, warum auch nicht?« sagte Pletschewoj. »Der spielt bei ihr Hausfrau. Wenn sie zur Post geht, holt er das Wasser, hackt das Holz und kocht die Suppe. Zieht Njuras Schürze an und läuft damit herum, macht sich im Haushalt nützlich. Und dann soll er noch, das hab ich selber nicht gesehen, aber die Leute erzählen es, dann soll er noch Servietten besticken.« Pletschewoj lachte. »So was hab ich mein Lebtag nicht gesehn: daß ein Mann mit einer Weiberschürze rumläuft und Servietten bestickt. Und was besonders interessant ist, Iwan Timofejewitsch. Angeblich haben sie ihn für eine Woche hergeschickt, und jetzt sind anderthalb Wochen rum, und der Kerl rührt sich nicht vom Fleck. Ich weiß nicht, vielleicht lebt das Volk hinterm Mond, aber man munkelt, das sei nicht von ungefähr so. Da steckt was dahinter. Manche Leute glau-

ben, daß dieser Bursche eine Untersuchung durchführt.«
»Was für eine Untersuchung?« horchte Golubew auf.
Pletschewoj wußte, wie mißtrauisch sein Vorsitzender war. Jetzt zog er ihn auf und stellte erfreut fest, daß seine Worte die gewünschte Wirkung hatten.
»Weiß der Teufel, was für eine Untersuchung«, sagte er. »Sicher ist nur, daß dieser Tschonkin nicht einfach so bei uns herumsitzt. Wenn das Flugzeug kaputt ist, dann muß man es reparieren. Wenn es so kaputt ist, daß man es nicht mehr reparieren kann, dann soll man es in Gottes Namen verschrotten. Und nicht extra eine Militärperson danebenstellen. Deshalb zweifeln die Leute, Iwan Timofejewitsch. Es geht das Gerücht«, Pletschewoj senkte die Stimme und näherte seinen Mund dem Ohr des Vorsitzenden, »daß die Kolchose wieder zugemacht werden soll.«
»Das schlag dir aus dem Kopf«, sagte der Vorsitzende zornig. »Das wird nie geschehen, darauf brauchst du nicht zu hoffen. Arbeiten muß man – und nicht Gerüchte sammeln.«
Er trank sein Gebräu aus und erhob sich.
»Und du, Pletschewoj«, sagte Golubew zum Abschied, »warte nicht mehr lange auf die Beljaschowa. Wenn sie nicht bald kommt, dann mach dich auf den Weg. Die kommt auch auf ihren eigenen Stelzen heim.«
Golubew winkte Anjuta zu, ging hinaus, bestieg seinen Zweiradwagen und fuhr los. Aber Pletschewojs Worte wirkten in ihm nach. Zusammen mit Borissows Erklärung, er werde aufmerksam beobachtet. Aber wie und durch wen?
Sollte am Ende dieser Rotarmist ... Hat man ihn extra deshalb ... Er sieht nicht so aus wie einer, der just zu diesem Zweck ... Doch die Leute, die sich mit so was befassen, sind auch nicht blöd, die werden nicht gerade jemanden schicken, dem man gleich ansieht, daß man ihn

geschickt hat. Wenn man das genau wüßte! Aber wie bekommt man es heraus? Da entstand in Golubews Hirn der kühne Gedanke: »Und wenn ich nun zu diesem Rotarmisten gehe, mit der Faust auf den Tisch schlage und sage: heraus mit der Sprache! Sag endlich, wer dich geschickt hat und wie dein Auftrag lautet!« Selbst wenn mich das nachher teuer zu stehen kommt, dachte Golubew, ist das die beste Lösung. Lieber gleich fallen, als endlos auf eine unbekannte Gefahr warten.

10

Es waren also anderthalb Wochen vergangen, seitdem Tschonkin nach Krassnoje gekommen und bei Njura Wohnung genommen hatte. Er hatte sich schon eingelebt, kannte alle Dorfleute, war längst ein Bruder unter Brüdern, und nichts deutete darauf hin, daß man ihn irgendwann wieder abberufen würde. Man kann nicht sagen, daß ein solches Leben Tschonkin mißfallen hätte. Ganz im Gegenteil, denn hier in Krassnoje gab es weder Wecken noch Zapfenstreich, weder Leibesübungen noch Politunterricht. Obwohl er sich in der Armee in puncto Verpflegung nicht schlecht gestanden hatte, war er hier noch besser dran. Brot, Milch, Eier – alles ganz frisch, die grünen Zwiebeln direkt vom Beet. Und das Weib im Bett war auch nicht zu verachten. An Tschonkins Stelle hätte jeder Soldat liebend gern bis zur Entlassung auf diesem Posten ausgeharrt und wäre sogar noch ein, zwei Jahre länger geblieben. Dennoch gab es in Tschonkins Lage einen Umstand, der ihm das ruhige Leben an Njuras Seite vergällte. Dieser Umstand war der, daß man ihn für eine Woche hier gelassen hatte, aber die Woche war längst vorbei, und die Obrigkeit ließ nichts von sich hören und erteilte auch keine neuen Befehle, und wenn man ihn hier

länger lassen wollte, konnte man ihm das doch mitteilen und die Marschverpflegung ergänzen. Er hatte es zwar gut getroffen, aber das war sein Glück, sonst würde er längst am Hungertuch nagen.
Während der letzten Tage hatte Tschonkin jedesmal, wenn er auf die Straße hinaustrat, zum Himmel hochgeblickt und Ausschau gehalten, ob sich dort nicht ein langsam größer werdender Punkt abzeichnete. Er hatte auch die Hand an die Ohrmuschel gelegt und gelauscht, ob nicht das näherkommende Brummen eines Motors zu hören war. Aber es war nichts zu sehen und zu hören.
Da er nicht wußte, was er tun sollte und immer ratloser wurde, faßte Tschonkin den Entschluß, einen klugen Mann um Rat zu fragen. Dieser kluge Mann war Njuras Nachbar Kusjma Matwejewitsch Gladyschew.
Kusjma Gladyschew war nicht nur in Krassnoje, sondern auch in der ganzen Umgegend als gelehrter Mann bekannt. Von Gladyschews Gelehrtheit zeugte bereits der Umstand, daß er »Water clozet« auf das Holzklo in seinem Gemüsegarten geschrieben hatte.
Gladyschew bekleidete zwar bloß die bescheidene und schlechtbezahlte Stellung eines Kolchosmagazinverwalters, aber dafür verfügte er über viel Freizeit und nutzte sie zur Erweiterung seines Wissens. In seinem kleinen Kopf hatte er so viele Informationen aus den verschiedensten Wissensgebieten angesammelt, daß die Leute aus dem neidischen und bewundernden Seufzen nicht herauskamen. Einige behaupteten sogar, Gladyschew würde, wenn man ihn um zwölf Uhr nachts weckte und eine beliebige Frage an ihn richtete, diese Frage ohne langes Nachdenken sofort und ausführlich beantworten und eine jede Naturerscheinung vom Standpunkt der modernen Wissenschaft, ohne Heranziehung jenseitiger und göttlicher Kräfte, erschöpfend erklären.
Alle diese Kenntnisse hatte Gladyschew ausschließlich auf

dem Wege der Selbstbildung erworben, und das war weiß Gott nicht das Verdienst der Kirchenschule, in der er nicht mehr als zwei Klassen absolviert hatte. Das von Gladyschew angehäufte Wissen wäre in seinem Kopf möglicherweise ohne jede Nutzanwendung geblieben, wäre nicht die Oktoberrevolution gekommen, die das Volk von aller möglichen Sklaverei befreite und jeden Bürger in die Lage versetzte, die leuchtenden und steinigen Gipfel der Wissenschaft zu erklimmen. Es ist noch anzumerken, daß Gladyschews befreiter Verstand auch schon früher viele originelle wissenschaftliche Ideen geboren hatte. Er ließ kein Faktum des Lebens unbeachtet, und ein jedes dieser Fakten brachte ihn auf verschiedene Gedanken. Wenn er zum Beispiel Küchenschaben auf dem Ofen erblickte, dann dachte er sofort darüber nach, ob man sie nicht miteinander verbinden und gezielt einsetzen könnte. Das würde eine Kraft ergeben, die man in der Landwirtschaft gewinnbringend anwenden konnte. Oder er sah ein Wölkchen am Himmel und dachte: dieses Wölkchen müßte man in eine Hülle stopfen und als Fesselballon in Dienst stellen. Es wird behauptet, (das ist heute schwer nachzuprüfen), daß niemand anderes als Gladyschew lange vor Schklowskij die Hypothese über die künstliche Entstehung der Marssatelliten aufstellte.

Abgesehen von diesen eher nebensächlichen Gedanken hegte Gladyschew eine Idee, der er sein ganzes Leben weihen und mittels derer er seinen Namen in der Wissenschaft verewigen wollte. Inspiriert von den fortschrittlichen Lehren Mitschurins und Lyssenkos, hatte er es sich in den Kopf gesetzt, die Kartoffel mit der Tomate zu kreuzen und eine Pflanze zu züchten, die gleichzeitig Kartoffelknollen und Tomaten hervorbringen würde. Das erhoffte Kreuzungsprodukt nannte Gladyschew im Geist jener großen Zeit »Weg zum Sozialismus« oder abgekürzt »Wezums«. Wenn es nach ihm gegangen wäre, hätte er seine diesbezüglichen Versuche über das ganze Kolchosgebiet ausgedehnt, was ihm jedoch nicht gestattet worden war. So mußte er sich auf seinen eigenen Gemüsegarten beschränken. Das war auch der Grund, warum er Kartoffeln und Tomaten bei seinen Nachbarn kaufen mußte.

Gladyschews Versuche hatten bisher keine schlüssigen Ergebnisse erbracht, obwohl sich einige charakteristische Eigentümlichkeiten des Wezums bereits zu erkennen gaben. Die Blätter und Stengel dieser Pflanze waren kartoffelkrautähnlich, während sich die Wurzeln mehr tomatenartig entwickelten. Trotz zahlreicher Fehlschläge ließ Gladyschew den Mut nicht sinken, denn er sah ein, daß eine echte wissenschaftliche Entdeckung viel Arbeit und beträchtliche Opfer erfordert. Die Leute, die über diese Versuche im Bilde waren, betrachteten sie mit Mißtrauen, aber Gladyschew war irgend jemandem aufgefallen, der ihn unterstützte, was in der verdammten Zarenzeit nicht möglich gewesen wäre.

In der Rayonzeitung *Bolschewistisches Tempo* war im Rahmen der Serie »Menschen des neuen Dorfes« eines Tages ein großer Bericht (doppelseitig, unter dem Strich) erschienen. Der Bericht trug die Überschrift »Ein Züchter aus eigenem Antrieb«.

Die Zeitung brachte auch ein Foto des Züchters, das ihn über eine Staude seines Zuchtergebnisses gebeugt darstellte, durch die Staude hindurch gleichsam die sich abzeichnenden Umrisse der wunderbaren Zukunft unseres Planeten betrachtend. Nach der Rayonzeitung meldete sich auch die Gebietszeitung mit einer kleinen Notiz zu Wort. Schließlich erwähnte eine Allunionszeitung in einem Aufsatz zu dem Thema »Das wissenschaftliche Schöpfertum der Massen« unter etlichen anderen Namen auch denjenigen Gladyschews. In seinen Forschungen sowie im Kampf gegen die Routine stützte sich Gladyschew außerdem noch auf die Äußerung eines Mitglieds der Landwirtschafts-Akademie, obwohl diese Äußerung negativ gehalten war. Auf einen persönlich an ihn gerichteten Brief erwiderte das Akademiemitglied, Gladyschews Züchtungsversuche seien unwissenschaftlich und ohne Perspektive. Nichtsdestoweniger gab das Akademiemitglied Gladyschew den Rat, den Mut nicht zu verlieren, das Beispiel der alten Alchimisten zeige, daß in der Wissenschaft keine Arbeit umsonst sei. Man könne das eine suchen und etwas anderes finden. Dieser Brief hinterließ ungeachtet seines Inhalts, beim Empfänger einen starken Eindruck, um so mehr als er auf dem offiziellen Briefbogen einer namhaften Institution geschrieben war, woselbst Gladyschew mit »verehrter Genosse Gladyschew« angeredet wurde und wo eine eigenhändige Unterschrift des Akademiemitglieds prangte. Auch auf alle anderen Leute, die den Brief lasen, machte er einen gewissen Eindruck. Doch wenn der »Züchter aus eigenem Antrieb« zum soundsovielten Mal daran ging, irgend jemandem auseinanderzusetzen, welche Perspektiven sich der Welt mit dem Wezums eröffnen würden, wurde der Betreffende von Langeweile ergriffen und entfernte sich. In solchen Augenblicken durchlebte Gladyschew wie viele andere geniale Wissenschaftler die totale Einsamkeit. Das änderte sich erst, als Iwan Tschonkin seinen Lebensweg kreuzte.

Gladyschew erzählte gern von seiner Züchtertätigkeit, und Tschonkin war, wenn er sich langweilte, nicht abgeneigt zuzuhören. Das brachte sie einander näher, und sie freundeten sich rasch an. Wenn Tschonkin zum Pinkeln oder einfach so aus dem Haus kam, machte sich Gladyschew meistens schon in seinem Gemüsegarten jätender- oder gießenderweise zu schaffen. Sein Aufzug war stets derselbe: eine Kavalleristenhose, alte Stiefel aus Kuhleder, ein verschlissenes Unterhemd und ein breitkrempiger Sombrero, den er weiß Gott woher hatte.

Tschonkin winkt dem Züchter zu: »Ich begrüße dich, Nachbar!«
»Wünsche Gesundheit und Wohlergehen«, erwidert höflich derselbe.
»Wie ist so das Leben?« erkundigt sich Tschonkin.
»Ich bin am Werk«, lautet die schlichte Antwort.
So gibt ein Wort das andere, das Gespräch fließt ungezwungen dahin.
»Wann wächst denn jetzt deine Kartoffeltomate?«
»Warte ab, es ist noch zu früh. Alles braucht, wie man sagt, seine Zeit. Erst muß die Staude abblühen.«
»Und wenn es diesmal wieder nichts wird, was tust du dann?« beharrt Tschonkin neugierig.
»Diesmal muß es werden«, seufzt Gladyschew hoffnungsfroh.
»Schau einmal her. Der Stengel sieht ganz nach Kartoffelkraut aus und die Blätter haben einen Einschnitt wie bei der Tomatenstaude. Siehst du es?«
»Weiß der Geier«, zweifelt Tschonkin, »vorläufig ist noch nicht viel zu sehen.«
»Wieso denn nicht?« begehrt Gladyschew gekränkt auf. »Schau genau hin. Es schießt üppig ins Kraut.«
»Üppig ist es«, bestätigt Tschonkin, und sein Gesicht belebt sich, ihm ist ein Gedanke gekommen. »Hör mal, kann es nicht auch so kommen, daß die Tomaten unten und die Kartoffeln oben sind?«
»Nein, so kann es nicht kommen«, erklärt Gladyschew geduldig. »Das widerspräche den Naturgesetzen, denn die Kartoffeln sind ein Teil des Wurzelsystems, und die Tomaten sind eine Außenfrucht.«
»Das wäre nämlich auch ganz interessant«, beharrt Tschonkin.
Gladyschew mögen Tschonkins Fragen vielleicht dumm erscheinen, doch je dümmer die Frage, desto klüger läßt sie sich beantworten, deshalb führen beide das Gespräch

mit großem Vergnügen.
Ihre Freundschaft wuchs mit jedem Tag. Sie hatten sich schon abgesprochen, daß sie sich bald im Familienkreis treffen würden: Tschonkin mit Njura und Gladyschew mit seiner Frau Aphrodite (so nannte sie Gladyschew, in Wirklichkeit hieß sie Jefrossinja).

II

An jenem Tag hatte Tschonkin bereits eine Menge getan. Er hatte Wasser geholt, das Brennholz gespalten, den Eber Borjka mit Kleie gefüttert und das Mittagessen für sich und Njura bereitet. Daraufhin setzte er sich gewöhnlich, ohne Njuras Schürze auszuziehen, ans Fenster und wartete, den Kopf in die Hand gestützt, auf Njura. Manchmal nahm er auch, um sich die Zeit nicht lang werden zu lassen, die Stickerei in die Hand. Der Anblick eines in einer Weiberschürze am Fenster sitzenden und dazu noch stickenden Soldaten war zweifellos komisch, aber das Sticken machte Tschonkin nun einmal großen Spaß. Er fand es interessant, wenn sich die vielen bunten Kreuze endlich zum Bild eines Gockels oder einer Rose fügten. Auch jetzt hatte er die Stickerei wieder zur Hand genommen, aber die Arbeit wollte nicht vorangehen, der Gedanke an die Unbestimmtheit seiner Lage lenkte ihn ab. Einige Male ging er vors Haus, um einen Plausch mit Gladyschew einzulegen, aber der war nicht im Gemüsegarten, und er brachte es nicht über sich, zu ihm ins Haus zu gehen, ihn zu belästigen, um so mehr als er bisher noch nie in Gladyschews Haus gewesen war.
Um die Zeit irgendwie totzuschlagen, entschloß er sich zu einer Arbeit, die stumpfsinniger war als das Sticken: er wusch die Fußböden. Das schmutzige Wasser trug er hinter die Gartenpforte und schüttete es auf den Weg.

Ein etwa fünfjähriges Mädchen in einem geblümten Kattunkleid spielte am Gartenzaun mit dem Eber Borjka. Sie nahm sich die seidene Schleife aus dem Haar und band sie dem Schwein um den Hals. Borjka bewegte den Hals hin und her, um die Schleife zu beäugen, was ihm nicht gelingen wollte. Als das Mädchen Tschonkin erblickte, nahm es die Schleife schnell wieder von Borjkas Hals und preßte sie in der Hand zusammen.
»Zu wem gehörst du denn, Mädchen?« fragte Iwan.
»Ich gehöre zu Kilins. Und du?«
»Ich gehöre mir selbst«, feixte Tschonkin.
»Und ich gehöre Papa und Mama«, prahlte das Mädchen.
»Und wen liebst du mehr: Papa oder Mama?«
»Den Genossen Stalin«, sagte das Mädchen und rannte verlegen davon.
»Den Genossen Stalin?« wiederholte Tschonkin und blickte der Kleinen kopfschüttelnd nach.
Übrigens liebte auch er Stalin auf seine Art.
Den leeren Eimer schlenkernd schlug Tschonkin den Heimweg ein. In diesem Augenblick trat Gladyschew mit zerzaustem Haar und roten Flecken am Hals auf die Außentreppe seines Hauses.
»Da bist du ja, Nachbar!« freute sich Tschonkin. »Ich warte bereits über eine Stunde auf dich, ich dachte schon, du wärst verlorengegangen.«
»Ich hatte mich aufs Ohr gelegt«, sagte Gladyschew, streckte sich und gähnte. »Nach dem Essen hab ich mich hingelegt, um ein Buch über Pflanzenselektion zu lesen, da bin ich eingeschlafen. Diese Hitze macht mich kaputt. Wenn es nicht bald Regen gibt, wird alles versengt.«
»Hör mal, Nachbar«, sagte Tschonkin, »willst du etwas Tabak? Ich habe einen starken, selbstgebauten, der kratzt ganz schön den Hals. Njura hat ihn gestern auf dem Markt in Dolgow gekauft.«
Er schob die Schürze beiseite, holte aus der Hosentasche

eine Büchse, die früher Gewehröl und jetzt Tabak, sowie eine zu einem Heftchen gefaltete Zeitung enthielt.
»Tabak ist das Schädlichste, was es gibt«, verkündete Gladyschew und ging auf den Lattenzaun zu, der die beiden Gemüsegärten trennte. »Wissenschaftler haben festgestellt, daß ein Tropfen Nikotin ein Pferd tötet.«
Er unterließ es jedoch, den angebotenen Tabak auszuschlagen, drehte sich eine Zigarette, zündete sie an und begann sofort zu husten.
»Der hat es in sich«, meinte er lobend.
»Den Alten zum Schlaf, den Jungen zum Beischlaf«, pflichtete ihm Tschonkin bei. »Übrigens Nachbar, ich hab was mit dir zu besprechen.«
»Was Wichtiges?« fragte Gladyschew.
»Ach wo, was ganz Unwichtiges.«
»Und was genau?«
»Es lohnt sich gar nicht, darüber zu reden.«
»Dann red eben nicht.«
»Auch wieder wahr«, erwiderte Tschonkin. »Aber andererseits muß ich doch reden. Sie haben mich für eine Woche hergeschickt, und auch die Marschverpflegung war auf eine Woche berechnet, und jetzt sind anderthalb Wochen vorbei, und sie holen mich nicht ab. Und wegen der Marschverpflegung gibt es auch keine Nachricht. Soll das heißen, daß ich auf Weiberkosten hier leben muß?«
»Mir gefällt das auch nicht«, sagte Gladyschew. »Solche Leute nennt man Alfons oder Louis.«
»Ich heiße Iwan«, widersprach Tschonkin. »Deine Frau kannst du nennen, wie du willst, von mir aus kannst du sie ›Terrine‹ nennen, aber ich bin immer noch Iwan Tschonkin. Es geht nicht um den Namen, sondern um folgendes: man müßte einen Brief schreiben an meinen Kommandeur, daß es mich immer noch gibt und was weiter mit mir sein soll. Du bist ein schriftkundiger Mann, während ich zwar die Buchstaben kenne, aber schlecht schreibe. In

der Schule ging es noch einigermaßen, aber später im Kolchos und bei der Armee war ich fast nur noch mit Pferden zusammen, und für Pferde brauchst du kein Alphabet.«

»Kannst du denn deinen Namen schreiben?« fragte Gladyschew.

»Das will ich meinen. Ich kann lesen und unterschreiben. Weißt du, wie ich unterschreibe? Erst kommt das »I«, dann das »Tsch«, dann kommt ein Kreis, und weiter kommt Buchstabe an Buchstabe, und ganz zum Schluß mache ich so einen langen Federstrich mit Schlenker über die ganze Seite.«

»Das geht doch ganz gut«, meinte Gladyschew. »Und wie ist es mit Papier und Tinte?«

»Hab ich alles da«, sagte Tschonkin. »Njura arbeitet doch bei der Post. Übrigens keine Arbeit für jeden. Da muß man was im Köpfchen haben.«

»Nun gut«, willigte Gladyschew endlich ein, »gehen wir zu dir ins Haus, bei mir würden uns die Frau und das Kind stören. So ein Brief ist eine ernste Angelegenheit, da muß politisch alles stimmen.«

Eine Stunde später war das politisch durch und durch stimmige Dokument angefertigt. Es lautete:

An Bataillonskommandeur Gen. Pachomow
abgefaßt von Rotarmist Gen. Tschonkin, Iwan

RAPPORT

Gestatten Sie mir, vorschriftsmäßig zu melden, daß während der Zeit meiner Abwesenheit sowie meiner Anwesenheit auf dem Posten, zwecks Bewachung der Kampftechnik des mir anvertrauten Flugzeugs, sich keinerlei Vorfälle ereignet haben, was ich hiermit in schriftlicher Form mitteile. Gestatten Sie mir, des weiteren zu melden, daß ich, erzogen im Geiste der unverbrüchlichen Ergebenheit

gegenüber unserer Partei, unserem Volk und dem genialen Genossen Stalin, Jossif Wissarionowitsch persönlich, auch künftig bereit bin, der Verteidigung unseres Sozialistischen Vaterlandes sowie dem Schutz seiner Grenzen als tapferer Soldat zu dienen, zu welchem Zweck ich mich an Sie mit der Bitte wende, mir Marschverpflegung auf unbestimmte Zeit und die noch fehlende Ausrüstung nachzuliefern.
Ich bitte darum, meine Bitte nicht abschlägig zu bescheiden. In diesem Sinne verbleibe ich . . .

»Liest sich gut«, lobte Tschonkin Gladyschews Elaborat und setzte, wie versprochen, übers ganze Blatt hinweg seine Unterschrift aufs Papier.
Gladyschew schrieb die Adresse auf den von Tschonkin bereitgelegten Umschlag und entfernte sich zufrieden.
Tschonkin legte den Briefumschlag auf den Tisch, nahm den Stickrahmen mit der darin eingespannten Serviette zur Hand und setzte sich ans Fenster. Draußen war es nicht mehr so heiß, die Sonne stand schon ziemlich tief. Bald mußte Njura heimkommen, der Eber Borjka erwartete sie bereits auf dem Hügel vor dem Dorf.

12

Kolchosvorsitzender Golubew band sein Pferd an Njuras Gartenpforte und stieg die Treppe hoch. Man kann nicht sagen, daß er das mit völliger Gelassenheit getan hätte, eher umgekehrt: als er Njuras Haus betrat, empfand er etwa die gleiche Erregung wie in jenen Augenblicken, wenn er beim ersten Rayonssekretär vorsprach. Aber er hatte sich bereits unterwegs dazu entschlossen hinzugehen und wollte nun von diesem einmal gefaßten Entschluß nicht mehr abgehen.

Er klopfte an und öffnete die Tür, ohne eine Antwort abzuwarten. Bei seinem Erscheinen warf Tschonkin erschreckte und verwirrte Blicke in alle Winkel des Zimmers, auf der Suche nach einem Platz, wo er den Stickrahmen hätte verstecken können.

»Man beschäftigt sich mit Handarbeit?« fragte der Vorsitzende höflich aber mißtrauisch.

»Hauptsache man beschäftigt sich«, sagte Tschonkin und warf den Rahmen auf die Bank.

»Sehr wahr gesprochen«, sagte der Vorsitzende. Er blieb unschlüssig neben der Tür stehen und wußte nicht, wie er das Gespräch fortsetzen sollte. »So ist es in der Tat«, sagte er.

»In der Tat oder nicht ist doch wurscht«, warf Tschonkin hin, und der Vorsitzende vermerkte: »Der Kerl geht um den Brei herum.« Er beschloß, seinem Gesprächspartner von einer anderen Ecke her auf den Zahn zu fühlen und wandte sich außenpolitischen Fragen zu.

»In den Zeitungen steht«, sagte er vorsichtig und trat langsam auf den Tisch zu, »die Deutschen hätten London wieder bombardiert.«

»In den Zeitungen steht mancherlei«, erwiderte Tschonkin ausweichend.

»Aber nicht doch«, meinte Golubew listig. »In unseren Zeitungen steht nichts umsonst.«

»In welcher Sache kommen Sie?« fragte Tschonkin, der etwas Ungutes witterte.

»Ganz ohne Sache«, sagte der Vorsitzende leichthin. »Ich komme einfach so, um zu sehen, wie Sie leben. Sie schreiben wohl einen Bericht?« fragte er, als er den Briefumschlag mit der militärischen Anschrift auf dem Tisch entdeckte.

»Keinen Bericht, nur was mir so einfällt.«

»Welch kluger Mann«, dachte der Vorsitzende fasziniert, sagte aber nichts. »Von welcher Seite man ihn auch packt,

er hat jedesmal eine Antwort, mit der man nichts anfangen kann. Ich nehme an, er hat studiert. Vielleicht redet er sogar französisch.«
»Qu'est ce que c'est«, sagte der Vorsitzende zu seiner eigenen Verblüffung. Das waren die einzigen französischen Worte, die er kannte.
»Was sagten Sie?« Tschonkin sah den Vorsitzenden erschreckt an und klapperte mit den geröteten Augenlidern.
»Qu'est ce que c'est«, wiederholte der Vorsitzende.
»Was redest du da? Was soll das?« entgegnete Tschonkin, nun bereits tief beunruhigt, und ging erregt im Zimmer hin und her.
»Laß das bitte. Sag was du zu sagen hast und sonst nichts. Schließlich bin ich hier nicht irgendwer.«
»Das sehe ich, daß Sie nicht irgendwer sind«, ergriff jetzt der Vorsitzende die Flucht nach vorn. »Ihr habt mich unter Beobachtung gestellt. Ihr denkt: diese Dummköpfe merken nichts. Weit gefehlt, mein Bester. Die Dummköpfe sind heute auch nicht von gestern. Wir verstehen alles. Mag sein, daß bei uns das eine oder andere anders ist, aber bestimmt nicht schlechter als bei den anderen. Nehmen Sie zum Exempel den Kolchos ›Woroschilow‹ oder auch den Kolchos ›Vermächtnis des Iljitsch‹. Überall finden Sie das gleiche Bild. Und daß wir letztes Jahr bei Frost ausgesät haben, das war Befehl. Von oben kommt der Befehl, und der Kolchosbauer muß es ausbaden. Ganz zu schweigen vom Vorsitzenden. Ihr fliegt in euren Flugzeugen durch die Gegend, ihr schreibt hier eure Berichte!« schrie Golubew, der sich allmählich in Rage geredet hatte. »Schreibt nur! Schreibt, was ihr wollt! Schreibt, daß der Vorsitzende den Kolchos kaputtgemacht hat, daß er ein Säufer ist. Ich habe heute zur Flasche gegriffen und rieche folglich nach Schnaps.« Er beugte sich zu Tschonkin herab und atmete ihm direkt in die Nase. Tschonkin wich zurück.

»Was kann ich denn dafür«, sagte er. »Ich bin doch auch nicht einfach so hier, sondern auf Befehl.«
»Dann sag doch gleich, daß du auf Befehl hier bist«, erwiderte der Vorsitzende fast erfreut. »Der Kerl sitzt da wie eine Maus und tarnt sich mit einem Bauernweib. Und wie lautet der Befehl? Soll ich das Parteibuch abliefern? Mache ich, bitte sehr. Soll ich ins Gefängnis? Von mir aus ins Gefängnis. Lieber ins Gefängnis als so ein Leben. Ich habe sechs Kinder, jedes kriegt einen Korb – und hinaus in die Dörfer zum Betteln! Die werden schon durchkommen. Schreib deinen Bericht!« Der Vorsitzende rannte hinaus und schlug die Haustür hinter sich zu.
Erst draußen auf der Straße begriff er, was er angerichtet hatte, er begriff, daß er sich jetzt auf einiges gefaßt machen mußte.
»Na wenn schon«, dachte er böse, während er sein Pferd losband. »Lieber gleich alles vorbei, als jeden Tag darauf warten und vor Angst vergehen. Soll kommen, was kommen soll.«
Im Kolchosbüro erwartete ihn Buchhalter Wolkow mit dem Finanzbericht. Der Vorsitzende unterschrieb, ohne hinzuschauen, und empfand dabei eine hämische Befriedigung. Mochte darin auch etwas falsch sein – jetzt war es egal! Dann wies er Wolkow an, die für die Beschaffung der Farben und Pinsel zwecks Anfertigung des von Borissow angemahnten Diagramms benötigten Geldmittel zur Verfügung zu stellen, und entließ den Buchhalter.
Als er allein war, kam er wieder etwas zu sich. Er begann, Ordnung in einen auf dem Tisch liegenden Papierstapel zu bringen. Bisher war eine solche nicht vorhanden, jetzt aber legte der Vorsitzende die verschiedenen Blätter, je nach ihrer Bestimmung, auf verschiedene Haufen. Die eingegangene Post legte er auf einen Stapel, die ausgegangene (jedoch mitnichten abgeschickte) Post auf einen anderen. Die finanziellen Unterlagen wurden gesondert

abgelegt, die Anträge der Kolchosbauern ebenfalls. Da erregte ein Gespräch hinter der dünnen Zwischenwand, die sein Arbeitszimmer vom Gang trennte, seine Aufmerksamkeit.

»Wenn du zum erstenmal eine Zelle betrittst, legen sie dir ein sauberes Handtuch vor die Füße.«

»Wozu das?«

»Wenn du ein Neuling bist, schreitest du über das Handtuch hinweg. Bist du aber ein Altganove, dann streifst du die Füße daran ab und wirfst das Tuch in die Latrine.«

»Schade darum.«

»Noch schader um dich. Wenn du übers Handtuch hinwegschreitest, machen sie mit dir eine ... wie heißt das noch mal ... eine Initiation.«

»Was ist das für ein Ding?«

»Für den Anfang lassen sie dich die fünfte Zimmerecke suchen. Weißt du, was das ist?«

»Das weiß ich.«

»Dann kommt der Fallschirmsprung.«

»In der Zelle?«

»Natürlich heißt das nur so.«

Golubew verspürte großes Interesse für dieses Gespräch. Das Thema ging ihm nahe. Er hielt es sogar für eine Fügung, daß er dieses Gespräch belauschte. Vielleicht würde er sich diese Mitteilungen schon bald zunutze machen können. Die Stimmen der Sprechenden kannte er. Der Frager war Nikolaj Kursow. Auch die Stimme des Antwortenden kam ihm bekannt vor, doch konnte er, obwohl er sich alle Mühe gab, nicht darauf kommen, wem sie gehörte.

»Der Fallschirmsprung geht so. Man packt dich an Armen und Beinen und wirft dich dreimal hintereinander mit dem Rücken auf den Fußboden.«

»Das tut aber doch weh«, sagte Kursow.

»Dort ist ja auch kein Sanatorium«, erklärte der Erzähler. »Aber wenn das vorbei ist, gehörst du dazu und darfst mit allen an den Wahlen teilnehmen.«

»Gibt es auch im Knast Wahlen?«

»Die gibt es sogar draußen. Im Knast da wählen sie den Zellenältesten. Einer hält einen Zettel mit einem Namen zwischen seinen Knien. Die anderen treten mit verbundenen Augen und gefesselten Händen der Reihe nach an ihn heran und ziehen den Zettel mit den Zähnen heraus.«

»Da ist nichts dabei«, sagte Kursow befriedigt. »Das ist überhaupt nicht schlimm.«

»Schlimm ist es natürlich nicht. Aber wenn du an der Reihe bist, halten sie dir statt der Knie den nackten Hintern hin.«

Der Vorsitzende war ein empfindlicher Mensch und verzog das Gesicht. Er hätte gern gewußt, wer das war, der so interessante Geschichten erzählte. Er ging in den Gang hinaus, scheinbar um im Brigadierzimmer nach dem Rechten zu sehen.

Auf der langen Bank unter der Wandzeitung saßen Nikolaj Kursow und Ljoscha Sharow, der vor drei Jahren acht Jahre bekommen hatte, weil er in der Mühle einen Sack Mehl gestohlen hatte. Beim Anblick des Vorsitzenden stand Ljoscha rasch auf und nahm seine Mütze ab. Darunter sah man seinen kahlgeschorenen, aber schon wieder leicht behaarten Schädel.

»Guten Tag, Iwan Timofejewitsch«, sagte er in einem Ton, in dem man gewöhnlich nach langer Trennung redet.

»Grüß dich«, sagte der Vorsitzende mürrisch, als hätte er Ljoscha erst gestern gesehen. »Du bist freigekommen?«

»Vor der Zeit«, sagte Ljoscha. »Den Rest haben sie mir erlassen.«

»Du willst mich sprechen?«

»So ist es, Iwan Timofejewitsch.«

»Dann komm rein.«

Ljoscha folgte dem Vorsitzenden in dessen Arbeitszimmer. Er trat mit seinen ausgelatschten Fußballstiefeln so vorsichtig auf, als befürchte er, irgend jemanden zu wekken, wartete, bis Golubew seinen Platz eingenommen hatte, und setzte sich erst dann auf den Rand eines Schemels auf der anderen Seite des Tisches.

»Nun, was hast du vor?« fragte der Vorsitzende nach einem einleitenden Schweigen.

»Ich möchte Sie um Arbeit bitten, Iwan Timofejewitsch«, sagte Sharow devot und zerknüllte erregt seine Mütze.

Der Vorsitzende dachte nach.

»Arbeit sagst du?« fragte er dann. »Und welche Arbeit kann ich dir geben? Du hast dich nicht von der besten Seite gezeigt. Ich brauche jemanden für die Milchfarm. Ich würde dich ja nehmen, aber du klaust mir die Milch.«

»Tu ich nicht, Iwan Timofejewitsch«, beteuerte Ljoscha. »Daß ich auf der Stelle im Boden versinken möge!«

»Nimm den Mund nicht zu voll«, warnte Golubew. »Deine Versprechungen sind einen Dreck wert. Wie oft hab ich dir damals gesagt: ›Nimm dich in acht, Sharow, du treibst es noch einmal zu weit.‹ Hab ich dir das gesagt oder nicht?«

»Sie haben es gesagt«, bestätigte Sharow.

»Und was hast du mir gesagt? ›Macht nichts, die erwischen mich nicht‹.«

»Warum rühren Sie an diese alten Geschichten, Iwan Timofejewitsch!« sagte Ljoscha mit Gefühl und seufzte. »Im Lager habe ich oft an Ihre Worte denken müssen. Einmal, weiß ich noch, saßen wir beim Mittagessen, gerade war das Kompott auf den Tisch gekommen . . .«

»Gibt es da auch Kompott?« fragte Golubew interessiert.

»Das kommt auf den Chef an. Der eine läßt dich hungern, der andere, wenn es um den Plan geht, gibt dir zu essen und kleidet dich warm ein, damit du zupacken kannst.«

»Es gibt dort also auch gute Chefs?« fragte der Vorsitzende hoffnungsvoll und schob Sharow eine Packung »Delhi«-Zigaretten hin.
»Da, rauch. Und wie ist es mit Veranstaltungen?«
»Davon gibt es genug«, sagte Ljoscha. »Filme gibt es, Laienkunst und alle zehn Tage Sauna. Die Laienkünstler sind besser als bei uns in der Rayonstadt. Wir hatten dort einen ›Volkskünstler‹, zwei ›verdiente Künstler‹, das Fußvolk nicht mitgerechnet. Überhaupt sitzen dort viele Gebildete ...« – Ljoscha senkte die Stimme – »... sehr viele sogar. Bei uns in der Baracke war ein Akademiemitglied. Dem hatten sie zehn Jahre gegeben. Der wollte die Kremluhr kaputtmachen, damit sie im ganzen Land die Zeit falsch angibt.«
»Wirklich?« fragte der Vorsitzende ungläubig.
»Wenn ich es doch sage. Überhaupt gibt es bei uns im Land eine Menge Schädlinge, das dürfen Sie mir glauben, Iwan Timofejewitsch. Da rauchen Sie, um nur dies Beispiel zu nehmen, Ihre Delhi-Zigaretten. Selbst da steckt Schädlingsarbeit drin.«
»Jetzt übertreibst du aber«, sagte der Vorsitzende, nahm jedoch seine Zigarette vorsichtshalber aus dem Mund und betrachtete sie mißtrauisch. »Wo ist da die Schädigung? Sind die vergiftet?«
»Schlimmer«, sagte Ljoscha überzeugt. »Können Sie mir das Wort ›Delhi‹ aufschlüsseln?«
»Da gibt es nichts aufzuschlüsseln. ›Delhi‹ bedeutet Delhi. Das ist eine Stadt in Indien.«
»Und Sie wollen ein gebildeter Mensch sein!« seufzte Ljoscha. ›Delhi‹ ist die Abkürzung für: ›Der Lenin ist hin‹.«
»Sprich nicht so laut«, sagte der Vorsitzende und blickte zur Tür. »Das geht uns beide nichts an, verstanden? Erzähl mir lieber was über die Lebensbedingungen im Lager.«
Da kam Nikolaj Kursow ins Zimmer, er hatte es eilig und

wollte nicht länger im Gang warten. Am nächsten Morgen mußte er zur Waldarbeit wegfahren, jetzt bat er Golubew, ihm zwei Kilo Fleisch anzuweisen.
»Komm morgen wieder«, sagte der Vorsitzende.
»Wann denn?« sagte Nikolaj. »Morgen muß ich in aller Herrgottsfrühe auf den Zug.«
»Dann fahr übermorgen. Ich gebe dir eine Bescheinigung, daß ich dich aufgehalten habe.«
Er wartete, bis sich die Tür hinter Nikolaj geschlossen hatte, und wandte sich dann ungeduldig an Ljoscha: »Erzähl weiter.«
Die alte Dunja, die gerade als Magazinwächterin ihr Arbeitsminimum abarbeitete, sah, daß das Licht im Fenster des Kolchosbüros bis um ein Uhr nachts nicht ausging.
Der Vorsitzende fragte Ljoscha genau nach den Lebensbedingungen im Lager aus. Aus Ljoschas Bericht ließ sich schließen, daß das dortige Leben nicht gar so schlimm war. Sie arbeiteten dort neun Stunden, während er sich hier von früh bis spät abrackerte, zu essen gab es dreimal am Tag, während es hier Tage gab, an denen man kaum zweimal was in den Magen bekam. Und eine Filmvorführung hatte es im Dorf schon seit einem halben Jahr nicht mehr gegeben.
Beim Abschied versprach der Vorsitzende, Ljoscha eine anständige Arbeit zu beschaffen.
»Einstweilen arbeitest du als Viehhirt«, sagte er. »Du wirst das Kolchosvieh hüten. Die Bezahlung beträgt, wie du selber weißt, fünfzehn Rubel pro Kuhhalter und vom Kolchos fünfzig Ähren am Tag. Verpflegen wirst du dich von Haus zu Haus. Heute beim einen, morgen beim andern. Wenn du eine Zeitlang das Vieh gehütet und dich umgeschaut hast, finden wir vielleicht etwas Besseres für dich.«
An diesem Tag kam der Vorsitzende gutgelaunt nach

Hause. Er strich den schlafenden Kindern übers Haar und fand sogar ein freundliches Wort für seine Gattin, was zur Folge hatte, daß diesselbe, der ehelichen Zärtlichkeit längst entwöhnt, in die Diele hinausging und einige Tränen vergoß.
Nachdem sie die Tränen getrocknet hatte, holte sie einen Krug kalter Milch aus dem Keller. Iwan Timofejewitsch trank ihn fast leer, zog sich dann aus und legte sich ins Bett. Aber er fand lange keinen Schlaf. Er seufzte und wälzte sich von einer Seite auf die andere und rekapitulierte den Bericht des Ljoscha Sharow bis ins kleinste Detail. Endlich übermannte ihn die Müdigkeit, und er schloß die bleischweren Lider. »Auch dort leben Menschen«, dachte er im Einschlafen.

13

»Die Erde hat die Form einer Kugel«, hatte Gladyschew einmal im Gespräch mit Tschonkin bemerkt. »Sie dreht sich beständig um die Sonne und um die eigene Achse. Wir spüren diese Drehung nicht, denn wir drehen uns mit der Erde mit.«
Daß die Erde sich dreht, hatte Tschonkin schon früher gehört. Von wem, wußte er nicht mehr genau, aber gehört hatte er es bestimmt. Er begriff nur nicht, wie sich die Menschen auf der Erde halten können und warum sich das Wasser nicht in den Weltraum ergießt.
Seit Tschonkins Ankunft in Krassnoje ging bereits die dritte Woche ins Land, doch seine Einheit ließ weiter nichts von sich hören. Einer seiner Stiefel hatte mittlerweile ein Loch, aber niemand kam angereist, niemand kam angeflogen, niemand gab irgendwelche Richtlinien aus. Tschonkin konnte natürlich nicht wissen, daß Njura seinen Brief gar nicht abgeschickt hatte. In der Hoffnung,

die Vorgesetzten hätten Tschonkins Existenz vergessen, trug sie den Brief einige Tage lang in ihrer Posttasche aus Zelttuch mit sich herum und verbrannte ihn dann heimlich. Selbst die Aussicht auf eine Erneuerung der Marschverpflegung konnte sie von diesem Tun nicht abhalten.
Mittlerweile gingen in der Welt Dinge vor, die vorerst keine direkte Beziehung zu Njura oder Tschonkin hatten. Am 14. Juni fand in Hitlers Hauptquartier eine Beratung statt, bei der die letzten Details des Barbarossa-Plans erörtert wurden.
Tschonkin und Njura hatten keine Vorstellung von diesem Plan. Sie hatten ihre eigenen Sorgen, die ihnen wichtiger erschienen. Njura zum Beispiel war in den letzten Tagen stark abgemagert, sie war nur noch ein Schatten ihrer selbst und konnte kaum mehr die Füße bewegen. Zwar gingen sie früh zu Bett, aber Tschonkin ließ sie nicht schlafen, er weckte sie zu seiner bloßen Lust mehrmals in der Nacht. Und auch am Tag, wenn sie müde von der Arbeit heimkam und gerade die Türschwelle überschritten hatte, stürzte er sich wie ein hungriges Tier auf sie, schleifte sie zum Bett und ließ ihr nicht einmal Zeit, die Posttasche abzulegen. Bisweilen versteckte sie sich in der Heumiete oder im Hühnerhaus, aber er wußte sie auch dort zu finden; es gab keine Rettung vor ihm. Njura klagte Ninka Kursowa ihr Leid, aber die lachte sie nur aus und beneidete sie insgeheim, denn ihr Nikolaj ließ sich allenfalls einmal pro Woche zu solchem Treiben bewegen.
Am gleichen Tag, an dem die Deutschen dem Barbarossa-Plan den letzten Schliff gaben, kam es zwischen Njura und Tschonkin zu einem Mißverständnis, das zu erwähnen man sich fast scheut.
Es geschah gegen Abend. Njura war von ihrer Arbeit als Briefträgerin im Rayon heimgekehrt, war Tschonkin zweimal zu Willen gewesen und war jetzt mit Reinemachen im Haus beschäftigt. Um sie nicht zu stören, war

Tschonkin mit der Axt hinausgegangen und war jetzt dabei, den Zaun auszubessern. Jedesmal, wenn er einen Zaunpfahl eingerammt hatte, trat er ein paar Schritte zurück, kniff ein Auge zu, prüfte sein Werk und freute sich der gelungenen Arbeit. Ich bin doch ein rechter Meister, dachte er dann: mir geht alles leicht von der Hand.

Ab und zu schaute Njura zum Fenster hinaus und war ebenfalls zufrieden. Seit Iwan da war, kamen die wirtschaftlichen Dinge in Ordnung. Der Ofen qualmte nicht, die Tür schloß richtig, die Sense war scharf geschliffen. Selbst eine solche Lappalie wie die eiserne Matte zum Abtreten der Füße wäre ohne Mann schwerlich ins Haus gekommen.

Ein guter Mann, ein schlechter Mann, ein Mann für kurze oder lange Zeit – im Grunde bleibt es sich gleich, solange es der Deine ist. Angenehm ist nicht nur die Mithilfe bei der Hausarbeit und die anschließende Betätigung im Bett, sondern bereits das Bewußtsein, daß es ihn gibt. Wie schön, daß man der Freundin oder Nachbarin bei Gelegenheit sagen kann: »Meiner hat gestern das Dach geflickt, da oben war es windig, er hat sich ein wenig verkühlt, da hab ich ihn mit heißer Milch auskuriert.« Oder sogar: »Wenn den Meinigen die Wut packt, greift er gleich nach der Ofengabel oder dem Schürhaken und schlägt alles kurz und klein. Im ganzen Haus ist kein Teller mehr heil.« Das klingt scheinbar wie eine Klage, aber in Wirklichkeit ist es die reinste Aufschneiderei. Schließlich kann man nicht sagen, er hätte die Lokomotive erfunden oder den Atomkern gespalten, da dichtet man ihm eben etwas anderes an. Der Meine! Es gibt Männer, die anzuschauen man sich sträubt: er schielt, hat einen Buckel, vertrinkt das Geld, schlägt Frau und Kinder halbtot. Man könnte fragen: wozu braucht die Frau den? Soll sie ihn doch zum Teufel schicken! Aber das tut sie nicht. Meiner, der Meinige! Gut oder schlecht, aber mein und nicht dein. Meiner – nicht ihrer.

Wenn Njura so zum Fenster hinausschaut, kommt sie ins Sinnieren. Obwohl sie erst kurz zusammenleben, hat sie sich schon an ihn gewöhnt, ist mit dem Herzen an ihn angewachsen. Aber lohnt es sich denn? Wird sie sich nicht schon bald unter Schmerzen von ihm trennen müssen? Wird wieder die Zeit anbrechen, wo du nach Hause kommst, und zu Hause gibt es nur die vier Wände. Red mit der einen Wand, red mit der anderen – sie antworten dir alle nicht.

Tschonkin richtete den letzten Zaunpfahl und trat mit der Axt in der Hand zwei Schritte zurück. Sein Werk nahm sich gut aus. Er schlug die Axt in den Pfahl, zog die Machorkabüchse aus der Tasche, drehte sich eine Zigarette, zündete sie an und klopfte ans Fenster: »Njura, mach daß du fertig wirst, ich komm gleich rein und liebe dich.«

»Du bist mir ein seltsamer Teufel«, erwiderte Njura mit zärtlicher Grobheit. »Wie lange willst du das noch treiben?«

»Solange du willst«, erklärte Tschonkin. »Von mir aus den ganzen Tag, solange du keine Wut kriegst.«

Njura brachte es nur zu einer hilflosen Geste. Iwan trat vom Fenster zurück und verfiel in Nachdenken über sein künftiges Leben. Als er neben sich eine Stimme hörte, zuckte er zusammen. Er hatte niemanden erwartet.

»Sag mal, Soldat, hast du was zu rauchen?«

Er blickte auf und erkannte Pletschewoj, der gerade vom Angeln zurückkam. In der einen Hand hielt er die Angel, in der anderen eine Gerte mit daran aufgespießten kleinen Fischen. Es mochten vielleicht zehn Fische sein. Tschonkin langte wieder nach Machorka und Zeitung, reichte sie Pletschewoj und fragte: »Wie ist der Fischfang?«

Pletschewoj lehnte die Angel an den Zaun, klemmte die Gerte mit den Fischen unter die Achselhöhle und sagte

unlustig, während er sich eine Zigarette drehte: »Von Fischfang keine Rede. Was sich heute Fisch nennt, soll die Katze fressen. Früher habe ich mit Köder soooolche Hechte gefangen.«
Während Tschonkin ihm Feuer gab, berührte er mit der rechten Hand dessen linke Schulter und streckte die linke Hand in der Gegenrichtung aus, um damit die Größenordnung der Hechte von anno dazumal anzudeuten. »Heutzutage kannst du dir Arm und Angelschnur ausreißen und findest trotzdem keinen Hecht. Wahrscheinlich haben die Karauschen die Hechte gefressen. Und du lebst also mit der Njura?« wechselte er plötzlich das Thema.
»Genau mit der«, bestätigte Tschonkin.
»Und nach der Armee bleibst du bei ihr?« erkundigte sich Pletschewoj.
»Ich habe mich noch nicht entschieden«, sagte Tschonkin nachdenklich, er war sich nicht sicher, ob er diesem wenig bekannten Menschen seine Zweifel anvertrauen sollte. »So im allgemeinen ist die Njura natürlich ein Klasseweib und aussehen tut sie auch gut, aber ich bin doch noch so jung und würde mich gern etwas umschauen, bevor ich mich nach dem Gesetz familiär binde.«
»Wozu noch umschauen«, widersprach Pletschewoj. »Heirate einfach und fertig. Die Njura hat ein Haus und dazu noch eine Kuh. So was findest du nicht so bald wieder.«
»Recht hast du ja.«
»Deswegen sag ich dir: heirate. Die Njura ist ein prima Weib, niemand wird dir etwas Schlechtes über sie erzählen. Solange sie hier lebt, hat sie sich nie mit einem Kerl eingelassen. Sie hat immer nur mit Borjka gelebt.«
»Mit welchem Borjka?« merkte Tschonkin auf.
»Mit welchem Borjka? Mit dem Eber natürlich«, erklärte Pletschewoj bereitwillig.
Das kam für Tschonkin so unerwartet, daß er sich am

Rauch verschluckte und heftig zu husten begann. Er schleuderte seine Zigarette auf die Erde und zertrat sie mit dem Stiefel. »Red keinen Mist«, sagte er zornig. »Was hat der Eber damit zu tun?«
Pletschewoj blickte ihn mit seinen blauen Augen an.
»Wieso denn? Da ist doch nichts dabei. Auch eine einsame Frau, das ist erwiesen, braucht so was ab und zu. Sonst hätte sie ihn längst abgestochen, nachdem er kein Ferkel mehr ist. Aber sie sticht ihn nicht ab. Und warum? Wie soll sie ihn abstechen, wenn er hinter ihr her ins Bett springt. So war das immer. Sie decken sich mit der Bettdecke zu und liegen da wie Mann und Frau. Aber sonst kannst du jeden im Dorf fragen, und er sagt dir, daß es kein besseres Mädel gibt als die Njura.«
Mit der Wirkung seiner Worte vollauf zufrieden, nahm Pletschewoj seine Angel und setzte sich qualmend langsam in Bewegung, während Tschonkin noch lange mit schlaffem Unterkiefer dastand, den wirren Blick auf den sich entfernenden Pletschewoj geheftet. Er wußte nicht, wie er die Neuigkeit aufnehmen sollte.
Njura wusch mit hochgestrecktem Rock die Fußböden im Haus, als die Tür aufging und Tschonkin auf der Schwelle erschien.
»Wart, ich wisch gleich den Boden auf«, sagte Njura, ohne seine Erregung zu bemerken.
»Warten tu ich nicht«, sagte er und ging in seinen drekkigen Stiefeln zum Kleiderständer, wo sein Gewehr hing. Njura wollte ihn ausschimpfen, merkte aber, daß Tschonkin über irgend etwas betrübt war.
»Was hast du?« fragte sie.
»Nichts.« Er riß das Gewehr vom Ständer und ließ das Schloß aufschnappen, um die Patronen zu prüfen.
Njura stand mit dem Lappen in der Tür.
»Laß mich durch«, sagte Tschonkin. Er trat mit dem Gewehr in der Hand auf sie zu und versuchte, sie mit dem

Kolben wie mit einem Ruder wegzuschieben.
»Was hast du vor?« schrie sie und blickte ihm in die Augen. »Wozu nimmst du das Gewehr mit?«
»Laß mich durch, sag ich dir.« Er rempelte sie an.
»Sag wozu?!« beharrte Njura.
»Nun gut.« Tschonkin pflanzte das Gewehr auf und schaute Njura in die Augen. »Was hast du mit Borjka gehabt?«
»Was redest du? Mit welchem Borjka?«
»Du weißt schon mit welchem. Mit dem Eber. Bist du schon lange mit ihm zusammen?«
Njura versuchte zu lächeln.
»Meinst du das im Scherz, Iwan?«
Diese Frage brachte ihn endgültig aus der Fassung.
»Dir zeig ich gleich den Scherz.« Er hob den Kolben gegen sie. »Du Schlampe, wann hast du dich mit ihm eingelassen?« Njura blickte ihn stumm an, als wolle sie ergründen, ob er den Verstand verloren habe. Anderenfalls war sie selber die Übergeschnappte, denn ihr armer Kopf konnte den Sinn des eben Gesagten nicht begreifen.
»Herrgott, was geht hier vor!« stöhnte sie.
Sie ließ den Lappen fallen, umklammerte den Kopf mit den nassen Händen und zog sich zum Fenster zurück. Setzte sich auf die Bank und begann, leise und hilflos zu weinen wie ein krankes Kind, das zum lauten Weinen nicht genug Kraft hat. Auf eine solche Reaktion war Tschonkin nicht gefaßt. Er stand verwirrt vor der offenen Tür und wußte nicht, was er tun sollte. Dann stellte er das Gewehr an die Wand und ging zu Njura.
»Höre, Njura«, sagte er nach einer kurzen Pause, »selbst wenn du was mit dem Eber gehabt hast: so schlimm ist das auch wieder nicht. Ich steche ihn einfach ab, und alles ist klar. Außerdem ist das viel Fleisch. Er rennt doch bloß im Hof herum wie ein Hund und frißt uns alles weg.«
Njura weinte indessen weiter, Tschonkin wußte nicht, ob

sie ihn gehört hatte. Mit seiner rauhen Handfläche strich er ihr übers Haar und sagte nach einigem Nachdenken bereits in einem anderen Ton: »Und wenn nichts zwischen euch war, dann sag es mir, Njura. Ich hab es doch nicht bös gemeint, ich bin einfach blöd, Pletschewoj hat es mir gesagt, und ich Esel hab es geglaubt. Die Leute, Njura, sind schlecht, und wenn ein Weib oder Mädchen allein lebt, wetzen sie sich die Zunge an ihr wund.«

Doch anstatt sie zu beruhigen, brachten seine Worte sie vollends aus der Fassung. Njura begann zu kreischen, fiel auf die Bank, umklammerte sie mit den Armen und schluchzte so sehr, daß ihr ganzer Leib bebte.

In seiner Verzweiflung rannte Tschonkin an der Bank entlang hin und her, fiel dann auf die Knie, versuchte, Njura von der Bank zu reißen, und brüllte ihr direkt ins Ohr: »Jetzt hör doch, Njura, was hast du bloß? Das war doch nicht so gemeint. Keiner hat mir was gesagt, ich hab mir das selber ausgedacht, einfach zum Scherz. Ein Dummkopf bin ich, verstehst du, ein Dummkopf. Wenn du willst, kannst du mich auf den Kopf schlagen, zum Beispiel mit dem Bügeleisen. Aber bitte weine nicht.«

Er ergriff das unter der Bank stehende Bügeleisen und legte es in Njuras Hand. Njura schleuderte das Bügeleisen weg, und wenn Tschonkin nicht beiseite gesprungen wäre, hätte es ihn am Fuß erwischt. So seltsam das klingen mag, aber Njura begann sich zu beruhigen, nachdem sie das Bügeleisen weggeschleudert hatte. Bald verstummte ihr Weinen, nur die Schultern zuckten noch. Tschonkin rannte in die Diele und holte einen Krug mit Wasser. Mit den Zähnen gegen das Eisen klappernd, nahm Njura einen Schluck und stellte den Krug neben sich auf die Bank. Dann setzte sie sich aufrecht hin, wischte sich mit dem Kragen ihres Kleides die Tränen ab und fragte fast ruhig: »Wirst du essen?«

»Könnte nicht schaden«, willigte Tschonkin freudig ein,

zufrieden darüber, daß alles so glimpflich verlaufen war. Seine Zweifel kamen ihm inzwischen recht lächerlich vor. Wie hatte er bloß so was Dummes glauben können? Wo doch Pletschewoj ein berüchtigtes Klatschmaul war.

Tschonkin rannte hinaus und trug die Axt in die Diele, aber als er an der Tür vorbeiging, die vom Haus in den Stall führte, vernahm er das gedämpfte Grunzen des Ebers Borjka. Und wieder regte sich ein finsterer Zweifel in seiner Brust. Gern hätte er ihn unterdrückt, aber es gelang nicht.

Njura stellte zwei Krüge mit frischgemolkener Milch auf den Tisch und machte sich dann am Ofen zu schaffen. Sie versuchte, mit der Ofengabel den Topf mit den Kartoffeln aus dem Ofen zu ziehen. Tschonkin packte mit zu und setzte sich dann an den Tisch.

»Weißt du, Njura«, sagte er und zog die Milch zu sich heran, »sei mir nicht bös, aber den Borjka werd ich morgen schlachten.«

»Was hat er denn getan?« fragte sie.

»Es geht nicht darum, ob er was getan hat. Aber da die Leute reden, muß man ihn schlachten, damit sie nicht reden.«

Er schaute sie abwartend an, aber diesmal brach sie nicht in Tränen aus. Sie verteilte die Kartoffeln auf die Teller, schob den einen Teller zu Tschonkin hinüber, stellte den anderen vor sich hin und sagte bitter: »Denkst du, wenn du ihn schlachtest, wird das Volk nicht mehr reden? Du kennst unsere Leute schlecht. Die werden sich ins Fäustchen lachen. Und werden noch mehr reden als vorher. ›Warum hat er wohl den Eber geschlachtet?‹ – ›Das ist doch klar, die Njura hat was mit dem Eber gehabt.‹ Und so wird das immer weiter gehen. Was der eine sagt, schmückt der andere aus. Das gibt ein Bilderbuch. ›Die Njura ging also am Abend die Kuh melken, und der Iwan, der blieb daheim. Er wartet, und die Njura kommt und

kommt nicht. Ich schau mal nach, denkt er, ob sie eingeschlafen ist. Er geht also in den Stall und die Njura, die . . .‹!«
»Halt den Mund, du!« brüllte Tschonkin und schob den Milchkrug so heftig von sich, daß die Milch auf den Tisch schwappte.
Das von Njura ausgemalte Bild hatte auf ihn die Wirkung, als ob er das alles mit eigenen Augen gesehen hätte, und obwohl sie ihm mit vernünftigen Argumenten zuredete, geriet er wieder außer sich, warf die Bank um und rannte auf das neben der Tür an der Wand lehnende Gewehr zu. Aber Njura war schneller. Sie pflanzte sich in der Tür auf, und Tschonkin brachte es nicht fertig, sie wegzuschieben. Die Geschichte von vorhin wiederholte sich. Tschonkin schubste Njura mit der Schulter und sagte: »Laß mich.«
Sie antwortete: »Ich lasse dich nicht.«
Er drängte: »Laß mich endlich.«
Sie sagte wieder: »Nein, ich lasse dich nicht.«
Nach einer Weile ging Tschonkin der Atem aus, er trat beiseite und setzte sich auf die Bank. Das Gewehr klemmte er zwischen die Knie.
»Njura, anscheinend sagt Pletschewoj doch die Wahrheit über dich«, sagte er böse. »Wenn du nämlich nichts mit Borjka gehabt hättest, würdest du nicht so für ihn eintreten. Er ist doch wirklich alt genug, um in die Speisekammer zu wandern, du aber klammerst dich an sein Leben. Wenn das so ist, dann gibt es für uns zwei kein gemeinsames Leben mehr. Jetzt heißt es entweder oder. Entweder ich oder der Eber. Ich gebe dir fünf und noch ein paar Minuten Bedenkzeit. Nach Ablauf dieser Frist packe ich meine Sachen und verlasse dein Haus.«
Er schaute auf die Pendeluhr, die an der dem Fenster gegenüberliegenden Wand hing, merkte sich die Zeit und wandte sich von Njura ab. Den Kopf auf die Hand

gestützt, erwartete er ihre Entscheidung. Sie zog den Schemel zu sich heran und setzte sich neben die Tür. So saßen sie beide da und schwiegen, wie auf dem Bahnhof, wenn alle vorbereiteten Worte schon gesagt sind und nur noch der Abschiedskuß aussteht und plötzlich wird mitgeteilt, daß der Zug zwei Stunden Verspätung hat.
Es vergingen fünf Minuten, etwas mehr als fünf Minuten, sechs Minuten. Tschonkin drehte sich um und fragte: »Wie hast du dich entschieden?«
»Es gibt nichts zu entscheiden«, sagte sie traurig. »Du selber, Iwan, hast alles schon beschlossen. Dann tu, was du für richtig hältst. Den Borjka aber laß ich nicht schlachten. Dich kenne ich keine zwei Wochen, er aber lebt bei mir schon fast zwei Jahre. Als er ganz klein war, bekam ich ihn im Kolchos, da war er gerade drei Tage alt. Ich habe ihn mit der Flasche aufgezogen, ihn wie einen Sohn im Zuber gebadet, auch wenn du darüber lachst. Für ihn gibt es keinen außer mir. Deshalb begleitet er mich zur Arbeit und empfängt mich, wenn ich von der Arbeit heimkehre. Das Wetter kann noch so schlecht sein, aber wenn ich den Hügel hinaufsteige, rennt er mir entgegen, durch Schnee und Schlamm. Und mein Herz, Iwan, krampft sich manchmal so zusammen, daß ich mich hinsetze, auf Borjka runterschaue und wie eine Blöde heule, ich weiß selber nicht, ob aus Freude oder Schmerz, wahrscheinlich beides. An dich, Iwan, habe ich mich zwar gewöhnt und hab dich liebgewonnen wie den angetrauten Mann, aber du bist heute hier und morgen dort, du findest irgendein anderes Mädel, das besser und hübscher ist als ich, für Borjka aber gibt es niemand Besseren als mich. Und wenn ich allein sein werde, wird er auf mich zukommen und sein Ohr an meinem Fuß reiben, und gleich ist mir etwas froher zumute, denn immerhin ist er eine lebendige Seele.«
Njuras Worte rührten Tschonkin, aber er gab nicht nach,

denn er hatte von den Frauen die feste Vorstellung: wenn du einmal Nachgiebigkeit zeigst, tanzt sie dir nachher auf der Nase herum.
»Was soll man denn tun, Njura? Was die Leute reden, ist zum Totschämen.«
»Du mußt es wissen, das ist deine Sache.«
»Nun denn.« Tschonkin packte Gewehr, Mantelrolle und Wäschesack und trat auf Njura zu. »Weißt du, ich gehe.«
»Dann geh.« Sie blickte wie abwesend in eine Zimmerekke.
»Und du bleib«, sagte er und ging hinaus.
Es wurde bereits Abend. Am Himmel zeigten sich die ersten Sterne. Der Lautsprecher neben dem Kolchosbüro übertrug Radiomusik, Lieder von Dunajewskij und Lebedew-Kumatsch. Tschonkin lud sein ganzes Hab und Gut neben dem Flugzeug ab, setzte sich auf eine Tragfläche und versank in Nachdenken über die Unbeständigkeit des Glücks. Noch eben, vor vielleicht einer Stunde, war er ein vom Glück verwöhnter Mann, der zwar bloß zeitweilige, aber unbestrittene Herr über ein Haus und Oberhaupt einer Familie. Jetzt war alles zusammengestürzt und in Fetzen geflogen, er war jener einsame, an dieses kaputte Flugzeug wie an eine Hundehütte gefesselte Mensch. Aber der Hund in seiner Hütte befindet sich in einer weit besseren Lage, denn er wird dank seiner Stellung als Hund regelmäßig gefüttert. Iwan Tschonkin dagegen war seinem Schicksal überlassen worden, und es war unbekannt, ob man ihn jemals von hier ablösen würde.
Auf der schrägen Tragfläche zu sitzen, war ziemlich unbequem, außerdem wurde es empfindlich kalt. Tschonkin ging zur Heumiete im Gemüsegarten, holte sich ein paar Arme voll Heu und bereitete sich daraus ein Nachtlager. Er legte sich auf das Heu und deckte sich mit dem Mantel zu. So schlecht hatte er es hier auch wieder nicht,

jedenfalls war er das gewöhnt. Er malte sich aus, wie Njura gleich aus dem Haus kommen, sich entschuldigen und ihn bitten würde zurückzukehren, er aber würde sagen: »Um nichts in der Welt. Du hast es gewollt, und so soll es bleiben.« Im Grunde ging das doch auf keine Kuhhaut! Niemals hätte er gedacht, daß ihn die Eifersucht auf einen Eber packen würde. Aus dem Stall drang Borjkas Grunzen an sein Ohr, und Tschonkin stellte sich plötzlich plastisch vor, wie das wäre, wenn Njura mit dem Eber zusammen war, und wurde von Ekel geschüttelt. Eigentlich sollte er das Viech doch abknallen. So dachte er, aber er war weder bösartig noch entschlossen genug, um diesen Gedanken in die Tat umzusetzen.

Auf Dunajewskijs Lieder folgten Nachrichten und eine TASS-Meldung.

»Das geht wohl um die Bilisation«, dachte Tschonkin, der so schwierige Wörter wie »Demobilisation« oder »Mobilisation« nicht einmal in Gedanken aussprechen konnte. Aber die Meldung handelte von etwas ganz anderem:

». . . Deutschland«, schnarrte der Sprecher, »hält die Bedingungen des deutsch-sowjetischen Nichtangriffspakts genauso strikt ein wie die Sowjetunion, weshalb, nach Ansicht sowjetischer Kreise, die Gerüchte, Deutschland wolle den Pakt brechen und plane einen Überfall auf die Sowjetunion, keinen Boden haben . . .«

»Da kommt es auf den Boden an«, dachte Tschonkin. »Lehm zum Beispiel ist hart wie ein Sarg. Wenn es aber trockener Boden mit Sand ist, dann kann man sich für Kartoffeln nichts Besseres wünschen. Aber gegen die Schwarzerde kommt auch der sandige Boden nicht an. Die ist gut fürs Getreide und für alles . . .« Bei Getreide fiel ihm Brot ein, er verspürte ein leichtes Ziehen in der Magengrube.

Genau betrachtet war ihm der Hut umsonst hochgegangen. Auf Pletschewojs Gerede durfte man einfach nicht hören, er aber war darauf hereingefallen. Jetzt war nichts mehr zu machen. Jetzt mußte er auf seinem Standpunkt beharren, mochte das noch so sinnlos und der Hunger noch so groß sein. Unterdessen war es völlig dunkel geworden. Die Sterne waren jetzt über den ganzen Himmel verstreut, der hellste hing gelblich leuchtend über dem Horizont, man hätte meinen können, daß man nur mit der Hand nach ihm zu greifen brauchte. Gladyschew hatte einmal gesagt, alle Himmelskörper drehten und bewegten sich im Raum, aber dieser Stern da vorn drehte sich nicht. Er blieb immer an derselben Stelle, und so sehr Tschonkin auch die Augen zusammenkniff, er konnte keine Bewegung wahrnehmen.

Der Lautsprecher übertrug ein Konzert mit leichter Musik, aber dann schnarrte er und verstummte. An seiner Stelle begann eine Ziehharmonika zu spielen, und ein Sänger mit pubertärer Baßstimme brüllte so laut, daß es durchs ganze Dorf schallte:

Mutter gebar mich als Rowdy,
Rowdy hat sie mich genannt,
hat mir ein Messer gewetzet,
gab es mir in die Hand.

Gleich danach hörte man von irgendwoher eine hohe weibliche Stimme: »Katja, du alte Schlampe, kommst du jetzt heim oder nicht?«

Dann stimmte der Harmonikaspieler das Lied *Weit dehnt sich das Meer* an, wobei er die Melodie grausam verstümmelte. Wahrscheinlich fand er in der Dunkelheit die Tasten nicht.

Dann verstummte die Ziehharmonika wieder, und es wurden andere Geräusche vernehmbar, die vorher nicht zu hören gewesen waren. Eine Feldmaus piepste, eine Grille zirpte, eine Kuh raschelte mit dem Heu, Hühner

gackerten verschlafen und beunruhigt.
Dann knarrte eine Tür. Tschonkin merkte auf. Aber es war nicht Njuras Tür, sondern die Tür des Nachbarhauses. Gladyschew trat auf die Außentreppe seines Hauses hinaus, blieb dort eine Weile seufzend stehen, vielleicht um sich an die Dunkelheit zu gewöhnen, und schlug dann, über die Beete stolpernd und an einer Zigarette ziehend, den Weg zum Abort ein. Hinterher blieb er noch kurz auf der Treppe stehen, hustete, löschte seine Zigarette mit Spucke und ging ins Haus zurück. Kurz danach sprang Aphrodite hinaus und pinkelte behend vor dem Haus. Dann hörte Tschonkin, wie sie die Tür hinter sich schloß und lange mit dem Riegel schepperte. Njura aber kam nicht und bat nicht um Verzeihung und hatte offenbar nichts dergleichen vor.

14

Irgend jemand berührte ihn am Ellenbogen. Er schaute hin und sah vor sich das im nächtlichen Halbdunkel bläulich schimmernde Gesicht Pletschewojs.
»Gehen wir«, sagte Pletschewoj leise und streckte Tschonkin die Hand entgegen.
»Wohin?« fragte Tschonkin verwundert.
»An den richtigen Ort«, erwiderte Pletschewoj.
Tschonkin hatte nicht die geringste Lust, mitten in der Nacht wer weiß warum und wohin loszugehen, aber er war es nicht gewöhnt, sich einer Anweisung zu widersetzen.
Sie gingen durch ein Gehölz aus hohen Bäumen mit birkenweißen Stämmen, doch es waren keine Birken, sondern irgendwelche anderen, mit Rauhreif bedeckten Bäume. Der Reif, der auch im Gras hing, besaß eine seltsame Eigenschaft: beim Auftreten hinterließen die Füße keine

Spur. Das fiel Tschonkin gleich auf, auch wenn er es eilig hatte. Er befürchtete, Pletschewoj aus den Augen zu verlieren, dessen Rücken mal verschwand, dann wieder auftauchte. Eines begriff Tschonkin nicht: wie konnte man sich in einem so sonderbaren Wald orientieren, in dem es nicht einmal den schmalsten Pfad gab? Er wollte Pletschewoj darauf ansprechen, aber genau in diesem Augenblick wuchs ein solider hoher Zaun mit einem schmalen Einlaß vor ihnen auf, durch den sich Tschonkin seinem Führer folgend nicht ohne Mühe durchzwängte. Jenseits des Zaunes befand sich ein Bauernhaus, das Tschonkin zu seiner Verwunderung sofort erkannte: es war Njuras Haus.

Vor der Außentreppe standen einzeln oder in kleinen Gruppen irgendwelche unbekannten Leute in offenen dunklen Westen. Die Westen hatten alle den gleichen Schnitt. Die Leute rauchten und unterhielten sich, was man daran erkennen konnte, daß sich ihre Münder öffneten und schlossen. Doch gaben sie dabei keinen Laut von sich. Auch die Klänge der Ziehharmonika, auf der ein Bursche in hohen Chromlederstiefeln lässig spielte, waren nicht zu hören. Ein anderer Bursche, der Sandalen trug, tanzte zu den Klängen der Harmonika, doch in einem verlangsamten Rhythmus, als schwämme er langsam im Wasser. Auch dies geschah völlig lautlos. Sogar wenn sich der Bursche auf die Schenkel klatschte, war das nicht zu hören.

»Was tun diese Leute hier?« fragte Tschonkin und war verblüfft, seine eigene Stimme nicht zu hören.

»Halt den Mund!« befahl Pletschewoj und versetzte Tschonkin in nunmehr grenzenloses Erstaunen, denn Pletschewojs Worte erreichten Tschonkin nicht in Form von Klangwellen und nicht durchs Ohr, sondern auf irgendeinem anderen Weg.

Der Ziehharmonikaspieler mit dem teilnahmslosen Gehabe wich zurück und gab den Eingang ins Haus frei.

Hinter Pletschewoj stieg Tschonkin langsam die Außentreppe hoch. Pletschewoj stieß die Tür mit dem Fuß auf und gab Tschonkin den Vortritt. Jenseits der Tür war nicht die Diele, die Tschonkin erwartet hatte, sondern ein langer, gleißend weiß gekachelter Gang mit einem roten Läufer. Tschonkin und Pletschewoj gingen diesen Gang entlang. Alle paar Schritte tauchten vor ihnen stumme Gestalten auf, die einen aus der rechten, die anderen aus der linken Wand heraus. Sie blickten angestrengt in die Gesichter der beiden Gehenden, traten dann wieder zurück und verschwanden in der Wand. Dann tauchten neue Gestalten auf, die den ersten sehr ähnelten. Vielleicht waren es auch dieselben, Tschonkin hatte sich die Gesichter nicht gemerkt. Auch diese Gestalten blickten sie genauso an und lösten sich dann wieder auf. Das wiederholte sich unzählige Male, der Korridor war endlos lang, aber schließlich hielt Pletschewoj Tschonkin an und deutete nach rechts.

»Hier entlang!«

Tschonkin trat verwirrt auf der Stelle, vor seinen Augen war immer noch die gleiche gleißend weiß gekachelte Wand, in den Kacheln spiegelten sich die Figuren von Tschonkin und Pletschewoj, von einer Tür war jedoch keine Spur zu sehen.

»Was stehst du herum? Geh!« sagte Pletschewoj ungeduldig.

»Wohin denn?« fragte Tschonkin.

»Genau deiner Nase nach.«

Pletschewoj stieß ihn nach vorn und Tschonkin ging zu seiner Verblüffung durch die Wand hindurch, ohne irgendwo hängenzubleiben, oder etwas zu berühren, als wäre die Wand aus Nebel.

Seinem Blick öffnete sich jetzt ein weiter Saal, den eine unbekannte Lichtquelle in helles bläuliches Licht tauchte. Auf einem großen langen Tisch mitten im Saal standen zahlreiche Speisen und Getränke. Um den Tisch herum saßen, dicht gedrängt wie Fliegen, zahllose Gäste.

Der Lärm, der den Saal erfüllte, die aufgeräumte Stimmung der Gäste und die ganzen Umstände ließen Tschonkin sofort vermuten, daß hier eine Hochzeit gefeiert wurde. Er blickte zum Tischende hinüber und vergewisserte sich, daß dem wirklich so war.

Am Kopfende des Tisches saß, in bräutliches Weiß gehüllt, mit glückstrahlender Miene, Njura. An ihrer Seite saß, ganz wie sich das gehörte, auf einem hohen Stuhl der Bräutigam: ein lebhafter Bursche in einer braunen Baumwolljacke mit dem Abzeichen »Woroschilow-Schütze«. Der Bräutigam fuchtelte mit den kurzen Armen und sprach rasch und frohgemut auf Njura ein. Gleichzeitig ließ er seine verwegenen Äuglein im Saal umherschweifen, wobei sein Blick auch auf Tschonkin fiel. Der Bräutigam nickte Tschonkin schlicht und freundschaftlich zu. Tschonkin musterte den Burschen. Vom Dorf schien er nicht zu sein, auch nicht aus der Armee, und trotzdem hatte Tschonkin das Gefühl, daß sie sich schon irgendwo getroffen, vielleicht auch zusammen gesoffen hatten, jedenfalls miteinander bekannt waren.

Als Njura Tschonkin bemerkte, senkte sie verlegen den Blick, begriff aber gleich, daß es dumm war, sich so zu verhalten. Sie blickte wieder auf und sah ihn herausfordernd an, wobei ihr Blick jedoch zugleich den Wunsch ausdrückte, sich vor Tschonkin zu rechtfertigen. Ihre Augen schienen zu sagen: »Du hast mir nichts dergleichen angeboten, hast einfach so mit mir gelebt, ich aber habe das Warten und Hoffen satt. Die Zeit vergeht, hier wird nichts sein, dort auch nicht. Deswegen hat es sich so ergeben.«

All das machte Tschonkin ziemlich mißgelaunt. Nicht daß er Eifersucht empfunden hätte (obwohl natürlich auch das mitspielte), im Augenblick war er vor allem gekränkt. Schließlich hätte sie es ihm auch gerade heraus sagen können, dann hätte er es sich überlegt und sie vielleicht doch geheiratet. Sie aber hatte ihm nichts gesagt und jetzt hat sie ihn auch noch auf die Hochzeit mit dem anderen eingeladen. Es war der reinste Hohn.

Er behielt die Gedanken jedoch für sich und ließ sich nichts anmerken. Vielmehr verbeugte er sich, wie es der Brauch will, vor Bräutigam und Braut und sagte höflich: »Wünsche einen guten Tag.«

Dann verbeugte er sich vor allen anderen und sagte ebenfalls: »Wünsche einen guten Tag.«

Aber niemand erwiderte etwas, und Pletschewoj stieß ihn mit der Faust in den Rücken und dirigierte ihn zu einem freien Schemel an der Hochzeitstafel. Tschonkin machte es sich auf dem Schemel bequem und blickte in die Runde. Links von ihm saß ein älterer wohlgenährter Mann in einem buntbestickten Ukrainerhemd, um das ein seidener Gürtel geschlungen war. Der Mann hatte ein rundes Gesicht, eine kleine dicke Nase und buschig herabhängende ausgebleichte Augenbrauen. Der Kopf war um den Scheitel herum von Geburt an kahl, während er an den Rändern auf Hochglanz rasiert war. Neben dem rechten Ohr sah man eine kleine bereits verheilende Schnittwunde. Auf dem Scheitel waren einige dunkle Flecken, als hätte dort jemand Zigarettenstummel ausgedrückt. Der Mann blickte seinen neuen Nachbarn mit seinen kleinen, von Fettwulsten umgebenen Augen gutmütig an und lächelte freundlich.

Tschonkins rechte Nachbarschaft war noch weitaus angenehmer. Dort saß ein junges, vielleicht siebzehnjähriges Mädchen mit knospender Brust und zwei schwänzchenartigen Zöpfen, an deren Enden Schleifen waren. Das Mädchen aß ohne Zuhilfenahme eines Löffels direkt mit dem Mund von ihrem Teller Grießbrei und blickte Tschonkin scheu und zugleich verwegen an. Erst jetzt bemerkte

Tschonkin, daß alle Tischgäste wie seine Nachbarin den Mund zum Teller führten, Gabeln oder Löffel waren nirgends zu sehen und wurden offenbar auch nicht benötigt. »Das sind wohl Ureinwohner«, dachte Tschonkin und blickte Pletschewoj fragend an. Der hatte Tschonkin gegenüber an der anderen Seite des Tisches Platz genommen und nickte ihm aufmunternd zu, er möge sich nicht aufregen, alles verlaufe nach Plan. Unterdessen begann eine neben Pletschewoj sitzende rotgesichtige Frau in einem Sarafan aus Crêpe de Chine Tschonkin seltsam zuzublinzeln und Fratzen zu schneiden. Tschonkin wurde verlegen, er errötete und ließ seinen Blick zum Nachbarn wandern. Der aber lächelte und sagte: »Nur Mut, mein Lieber, hier sind wir alle unter uns. Keiner wird dich kränken.«

»Ich habe Mut«, sagte Tschonkin forsch.

»Du hast keinen Mut«, zweifelte der Nachbar. »Du tust nur so, als hättest du Mut, dabei hast du gar keinen. Wie heißt du überhaupt?«

»Iwan Tschonkin.«

»Und dein Vatersname?«

»Wassiljewitsch«, gab Tschonkin bereitwillig Auskunft.

»Das ist gut«, lobte der Nachbar. »Einst gab es den Zaren Iwan Wassiljewitsch den Schrecklichen. Hast du von dem gehört?«

»Irgendwas hab ich gehört«, bestätigte Tschonkin.

»Das war ein guter Mensch, ein Mann mit Seele«, sagte der Nachbar gefühlvoll. Er schob Tschonkin ein Wodkaglas hin und ergriff selber eines. »Komm, Iwan, trinken wir.«

Tschonkin sammelte sich und hielt den Atem an, wie immer wenn er Wodka trank – damit der Schnaps besser runtergeht. Doch dieser Wodka war ohne Geschmack und ohne Geruch: nichts als Wasser. Trotzdem rauschte es in Tschonkins Schädel auf, und seine Laune besserte sich

schlagartig. Er fühlte sich jetzt viel freier.
Der Nachbar schob ihm einen Teller mit Salzgurken und Bratkartoffeln hin. Tschonkin suchte mit den Augen nach einer Gabel und war, als er keine fand, bereits entschlossen, mit den Händen zu essen, doch wieder mischte sich der Nachbar ein. »Iß direkt mit dem Mund, Iwan. Das geht am einfachsten.«
Tschonkin gehorchte und versuchte es. Mit dem Mund zu essen, war tatsächlich angenehmer, und es schmeckte auch besser. Warum die Menschen wohl diese ganzen Gabeln und Löffel erfunden hatten? Die muß man auch noch abwaschen. So ist es viel bequemer.
Der Nachbar blickte Tschonkin gutmütig an und lächelte. Dann fragte er: »Iwan, du bist Flieger, ich sehe es an den Kragenspiegeln.«
Tschonkin wollte eine ausweichende Antwort geben, doch da mischte sich die rechte Nachbarin ein.
»O nein«, sagte sie mit piepsiger Stimme, »er reitet auf einem Pferd herum.«
Tschonkin verwunderte sich: so ein junges Ding und weiß schon alles. Woher weiß sie es wohl?
»Du reitest auf einem Pferd«, freute sich der Nachbar. »Das ist gut. Nichts ist besser als ein Pferd. Es knattert nicht, es rumort nicht und stinkt nicht nach Benzin. Wieviel Pferde sind denn in eurer Einheit?«
»Vier Stück«, piepste das Mädchen.
»Falsch«, sagte Tschonkin. »Nicht vier, sondern drei. Die graue Stute hat sich das Bein gebrochen. Man hat sie geschlachtet.«
»Die graue Stute ist geschlachtet, und die braune hat ein Fohlen geworfen«, argumentierte das Mädchen.
»Mit der darfst du nicht streiten, die weiß alles«, erklärte der Nachbar. »Sag mir lieber, ist das Flugzeug schneller als das Pferd oder das Pferd schneller als das Flugzeug?«
»Dumme Frage«, sagte Tschonkin. »Wenn das Flugzeug

tief fliegt, dann ist es gleich wieder weg, bevor du hinschaust. Fliegt es aber hoch am Himmel, dann geht das viel langsamer.«

»Sieh einer an!« sagte der Nachbar und machte eine verwunderte Kopfbewegung. Dann begann er, weitere Fragen an Tschonkin zu richten: wie alt er sei, wie lange er schon diene, wie die Verpflegung und Einkleidung bei der Armee sei und für wie lange man ein Paar Fußlappen bekomme. Tschonkin antwortete bereitwillig und ausführlich, bis ihm plötzlich siedend heiß einfiel, daß er vor dem ersten besten ein streng vertrauliches Militärgeheimnis ausplauderte. Wie konnte ihm das nur passieren! Hatte man ihm nicht oft genug eingeschärft: hüte deine Zunge! Wer plaudert, hilft dem Feind!

Der Feind im buntbestickten Hemd hatte mittlerweile alle Scham verloren. Ohne sich länger zu tarnen, ließ er seinen Bleistift über den Notizblock eilen.

»Was schreibst du da?« fuhr Tschonkin auf und griff nach dem Block auf den Knien des Nachbarn. »Gib her!«

»Schrei nicht so!« empörte sich der Nachbar und rollte den Block zu einer Röhre zusammen. »Was sollen die Leute denken.«

»Und warum schreibst du?« Tschonkin ließ nicht locker. »Du bist mir vielleicht ein Schriftsteller. Gib schon her, sage ich.«

Er warf sich auf seinen Gegner und hätte fast den Notizblock gepackt, aber der Nachbar steckte sich denselben mit einer raschen Bewegung in den Mund und hatte ihn mitsamt dem Bleistift im Nu verschluckt.

»Es gibt keinen Block mehr«, sagte er mit einem hämischen Lächeln und zeigte seine leeren Hände.

»Dir werd ich es zeigen«, tobte Tschonkin und ballte die Fäuste. »Ich reiße dir den Block aus der Kehle.«

Das wollte er auch wirklich tun, aber der Nachbar wich aus und stimmte plötzlich den Hochzeitsruf an:

»Bitter!«
Tschonkin entsann sich, daß er sich auf einer Hochzeit befand, packte seinen Nachbarn zwar an der Gurgel, stimmte aber anstandshalber in dessen Ruf ein. Alle anderen nahmen den Ruf auf, von überall her tönte es:
»Bitter! Bitter!«
Der Nachbar begann unterdessen zu keuchen, aus seinem Hals ragte schon ein kleines Stück des Notizblocks. Tschonkin wollte auch noch mit der anderen Hand danach langen, blickte aber vorher zu Braut und Bräutigam hinüber. Was er da sah, beraubte ihn sämtlicher Kräfte und nahm ihm jede Lust, um den Besitz des blödsinnigen Notizblocks zu kämpfen.
Bräutigam und Braut erhoben sich von ihren Plätzen, wie das beim Ertönen des Rufes »Bitter!« auf jeder Hochzeit so ist und blickten die Gäste an, als wollten sie fragen, ob ihnen der Ruf auch von Herzen komme. Nachdem der Bräutigam seine Verlegenheit überwunden hatte, zog er den Kopf der Braut mit dem Arm wie mit einem Haken heftig zu sich, und seine Lippen saugten sich an Njuras bleichen Lippen fest. Tschonkin spürte, wie in seinem Innern alles erkaltete. Jetzt fiel ihm ein, wo, wann und unter welchen Umständen er dem Bräutigam begegnet war. Der Bräutigam dort drüben war niemand anders als der Eber Borjka. Auch die braune Jacke und das Schützenabzeichen konnten das Schwein nicht zum Menschen machen. Tschonkin wollte den Leuten zurufen, was hier vorging. Er wollte ihre Aufmerksamkeit darauf lenken, daß an diesem Hochzeitstisch ein Eber ein Menschenmädchen küßte. Aber jedes Rufen und Schreien wäre umsonst gewesen, ringsherum war ein entsetzlicher Lärm, von überallher tönte das »Bitter! Bitter!« Wenn man genau hinhörte, war es gar nicht mehr das Wort »Bitter«, sondern irgendein anderes Wort, das Tschonkin gleichfalls bekannt vorkam. Er ließ seinen Blick umherschwei-

fen und begriff erst jetzt mit aller Deutlichkeit, was hier geschah. Er begriff, daß an diesem Tisch rings um ihn herum gar nicht Menschen saßen, sondern ganz gewöhnliche Schweine. Er sah, wie sie mit den Läufen auf den Tisch trommelten, und hörte sie grunzen, wie das rechtschaffene Schweine tun.

Tschonkin bedeckte das Gesicht mit den Händen und ließ sich auf seinen Schemel fallen. O Gott, was spielt sich hier ab! Wohin war er geraten! Noch nie in seinem ganzen Leben hatte er den Namen Gottes ausgesprochen. Doch diesmal ließ es sich nicht umgehen.

Eine plötzlich eingetretene Stille brachte ihn wieder zu sich. Er nahm die Hände vom Gesicht. Von allen Seiten blickten ihn die Schweine stumm an. Es schien, als erwarteten sie irgend etwas von ihm. Tschonkin wurde von Übelkeit ergriffen. Er erschauerte unter den Blicken der Schweine. Dann brach es heftig aus ihm heraus: »Na, was glotzt ihr? Was glotzt ihr?« kreischte er verzweifelt und ließ den Blick über die Schweinemäuler gleiten.

Doch seine Worte fanden keinen Widerhall, sie stürzten wie in einen tiefen Brunnen.

Tschonkin schaute den Nachbarn an. Ein dicker geschreckter Keiler im buntbestickten Ukrainerhemd blickte, ohne zu blinzeln, aus fettverschwollenen stumpfen Augen zurück.

»Du alter Eber«, brüllte Tschonkin, packte den Nachbarn an den Schultern und schüttelte ihn, »was schaust du mich so an?«

Der Nachbar erwiderte nichts. Er lächelte spöttisch und riß mit seinen kräftigen Vorderläufen Tschonkins Arme von seinen Schultern weg. Tschonkin begriff, daß hier mit Gewalt nichts auszurichten war und ließ den Kopf sinken. Da ertönte inmitten der Stille die laute Stimme des Ebers Pletschewoj: »Tschonkin, warum hast du nicht mitgegrunzt?«

Tschonkin sah zu Pletschewoj hinüber, er verstand nicht, wovon jener sprach.
»Du hast nicht mitgegrunzt, Tschonkin«, beharrte Pletschewoj. »Nein, er hat nicht mitgegrunzt«, bestätigte Tschonkins Nachbar in gewichtigem Ton, als ginge es ihm um nichts als die reine Wahrheit.
»Er hat nicht gegrunzt! Er hat nicht gegrunzt!« quietschte das junge Schweinemädchen mit den Schleifen neben den Ohren.
Hilfesuchend blickte Tschonkin zu Njura hinüber, die in dieser Schweinegesellschaft als einzige noch etwas Menschliches bewahrt hatte. Njura senkte verlegen die Augen und sagte leise: »Sie haben Recht, Iwan. Ich glaube, du hast wirklich nicht gegrunzt.«
»Wie interessant«, sagte Bräutigam Borjka, mit den Augen fröhlich blitzend. »Alle grunzen, bloß er nicht. Hast du vielleicht was gegen das Grunzen?«
Tschonkin spürte, wie seine Mundhöhle austrocknete.
»Ich habe bloß . . .«
»Was hast du bloß?«
»Ich weiß es nicht«, nuschelte Tschonkin mit gesenktem Blick.
»Er weiß es nicht«, quietschte fidel das Schweinefräulein.
»Sieh mal einer an: er weiß es nicht«, vermerkte nicht ohne Bitterkeit der Keiler im Ukrainerhemd.
»Ich verstehe das nicht«, wunderte sich Borjka. »Grunzen ist doch so angenehm. Grunzen ist für jedermann eine Freude. Komm, Tschonkin, grunz doch mal.«
»Grunze, grunze«, flüsterte die kleine Schweinemaid und stieß Tschonkin mit dem Ellbogen an.
»Iwan«, sagte Njura zärtlich. »Nun grunz schon, es kostet dich doch nichts. Ich hab es früher auch nicht gekonnt, aber dann hab ich es gelernt, und jetzt geht es schon ganz gut. Sag einfach ›grunzgrunz‹ und schon ist es vorbei.«

»Aber was soll das Ganze«, stöhnte Tschonkin, »warum wollt ihr, daß ich grunze? Ich hab doch nichts dagegen, wenn ihr selber grunzt. Von mir aus könnt ihr grunzen, wieviel ihr wollt, wenn euch der Sinn danach steht. Aber ich bin immerhin keine Sau, sondern ein Mensch.«

»Er ist ein Mensch«, piepste die Schweinejungfer.

»Er sagt, er ist ein Mensch«, bestätigte verwundert der Keiler im Hemd.

»Ein Mensch?« fragte Borjka.

Tschonkins Behauptung, er sei ein Mensch, erschien den Schweinen so urkomisch, daß sie alle einträchtig mit den Läufen auf den Tisch trommelten und aus Herzenslust aufgrunzten. Der Nachbar mit dem buntbestickten Hemd fuhr mit dem feuchten Maul an Tschonkins Ohr. Tschonkin griff nach dem Ohr, aber es war kein Ohr mehr da. Der Nachbar hatte sich abgewandt und war jetzt dabei, Tschonkins Ohr seelenruhig zu zerkauen, als sei es kein Ohr, sondern beispielsweise ein Kohlblatt.

Die kleine Schweinemieze fragte wißbegierig, hinter Tschonkins Schulter hervor: »Schmeckt das Ohr?«

»Keine Spur. Ein Scheißohr«, erwiderte der Keiler und kaute nicht ohne Widerwillen weiter.

»Wieso Scheißohr!« empörte sich Tschonkin. »Ist dein Ohr vielleicht besser?«

»Das will ich meinen, mein Ohr ist ein Schweinsohr«, erwiderte der Nachbar im Bewußtsein seiner Überlegenheit. »Keine Sülze ohne Schweinsohr. Du solltest lieber endlich grunzen.«

»Na, grunz schon«, flüsterte die junge Nachbarin.

»Grunze, sag ich dir, grunze«, sagte Pletschewoj.

Tschonkin wurde böse.

»Grunz-grunz-grunz«, sagte er, aber spöttisch. »Seid ihr jetzt zufrieden?«

»Nein«, belehrte ihn Pletschewoj, »wir sind nicht zufrieden. Dein Grunzen klingt so, als würde man dich mit

Gewalt zum Grunzen anhalten. Du aber sollst aus ganzer Seele froh grunzen, damit du selber Gefallen daran findest. Also grunz jetzt noch mal.«
»Fertig, los!« stieß ihn die Nachbarin an.
»Grunz-gruuunz!« schrie Tschonkin, wobei sein Gesicht übermäßige Hingabe ausdrückte.
»Warte«, unterbrach ihn Pletschewoj. »Du erweckst bloß den Anschein, daß es dir gefällt, während du in Wirklichkeit unwillig bist. Wir aber wollen nicht, daß du es gegen deinen Willen tust, wir wollen, daß dir dein Grunzen auch wirklich Freude macht. Wir werden jetzt alle zusammen grunzen. Grunz-grunz!«
Erst grunzte Tschonkin unlustig, aber dann steckte ihn Pletschewojs Begeisterung an, und er bekam Spaß an der Sache. Jetzt grunzte er bereits aus dem Herzen und mit Seele, in seine Augen traten Tränen der Freude und Rührung. Und alle Schweine, denen sich seine Freude mitteilte, stimmten in sein Grunzen ein und trommelten mit ihren Läufen, und die rotmäulige Sau im Sarafan aus Crêpe de Chine beugte sich über den Tisch hinüber, um Tschonkin abzuküssen.
Der Eber Borjka sprang plötzlich aus seiner Baumwolljacke heraus und war jetzt vollends zum Schwein geworden. Er legte einen Galopp von einem Ende der Hochzeitstafel zum anderen hin und sprang dann wieder in seine Kleider hinein. Hinten am Tischende blinkten goldene Tabletts auf, die Schweine nahmen sie entgegen und reichten sie von Huf zu Huf weiter. »Das wird doch nicht Schweinefleisch sein!« erschauerte Tschonkin, wurde aber sogleich von einem noch ärgeren Schrecken gepackt, denn das servierte Fleisch war, wie er bald feststellen konnte, nicht etwa Schweinefleisch, sondern – Menschenfleisch. Auf dem ersten Tablett lag nackt und eßfertig zubereitet mit Zwiebelgrün und jungen Erbsen garniert, Hauptfeldwebel Pesskow, dann folgten, mit den

gleichen Zutaten, Kammerunteroffizier Trofimowitsch und Gemeiner Samuschkin. »Die habe ich alle verraten«, begriff Tschonkin und fühlte, wie sich seine Haare anschickten, zu Berge zu stehen.
»So ist es, Genosse Tschonkin, Sie haben das Kriegsgeheimnis verraten und uns alle ans Messer geliefert«, bestätigte Oberpolitruk Jarzew. Der Oberpolitruk schwankte auf einem der nächstfolgenden Tabletts, sein Körper schimmerte bläulich vor Kälte. »Sie haben ihre Kameraden, das Vaterland, das Volk und den Genossen Stalin persönlich verraten.«
Und wirklich erschien jetzt das Tablett mit dem Genossen Stalin persönlich. In seiner vom Tablett herabhängenden Hand hielt er seine berühmte Pfeife und lächelte listig in seinen Schnurrbart hinein.
Von unaussprechlichem Entsetzen ergriffen, warf Tschonkin den Schemel um und rannte auf den Ausgang zu, stolperte aber und fiel hin. Er klammerte sich mit den Fingern an die Türschwelle und versuchte davonzukriechen. Aber es war nicht möglich. Irgend jemand hielt ihn an den Beinen fest. Da nahm Tschonkin seine ganze Kraft zusammen und machte einen irrsinnigen Ruck. Sein Kopf prallte schmerzhaft gegen die Tragfläche des Flugzeugs.

... Es war ein strahlender sonniger Morgen. Tschonkin saß unter dem Flugzeug im Heu, rieb sich die schmerzende Stelle am Kopf und konnte immer noch nicht begreifen, was vorgefallen war. Irgend jemand zog weiter an seinem Bein. Tschonkin schaute hin und sah den Eber Borjka, nicht jenen, der in der Baumwolljacke an der Hochzeitstafel saß, sondern den ganz gewöhnlichen, schmutzigen, offenbar gerade erst einer Pfütze entstiegenen Eber, der die Wadenbinde an Tschonkins Bein mit den Zähnen gepackt hatte und daran zerrte. Borjka stemmte sich mit seinen kurzen Vorderläufen gegen den

Boden und grunzte vor Vergnügen.
»Hinweg, du Luder!« brüllte Tschonkin mit entstellter Stimme, einer Ohnmacht nahe.

15

Borjka vernahm die Stimme seines Herrn und deutete sie als Zuruf. Mit freudigem Quietschen stürzte er sich auf Tschonkin, um ihn zu begrüßen und nach Möglichkeit dessen Ohr abzuschlecken. Aber er bekam einen furchtbaren Stoß mit dem Stiefel gegen das Maul. Einen solchen Empfang hatte er nicht erwartet. Er jaulte kläglich auf, sprang beiseite und ging mit jener Körperstelle zu Boden, die man bei den Menschen »Kinn« nennt. Mit dem Maul im Staub streckte er seine Läufe nach vorn, blickte Tschonkin aus seinen kleinen Augen an und winselte wie ein Hund.
»Dir werd ich zeigen, wie man winselt«, sagte der allmählich wieder zu sich kommende Tschonkin mit indessen immer noch drohender Stimme und schaute sich um. Neben ihm im Gras lag eine alte Decke, die er im Schlaf von sich geworfen haben mußte. An der gleichen Stelle fand er einen mit einem Stein beschwerten Zettel. Der Zettel war von Njura. Sie ließ wie immer manche Vokale aus oder gebrauchte falsche: »Bin zur Arbt der Schlisel ist unter dem Bett Suppe im Ufen gten Apetüt grß Njra.« Zwischen den Zeilen las Tschonkin, daß Njura keinen Groll mehr hegte und zur Versöhnung bereit war, falls Iwan sich nicht sperrte.
»Das könnte dir so passen«, sagte er laut und wollte das Papier in kleine Stücke reißen, überlegte es sich jedoch anders, faltete den Zettel viermal zusammen und steckte ihn in die Brusttasche seiner Uniformbluse. Bei der Erwähnung der Suppe hatte er sogleich ein Ziehen in der

Magengrube verspürt. Ihm fiel ein, daß er seit gestern mittag nichts gegessen hatte.
Borjka, der sich beruhigt hatte und verstummt war, fing wieder zu winseln an, als wolle er die Aufmerksamkeit auf sich, den Geprügelten und Unglücklichen, lenken. Tschonkin maß den Eber mit einem strengen Blick, aber der bot einen so bedauernswerten und mitleiderregenden Anblick, daß Tschonkin weich wurde. Er klatschte sich mit der Hand gegen die Wade und rief den Eber herbei.
Man hätte mitansehen müssen, mit welcher Bereitwilligkeit Borjka die ihm zugefügte unverdiente Kränkung vergaß, freudig jaulend und grunzend auf seinen Herrn zustürzte und sich das Maul an Tschonkins Uniform rieb. Borjkas ganzes Gebaren schien sagen zu wollen: »Ich weiß nicht, womit ich mich schuldig gemacht habe, aber schuldig bin ich, wenn du dieser Meinung bist. Schlag mich, wenn du willst, töte mich sogar, aber vergib.«
»Schon gut, schon gut«, brummte Tschonkin und kraulte Borjka hinter dem Ohr. Der ließ sich ins Gras fallen, erst auf die Seite, dann auf den Rücken. Lange lag er so da, mit vor Seligkeit geschlossenen Augen, die kurzen dünnen Läufe vereinigt und hochgestreckt.
Endlich hatte Tschonkin genug, er stieß Borjka mit der Faust in die Seite und sagte: »Mach, daß du wegkommst!«
Borjka sprang im Nu auf, lief ein Stück weit weg und schaute Tschonkin von dort aus gespannt an. Als er in dessen Augen keinen Zorn entdeckte, beruhigte er sich und rannte hinter einem vorbeigackernden Huhn her.
Tschonkin stand auf, schüttelte das Heu von seinen Kleidern, band die Wadenbinde fest, nahm das Gewehr von der Erde und blickte sich um. Im Gemüsegarten nebenan bewegte sich die bereits wie ein Stück Landschaft vertraute, untersetzte Gestalt Gladyschews. Er schritt zwischen den Beeten einher, bückte sich über jede Wezums-

Staude und machte sich daran zu schaffen.
Seine Ehefrau Aphrodite, ein ungewaschenes Bauernweib mit verschlafenem Gesicht und ungekämmtem Haar, saß auf der Außentreppe, hielt ihren einjährigen Sohn Herakles auf dem Schoß (auch der Sohn war ein Opfer von Gladyschews klassischer Bildung) und sah ihren Gemahl mit kaum verhohlener Abneigung an.
Damit der Leser in der Folge die Beziehungen zwischen dem Gemüsezüchter und seiner Frau versteht, müssen wir wenigstens kurz bei der lehrreichen Geschichte dieser ungleichen Verbindung verweilen.
Gladyschew hatte Aphrodite ungefähr zwei Jahre vor den hier beschriebenen Ereignissen geheiratet, als er bereits an die Vierzig war. Vorher hatte er nach dem Tod der Mutter fünf Jahre lang einsam gelebt, in der zutreffenden Vermutung, daß das Familienleben dem wissenschaftlichen Schöpfertum nicht zuträglich sei. Doch als er auf die Vierzig zuging, faßte er, dem Rufe der Natur folgend oder der Einsamkeit müde, doch noch den Entschluß zu heiraten, obwohl das, trotz der Überfülle an Heiratskandidatinnen im Dorf, gar nicht so einfach war. Seine Gespräche über die wunderbare Pflanzenkreuzung ließen dieselben gerade noch über sich ergehen und erklärten sich sogar bereit, gemeinsam und Hand in Hand die Bürde der wissenschaftlichen Großtat durchs Leben zu tragen, wobei sie allerdings im Stillen hofften, dem werten Gemahl diese Schnapsidee im Laufe der Zeit auszutreiben. Aber wenn die Sache schon perfekt zu sein schien und die Braut die Schwelle ihres zukünftigen Heimes überschritt, hielt sie es dort gemeinhin nicht länger als eine Viertelstunde aus. Von einer wird berichtet, sie sei bereits in der zweiten Minute in Ohnmacht gefallen. Und zwar aus folgendem Grund. Den Dünger für seine Zuchtexperimente bewahrte Gladyschew zu Hause in kleinen, eigens dafür bestimmten Töpfen auf. Einige enthielten

Torf und Humus, in anderen wurde der Mist von Kühen und Pferden gesammelt, endlich gab es auch Töpfe mit Hühnerdreck. Dem Dünger maß Gladyschew große Bedeutung bei. Er mischte die verschiedenen Düngerarten in wechselnden Dosierungen und stellte die Mischungen auf den Ofen und aufs Fensterbrett, wo sie bei bestimmten Temperaturen einen Gärungsprozeß durchmachten. Und das nicht nur im Sommer, sondern auch im Winter – bei geschlossenen Fenstern!

Und erst die zukünftige Aphrodite, die sich keinen Illusionen bezüglich ihrer weiblichen Reize hingab, stand dies alles bis ans Ende durch. Der Heiratswunsch war einfach stärker.

Als Gladyschew merkte, daß es keine Alternative gab, hätte er die Hoffnung auf den Ehestand schon fast fahren lassen. Aber dann besann er sich anders. Er rechnete damit, daß Jefrossinja, wenn er dieses von allen verschmähte Weib auflas, ihm seine edelmütige Tat fortan mit völliger Ergebenheit seiner Person und Wissenschaft gegenüber vergelten würde.

Aber man kennt das Sprichwort: der Mensch denkt und Gott lenkt. Zunächst zeigte Jefrossinja in der Tat Ergebenheit, aber als sie Herakles gebar, erklärte sie Gladyschews Töpfen den Krieg mit der Begründung, sie seien der Gesundheit des Säuglings abträglich. Erst versuchte sie es mit Anspielungen und gutem Zureden, dann mit Szenen. Sie trug die Töpfe in die Diele hinaus, Gladyschew trug sie in die Wohnräume zurück. Dann versuchte sie, die Töpfe zu zerschlagen und Gladyschew schlug zurück, obwohl er Gewalt eigentlich ablehnte. Einige Male entfloh Jefrossinja mit dem Kind zu ihren Eltern, die am anderen Ende des Dorfes wohnten, aber jedesmal jagte die Mutter sie zum Ehemann zurück.

Endlich fand sie sich mit allem ab, kümmerte sich um nichts mehr und ließ sich gehen. Auch früher war sie nicht

gerade eine Schönheit gewesen, nun aber wurde sie vollends zur Vogelscheuche.
Das ist, knapp erzählt, die Geschichte von Gladyschews Heirat und Ehe. Kehren wir nun dahin zurück, wo wir unsere Erzählung begonnen haben.
Tschonkin stand neben seinem Flugzeug, Gladyschew machte sich in seinem Gemüsegarten zu schaffen, während Aphrodite mit dem Kind auf den Armen auf der Außentreppe ihres Hauses saß und ihren Ehemann mit kaum verhohlener Abneigung ansah.
»Wünsche einen guten Tag, Nachbar!« rief Tschonkin Gladyschew zu.
Gladyschew, von einer seiner Wezums-Stauden in Anspruch genommen, richtete sich auf, tippte mit zwei Fingern an den Hut und erwiderte wohlerzogen: »Wünsche meinerseits Gesundheit.«
Tschonkin lehnte das Gewehr an das Flugzeug und trat an den Zaun, der die zwei Gemüsegärten trennte.
»Ich seh dich immer beim Gemüse, Nachbar. Hast du die Sache nicht bald leid?«
»Das würde ich durchaus nicht sagen«, erwiderte Gladyschew mit verhaltener Würde. »Schließlich arbeite ich nicht für mich selbst und nicht zu meinem Profit, sondern im Dienst der Wissenschaft. Und du hast, wie ich sehe, heute unter dem Flugzeug genächtigt.«
»Ach weißt du, das ist scheißegal, wo man nächtigt«, sagte Tschonkin leichthin. »Schließlich haben wir jetzt Sommer und nicht Winter.«
»Als ich nämlich heute früh aus dem Haus trat, sah ich irgendwelche Beine unter dem Flugzeug hervorragen. Der Iwan wird doch nicht draußen geschlafen haben, denke ich. Ich sage also zu Aphrodite: ›Schau mal, sind das da drüben nicht Tschonkins Beine?‹ Du, Aphrodite«, rief er seine Frau als Zeugin an, »erinnerst du dich, wie ich dich heute früh gefragt habe: ›Schau mal, sind das da drüben

nicht Tschonkins Beine‹?«
Aphrodite blickte ihn weiter mit dem gleichen Gesichtsausdruck an, ohne auf die an sie gerichteten Worte zu reagieren. Tschonkin schaute auf Gladyschew, stieß einen Seufzer aus, und sagte zu seiner eigenen Verblüffung: »Ach weißt du, ich hab mich mit meinem Weib gestritten und bin fort von ihr. Deshalb hab ich unter dem Flugzeug genächtigt.«
»Wieso das?« fragte Gladyschew besorgt.
»Einfach so«, erwiderte Tschonkin ausweichend. »Ich sag ihr dies, sie sagt mir das, ein Wort gibt das andere, so hat sich das ergeben. Da hab ich mir gesagt: ›Scheiß drauf‹, hab den Mantel genommen, das Gewehr, den Wäschesack und bin einfach zum Haus raus.«
»So also ist das gekommen«, schüttelte Gladyschew den Kopf. »Das hab ich mir heute früh gleich gedacht, daß das deine Beine sind, die unter dem Flugzeug vorragen. Du hast dich also mit ihr gestritten?«
»Gestritten hab ich mich«, wiederholte Tschonkin, noch trauriger als bisher.
»Vielleicht hast du sogar Recht«, meinte Gladyschew. Er blickte seine Frau mißtrauisch an und begann zu flüstern. »Wenn du es genau wissen willst, werd ich es dir sagen: laß dich nicht mit diesen Weibern ein, Iwan. Fliehe sie, solange du noch jung bist. Die Weiber nämlich . . . schau dir zum Beispiel die Meine an. Da drüben sitzt sie, die Schlange. Wenn du einmal aus näherer Entfernung mit ihr redest, dann achte auf ihre Zunge. Die ist nämlich in der Mitte zweigeteilt. Wie die Zunge einer Schlange. Ich kann dir gar nicht sagen, Iwan, wieviel Leid dieses Weib über mich gebracht hat, das kann man weder erzählen noch schriftlich beschreiben. Und wie geht es andern Männern? Alle leiden sie unsäglich durch denen ihr Geschlecht, ob du nun unsere Epoche betrachtest oder die Vergangenheit.« Er schielte zu seiner Gattin hinüber und

flüsterte noch leiser weiter, als hätte er Tschonkin eine streng vertrauliche Mitteilung zu machen. »Als Zar Nikolaus der Erste die Dekabristen nach Sibirien verschickt hat, dorthin wo sich die Füchse Gutenacht sagen, da haben sich die Weiber der Dekabristen darüber nicht beruhigt, sie haben ihre Siebensachen gepackt und sind den Männern nachgereist, obwohl es damals noch gar keine Eisenbahn gab. Natürlich waren die Postpferde hin und für die Kutscher war es auch eine Qual, und die Weiber selber sind dabei fast verreckt, aber sie haben keine Ruhe gegeben, bevor sie am Ziel waren. Über die Njura will ich nichts Schlechtes sagen, Iwan, sie ist eine gebildete Frau, und Verstand hat sie auch, aber trotzdem solltest du lieber die Flucht ergreifen, bevor es zu spät ist.«
»Das tät ich ja«, sagte Tschonkin. »Aber die Kiste da drüben läßt mich nicht.« Er zeigte auf das Flugzeug und fügte nach kurzem Besinnen traurig hinzu: »Außerdem hab ich Kohldampf. Wenn du nichts im Bauch hast, bist du arm dran.«
»Kohldampf, sagst du?« fragte Gladyschew. »Das hättest du gleich sagen können. Komm, gehen wir zu mir rein. Ich mache dir auf dem Petroleumkocher Rührei mit Speck. Und ein bißchen Schnaps«, fügte er blinzelnd hinzu, »ist auch im Haus. Gehn wir. Bei der Gelegenheit zeig ich dir, wie ich lebe.«
Tschonkin ließ sich das nicht zweimal sagen. Er versteckte das Gewehr im Heu, kletterte über den Zaun und ging, vorsichtig zwischen den Beeten auftretend, hinter Gladyschew her, der selbstbewußt voran schritt. Sie stiegen die Außentreppe hinauf. Aphrodite rümpfte angeekelt die Nase und wandte sich ab.
»Leg doch wenigstens ein Wachstuch unters Kind«, brummte Gladyschew im Vorbeigehen. »Wenn es dein Kleid vollmacht, stinkt es hinterher.«
Aphrodite blickte teilnahmslos auf und sagte teilnahms-

los: »Schnupper lieber mal im Haus. Und laß den Gast schnuppern.« Sagte es und wandte sich ab.
Gladyschew öffnete die Tür und ließ Tschonkin in die Diele. »Hast du gehört, wie sie mit mir redet?« sagte er zu Tschonkin. »So geht es tagaus tagein. Diese dreckige Ziege. Mein Gestank dient immerhin der Wissenschaft, sie aber stinkt einfach so vor sich hin.«
Hinter der Diele war es dunkel. Gladyschew entzündete ein Streichholz, das einen Gang und eine mit zerfetzter Sackleinwand bespannte Tür beleuchtete. Tschonkin öffnete die Tür und bekam sofort einen solchen Geruch in die Nase, daß er geradezu ins Wanken kam. Hätte er nicht unverzüglich mit zwei Fingern seine Nase zugekniffen, wäre er womöglich zu Boden gestürzt. Er folgte dem Hausherrn mit zugekniffener Nase ins Zimmer. Gladyschew drehte sich nach ihm um und sagte aufmunternd: »Im ersten Augenblick riecht es natürlich ziemlich arg, aber ich habe mich daran gewöhnt, mir macht es nichts mehr aus. Mach das eine Nasenloch auf, und wenn du dich gewöhnt hast, dann öffnest du auch das zweite. Der Geruch ist nur scheinbar widerlich, in Wirklichkeit dient er der Gesundheit und fördert den Organismus, er besitzt nämlich einige wertvolle Eigenschaften. Beispielsweise stellt die französische Firma »Coty« aus Scheiße ein Parfum von feinstem Aroma her. Aber schau dich zunächst einmal im Haus um, und ich mache uns rasch Rühreier. Inzwischen hab ich nämlich auch Hunger bekommen.«
Während Gladyschew im Zimmer nebenan den Kocher mit Petroleum vollpumpte und anzündete, sah sich sein Gast im Raum um und versuchte, sich an den Geruch zu gewöhnen. Dem Rat des Hausherrn folgend, öffnete er mal das eine, mal das andere Nasenloch. Gleichzeitig betrachtete er das Zimmer, das wirklich ziemlich sehenswert war.
Sehenswert waren vor allem die vorerwähnten kleinen

Töpfe. Sie standen in großer Zahl nicht nur auf dem Ofen und dem Fensterbrett, sondern auch auf der Bank am Fenster und unter der Bank und jenseits der Rückwand des eisernen Bettes, das übrigens ungemacht war und über das etliche Kissen ohne jede Ordnung verstreut waren.
Über dem Bett hingen, wie sich das gehört, verglaste kleine Rahmen mit Blümchen und Tauben in den Ecken. In den Rahmen steckten Fotos des Hausherrn von Kindesbeinen an bis in die jüngste Zeit, dazu noch Fotos der ihm angetrauten Aphrodite sowie zahlreiche Verwandtenbilder beider Seiten. Über dieser Bilderwand hing ein Porträt des Ehepaars Gladyschew, eine Auftragsarbeit. Der unbedarfte Maler hatte das Bild von mehreren Fotos abgemalt und derart bunt eingefärbt, daß die auf dem Porträt dargestellten Gesichter überhaupt keine Ähnlichkeit mehr mit deren Trägern aufwiesen.
Die dem Fenster gegenüberliegende Wand diente gleichsam musealen Zwecken. Dort hingen in den gleichen verglasten Rahmen die bereits erwähnten Pressestimmen zu Gladyschews wissenschaftlichen Arbeiten. Hinter einem besonderen Rahmen wurde der ebenfalls bereits erwähnte Brief jenes prominenten Landwirtschaftsfachmanns aufbewahrt.
Zwischen zwei Fenstern hing ein Gewehr vom Kaliber sechzehn an der Wand, das, wie der Leser natürlich schon erraten hat, irgendwann einmal schießen wird, wobei es freilich offen bleibt, ob der Schuß auch losgeht oder ob es eine Ladehemmung gibt. Das wird sich aus den dann herrschenden Umständen ergeben.
Tschonkin hatte noch nicht recht Zeit gefunden, alle Sehenswürdigkeiten gebührend zu betrachten, als die Rühreier bereits fertig waren und der Hausherr ihn zu Tisch rief.
Auch dieses Zimmer war nicht besonders gut aufgeräumt, immerhin war es hier etwas sauberer. Auf einem Gestell

stand Geschirr, von der Decke herab hing eine Wiege: die Wohnstatt des Säuglings Herakles. Außerdem stand im Raum noch eine alte Truhe ohne Deckel, in der zerfledderte Bücher vorwiegend wissenschaftlichen Inhalts lagen, zum Beispiel die *Mythen des alten Hellas* sowie eine populäre Broschüre zum Thema *Die Fliege als aktiver Krankheitserreger.*

Auch der Jahrgang 1912 der Zeitschrift *Niwa* war, wenn auch unvollständig, vertreten. Diese Truhe war die Quelle, aus der Gladyschew seine Bildung schöpfte.

Auf dem großen, mit einem Wachstuch bedeckten Tisch (heiß abgestelltes Geschirr hatte braune Kreise auf dem Wachstuch hinterlassen) zischten in einer Pfanne die Rühreier mit Speck, und obwohl Tschonkin stark unter dem Gestank im Zimmer litt (allerdings hatte er sich schon etwas daran gewöhnt), war der Hunger noch schlimmer. Es bedurfte keiner nochmaligen Aufforderung, Tschonkin setzte sich ohne langes Zieren an den Tisch.

Gladyschew holte zwei Gabeln aus der Tischschublade, wischte sie an seinem Unterhemd ab und legte die eine neben Tschonkin auf den Tisch, die andere, deren eine Zinke abgebrochen war, neben sich. Tschonkin wollte seine Gabel unverzüglich in die Rühreier hineinstecken, aber der Hausherr fiel ihm in den Arm: »Warte.«

Er nahm zwei verstaubte Gläser vom Gestell, hielt sie gegen das Licht, spuckte hinein, wischte die Gläser mit dem Unterhemd blank und stellte sie auf den Tisch. Dann lief er in die Diele und brachte von dort eine nicht mehr ganz volle Flasche, in deren Hals eine zum Korken gedrehte Zeitung steckte. Aus dieser Flasche schenkte er dem Gast und sich jeweils ein halbes Glas voll ein. »Siehst du, Iwan«, sagte er, einen Schemel zu sich herüberziehend, in Fortsetzung des vorhin begonnenen Gesprächs, »wir haben es uns angewöhnt, die Scheiße von oben herab zu behandeln, als wäre sie etwas Schlechtes. Aber wenn man genauer hinschaut, ist sie vielleicht die allerwertvollste Substanz auf der Erde, denn unser ganzes Leben entsteht aus Scheiße und wird am Schluß wieder zu Scheiße.«

»In welchem Sinn meinst du das?« fragte Tschonkin höflich, mit hungrigen Augen die bereits erkaltenden Rühreier verschlingend, ohne es zu wagen, vor dem Hausherrn über das Essen herzufallen. »In jedem nur erdenklichen Sinne«, führte Gladyschew seinen Gedanken aus, der Ungeduld seines Gastes nicht achtend. »Urteile selber. Zur Erzielung einer guten Ernte muß der Boden mit Scheiße gedüngt werden. Aus Scheiße erwachsen die Gräser, das Getreide und Gemüse, von dem wir und die Tiere uns nähren. Die Tiere geben uns die Milch, das Fleisch, die Wolle und alles andere. Wir verbrauchen dies alles und setzen es wieder in Scheiße um. Daraus ergibt sich ein, wenn man so sagen darf, Kreislauf der Scheiße in der Natur. Und es erhebt sich die Frage, ob es ratsam ist, diese Scheiße in Gestalt von Fleisch, Milch oder sei es auch nur von Brot zu konsumieren, das heißt, in verarbeiteter Form. Wir dürfen und müssen fragen: wäre es nicht besser, unsere Vorurteile und das unangebrachte Ekelgefühl zu überwinden und die Scheiße in ihrer Urgestalt als ein Wunder wirkendes Vitamin zu uns zu nehmen? Für den Anfang könnte man natürlich«, korrigierte sich Gladyschew, als er merkte, daß Tschonkin zusammenzuckte, »den natürlichen Geruch entfernen, später, wenn sich der Mensch daran gewöhnt hat, würde man alles so lassen, wie es ist. Aber das, Iwan, ist Sache einer fernen Zukunft und hängt davon ab, ob das Wagnis der Wissenschaft von Erfolg gekrönt sein wird. Ich schlage deshalb vor, auf die Erfolge unserer Wissenschaft, auf unsere Sowjetmacht und den im Weltmaßstab genialen Genossen Stalin persönlich anzustoßen.«

»Auf unsere Bekanntschaft«, hielt Tschonkin mit.
Sie stießen mit den Gläsern an. Tschonkin kippte den Inhalt seines Glases hinunter und wäre fast vom Stuhl gefallen. Sein Atem war wie abgeschnürt, als hätte ihm jemand die Faust in die Magengrube gestoßen. Da ihm gleichzeitig auch das Hören und Sehen verging, stieß er blindlings die Gabel in die Pfanne, riß ein Stück von der Eierspeise heraus, stopfte es sich in den Mund, half mit der anderen Hand nach, schluckte, verbrannte sich den Rachen und stieß erst dann die seine Lungen zum Bersten anspannende Luft aus.
Gladyschew hatte sein Glas ohne jede Anstrengung geleert und blickte seinen Gast jetzt spöttisch an.
»Na, Iwan, wie ist der Tropfen?«
»Alle Achtung, der hat es in sich«, lobte Tschonkin und wischte sich die tränenden Augen. »Da bleibt einem die Puste weg.«
Fortwährend lächelnd zog Gladyschew eine flache Konservenbüchse zu sich heran, die in seinem Haus den Dienst eines Aschenbechers versah, goß ein wenig Schnaps hinein und entzündete ihn mit einem Streichholz. Die Flüssigkeit flammte bläßlich blau auf. »Hast du das gesehen?«
»Ist es Kornschnaps oder Rübenschnaps?« erkundigte sich Tschonkin.
»Nein, Iwan, es ist Scheißeschnaps«, sagte Gladyschew mit dezentem Stolz.
Tschonkin verschluckte sich.
»Wie meinst du das?« fragte er und rückte ein Stück vom Tisch weg.
»Sehr einfach«, erläuterte Gladyschew. »Du nimmst auf ein Pfund Scheiße ein Pfund Zucker . . .«
Tschonkin sprang auf, warf den Schemel um und rannte auf den Ausgang zu. Auf der Außentreppe hätte er fast Aphrodite mit Kind umgerannt. Zwei Schritte weiter

preßte er die Stirn gegen die Bohlenwand des Hauses. Er wurde von einem furchtbaren Brechreiz geschüttelt.
Hinter ihm her lief der Hausherr verwirrt aus dem Haus. Laut polternd sprang er die Außentreppe hinunter.
»Tschonkin, was ist mit dir?« fragte er besorgt und berührte seinen Gast an der Schulter. »Das ist reinster selbstgebrannter Schnaps. Du hast doch selbst gesehen, wie er brennt.«
Tschonkin wollte etwas erwidern, aber bei der Erwähnung des Schnapses wurde sein Magen von neuen Krämpfen ergriffen. Er bemühte sich, die Beine noch weiter zu spreizen, um seine Stiefel nicht zu beschmutzen.
»O Herr im Himmel!« sagte plötzlich Aphrodite mit trostloser Traurigkeit. »Schon wieder hat er wem Scheiße zu trinken gegeben, der verfluchte Bösewicht. Wenn du doch bloß verrecken würdest!« Sie spuckte kräftig in Richtung ihres Ehemannes aus.
Der nahm ihr das nicht übel.
»Statt hier herumzuspucken, solltest du lieber eingemachte Äpfel aus dem Keller holen. Du siehst doch, daß ihm schlecht ist.«
»Eingemachte Äpfel, sagst du«, ächzte Aphrodite. »Die Äpfel stinken längst nach Scheiße. Das ganze Haus ist voller Scheiße, daß du doch im Erdboden versinken mögest, daß du in der Scheiße ersticken mögest, du unglückseliger Idiot. Ich werde von dir fortgehen, ich werde mit dem Kind um Almosen bitten. Lieber betteln, als in der Scheiße verrecken.«
Aphrodite schickte sich unverzüglich an, ihre Ankündigung wahrzumachen. Mitsamt ihrem Sohn Herakles rannte sie zur Gartentür hinaus. Gladyschew ließ Tschonkin stehen und rannte ihr nach.
»Wohin rennst du, Aphrodite?« rief er hinter ihr her. »Komm zurück, sage ich dir. Mach dich und mich nicht vor den Leuten zum Gespött. Hörst du, Aphrodite!«

Aphrodite blieb stehen, drehte sich um und brüllte Gladyschew böse ins Gesicht: »Ich heiße nicht Aphrodite! Ich heiße Frossjka, verstehst du: Frossjka! Merk dir das, du armer Irrer!«
Dann lief sie weiter, das zu Tode erschrockene Kind hoch über sich auf den ausgestreckten Armen haltend. So lief sie, bockspringend und stolpernd durchs Dorf.
»Ich bin die Frossjka, hört ihr, die Frossjka!« brüllte sie mit einem derart unbändigen Vergnügen, als hätte sie nach langer Stummheit endlich die Gabe der Rede wiedergefunden.

16

Am 21. Juni wurde dem deutschen Botschafter in der UdSSR, Graf Schulenburg, eine Erklärung überreicht. Darin hieß es, es lägen Nachrichten vor, wonach sich an den westlichen Grenzen der Sowjetunion deutsche Truppen zusammenzögen. Die Sowjetregierung bat die deutsche Regierung um Aufklärung. Als dieses Ersuchen an Hitler weitergeleitet wurde, blieben bis zum Ausbruch des Krieges noch ein paar Minuten.
Tschonkin, der sich Tags zuvor mit Njura versöhnt hatte, schlief um diese Zeit noch. Dann verspürte er das Bedürfnis, ein Geschäft zu verrichten, und wachte auf. Einige Zeit lag er so da. Er hatte keine Lust, unter der warmen Decke hervorzuschlüpfen, und hoffte im Stillen, das Bedürfnis würde von selber vergehen. Doch seine Hoffnung erfüllte sich nicht. Er wartete, bis keine Sekunde mehr zu verlieren war, fuhr dann mit den Füßen in die Stiefel, warf den Mantel über die nackten Schultern und sprang auf die Außentreppe hinaus. Weiterzuspringen war ihm versagt, er verrichtete sein Geschäft von der Treppe herab.

Der Morgen war klar und frisch. Auf dem Gras, auf den Blättern und den Tragflächen des Flugzeugs lag perlender Tau. Die Sonne hatte sich schon vom Horizont gelöst und wurde zusehends kleiner. Ihr rotes Licht lag auf den Fensterscheiben ringsum im Dorf. Es herrschte eine vollkommene Stille, die nur durch das leise und verschlafene Muhen der Kühe unterbrochen wurde. Tschonkin dachte, man müsse Njura wecken, damit sie Krassawka melke und in die Herde hinaustreibe, aber dann überlegte er es sich anders. Er beschloß, alles selber zu machen. Als er den Melkeimer nahm, wachte Njura auf, und wollte aufstehen, aber er sagte: »Schon gut, schlaf weiter.«

Und ging in den Stall.

Nachdem er Krassawka gemolken hatte, öffnete er für sie den einen Torflügel, aber die Kuh wollte nicht, sie war es gewöhnt, daß man das ganze Tor öffnete. »So ein Mistvieh«, dachte Tschonkin und wollte der Kuh eins überbrennen, unterließ das aber aus Mitleid mit der Kuh.

»Mach, daß du fortkommst«, brummte er friedfertig und öffnete den anderen Torflügel.

Krassawka schielte verächtlich zu Tschonkin hinüber und schritt an ihm vorbei. Dabei wackelte sie feierlich mit dem kurzhörnigen Kopf.

Da war auch schon die Herde da.

Die Kühe trotteten über die ganze Breite der Straße, schnupperten im Vorübergehen an den Gartenzäunen und Zaunpfählen und seufzten schlaftrunken.

Hinter der Herde her ritt, in seinem Sattel schwankend, der neue Viehhirt Ljoscha Sharow. Die Funktion des Sattels erfüllte ein altes Wams. Dessen zerschlissene Ärmel hingen herab und baumelten wie Uhrpendel im Takt des Pferdeschritts.

Als Tschonkin den Viehhirten sah, verspürte er Lust zu einem kleinen Plausch. Er trat auf die Gartentür zu und rief: »He, du! Wie ist denn so das Leben?«

Ljoscha zog am Zügel und brachte das Pferd zum Stehen. Er blickte Tschonkin, den er zum ersten Mal sah, mit Interesse an.

»Im allgemeinen nicht schlecht«, sagte er nach einigem Nachdenken. »Das Leben ist soweit in Ordnung.«

Sie schwiegen eine Weile. Dann blickte Tschonkin zum klaren Himmel hinauf und sagte: »Ich meine, heute wird es schön.«

»Es wird schön, wenn es nicht Regen gibt«, sagte Ljoscha.

»Ohne Wolken gibt es keinen Regen«, bemerkte Tschonkin.

»Nein, ohne Wolken nicht.«

»Aber manchmal gibt es Wolken und doch keinen Regen.«

»Jawohl, das gibt es auch«, pflichtete Ljoscha bei.

Mit diesen Worten trennten sie sich. Sharow ritt hinter seiner Herde her, Tschonkin kehrte ins Haus zurück.

Njura schlief, über die ganze Breite des Bettes ausgestreckt. Es tat Tschonkin leid, sie zu wecken. Statt dessen ging er ein wenig im Haus herum, hatte das aber bald satt. Da er keine andere Beschäftigung fand, trat er nun doch auf Njura zu.

»Du, rück mal ein Stück«, sagte er und berührte sie an der Schulter.

Die Sonne schien bereits direkt ins Fenster, ihr staubiger Strahl streckte sich bis an die andere Wand, an der die Uhr mit dem verzogenen Zifferblatt hing. Die Uhr war alt, das Uhrwerk war verstaubt, es ließ ein Rascheln und Schnalzen vernehmen. Die Zeiger zeigten vier Uhr. Um diese Zeit warfen die Deutschen ihre Bomben auf Kiew.

Zweiter Teil

1

Die Nachricht vom Kriegsausbruch stürzte wie Schnee auf den Kopf herab. Niemand hatte das vorausgeahnt. Zwar war da vor zehn Tagen dieser Traum der alten Dunja gewesen: Die Henne Klaschka hatte einen Ziegenbock mit vier Hörnern ausgebrütet; doch Kenner deuteten den Traum als harmlos, schlimmstenfalls, meinten sie, würde es Regen geben. Jetzt nahm sich dieser Traum natürlich ganz anders aus.

Tschonkin erfuhr nicht sofort von den Geschehnissen, denn er saß auf dem Klo und hatte es nicht eilig. Seine Zeit war nicht registriert und eingeteilt. Man hatte sie ihm nicht um höherer Dinge willen zugemessen, sondern einfach so. Auf daß er das dahinfließende Leben betrachte, ohne irgendwelche Schlußfolgerungen daraus zu ziehen. Auf daß er esse, trinke, schlafe und seine Notdurft verrichte, und zwar nicht nach Maßgabe des Dienstreglements, sondern jedesmal, wenn sich ein Bedürfnis regte.

Das Sommerklosett stand im Gemüsegarten. Die Strahlen der Sonne drangen durch das windschiefe Bauwerk. Grüne Fliegen summten, eine Spinne ließ sich jäh ins Netz hinab wie ein Fallschirmspringer.

Rechts an der Wand hing, auf einen Nagel aufgespießt, quadratisch zugeschnittenes Zeitungspapier. Tschonkin riß ein Blatt nach dem anderen ab und las es durch, wobei er ein erhebliches Maß bruchstückhafter Informationen zu den verschiedensten Fragen in sich aufnahm. Zunächst machte er sich mit einigen Überschriften vertraut:

BEGINN DER KURSAISON IN DEN KURORTEN BEI WOLOGDA

DAS KRIEGSGESCHEHEN IN SYRIEN

DAS KRIEGSGESCHEHEN IN CHINA
DER GOBELIN »LENIN UND STALIN IM OKTOBER«
Die Meldung »Deutschland protestiert bei den USA« las er vom Anfang bis zum Ende durch:

Berlin, 18. Juni. (TASS) Nach einer Meldung des Deutschen Nachrichtenbüros hat die Regierung der USA in einer dem deutschen Geschäftsträger in Washington am 16. Juni überreichten Note die Forderung erhoben, die Mitarbeiter des Deutschen Nachrichtenbüros in New York, der Agentur Transozean sowie einer Eisenbahngesellschaft sollten das Gebiet der Vereinigten Staaten verlassen. Die Forderung wurde mit einer angeblich unzulässigen Tätigkeit dieser Personen motiviert. Die deutsche Regierung hat die Forderung als unbegründet abgelehnt und ihrerseits gegen die vertragswidrigen Aktivitäten der USA protestiert.

Tschonkin war noch damit beschäftigt, sich über die Aktivitäten der USA Gedanken zu machen, da hörte er Njura aus einiger Entfernung rufen. »Iwaan!«
Tschonkin horchte auf.
»Iwan? Wo bist du?«
Er genierte sich, Laut zu geben, und zog es vor zu schweigen.
»Hol dich der Waldschrat, wo steckst du denn bloß?« rief Njura. Ihre Stimme kam näher. Jetzt blieb kein Ausweg, er mußte sich melden.
»Mach keinen solchen Lärm«, rief er verlegen. »Ich bin hier.«
Njura war nun schon ganz nahe. Durch ein Astloch in der Klowand sah er ihr Gesicht, das vor Erregung gerötet war.
»Komm raus!« rief sie. »Es ist Krieg!«

»Das hat noch gefehlt!« sagte Tschonkin weniger erstaunt als betrübt. »Wohl mit Amerika?«
»Mit Deutschland!«
Verblüfft stieß Tschonkin einen Pfiff aus und begann, sich die Hose zuzuknöpfen. Er konnte es nicht recht glauben und fragte Njura im Herauskommen, wer ihr einen solchen Blödsinn aufgeschwatzt habe.
»Es kam übers Radio.«
»Vielleicht spinnen die?« meinte er hoffnungsvoll.
»Sieht nicht so aus«, sagte Njura. »Alle sind zum Kolchosbüro gelaufen, zu einem Meeting. Gehen wir hin?«
Er wurde nachdenklich und legte den Kopf schief.
»Wenn das stimmt mit dem Krieg, darf ich nicht aufs Meeting. Ich muß das Scheißflugzeug bewachen«, sagte Tschonkin und spuckte böse in Richtung des ihm anvertrauten Objekts.
»Ach komm«, erwiderte Njura. »Wer braucht das schon?«
»Bisher keiner, aber jetzt wird das anders. Geh du allein hin und hör dir an, was sie dort reden. Ich bleibe hier, womöglich kommen die gleich angeflogen.«
Bald darauf stiefelte er mit geschultertem Gewehr um das Flugzeug herum und drehte den Kopf mal dahin, mal dorthin, in Erwartung seiner Vorgesetzten oder eines Angriffs der Deutschen. Bald tat ihm der Hals weh, und es flimmerte ihm vor den Augen. Da vernahm er mit seinem geschärften Gehör einen anschwellenden Summton.
»Er kommt geflogen!« Tschonkin reckte aufgeregt den Hals. Vor seinen Augen tauchte ein Punkt auf. Gleich würde er größer werden und die Umrisse eines Flugzeugs annehmen ... Doch der Punkt verschwand wieder, und der Summton hörte auf. Irgend etwas stach Tschonkin, er klatschte sich auf die Stirn und tötete eine Mücke. »Das war gar kein Flugzeug«, sagte er vor sich hin und wischte

die Mücke an der Hose ab.
Sei es durch den Schlag auf die Stirn, sei es aus anderer, nichtmechanischer Ursache: jedenfalls regte sich etwas in Tschonkins Gehirn, und aus dieser Regung entstand der alarmierende Gedanke, daß er seine Zeit hier umsonst vertrödelte, daß niemand ihn brauchte und niemand ihn ablösen würde. Zwar hatte er nie geglaubt, zu etwas Besonderem berufen zu sein, doch auch nie bezweifelt, daß man ihn irgendwann um irgend etwas bitten würde. Vielleicht bloß um eine Kleinigkeit oder darum, daß er sein Leben unentgeltlich für eine passende Sache hergebe. Aber jetzt begann ihm zu dämmern, daß selbst sein Leben von niemandem benötigt wurde. (Im Hinblick auf große Taten und Ereignisse mochte ein so schlichtes Naturphänomen wie Tschonkins Leben nicht allzu viel wiegen, aber etwas Wertvolleres, das er mit seinem Heimatland hätte teilen können, besaß er nicht.)
Im traurigen Bewußtsein seiner Nutzlosigkeit verließ Tschonkin das Bewachungsobjekt und setzte sich in Richtung Kolchosbüro in Bewegung. Dort hatten sich bereits Leute versammelt, die auf Aufklärung warteten.

2

Die Menschen standen in einem weiten Halbkreis vor der hohen, mit einem Geländer versehenen Außentreppe. Alle blickten geduldig auf die mit zerschlissenem Filz bezogene Tür, in der Hoffnung, die Obrigkeit werde herauskommen und Näheres bekanntgeben. Die Männer rauchten mürrisch ihre selbstgedrehten Zigaretten, die Weiber weinten still vor sich hin, während die Kinder ihre Eltern verwirrt anglotzten. Sie konnten die plötzliche Niedergeschlagenheit nicht begreifen, in ihrer kindlichen Vorstellung gab es auf der Welt nichts Fröhlicheres als den Krieg.

Es war Mittag, die Sonne brannte, die Zeit stand still. Die Obrigkeit ließ sich nicht blicken. Vor lauter Langeweile begannen die Leute zu sprechen, ein Wort gab das andere. Pletschewoj war wie immer Mittelpunkt. Er tröstete seine Mitbürger, der Krieg könne höchstens bis zum nächsten Regen dauern, dann versaufe das deutsche Kriegsmaterial im Schlamm unserer Wege. Kursow pflichtete ihm bei, gab aber zu bedenken, daß der sich von Marschverpflegung nährende Deutsche zu mancherlei imstande sei. Unter den Versammelten tapste verloren der alte Schapkin, ungeachtet seiner neunzig Jahre, seines erlöschenden Verstandes und seiner völligen Taubheit. Schapkin versuchte den Grund für die Versammlung in Erfahrung zu bringen, aber keiner wollte antworten. Endlich bekam Pletschewoj Mitleid mit ihm. Er machte eine Geste, als hielte er ein schweres MG und mimte eine lange MG-Garbe. Die dazugehörenden Laute konnte der alte Schapkin allerdings nicht hören. Anschließend tat Pletschewoj so, als jage er mit über dem Kopf geschwungenem Säbel auf stolzem Roß dahin.

Der alte Schapkin nahm das ohne Verwunderung zur Kenntnis, meinte aber, in alten Zeiten habe man das Korn erst gesät und dann geerntet, bevor man es drosch.

Allmählich bildeten sich kleine Gruppen. Jede führte ein anderes Gespräch, das nichts mit der Kriegsnachricht zu tun hatte. Stepan Lukow und Stepan Frolow stritten sich, ob ein Elefant, wenn man ihn an eine Lokomotive fesselt, stärker ist als die Lokomotive oder umgekehrt. Pletschewoj behauptete dreist, er könne einen politischen Führer oder ein Tier mühelos auf Karopapier abzeichnen.

Zu anderen Zeiten hätte Tschonkin solch ungewöhnlicher Gabe staunend Tribut gezollt, aber jetzt hatte er andere Sorgen. Von trübsinnigen Gedanken geplagt, ging er in eine Ecke, wo Kiefernholz unordentlich aufgestapelt war. Iwan wählte einen nicht mit Harz verklebten Stamm, setzte sich darauf und legte das Gewehr auf die Knie. Kaum hatte er die Machorkabüchse hervorgeholt, war auch schon Gladyschew zur Stelle.

»Könntest du mir ein Stück Zeitung für deinen Machorka geben, Nachbar? Ich hab die Zündhölzer daheimgelassen.«

»Da, nimm«, sagte Tschonkin, ohne hinzuschauen.

Auch von dem Machorka war nicht mehr viel übrig. Gladyschew zündete sich seine Zigarette an, machte einen Zug, spuckte einen Tabakkrümel aus und seufzte laut.

Tschonkin blickte stumm vor sich hin auf den Boden.

Gladyschew seufzte noch lauter, um Tschonkins Aufmerksamkeit auf sich zu lenken.

Tschonkin schwieg.

»Ich kann nicht!« sagte Gladyschew. »Mein Verstand sträubt sich, es zu glauben. Was müssen die für ein Gewissen haben: erst essen sie unseren Speck und unsere Butter, und jetzt machen sie uns mit diesem verräterischen Überfall zur Sau.«

Tschonkin ließ auch diese Bemerkung unerwidert.

»Denk doch mal darüber nach, Iwan«, ereiferte sich Gladyschew. »Da kommen einem vor Wut die Tränen. Die Menschen, Iwan, sollen nicht Krieg führen, sie sollen zum Wohl der kommenden Generationen ihre Arbeit verrichten, denn just die Arbeit war es, die den Affen in den zeitgenössischen Menschen verwandelt hat.«

Gladyschew blickte seinen Gesprächspartner an und hatte plötzlich eine Eingebung: »Aber vielleicht weißt du gar nicht, daß der Mensch vom Affen abstammt, Iwan?«

»Von mir aus von der Kuh«, sagte Tschonkin.

»Von der Kuh kann er nicht abstammen«, entgegnete Gladyschew überzeugt. »Du wirst fragen: warum?«

»Ich werde nicht fragen«, sagte Tschonkin.

»Immerhin könntest du fragen.« Gladyschew versuchte, Tschonkin in ein Streitgespräch zu verwickeln, um seine

Bildung zu demonstrieren. »Dann würde ich dir antworten: die Kuh arbeitet nicht, der Affe indessen hat gearbeitet.«

»Wo denn?« fragte Tschonkin plötzlich und blickte Gladyschew starr an.

»Was heißt: wo denn?« fragte der in die Enge getriebene Gladyschew.

»Ich frage dich, wo dein Affe gearbeitet hat«, sagte Tschonkin noch gereizter als vorher. »In der Fabrik, im Kolchos oder wo sonst?«

»Du Knallkopf!« erregte sich Gladyschew. »Von was für Fabriken und Kolchosen redest du, wo doch damals nichts als Wildnis war? Du hast wohl nicht alle Tassen im Schrank, Junge! Wie kann man so einen Blödsinn reden! Im Dschungel hat er natürlich gearbeitet, der Affe! Erst ist er auf die Bäume geklettert, um Bananen zu pflücken, später hat er die Bananen mit dem Stock vom Baum geschlagen, noch später hat er einen Stein in die Hand . . .«

Gladyschew ließ Tschonkin keine Gelegenheit, zur Besinnung zu kommen, begann, die Evolutionstheorie zu umreißen und erklärte das Verschwinden von Schwanz und Fell. Er konnte seinen Vortrag jedoch nicht zu Ende führen. Die Menge vor dem Kolchosbüro kam in Bewegung. Stimmen wurden laut, die Leute scharten sich wieder um die Außentreppe. Auf der Treppe stand Parteistellenleiter Kilin.

3

»Aus welchem Anlaß habt ihr euch versammelt?«

Kilin lehnte lässig am Geländer und ließ den Blick seiner kleinen rotbraunen Augen von einem Gesicht zum anderen wandern und wartete darauf, daß es still wurde.

Die Leute sahen sich an und wußten nicht, wie sie das Offenkundige erklären sollten.
»Nun?« Kilin ließ den Blick auf dem Brigadier der Feldbaubrigade ruhen. »Was hast du uns zu sagen, Schikalow?«
Schikalow machte verlegen einen Schritt zurück und trat Pletschewoj auf den Fuß. Pletschewoj stieß Schikalow mit der Faust in den Nacken. Schikalow blieb mit offenem Mund stehen.
»Ich warte, Schikalow«, mahnte Kilin.
»Ich habe ... Wir haben ... Es hat eine Mitteilung gegeben«, brachte Schikalow endlich heraus.
»Was für eine Mitteilung?«
»Du bist gut!« sagte Schikalow und ließ den Blick in die Runde schweifen, als suche er nach Zeugen. »Stell dich nicht dumm. Du hast wohl kein Radio gehört? Da gab es nämlich eine Mitteilung.«
»Was du nicht sagst!« Kilin warf die Arme in die Luft. »Es gab eine Mitteilung? Und in der Mitteilung hieß es, daß keiner mehr zu arbeiten braucht? Daß sich alle versammeln und eine Menge bilden sollen?«
Schikalow ließ wortlos den Kopf hängen.
»Was für Menschen seid ihr!« klagte Kilin von der Höhe seines Standpunkts herab. »Von Bewußtsein keine Spur. Ihr klammert euch sogar noch an den Krieg, bloß um nicht arbeiten zu müssen. Alles auseinander, und daß in fünf Minuten keiner mehr hier ist! Ist das klar? Die Brigadiere Schikalow und Taldykin tragen die Verantwortung.«
»Das hättest du auch gleich sagen können!« sagte Schikalow erfreut. Jetzt nahmen die Dinge ihren gewohnten Lauf. Er drehte sich zur Menge um. »Alles auseinandergehen! He, ihr Männer und Weiber, ihr seid wohl taub geworden? Zu wem rede ich? Was stehst du herum mit offenem Maul!« Schikalow streckte die behaarten Arme

aus und stieß eine Frau mit Kind weg. Die Frau begann zu schreien. Das Kind brüllte ebenfalls.
»Hier wird nicht gestoßen!« versuchte Kursow, die Partei der Frau zu ergreifen. »Die hat doch das Kind dabei.«
»Geh schon, geh«, Schikalow schubste ihn mit der Schulter weg. »Mit Kind oder ohne, da gibt es nichts zu bereden.«
Gleich war auch der kleine Taldykin zur Stelle. Er stürzte sich auf Kursow und stemmte seine kleinen Arme gegen dessen Bauch.
»Schon gut, schon gut, mein Bester«, sprudelte er hervor. »Mach keinen unnötigen Lärm, verschwende nicht deine Nerven, geh lieber nach Hause, ruh dich aus, trink ein Glas Wein.«
»Und du schubs mich nicht!« wehrte sich Kursow weiter. »Fürs Schubsen gibt es kein Gesetz.«
»Ich schubse doch gar nicht«, gurrte Taldykin. »Ich kitzle bloß ein wenig.«
»Fürs Kitzeln gibt es auch kein Gesetz«, beharrte Kursow.
»Hier hast du dein Gesetz!« beschloß Schikalow die Diskussion, indem er seine gewaltige Faust vor Kursows Nase hielt.
Taldykin rannte wieder wie ein kleiner Kläffer hin und her, verschwand in der Menge, tauchte irgendwo wieder auf.
»Geht auseinander, Leute, geht auseinander!« japste er mit seinem dünnen Stimmchen. »Warum glotzt ihr so? Hier gibt es nichts zu glotzen, hier ist kein Zoo. Wenn ihr in den Zoo wollt, dann fahrt in die Stadt. Und du, Großvater«, er packte Schapkin am Ärmel, »bist wohl eingeschlafen? Mach daß du weiterkommst, hier gibt es nichts Interessantes für dich. Dein Interesse ist auf dem Friedhof, verstanden? Auf dem Friedhof, sage ich dir!« schrie Taldykin in Schapkins von weißem Flaum überwachsene Ohren hinein. »Du hast schon drei Tage zu lange gelebt!

Setz deine Beine in Bewegung, Opa. So ist es gut! So ist es gut!«
Nach einiger Zeit hatten Schikalow und Taldykin einen vollen Sieg über die Dorfleute errungen. Der Platz vor dem Kolchosbüro leerte sich für eine Weile.

4

Die Anordnung des Parteistellenleiters versetzte einige Leute in Verwunderung. Sie hätte auch ihn selber verblüfft, wenn nicht . . . Aber alles hübsch der Reihe nach.
Etwa drei Stunden vorher hatten Kilin und Golubew »georgelt«, das heißt, die Kurbel des Feldfernsprechers gedreht. Der Vorsitzende löste den Parteistellenleiter ab, der Parteistellenleiter den Vorsitzenden, doch alles blieb umsonst. Im eisernen Hörer rauschte, knisterte und trällerte es, Musikfetzen tönten auf, die Stimme des Rundfunksprechers wiederholte die Durchsage über den Kriegsausbruch, irgendeine Frauenstimme verfluchte irgendeinen Mitja, der Samowar und Steppdecke vertrunken hatte. Einmal brach eine zornige Männerstimme durch und verlangte nach einem Sokolow.
»Welchen Sokolow?« fragte Golubew.
»Du weißt schon welchen«, erwiderte die Stimme. »Richte ihm aus: wenn er sich bis morgen punkt acht nicht gemeldet hat, wird er sich nach den Kriegsgesetzen zu verantworten haben.«
Der Vorsitzende wollte erklären, daß es am Ort keinen Sokolow gebe, aber da war die zornige Stimme schon verschwunden, und der unbekannte Sokolow befand sich vielleicht, ohne es zu ahnen, bereits auf dem besten Weg zum Kriegstribunal.
Golubew überließ dem Parteistellenleiter seinen Platz an der Kurbel, ging in eine Ecke des Raumes, öffnete das

Metallsafe, in dem die Geheimpapiere und Geldmittel verwahrt wurden und steckte seinen Kopf hinein, so daß er wie ein Fotograf aussah, der im nächsten Augenblick »Achtung, Aufnahme!« rufen wird. Doch sagte er nichts dergleichen. Im Safe ließ sich ein leises Gluckern vernehmen. Dann zog Iwan Timofejewitsch den Kopf wieder aus dem Safe heraus und wischte sich mit dem Ärmel die Lippen ab. Als er dem strafenden Blick des Parteistellenleiters begegnete, holte er das Hauptbuch aus dem Safe, blätterte lustlos darin und legte es wieder an seinen Platz zurück. Ist doch egal, dachte er teilnahmslos, jetzt kommt es nicht mehr darauf an. Der Krieg wird die Bilanz ausgleichen. Jetzt heißt es: möglichst rasch an die Front. Meine Brust ist voller Orden, mein Name ist Hase. Ehrlich währt am längsten. Allerdings war Iwan Timofejewitsch wegen seiner Plattfüße dienstuntauglich. Aber er hoffte dies vor der Kommission zu verbergen.

Während Golubew Zukunftspläne schmiedete, drehte Kilin weiter unermüdlich die Kurbel des Apparats. Im Hörer war alles mögliche zu hören, nur nicht das, was sie hören wollten.

»Hallo, wer dort?« schrie er ab und zu in den Hörer hinein.

Irgend jemand sagte: »Bin auf dem Abort«, aber Kilin war nicht beleidigt.

»Laß es bleiben«, riet Iwan Timofejewitsch. »Wir machen ein Meeting, setzen ein Protokoll auf und fertig.«

Kilin schaute ihn mit einem langen Blick an und kurbelte noch eifriger. Plötzlich kam wie durch Zauberei die samtweiche Stimme der Telefonistin durch den Hörer. »Hier Station!«

Kilin war so verblüfft und verwirrt, daß er kein Wort herausbrachte und nur in den von den schweißnassen Händen feuchten Hörer hineinschnaufte.

»Hier Station!« wiederholte das Fräulein in einem Ton,

als hätte sie vor ihrer Schalttafel nur darauf gewartet, daß man sie aus Krassnoje anriefe.

»Mädchen!« rief Kilin, der langsam zu sich kam und von der Angst gepackt wurde, das Telefonfräulein könnte wieder verschwinden. »Sei so lieb, Mädchen ... ich rufe seit gestern an ... ich brauche dringend Borissow ...«

»Ich verbinde«, sagte das Mädchen ganz schlicht, und wie durch Zauberei kam eine andere Stimme durch den Hörer, diesmal eine männliche: »Hier Borissow.«

»Sergej Nikanorytsch«, sagte der Parteistellenleiter hastig. »Hier spricht Kilin aus Krassnoje. Golubew und ich, wir rufen dich seit gestern an und kriegen keine Verbindung. Die Leute warten, die Arbeit stockt, die Zeit ist heiß, wir wissen nicht, was wir tun sollen.«

»Ich verstehe nicht«, sagte Borissow erstaunt. »Ich verstehe nicht, was ihr nicht wißt. Habt ihr ein Meeting gemacht?«

»Bisher nicht.«

»Warum nicht?«

»Warum nicht? Wir wußten nicht so recht, wie wir vorzugehen haben. Du weißt selber, daß das eine verantwortungsvolle Sache ist. Es liegen keine Anweisungen vor.«

»Jetzt habe ich verstanden.« Borissows Stimme vibrierte ironisch. »Was machst du denn, wenn du pinkeln möchtest und dir die Hose aufknöpfst? Wartest du dann auch auf Anweisungen?«

Borissow entlud seinen ganzen Sarkasmus auf Kilins schütteres Haupt, als hätte er nicht selber, in der Hoffnung auf eine rettende Anweisung, noch eben überall angerufen.

»Nun gut«, gab er endlich seinen Zorn auf. »Ihr müßt ein spontanes Meeting durchführen, im Lichte der Ansprache des Genossen Molotow, und zwar so rasch wie möglich. Ruf die Leute zusammen.«

»Die sind längst versammelt«, meldete Kilin freudig und blinzelte dem Vorsitzenden zu.

»Ausgezeichnet«, kommentierte Borissow. »Sehr gut . . .«, wiederholte er, bereits etwas unsicher werdend. Und fügte hinzu: »Ich habe doch noch nicht alles verstanden.«

»Was denn nicht, Genosse Borissow?« wunderte sich Kilin.

»Was für Leute haben sich versammelt? Wer hat sie versammelt?«

»Niemand hat sie versammelt«, meldete Kilin. »Sie haben sich selber versammelt. Glaubst du's? Sie haben Radio gehört und sind zusammengelaufen, die Männer, die Greise und die Weiber mit ihren Kindern . . .«

Als Kilin das sagte, spürte er, daß seine Mitteilung Borissow mißfiel (auch ihm selber mißfiel sie bereits). Ohne seine feierliche Aufzählung zu Ende geführt zu haben, brach er sie ab.

»So«, sagte Borissow nachdenklich. »Sososo. Sie selber haben es gehört, sie selber haben sich versammelt . . . Weißt du was, lieber Freund, bleib am Apparat und warte einen Augenblick. Ich bin gleich wieder da.«

Im Hörer rauschte und knisterte es wieder, Musik tönte auf, deutliche und undeutliche Geräusche waren zu hören.

»Was ist?« flüsterte der Vorsitzende.

»Er will die Sache mit Rewkin abstimmen«, erriet der Parteistellenleiter, die Hand vor die Sprechmuschel haltend. Er wechselte einige Male die Gesichtsfarbe, wurde rot, dann bleich, dann wieder rot, fuhr sich mit dem Taschentuch über die eckige Glatze.

Zweimal schaltete sich die Telefonistin ein: »Sprechen Sie noch?«

»Jaja, wir sprechen noch«, erwiderte Kilin.

Endlich war im Hörer ein schlurfendes Geräusch zu hören, dann war Borissows penetrante Stimme wieder da: »Hör mal, Herzbruder, hast du das Parteibuch dabei?«

»Aber freilich, Sergej Nikanorytsch«, versicherte Kilin. »Das Parteibuch befindet sich vorschriftsgemäß in meiner linken Brusttasche.«

»Vorzüglich«, lobte Borissow. »Setz dich auf den Gaul und reite ins Rayonskomitee. Aber schnell. Und nimm das Parteibuch mit.«

»Warum denn?« fragte Kilin verständnislos.

»Du wirst es abliefern.«

Eine solche Wendung hatte Kilin nun doch nicht erwartet. Er blickte den Vorsitzenden an, der sich gerade die Wichtigkeit der fernmündlichen Unterredung zunutze machte und sich in Richtung Safe bewegte. Jetzt blieb er auf halbem Weg stehen und warf Kilin einen nicht ganz aufrichtigen Blick zu, als bekunde er ein den Umständen angemessenes Interesse.

»Womit habe ich das verdient, Genosse Borissow?« fragte Kilin mit Grabesstimme. »Was habe ich denn verbrochen?«

»Was du verbrochen hast? Du hast die Anarchie einreißen lassen!« Borissow ließ seine Worte wie bleierne Tropfen fallen. »Da hört sich doch alles auf! Das Volk versammelt sich von alleine, ohne jede Kontrolle seitens der Führung!«

Kilin erkaltete inwendig.

»Aber, Sergej Nikanorytsch, du hast doch selber ... Sie haben doch selber gesagt: ein spontanes Meeting ...«

»Die Spontaneität, Genosse Kilin, muß man lenken!« skandierte Borissow.

Im Hörer schnalzte es. Musik klang wieder auf, die unbekannte Frau von vorhin sagte ihrem unbekannten Mitja, die Steppdecke würde sie ihm verzeihen, aber der Samowar müsse unbedingt wieder her.

»Hallo, hallo!« brüllte Kilin in den Hörer. Er dachte, das Gespräch sei unterbrochen worden. Aber das Telefonfräulein erklärte höflich, der Genosse Borissow habe das

Gespräch von sich aus beendet. Kilin legte den glitschigen Hörer langsam auf die Gabel und schnappte nach Luft. »Verdammt und zugenäht«, dachte er deprimiert, »ich hab doch alles nach Vorschrift gemacht, und trotzdem bin ich in einen politischen Fehler hineingetappt. Dabei ist alles so einfach und verständlich. Darauf hätte ich selber kommen müssen: die Spontaneität muß gelenkt werden. Sogar wenn sie sich schon in der gewünschten Richtung bewegt, muß man sie anführen, sonst kommt sie noch auf den Gedanken, daß sie sich von alleine vorwärtsbewegen kann. Das ist der springende Punkt. Ich kann noch froh sein, daß Borissow ›Genosse‹ zu mir gesagt hat. Er hätte auch ›Bürger‹ sagen können. Es ist so leicht, einen politischen Fehler zu machen. Ihn zu korrigieren, ist dagegen schwer. Zur Korrigierung solcher Fehler gibt es bei uns, wie man sagt, Korrektionslager.«

»Was hat er denn nun gesagt?« hörte Kilin den Vorsitzenden wie aus weiter Ferne fragen.

»Wer?« fragte Kilin zurück.

»Borissow, wer sonst? Hat er eine Anweisung erteilt?«

»Eine Anweisung?« erwiderte Kilin ironisch. »Fragst du nach einer Anweisung, wenn du pinkeln gehst? Handeln muß man, das ist Anweisung genug.«

Mit diesen Worten war Kilin vorhin auf die Außentreppe hinausgetreten. Der Vorsitzende ergriff die Gelegenheit und steckte seinen Kopf, ohne Anweisungen abzuwarten, wieder in den Safe hinein. Dort blieb er eine ganze Weile.

5

Die Spontaneität zu lenken, ist natürlich eine schwierige Sache, doch gibt es Menschen genug, die damit fertig werden.

Nachdem sich die Menge, wenn auch mit sichtlicher

Unlust, zerstreut hatte, kehrten die Brigadiere Schikalow und Taldykin zum Kolchosbüro zurück, setzten sich auf eine Bank vor dem Gebäude und warteten auf weitere Anordnungen der Obrigkeit.

»Herrgottnochmal, welch ein Volk!« stöhnte Taldykin. »Du jagst es auseinander – und es will nicht gehen! Jeder sperrt sich wie ein Hammel und rückt nicht vom Fleck! Wenn die Obrigkeit ›auseinandergehen!‹ sagt, muß man eben auseinandergehen, meine ich jedenfalls, schließlich weiß die Obrigkeit besser, was getan werden muß. Wen man dort oben hinstellt, der hat mehr Köpfchen als unsereiner. Doch den Leuten ist das wurscht, die wollen ihren Dünkel zeigen, jeder spielt sich wie ein Prinz auf.«

»Sehr war, sehr wahr«, pflichtete Schikalow ihm bei. »Früher, als ich noch jung war, haben wir solche Burschen mit dem Gewehr vor uns hergetrieben.« Er wurde nachdenklich und lächelte bei der Erinnerung an eine weit zurückliegende Episode aus seinem Leben. »Noch im Jahre Sechzehn war es, da diente ich in Petersburg als Feldwebel. Und in Petersburg, da lebte ein Volk, das wollte nicht arbeiten. Schon in aller Herrgottsfrühe nahmen sie ihre Tuchfetzen, schrieben ihre Rowdyworte drauf, spießten die Fetzen auf Stöcke und gingen auf die Straße, um zu zeigen, wie gebildet sie sind. Und wir, wir nahmen den Burschen ihre Fetzen weg und sagten wutentbrannt: ›Du Rowdy du, was fällt dir ein?‹ Der Bursche sagt darauf: ›Nicht ich bin der Rowdy, du selber bist der Rowdy, nicht ich nehme dir deinen Fetzen weg, sondern du nimmst mir meinen Fetzen weg.‹ Und ich daraufhin: ›Und doch bin ich nicht der Rowdy, du selber bist der Rowdy, denn ich hab ein Gewehr, und du hast keins.‹«

»Was für Worte haben die auf ihre Fetzen draufgeschrieben?« erkundigte sich Taldykin, in der stillen Hoffnung, daß es sich um irgendwelche Unflätigkeiten handeln würde.

»Was für Worte? Ich sage dir doch: Rowdyworte. Zum Beispiel ›Nieder mit Lenin!‹, ›Nieder mit Stalin!‹ und so weiter.«
Taldykin kamen indessen Zweifel.
»Warte mal«, fiel er Schikalow ins Wort. »Du redest was Falsches daher. Im Jahre Sechzehn hat es Lenin und Stalin noch gar nicht gegeben. Das heißt, es hat sie natürlich gegeben, aber den Arbeiter- und Bauernstaat haben sie damals noch nicht geführt.«
»Wirklich?« fragte Schikalow.
»Wirklich«, versicherte Taldykin.
»Dann gab es also Lenin nicht, und Stalin gab es auch nicht. Wen gab es aber dann?«
»Das ist doch bekannt«, sagte Taldykin selbstgewiß. »Im Jahre Sechzehn gab es den Zaren Nikolaj, seines Zeichens Imperator und Selbstherrscher.«
»Dumm bist du, Taldykin«, bedauerte Schikalow. »Obwohl du Brigadier bist, hast du nicht genug Verstand, um zu begreifen, daß Nikolaj erst später kam. Und vor ihm war noch Kerenskij.«
»Es ist widerlich, dir zuzuhören«, empörte sich Taldykin. »War Kerenskij vielleicht ein Zar?«
»Was denn sonst?«
»Ministerpräsident.«
»Du bringst alles auf der Welt durcheinander«, seufzte Schikalow, »wie hieß denn Kerenskij mit Namen und Vatersnamen?«
»Alexander Fjodorowitsch.«
»Na also. Und der Zar hieß Nikolaj Alexandrowitsch. Folglich war er dem Kerenskij sein Sohn.«
Taldykin begann sich der Kopf zu drehen. Er wollte etwas einwenden, fand aber keine Worte.
»Nun gut«, sagte er. »Und wann war, würdest du sagen, die Revolution?«
»Welche Revolution?«

»Die Oktoberrevolution.« Taldykin lenkte das Gespräch auf Dinge, die absolut verbürgt waren. »Die war nämlich im Jahre Siebzehn.«
»Weiß ich nicht.« Schikalow machte eine entschieden zweifelnde Kopfbewegung. »Im Jahre Siebzehn hab ich in Petersburg gedient.«
»Die war ja auch in Petersburg, die Revolution«, bestätigte Taldykin erfreut.
»Nein«, erwiderte Schikalow überzeugt. »Vielleicht war sie woanders, aber in Petersburg war sie nicht.«
Diese letzte Bemerkung brachte Taldykin endgültig aus der Fassung. Bisher war er der Meinung gewesen, mit der Geschichte vertraut zu sein. Er wußte, wo was und in welcher Reihenfolge geschehen war. Aber Schikalow hatte alles dermaßen neuartig beleuchtet, daß Taldykin nach einigem Nachdenken das Thema schließlich fallenließ und unschlüssig sagte: »Heutzutage, hab ich gehört, werden diese Demonstrationen gar nicht mehr auseinandergejagt. Mein Neffe war letztes Jahr in Moskau, genau zum Ersten Mai. Der erzählt, die Leute würden massenweise über den Platz gehen und Hurra! rufen, und Stalin steht auf dem Mausoleum und winkt ihnen mit der Hand.«
Kilin streckte den Kopf zum Fenster des Kolchosbüros heraus und beorderte Schikalow zu sich. Im Büro des Vorsitzenden war die Arbeit in vollem Gange. Vor Tabaksqualm war es im Raum so dunstig wie in der Sauna. Parteistellenleiter Kilin saß auf dem Rand des Schreibtisches, stellte mit dem Bleistift eine Rednerliste auf und vermerkte bei jedem die Art des Beifalls (stürmischer, langanhaltender oder einfacher Beifall). Das Geschriebene schob er dem Vorsitzenden zu, der zwar bloß mit einem Finger, aber dennoch recht zügig alles in die Maschine tippte.
»Was gibt es Neues, Schikalow?« fragte Kilin, ohne sich

von seinem Werk loszureißen.
»Alles in Ordnung.« Schikalow trat auf den Tisch zu. »Alles befehlsgemäß ausgeführt.«
»Alle Leute auseinandergetrieben?«
»Jawohl, alle«, bestätigte der Brigadier.
»Alle bis auf den letzten?«
»Bis auf den letzten. Bloß der Taldykin ist noch da. Soll ich den auch wegjagen?«
»Das ist vorerst nicht notwendig. Nimm ihn mit, und daß mir in einer halben Stunde alle Leute wie ein Mann wieder vor dem Büro stehen. Wer nicht kommt, den schreibst du auf.« Der Parteistellenleiter hob den Kopf und schaute dem Brigadier in die Augen. »Und wer sich weigert, wer sich auf Krankheit oder sonstwas herausredet, der bekommt fünfundzwanzig Arbeitstage Strafe und keinen Deut weniger. Hast du mich verstanden, Schikalow?«
»Hab ich«, nickte Schikalow mürrisch. »Darf ich ausführen?«
»Lauf los«, gestattete der Parteistellenleiter und vertiefte sich wieder in die Rednerliste.
Schikalow ging hinaus. Taldykin saß draußen und rauchte.
»Komm«, warf Schikalow ihm im Gehen zu.
Taldykin stand auf und folgte Schikalow. Nach etwa fünfzig Schritten fiel es ihm ein zu fragen: »Wohin gehen wir?«
»Das Volk zurücktreiben.«
Man kann nicht sagen, daß Taldykin Mund und Nase aufgesperrt hätte oder dergleichen, doch war er neugierig genug zu fragen: »Und weshalb haben wir sie verjagt?«
Da blieb Schikalow stehen und blickte Taldykin an. Vorhin im Büro hatte er sich überhaupt nicht gewundert, er verstand es gar nicht, sich zu wundern. Auseinandertreiben heißt auseinandertreiben. Zurückholen heißt zurückholen. Der Befehl wird erteilt, der Befehl wird ausgeführt.

Die Frage seines Kumpels veranlaßte ihn jedoch zum Nachdenken, vielleicht zum erstenmal im Leben. Tatsächlich, warum mußten die Leute erst auseinandergejagt werden? Schikalow kratzte sich im Nacken, dachte eine Weile nach und fand endlich die Lösung: »Ich hab's. Wir haben sie verjagt, damit Platz frei wird.«
»Platz für wen?«
»Wieso für wen? Für die Leute natürlich. Irgendwo muß man sie doch zusammentreiben.«
Jetzt hielt es Taldykin nicht mehr aus, und er empörte sich.
»Bei dir piept's wohl?« Taldykin ließ seinen Finger an der Schläfe kreisen. »Ich mag ja blöd sein, aber deine Birne ist noch weicher.«
»Und deine ist nicht weich?«
»Nein, meine nicht.«
»Gut, lassen wir das«, gab Schikalow nach. »Dann ist eben deine Birne nicht so weich wie meine Birne. Vielleicht kannst du mir jetzt erklären, weshalb wir die Leute auseinandergejagt haben?«
»Zum Vergnügen«, sagte Taldykin bestimmt.
»Jetzt spinnst du aber echt«, schüttelte Schikalow den Kopf. »Wem sein Vergnügen soll das sein?«
»Der Obrigkeit ihr Vergnügen«, sagte Taldykin. »Für die Obrigkeit ist das Volk wie ein Weib. Wenn du sie bittest, und sie ist gleich bereit, dann ist sie nicht interessant, das Weib. Wenn sie sich aber wehrt und sperrt, und hinterher nimmst du sie, dann besteht darin das wahre Vergnügen.«
»Da hast du allerdings recht«, belebte sich Schikalow. »Ich erinnere mich, in Petersburg, hatte ich ein Dämchen ...«
Was für ein Dämchen Schikalow in Petersburg hatte und was sich zwischen ihnen abspielte, daran kann sich der Autor infolge des zeitlichen Abstands nicht mehr erinnern. Verbürgt ist jedoch, daß die Versammlung vor der Außentreppe des Kolchosbüros einige Zeit später wieder-

hergestellt war. Und wirklich (Taldykin hatte das richtig vorausgesagt) sperrte sich das Volk diesmal zunächst ein wenig, und es ließ sich nicht vermeiden, auf jeden einzelnen gesondert einzuwirken (im Halsbereich oder im Pobereich). Aber so muß es sein (auch hierin hatte Taldykin völlig recht). Ohne Widerstand hat der Sieger keine Freude am Sieg.

6

Ein Meeting ist eine Veranstaltung, zu der sich viele Leute versammeln, wobei die einen etwas sagen, was sie nicht denken, während die anderen etwas denken, was sie nicht sagen.

Der Vorsitzende und der Parteistellenleiter traten auf die Treppe hinaus, und es begann die übliche Prozedur. Der Parteistellenleiter erklärte die Versammlung für eröffnet und übergab dem Vorsitzenden das Wort. Der Vorsitzende schlug vor, ein Ehrenpräsidium zu wählen, und übergab das Wort an den Parteistellenleiter. So wechselten sie einige Male die Plätze. Wenn der eine sprach, klatschte der andere in die Hände und forderte die Anwesenden auf, das gleiche zu tun. Die Anwesenden klatschten höflich aber kurz – sie hofften, daß man ihnen anschließend etwas Wesentliches sagen würde.

»Genossen!« begann der Parteistellenleiter seine Rede und hörte ein Schluchzen. Unwillig blickte er hinunter, um den Ruhestörer festzustellen, und sah die Gesichter der Leute.

»Genossen!« wiederholte er und spürte, daß er kein einziges Wort mehr sagen konnte. Erst jetzt wurde ihm klar, was eigentlich geschehen war, welche Not über alle, auch über ihn, gekommen war. Im Vergleich mit dieser Not erschienen ihm alle seine Ängste und Schlauheiten von vorhin erbärmlich klein. Genauso erbärmlich, leer und dumm erschien ihm der Text, der auf dem Papier vor seiner Nase geschrieben stand. Was konnte er diesen Menschen sagen, die von ihm jetzt Worte erwarteten, welche er nicht einmal kannte? Noch eben war er sich anders als die anderen vorgekommen: als der Vertreter einer obersten Gewalt, die genau weiß, wohin und wie sich was bewegen muß. Jetzt wußte er nichts.

»Genossen!« begann er noch einmal und blickte den Vorsitzenden hilflos an.

Der Vorsitzende rannte ins Büro, um Wasser zu holen. Eine Karaffe gab es im Büro nicht, aber es gab einen Wasserbehälter mit einem Hahn und einem Krug an einer Kette. Der Vorsitzende trat auf die Kette und riß den Krug und die halbe Kette ab. Als der Krug vor Kilin auftauchte, ergriff dieser ihn mit beiden Händen und trank das Wasser in kleinen Schlucken aus. Das dauerte ziemlich lange. Endlich war Kilin wieder zu sich gekommen.

»Genossen!« begann er zum viertenmal. »Der wortbrecherische Überfall des faschistischen Deutschland . . .«

Als er den ersten Satz gesprochen hatte, empfand er Erleichterung. Allmählich bemächtigte er sich des Textes, und der Text bemächtigte sich seiner. Die gewohnten Wortverbindungen dämpften das Gefühl der Not und lenkten das Bewußtsein seitwärts ab, und bald plapperte Kilins Zunge irgend etwas vor sich hin, als wäre sie ein gesonderter und selbständiger Körperteil. Wir werden standhalten, wir werden jeden Schlag mit einem Schlag beantworten, wir werden durch heldenhafte Arbeit . . .

Das Weinen in der Menge hörte auf. Die von Kilin artikulierten Worte erreichten das Trommelfell, drangen aber nicht in die Seele. Die Gedanken der Menschen kehrten zu ihren gewöhnlichen Sorgen zurück. Nur Gladyschew verhielt sich anders als die Menge. Er stand direkt an der

Treppe, hielt die Hände applausbereit und verfolgte aufmerksam den Gedankengang des Redners.
»Sehr richtig!« rief er überzeugt an den nötigen Stellen, und der Kopf mit dem breitkrempigen Strohhut nickte dazu.
Tschonkin stand, das Kinn auf den Gewehrlauf gestützt, hinter allen anderen und versuchte, in das Wesen der Kilinschen Rede einzudringen. Kilin hatte Molotows Ansprache rekapituliert und war dann vom Allgemeinen zum Besonderen übergegangen: zu den konkreten Angelegenheiten des heimatlichen Kolchos. In letzter Zeit hatte der Kolchos nie dagewesene Erfolge errungen. In verkürzten Fristen und unter Anwendung neuer Methoden der Agronomie waren Getreide und Hülsenfrüchte ausgesät worden. Der Parteistellenleiter berichtete, was in welcher Menge auf welcher Fläche ausgesät worden war, wie viele Kartoffeln und andere Gemüsearten man angepflanzt hatte, wieviel Mist und Kunstdünger aufs Feld gefahren worden war. Ab und zu auf sein Papier blickend, spuckte Kilin die Zahlen wie eine Rechenmaschine aus.
Tschonkin verschlang den Parteistellenleiter mit den Augen, aber irgendein wirrer Gedanke hinderte ihn daran, sich zu konzentrieren und alle diese Zahlen in einen Zusammenhang zu bringen. Er hob hilflos den Kopf, schaute sich um und sah, wie in der Ferne, auf der am Fluß entlangführenden Straße, ein braunes Pferd müde ein Fuhrwerk zog. Der Wagen hatte Waren geladen, und auf den Waren saß die Verkäuferin Raissa aus dem Dorfladen. Als Iwan dieses ferne Bild erblickte, wußte er plötzlich, daß das, was ihm im Kopf herumging, irgendwie mit Raissa, einem Pferdewagen oder einem Pferd zusammenhing. Erleuchtet von erwachenden Erinnerungen, drängte er sich zu seinem Nachbarn und Freund Gladyschew durch, der mit weiterhin applausbereiten Händen allen voran und vor aller Augen dastand.

»Hör mal, Nachbar«, begann Tschonkin, als er Gladyschew erreicht und ihn mit dem Ellbogen angestoßen hatte, »was ich noch fragen wollte: wie ist das mit dem Pferd?«
»Mit welchem Pferd?« drehte sich Gladyschew verständnislos um.
»Na eben mit dem Pferd«, erwiderte Tschonkin, verärgert über Gladyschews Begriffsstutzigkeit. »Das Pferd ist ein Vieh auf vier Beinen. Dieses Vieh arbeitet. Warum verwandelt es sich dann nicht in einen Menschen?«
»Zum Teufel mit deiner Mutter!« Gladyschew spuckte unwillkürlich aus, übrigens im denkbar unpassenden Augenblick, denn gerade jetzt kam allgemeiner Beifall auf. Der Pflanzenzüchter fand gerade noch Zeit, in die Hände zu klatschen, wobei er den Redner ergeben anblickte. Letzteres tat er, um den Eindruck nicht aufkommen zu lassen, sein Ausspucken habe dem Inhalt der Rede gegolten.
Der Redner hatte derweil den positiven Teil seiner Ausführungen beendet und war zum kritischen übergegangen.
»Indessen, Genossen«, sagte er, »gibt es neben großen Erfolgen auf dem Gebiet der Ertragserhöhung auch einzelne Fehler und Schwächen, die alles in allem ein, würde ich sagen, übles Bild abgeben. Die Gorschkowa, Jewdokija, versäumt beispielsweise immer wieder die Bezahlung der Einkommensteuer und der Selbstbesteuerung, der Reschotow, Fjodor, hat sein persönliches Vieh auf Kolchosfeldern weiden lassen, was ihm eine Geldstrafe in Höhe von vierzig Arbeitstagen eingebracht hat. Da muß man sich direkt schämen, Genossen. Es geht sogar so weit, daß unser Brigadier Genosse Taldykin sich einer Frau gegenüber durchaus nicht als Genosse gezeigt hat, indem er am Johannistag in angetrunkenem Zustand seine eigene Ehefrau mit einer Deichsel schlug. Taldykin, sei ehrlich, hast

du deine Ehefrau mit einer Deichsel geschlagen? Du schweigst? Ich schäme mich für dich. Wir alle schämen uns. Wenn deine Frau was ausgefressen hat, dann gib ihr eins auf den Hintern (Lachen und Bewegung in der Menge), zieh ihr meinetwegen eins mit dem Riemen über, niemand wird etwas sagen. Aber eine Deichsel ist ein ziemlich schwerer Gegenstand.

Und jetzt, Genossen, gehe ich zur nächsten Frage über. Diese Frage bereitet uns Schmerzen, große Schmerzen sogar. Ich meine die Nichterfüllung des Minimums an Arbeitstagen. Auf diesem Gebiet sind bei uns Zustände eingerissen, daß man sich schier an den Kopf greifen und laut kreischen möchte. Bei uns im Kolchos gibt es leider noch einzelne Leute, die einen Unterschied machen: das gehört mir, und jenes gehört dem Kolchos. Diese Leute wollen nicht arbeiten, sie schützen ihr Alter und ihre Krankheiten vor.

Den ersten Platz von hinten nimmt in dieser Hinsicht der Genosse Ilja Shikin ein. Er hat eine Art von Rekord aufgestellt, indem er von Jahresbeginn bis heute genau null komma sieben fünf Arbeitstage gearbeitet hat.« (Die Menge belebt sich und lacht. Gladyschew: »Welche Schande!«) »Ich verstehe natürlich, daß Shikin ein Invalide des Bürgerkriegs ist, da er ja keine Beine mehr besitzt. Aber heutzutage spekuliert er mit diesen seinen Beinen. Wir in der Kolchosleitung und in der Parteiorganisation sind keine Tiere, wir können uns in Shikins Lage versetzen. Niemand, Genossen, zwingt den Genossen Shikin, als Kurier oder bei der Heuernte zu arbeiten. Aber beim Jäten könnte er mitanpacken. Er könnte sich in die Furche setzen und langsam von Strauch zu Strauch kriechen. So könnte er durch Grasauszupfen sein Minimum an Arbeitstagen ableisten. Statt uns seine Beine vorzuhalten, die er nicht mehr hat.« (Gladyschew: »Sehr richtig!«)

Der Redner hielt ein, um den Eindruck abzuschätzen, den

seine Rede auf die Versammelten gemacht hatte. Dann fuhr er ohne Eile fort: »Kürzlich, Genossen, habe ich Nikolaj Ostrowskijs Buch ›Wie der Stahl gehärtet wurde‹ gelesen. Das ist ein sehr gutes Buch, und ich rate einem jeden, der lesen kann, dieses Buch zu lesen. Dort wird von einem Mann erzählt, welcher, nachdem er durch das Feuer und Wasser der Revolution und des Bürgerkriegs gegangen war, nicht nur seine Beine und Arme, sondern auch beide Augen verloren hatte, und der, ans Krankenbett gefesselt, dennoch die Kraft und Mannhaftigkeit fand, seinem Volk zu dienen. Dieser Mann hat dieses Buch geschrieben. Von euch verlangt das keiner. Ihr werdet kein Buch schreiben. Aber jenes Buch solltet ihr wirklich lesen. Besonders rate ich das Ihnen, Genosse Shikin. Ist er hier, oder ist er nicht hier?« (Schikalows Stimme: »Er ist nicht hier.«) »Da seht ihr es, nicht einmal zu einem solchen Anlaß ist er erschienen. Ihr werdet sagen: er hat keine Beine. Das weiß ich selber. Aber wenn er will, dann fährt er auf seinem Wägelchen nicht schlechter als andere Leute auf dem Fahrrad. Iwan Timofejewitsch wird euch bestätigen, daß wir einmal hinter Shikin hergerannt sind, ohne ihn einholen zu können. Deshalb frage ich euch: hätte er auf seinem Wägelchen herkommen können? Und antworte: er hätte. Er ist natürlich ein verdienter Mann, und niemand will ihm seine Verdienste nehmen. Aber frühere Verdienste geben keinem das Recht, auf seinen Lorbeeren auszuruhen, mag er auch ohne Beine sein.« (Gladyschew: »Sehr richtig!«)

Nachdem der Parteistellenleiter seine Kritik an den Fehlern und Schwächen beendet hatte, schaute er genau aufs Papier, denn jetzt folgte noch der feierliche Schlußteil seiner Ansprache, und da durfte nichts schiefgehen.

Je länger der Parteistellenleiter sprach, desto größere Beunruhigung drückte das Gesicht des Vorsitzenden aus. Die vor ihm stehende Menge lichtete sich immer mehr.

Zuerst verschwand die alte Dunja um die Ecke des Kolchosbüros. Einige Zeit später schlug Ninka Kursowa den gleichen Weg ein. Das wiederum konnte Tajka Gorschkowa nicht entgehen. Sie stieß ihren Mann Mischka mit dem Ellbogen an und deutete mit den Augen auf Ninka. Während sie die Rede Kilins beklatschten, bewegten sich Tajka und Mischka auf die Ecke des Bürogebäudes zu. Als sich auch noch Stepan Lukow in der gleichen Richtung in Bewegung setzte, zeigte ihm der Vorsitzende stumm die Faust. Lukow blieb stehen. Aber kaum hatte sich Iwan Timofejewitsch abgewandt, fehlten schon Lukow und Frolow, sowie Golubews eigene Frau. Der Vorsitzende winkte den unruhig um sich blickenden Schikalow mit dem Finger herbei, Schikalow stieg auf Zehenspitzen die Treppe hinauf, nahm Golubews geflüsterte Anweisung entgegen, nickte, verschwand und ward nicht mehr gesehen.
Parteistellenleiter Kilin, der den Schlußteil seiner Rede ablas, merkte all das nicht. Aber als er zum Ende gekommen war und seinen Kopf dem erwarteten Applaus entgegenhob, erblickte er nurmehr die Rücken seiner Zuhörer, die sich einträchtig mit unbekanntem Ziel entfernten. Auf dem staubigen Platz vor dem Kolchosbüro stand nur noch Iwan Tschonkin. Das Kinn auf den Gewehrlauf gelehnt, gab er sich traurigen Gedanken über die Entstehung des Menschen hin.

7

Die Verkäuferin Raissa saß in ihrem Dorfladen und sann über Unbegreifliches nach. Gestern hatte sie in der Rayonsverbrauchergenossenschaft eine Partie Waren erhalten. Sie beschloß, die Fahrgelegenheit zu nutzen, und lenkte das Pferd nicht gleich nach Hause, sondern

zunächst in eine andere Richtung, zu ihrer Schwägerin, die zwölf Kilometer von Dolgow entfernt lebte. Bei der Schwägerin trank sie Rotwein, hörte Grammophon, sang selber ein Liedchen, ging spät zu Bett und stand spät wieder auf. Dann frühstückte sie, wieder mit Rotwein. Als sie eingespannt hatte und die Heimfahrt antrat, war es bereits nach elf. Die Heimfahrt dauerte lange, unterwegs traf sie niemanden. Als sie endlich im heimatlichen Dorf eintraf, hatte sie nicht die geringste Ahnung, was inzwischen in der Welt geschehen war. Allerdings sah sie im Vorüberfahren eine Menge vor dem Kolchosbüro, maß diesem Umstand aber keine Bedeutung bei. »Vielleicht stehen die bloß so herum«, dachte sie.
Raissa fuhr vor dem Dorfladen vor, lud die Ware aus und begann, sie in die Fächer einzuordnen. Da stand plötzlich die alte Dunja vor ihr und bat, ihr fünfzig Stück Seife zu verkaufen.
»Wieviel?« fragte Raissa verdutzt.
»Fünfzig.«
»Wozu brauchst du denn so viel?« staunte Raissa.
»Wo doch solche Dinge passieren, Raissalein«, sagte die Alte schmeichelnd. »Da muß man sich eindecken.«
»Was für Dinge?«
Die alte Dunja wollte sich zunächst auf den wortbrecherischen Überfall berufen, begriff aber noch rechtzeitig, daß Raissa nichts davon ahnte, und murmelte etwas über die vielen Gäste, die ihr ins Haus schneiten. Raissa erschien eine solche Erklärung unbefriedigend.
»Wozu brauchen denn die Gäste so viel Seife?« fragte sie fassungslos. »Zwei Stück, drei Stück, zehn Stück, na gut. Aber doch nicht ein halbes Hundert!«
»Man kann nie wissen«, sagte Dunja ausweichend und schüttelte den Kopf. Sie dachte nicht daran, den Rückzug anzutreten.
»Wenn du wirklich so viel Seife brauchst, dann nimm

sie«, gab Raissa nach. Sie holte aus der Ecke die bereits geöffnete Kiste mit der Seife. In der Kiste lagen nur achtunddreißig Stück, zwei davon nahm Raissa selber.
»Gibst du mir ein Säckchen zum Tragen?« fragte Dunja mit einem bedauernden Blick auf die zwei beiseitegelegten Stück Seife.
»Bringst du es denn zurück?« fragte Raissa.
»Aber natürlich, Raissalein!« erwiderte die Alte gekränkt. »Ich brauche kein fremdes Gut, ich bin doch keine Diebin.«
Raissa half der Alten, die Seife in dem schmutzigen Sack zu verstauen, und fragte dann: »Brauchst du noch was?«
»Salz bräuchte ich«, seufzte Dunja.
»Wieviel denn?«
»Na, so anderthalb Pud.«
»Sag mal, Alte, spinnst du? Was willst du mit dem vielen Salz?«
»Kohl müßte ich salzen und Gurken und Tomaten.«
»Jetzt im Juni willst du Gurken und Tomaten salzen?! Dann nimm doch gleich Kartoffelkraut!«
»Kartoffelkraut geht auch«, stimmte ihr Dunja zu. »Du weißt doch, wie das immer kommt. Heute gibt es Salz, morgen gibt es keines. Oder es gibt Salz, und du hast kein Geld. Sei mir nicht böse, und gib mir das Salz.«
»Meinetwegen«, gab Raissa nach. »Ein Pud geb ich dir und damit basta.«
»Ein Pud geht auch«, gab die Alte ihrerseits nach, in der weisen Voraussicht, daß ihre Einkaufszeit bald abgelaufen sein würde.
Aber es gab nichts zum Einfüllen des Salzes. Sie mußten die Seife aus dem Sack schütten, den Sack mit Salz füllen, das Salz mit Zeitungen bedecken und die Seife darüber legen.
»Ist das jetzt alles?« fragte Raissa hoffnungsvoll.
Die alte Dunja wand sich ein bißchen und sagte zögernd:

»Zündhölzer hätt ich noch gern.«
»Und wieviel?« fragte Raissa gereizt. »Tausend Schachteln?«
»Wozu denn Tausend!« empörte sich die Greisin. »Hundert Schachteln, mehr brauche ich nicht.«
»Du kriegst zehn«, sagte Raissa.
Sie einigten sich auf zwanzig. Die Alte stritt nicht länger, sondern warf die Zündhölzer in den Sack. Raissa rechnete die Summe aus und nannte sie. Dunja versenkte ihre Hand unter die Strickhose, suchte lange und zog endlich ein kleines Bündel aus buntem schmutzigem Stoff hervor, das mit Einrubelscheinen prall gefüllt war. Lesen und Schreiben waren nicht Dunjas Stärke, aber Geld zählen, das verstand sie. Nichtsdestoweniger blätterte sie jeden Rubel einzeln hin, hielt jedesmal ein und blickte Raissa an, in der wahnsinnigen Hoffnung, daß jene »genug« sagen würde. Raissa war geduldig und wartete, bis die alte Frau die gesamte Summe hingelegt hatte. Für den Rest des Geldes kaufte die Alte zwei Kilo Hefe, sechs Packungen georgischen Tee, zwei Packungen Zahnpulver »Der Morgen« und für ihre Nichte eine kleine Puppe in einem Pappkarton, auf dem stand: »Puppe Tanja Nr. 5 mit Hut«.
Dann nahm die Alte den Sack auf die Schulter. Sie hatte keine Zeit mehr zu verlieren.
»Paß auf, daß der Sack nicht aufgeht!« rief Raissa ihr nach.
»Keine Bange«, erwiderte die Greisin und verschwand.
Raissa hatte kaum Zeit gehabt, über das sonderbare Verhalten der alten Dunja nachzudenken, als die Tür wieder aufging und Ninka Kursowa in den Laden gerannt kam. Das Kopftuch war ihr aufs Ohr gerutscht, das Haar war zerzaust, das Gesicht rot. Ohne zu grüßen, begann sie, mit ihren entzündeten Augen die Regale abzusuchen.
»Was suchst du denn, Ninka?« fragte Raissa teilnehmend.

»Ja, was suche ich denn?« Ninka begann fieberhaft darüber nachzusinnen, was sie nun eigentlich brauchte. Unterwegs hatte sie es noch genau gewußt, aber jetzt war ihr Kopf leer.
»Kommst du nicht darauf?«
»Hast du Seife da?« fiel es Ninka plötzlich wieder ein.
»Wieviel brauchst du?« fragte Raissa vorsichtig, mit einem Seitenblick auf jene beiden Stück, die sie für sich selbst weggelegt hatte.
»Hundert Stück«, verkündete Ninka.
»Ihr seid wohl alle übergeschnappt«, platzte Raissa heraus.
»Dann neunzig.«
»Und warum nicht hundertneunzig?«
»Gib her, was du hast, aber mach schnell«, willigte Ninka ein.
»Wo soll ich sie hernehmen, die alte Dunja hat eben die ganze Seife geholt!«
»Ach so, die alte Dunja!«
Ninka rannte zur Tür, aber Raissa war schneller und stellte sich ihr in den Weg.
»Laß mich«, sagte Ninka und versuchte vorbeizukommen.
»Warte doch! Sag mir, Ninka, warum wollt ihr alle Seife hamstern? Was ist geschehen?«
Einen Augenblick lang erstarrte Ninka und glotzte Raissa verwundert an.
»Du weißt nicht, was geschehen ist?«
»Nein.«
»Dann bist du ganz schön blöd!« sagte Ninka, stieß Raissa weg und rannte hinaus.

8

Die alte Dunja schleppte ihre Beute davon. Die Last war nicht leicht. Ein Pud Salz plus sechsunddreißig Stück Seife zu vierhundert Gramm das Stück. Dazu zwei Kilo Hefe, das Zahnpulver und die Puppe Tanja Nr. 5 (obendrein noch mit Hut). Auch der Sack war gut ein Kilo schwer. Alles in allem eine beachtliche Last. Die alte Dunja legte immer häufiger Ruhepausen ein, wobei sie den Sack gegen den nächsten Zaun lehnte. Das Sprichwort lautet indessen, daß eigene Last nicht zu Boden zieht. Der Gedanke an den geglückten Kauf mehrte die Kräfte der alten Dunja. Als sie nach der letzten Verschnaufpause ihr Haus fast schon erreicht hatte, als sie vielleicht noch zehn, höchstens fünfzehn Schritt zu gehen hatte, riß von hinten irgend jemand heftig an dem Sack. Die alte Dunja wandte sich um und erblickte Ninka.

»Alte, lad den Sack ab, wir teilen«, sagte Ninka rasch.

»Wie?« In Augenblicken der Gefahr wurde Dunja sofort auf beiden Ohren taub.

»Oder willst du raufen?« fragte Ninka.

»Meine Kuh kaufen willst du?« erwiderte Dunka. »Da bist du spät dran. Die Kuh hab ich schon letztes Jahr verkauft. Ich hab sie nicht durchfüttern können. Und die Ziege hat im Winter Junge geworfen, und im Frühjahr ist sie gestorben.« Die Alte schüttelte betrübt den Kopf und lächelte.

»Deine Ziege will ich nicht geschenkt, ich will, daß du die Seife rausrückst«, sagte Ninka.

»Das Haus schmückst, sagst du? Wozu soll ich denn mein Haus schmücken? Es ist doch gar kein Feiertag!«

»Du alte Schachtel«, antwortete Ninka, bereits ermattet. »Laß uns die Seife in Frieden teilen. Sonst kassier ich sie ganz ein.«

»Was redest du vom Tanzbein!« seufzte die Alte. »Mit

dem Tanzen ist es bei mir längst vorbei.«
»Du alte Hexe!« Ninka geriet außer sich. Sie ließ den Sack los, packte die alte Dunja und brüllte ihr ins Ohr: »Plappern kannst du, was du willst, aber die Seife gibst du jetzt her. Andere Leute brauchen auch Seife. Auch ich habe eine Familie, und Kinder werden auch bald da sein. Laß den Sack los, und zwar sofort.«
»Ach, du redest von Seife!« erriet die Alte widerwillig. »Dann geh zu Raissa, die hat Seife.«
»Du lügst!« rief Ninka.
»Schrei nicht so«, erwiderte Dunja gekränkt, »ich bin ja nicht taub. Wenn du Seife brauchst, dann brauchst du nur zu bitten. Ich geb sie dir dann schon, schließlich sind wir Nachbarn. Wenn wir zwei einander nicht helfen, wer tut es dann?«
Die alte Dunja ließ den Sack mit der Seife auf die Erde gleiten und band ihn mit ihren ungehorsamen Fingern lange und umständlich auf, wobei sie Ninkas Geduld auf eine arge Probe stellte. Dann versenkte sie ihre Hand im Sack und begann, die Seifenstücke abzutasten. Sie hätte gern das kleinste Stück erwischt, aber jedes neue Stück kam ihr größer vor als das vorhergehende. Endlich holte sie aufseufzend ein Stück hervor und legte es vor sich ins Gras. Betrachtete es mit traurigem Blick. Natürlich war es viel zu groß, die Alte zerschnitt es in Gedanken in zwei Teile, doch Ninkas Phantasie malte sich etwas ganz anderes aus. Die alte Dunja seufzte noch einmal und ging daran, den Sack wieder zuzubinden.
»Warte, Dunja, warte!« Ninka griff wieder nach dem Sack. »Laß diese Faxen, wir wollen ehrlich teilen, halbehalbe. Die eine Hälfte kriegst du, die andere ich. Oder willst du, daß ich dir alles wegnehme?«
»Aber Ninka, was hast du bloß?« beunruhigte sich Dunja. »Du beleidigst mich alte Frau. Dabei hab ich dich in der Wiege gewiegt. Laß mich los, sonst schrei ich.«

»Schrei nur, schrei!« sagte Ninka und stieß die Alte gegen die Brust.

»Ojemineh!« heulte Dunja und ließ sich auf den Rücken fallen.

Ohne sich darum zu kümmern, packte Ninka den Sack und begann zu rennen. Als sie schon ein Stück weit weg war, blieb sie stehen, kehrte um, hob jenes Stück Seife von der Erde auf, das Dunja aus dem Sack genommen hatte, und rannte wieder los. Aber da packte irgend jemand den Sack von hinten.

»Du Höllenbrut!« schrie Ninka und holte schon zum Schlag aus, denn sie dachte, es sei die alte Dunja. Aber als sie sich umdrehte, sah sie Mischka Gorschkow und hinter ihm Tajka.

»Immer mit der Ruhe«, lächelte Mischka. »Gleich teilen wir halbe-halbe.«

»Ich hab's doch so eilig«, sagte Ninka und versuchte, Mischka abzuschütteln. »Wir teilen ein andermal.«

Tajka begann zu kreischen und Ninka an den Haaren zu ziehen.

»Räuber, Räuber!« brüllte Ninka und gab Tajka einen Tritt in den Bauch. Von Stepan Frolows Gemüsegarten her rückte unterdessen eine riesige Menge an, allen voran Pletschewoj, der einen aus irgendeinem Zaun gerissenen Pfahl über dem Kopf schwang.

9

Als Kolchosvorsitzender Golubew, Parteistellenleiter Kilin und Tschonkin hinter ihnen drein am Schauplatz eintrafen, bot sich ihnen ein einmaliger Anblick. Die Teilnehmer des Meetings bildeten ein einziges Knäuel, eine vielhäuptige, vielarmige und vielbeinige Hydra. Die Hydra dröhnte, schnaufte und bewegte ihre Köpfe und

Gliedmaßen, als versuche sie, ein Stück aus ihren eigenen Eingeweiden zu reißen. Einzelne Menschen waren nur teilweise und nur im Zustand wechselseitiger Verknotung zu sehen. Die wenigen Haare auf dem Kopf des Vorsitzenden kamen in wallende Bewegung, als er am Körper des aus dem Knäuel herausragenden Stepan Frolow weibliche Brüste entdeckte, die sich bei genauerem Hinsehen als Tajka Gorschkowas Busen entpuppten. Zwei gespreizte Segeltuchstiefel strebten zur Wiedervereinigung, ein drittes nacktes Bein in hochgerutschter Hose ragte senkrecht wie eine Antenne hoch und trug vom Fußknöchel bis zum Knie die im Lauf der Zeit verblaßte Tätowierung »rechtes Bein«.

Das traurige Bild ergänzten etliche Hunde, die aus dem Dorf hierhergelaufen waren. Sie jagten um das Menschenknäuel herum und bellten wild. In der Schar der Hunde gewahrte Tschonkin zu seiner Verwunderung auch den Eber Borjka, der im Rennen, Grunzen und Quietschen alle Hunde übertraf, als wolle er sich selbst beweisen, daß er der Hundechef war.

Seinen Freund und Nachbarn Gladyschew entdeckte Tschonkin in einiger Entfernung vom Getümmel. Er stand sozusagen über demselben. Die Hände hinter dem Rücken verschränkt, den Schmerz um die Mitbürger im Gesicht, betrachtete er das Gewoge der Leidenschaften.

»Hier, Iwan, siehst du den augenfälligen Beweis, von wem jenes Lebewesen abstammt, das sich stolz ›Mensch‹ nennt.«

Gladyschew blickte Tschonkin an und schüttelte traurig den Kopf. In diesem Augenblick spie die Hydra ein halbzerdrücktes Stück Seife vor die Füße des Pflanzenzüchters.

»Hier liegt der Gegenstand, um dessentwillen die Menschen ihr Menschenantlitz verlieren.« Gladyschew zeigte auf den Gegenstand und berührte ihn angeekelt mit der

Stiefelspitze. Und entfernte sich, das Objekt seiner Verachtung vor sich herstoßend, jeder Zoll ein zerstreuter Professor. Aber er war keine fünf Schritt weit gekommen, als ein kleiner Junge von der Seite angelaufen kam, im Laufen das klägliche Stück Seife ergriff und, der festen Hand Gladyschews ausweichend, wieder von dannen lief.
»Das ist sie, unsere Jugend«, klagte Gladyschew, als er wieder zu Tschonkin zurückgekehrt war, »unsere Zukunft und Hoffnung. Dafür also haben wir gekämpft. Während ein hinterhältiger Feind das Land überfällt, während Menschen für ihr Land sterben, reißt dieser Bengel einem alten Mann das letzte Stück weg.«
Gladyschew seufzte tief, schob sich den Hut in die Stirn und wartete vergeblich auf das nächste Geschenk des Schicksals.

10

Kilins und Golubews Ratlosigkeit dauerte nur eine Minute. Dann nahmen sie den Kampf mit der an Bewußtseinsmangel leidenden Masse auf. Nachdem er dem Parteistellenleiter die andere Seite des Knäuels als Kampfabschnitt zugewiesen hatte, stürzte sich der Vorsitzende ins Getümmel und zog nach einiger Zeit Nikolaj Kursow aus demselben heraus. Kursows Hemd war zerrissen, an seiner Schulter klebte ein plattgedrücktes Stück Seife, die Haare waren durch Zahnpulver gebleicht.
»Bleib hier!« befahl Iwan Timofejewitsch und schlüpfte ins Menschenknäuel zurück. Aber als er bis an dessen Grund vorgedrungen war, fand er dort wieder denselben Kursow. Inzwischen hatte nicht bloß Kursows Hemd, sondern auch die Nase Schaden genommen, und auf Kursows rechter Wange prangte der deutliche Abdruck einer Stiefelsohle.

Trotz seines gemeinhin sanften Charakters geriet Golubew in Wut. Als er Kursow wieder aus dem Knäuel gezerrt hatte, schleppte er ihn zu Tschonkin und bat diesen: »Iwan, sei so gut, paß auf den Kursow auf. Wenn was ist, gibst du einen Warnschuß ab, auf meine Verantwortung.« Der Vorsitzende stürzte sich zum drittenmal in die Hydra hinein, und diese verschlang ihn.

Der unter Tschonkins Bewachung gestellte Kursow beruhigte sich sofort und machte keine Anstalten auszureißen. Er stand schweratmend da und befühlte mit dem Finger seine Nase.

Tschonkin suchte Njura mit den Augen, die irgendwo in diesem Knäuel steckte. Er war nervös, weil er fürchtete, daß man sie erdrücken könnte. Als das vertraute Kleid vor ihm aufblinkte, hielt er es nicht mehr aus.

»Da, halt mal.« Er drückte Kursow sein Gewehr in die Hand und lief zu dem Knäuel, denn er hoffte, daß es ihm gelingen würde, Njura zu packen und herauszuziehen. Da stieß ihn jemand heftig in die Seite. Tschonkin schwankte und warf ein Bein hoch, um das Gleichgewicht wiederzugewinnen, aber da zerrte jemand an seinem anderen Bein, und er purzelte in das allgemeine Getümmel hinein. Sein Körper kreiste wie ein Holzspan in einem Meeresstrudel. Mal war er ganz unten, dann schwemmte es ihn nach oben, dann geriet er wieder in die Mitte des Knäuels, zwischen Körper, die nach Schweiß und Petroleum rochen. Irgend jemand packte ihn an der Gurgel, irgend jemand biß und kratzte ihn, und er selber biß und kratzte zurück.

Als er wieder ganz unten lag und sein Nacken über die Erde geschleift wurde und der Mund voller Staub war und die Augen voller Zahnpulver und er sich hustend, niesend und spuckend mit einem heftigen Ruck zu befreien suchte, versank sein Gesicht in einem weichen, warmen, vertrauten Etwas.

»Njura, das bist ja du!« schluchzte er leise.
»Iwan!« rief Njura glücklich und stieß irgend jemanden mit den Füßen weg.
Beide waren außerstande zu sprechen. Sie lagen da, gegeneinandergepreßt, auf dem Grunde des tobenden Elements. Als irgend jemandes Stiefelabsatz mit Tschonkins Kinn kollidierte, begriff dieser, daß sie hier nichts mehr verloren hatten. Er robbte davon und zog Njura an den Beinen hinter sich her.

11

»Na, also«, sprach Parteistellenleiter Kilin, den Sack mit den Überresten der Gebrauchsartikel in den Händen haltend.
»Jetzt sieht die Sache etwas anders aus. Jetzt werdet ihr euch wieder vor dem Kolchosbüro versammeln, und wir werden das Meeting zu Ende führen. Wer aber anders darüber denkt, der wird nichts aus diesem Sack bekommen. Gehen wir, Iwan Timofejewitsch.«
Kilin warf sich den um manches erleichterten Sack über die Schulter und setzte sich in Bewegung.
Auf der Walstatt blieb die alte Dunja zurück. Sie saß im Staub und weinte. Ihre schwarzen gichtkrummen Hände schlangen sich um ihren Kopf. Ein wenig abseits lag der zerfetzte Pappkarton, daneben die Puppe Tanja Nr. 5, ohne Hut und mit halb abgerissenem Kopf.
Pletschewoj packte die Alte an den Ellbogen und half ihr beim Aufstehen.
»Komm, Alte«, sagte er. »Du hast genug geweint, jetzt gehen wir applaudieren.«

12

Kaum hatten sich alle wieder auf dem Platz vor dem Kolchosbüro eingefunden, da erhob sich jenseits des Dorfes eine Staubsäule, die sich schnell auf das Kolchosbüro zu bewegte. Das Volk wich zurück. Die Säule kreuzte mehrmals auf dem Vorplatz und fiel dann in sich zusammen. Aus der Säule erstand ein »Emka«-Personenwagen. Das Volk wurde von Verblüffung, die Obrigkeit von Sorge ergriffen. Insasse der »Emka« konnte nur jemand aus der Gebietsverwaltung sein. Auf Rayonsebene bewegte sich sogar der Erste Sekretär Rewkin nur per Motorrad fort.

Dem Personenwagen entstiegen Leute mit Notizblöcken und Fotoapparaten. Einer lief auf die hintere Wagentür zu und öffnete sie. Aus der Tür quoll zunächst ein riesengroßer, von blauem Stoff straff umspannter Po, dem Po folgte dessen Besitzerin, eine stämmige Frau in einem Kostüm aus feinem Tuch, in weißer Bluse und mit einem Orden auf der linken Brust.

»Das ist doch die Ljuschka!« raschelte es wie Herbstlaub in der Menge auf.

»Ich begrüße euch, Landsleute!« sagte die eben Angekommene und schlug durch die ehrerbietig beiseite tretenden Bauern hindurch den Weg zum Kolchosbüro ein. Unterwegs nickte sie Pletschewoj zu, der sie ironisch anblickte.

»Ich begrüße dich, Bruderherz!«

»Ich grüß meinerseits, falls du mich nicht verkohlst«, erwiderte Pletschewoj.

Da bemerkte die Frau in der Menge das mickrige Bäuerlein Jegor Mjakischew.

»Jegor!« Sie stürzte in die Menge, schnappte sich Jegor und zog ihn heraus. »Warum empfängst du dein geliebtes Eheweib nicht? Bist du meiner vielleicht nicht froh?«

»Bin ich schon«, murmelte das Bäuerlein verlegen und senkte den Blick.
»Hier wird nicht gemurmelt«, sagte Ljuschka. »Küß deine Frau, du hast sie lange nicht gesehen. Aber wisch dir erst die Lippen ab, du hast schon wieder rohe Eier gefuttert.« Sie neigte sich zu Mjakischew herab und hielt ihm erst die eine, dann die andere Wange hin. Mjakischew wischte sich mit seinem schmutzigen Ärmel über die Lippen und tat, wie ihm geheißen. Ljuschka verzog das Gesicht.
»Du stinkst nach Tabak! Das macht aber nichts, Tabakgeruch ersetzt Männergeruch. Und ich hab mich so nach dir gesehnt, ich kann es gar nicht beschreiben. Wie mag es wohl meinem gesetzlich angetrauten Ehegemahl dort gehen, hab ich die ganze Zeit gedacht. Langweilt er sich nicht, allein in seinem kalten Bett? Oder hat er sich eine Neue angelacht?«
Mjakischew blickte seine Frau schüchtern und ohne zu blinzeln an.
»Der braucht sich niemanden anzulachen«, sagte Pletschewoj laut. »Der lebt doch mit der Stute im Stall.«
In der Menge prustete jemand heraus, die anderen wurden still. Die Männer mit den Notizblöcken sahen sich an. Ljuschka blieb stehen und heftete den schweren Blick auf Pletschewoj.
»Immer noch Flausen im Kopf, Bruder?« fragte sie mit einem drohenden Unterton.
»Man flaust sich so durch«, erwiderte Pletschewoj bereitwillig.
»Paß auf«, sagte Ljuschka, »daß dich deine Flausen nicht teuer zu stehen kommen.«
Dann stieg sie langsam die Treppenstufen hinauf und verschwand in der von Kilin aufgerissenen Tür.
Die Ankömmlinge füllten das Arbeitszimmer des Kolchosvorsitzenden ganz aus. Ljuschka setzte sich gleich auf

Golubews Stuhl, Kilin nahm neben ihr Platz, die Korrespondenten bauten sich an den Wänden entlang auf, Golubew stellte sich neben den Safe und drückte dessen Tür mit der Schulter zu.

»Na, ihr Chefs, wie lebt es sich?« fragte Ljuschka mit forscher Stimme.

»Wie es sich eben so lebt, ländlich-sittlich sozusagen«, erwiderte Kilin. »Wir liegen ein wenig mit den Leuten im Kampf.«

»Wieso das?« fragte Ljuschka interessiert.

»Einfach so«, wich Kilin aus. »Erzähl lieber du. Du verbringst doch deine Zeit in der Hauptstadt. Trinkst wohl jeden Tag mit Stalin Tee?«

»Natürlich nicht jeden Tag, aber es kommt schon vor, daß wir uns treffen.«

»Na, und wie ist er so?« fragte Golubew beflissen.

»Wie soll ich dir das sagen«, erwiderte Ljuschka nachdenklich. »Ein sehr einfacher Mensch ist er«, erklärte sie dann mit einem Seitenblick auf die Korrespondenten. »Und sehr bescheiden. Wenn im Kreml ein Empfang ist, ruft er mich jedesmal zu sich und begrüßt mich mit Handschlag. Und sagt: ›Guten Tag, Ljuschka. Wie ist das Leben? Wie ist die Gesundheit?‹ Ein sehr aufgeschlossener Mensch ist er.«

»Ein aufgeschlossener Mensch?« wiederholte Golubew. »Na und wie sieht er so aus?«

»Gut sieht er aus«, sagte Ljuschka und begann plötzlich zu weinen. »Er hat es jetzt schwer. Er denkt allein für uns alle.«

13

Ljuschka war in einer armen Bauernfamilie zur Welt gekommen und aufgewachsen. Im Sommer verdingte sie sich als Taglöhnerin, den Winter verbrachte sie auf dem häuslichen Ofen, denn sie besaß weder Filzstiefel noch Hosen. Vor der Kollektivierung konnte sie keine berühmte Melkerin werden, denn die ausgemergelte Kuh, die den Wirtschaftsbestand der Familie bildete, gab keine Rekorderträge her. Als die Kuh infolge der schlechten Ernährung schließlich einging, war überhaupt nichts mehr bei ihr zu holen. Ein solch trauriges Ende hätte auch Ljuschkas Leben haben können, aber da gab es positive Veränderungen. Ljuschka war eine der ersten, die dem Kolchos beitrat. Später stellte man die ehemaligen Kulakenkühe unter ihre Obhut. So viel Milch wie zuvor gaben diese Kühe freilich nicht her, aber nach dem Gesetz der Trägheit war der Ertrag immer noch beachtlich. Allmählich stellte sich Ljuschka fest auf die Füße. Sie kaufte sich neue Schuhe und Kleider, heiratete Jegor und trat in die Partei ein. Bald begann man überall, Bestleistungen zu fördern, und Ljuschka paßte genau in diese Kategorie. Die lokale und zentrale Presse brachte die ersten Meldungen über Ljuschkas Erfolge. Aber richtig aufwärts ging es mit ihr erst, als irgendein Berichterstatter sich auf Ljuschkas Worte berufend (oder solche vielleicht auch erst erfindend), in einer Zeitung die sensationelle Meldung machte, Ljuschka habe mit dem Melken nach Art der Väter Schluß gemacht und sei daran gegangen, die zu melkende Kuh fortan an allen vier Zitzen zugleich zu zupfen, nach der Methode »zwei Zitzen pro Hand«. Da ging es erst richtig los. Ljuschka trat im Kreml auf der Konferenz der Kolchosbauern auf und versicherte den Versammelten und dem Genossen Stalin persönlich, mit der bisherigen rückständigen Technologie sei es nun Schluß, und zwar für immer. Als der Genosse Stalin ihr das Stichwort »Die Kader! Die Kader!« zuwarf, verpflichtete sie sich, alle Melkerinnen in ihrem Kolchos nach der neuen Methode auszubilden. »Werden das auch alle schaffen?« fragte der Genosse Stalin listig. »Nun, Genosse Stalin, jede Melkerin hat zwei

Hände«, erwiderte Ljuschka schlagfertig und hielt den Versammelten ihre eigenen zwei Handflächen hin. »Allerdings«, lächelte der Genosse Stalin und nickte. Seither ward Ljuschka in ihrem heimatlichen Kolchos nicht mehr gesehen. Mal tagt sie im Obersten Sowjet, mal nimmt sie an einer Konferenz teil, mal empfängt sie englische Hafenarbeiter, mal plaudert sie mit dem Schriftsteller Feuchtwanger, mal nimmt sie im Kreml einen Orden entgegen. Großer Ruhm wurde Ljuschka zuteil. Die Zeitungen schreiben über Ljuschka. Der Rundfunk erwähnt Ljuschka in seinen Sendungen. Die Wochenschauleute drehen Filme über Ljuschka. Die Zeitschrift *Ogonjok* bringt Ljuschkas Porträt auf der Titelseite. Aus der Armee schreiben ihr die Rotarmisten und bieten ihr die Ehe an.

Ljuschka ist schon ganz außer Atem gekommen. Ab und zu kreuzt sie für ein, zwei Tage in ihrem Heimatdorf auf, zupft vor der Kamera eine Kuh an den Zitzen und eilt weiter. Zur Sitzung in der Landwirtschaftsakademie, zu einem Gespräch mit Schriftstellern, zu einer Ansprache vor Veteranen der Revolution ... Vor den Journalisten kann sie sich kaum mehr retten, sie folgen ihr auf Schritt und Tritt. Für die Journalisten ist Ljuschka selber eine Milchkuh. Sie schreiben Artikel und Reportagen und sogar Lieder über Ljuschka. Und sie selbst ist inzwischen dermaßen von Sinnen gekommen, daß sie glaubt, alle diese Journalisten seien einzig dazu da, Vorträge für sie auszuarbeiten, ihr Leben zu beschreiben und Fotos von ihr zu machen.

Es entstand die sogenannte Mjakischew-Bewegung, die sich rasch ausbreitete. Die Mjakischew-Frauen, wie der neue Ausdruck lautete, übernahmen Verpflichtungen, strömten in die führenden Staatsorgane, tauschten in den Zeitungen ihre Erfahrungen aus und bewegten sich auf den Filmleinwänden. Und es war niemand mehr da, der die Kühe molk.

14

»Was soll man bloß mit euch machen?« wandte sich der Parteistellenleiter unwillig an die Leute. »Ihr habt euch also versammelt und steht da. Und glaubt wohl, daß ihr als organisierte Masse dasteht. Aber ich, hier von meiner Warte aus, bemerke keinerlei Organisiertheit. Ich bemerke nur, daß jeder möglichst weit hinten stehen möchte, um nachher als erster den Laden zu erreichen. Und keiner von euch schämt sich. Wenigstens vor eurer Landsmännin könntet ihr euch genieren. Immerhin ist sie eine legendäre Gestalt. Sie hat sich wiederholt mit dem Genossen Stalin persönlich getroffen. In ihrer Begleitung befinden sich überdies Korrespondenten. Die können das alles im Wort festhalten. Ich bitte Sie, Genosse Korrespondent«, wandte er sich an einen der Ankömmlinge, »beschreiben Sie das und drucken Sie es, damit die ganze Sowjetunion es erfährt. Schreiben Sie, daß den Leuten in unserem Kolchos das Bewußtsein fehlt. Überall gibt es Bewußtsein, bloß hier bei uns nicht. Schreiben Sie darüber, damit unsere Leute sich schämen. Ganz weit auseinander stehen sie, ganz wie eine Herde, Ehrenwort. Kommt, schließt euch enger zusammen und bildet einen Haufen. Und wenn ihr nicht einfach so dastehen könnt, wie sich das gehört, dann sag ich euch folgendes: die Männer nehmen sich an den Händen, die Weiber treten in die Mitte. Doch nein, so geht es auch nicht. Dann kann ja keiner mehr klatschen. Hakt euch lieber beieinander ein. Na, also. Jetzt sieht das schon anders aus.«

Nachdem er solchermaßen Ordnung geschaffen hatte, gab Kilin das Wort an Ljuschka. Sie trat vor, schwieg eine Weile und begann dann leise und fast häuslich:

»Weiber und Männer! Schweres Leid ist über uns alle gekommen. Ein hinterlistiger Feind hat unser Land ohne Kriegserklärung überfallen. Dabei haben sie sich noch kürzlich als Freunde aufgespielt. Als ich vor zwei Jahren in Moskau war, hatte ich Gelegenheit, den Ribbentrop zu sehen. Um die Wahrheit zu sagen: er hat auf mich keinen Eindruck gemacht. Ein ziemlich mickriges Männlein, ein wenig wie ... na also ... sagen wir mal ...«, sie suchte die Menge mit den Augen ab, obwohl ihr Vergleich längst feststand, »... sagen wir, wie unser Stjopka Frolow, obwohl natürlich mit mehr Grips. Lächelt immerzu, macht seine deutschen Trinksprüche, aber schon damals flüsterte mir der Genosse Woroschilow ins Ohr: ›Laß dich nicht dadurch täuschen, Ljuschka, daß der Kerl so freundlich tut, in Wirklichkeit hält er unter seiner Jacke den Stein gegen uns bereit.‹ Ich muß jetzt oft an die Worte des Genossen Woroschilow denken. Wie recht er doch gehabt hat! Tatsächlich haben diese Herrschaften den Pflasterstein unter der Jacke bereitgehalten. Weiber und Männer! Jetzt, nachdem dieses Unglück über uns gekommen ist, können wir nichts anderes tun, als uns um unsere Partei und um den Genossen Stalin persönlich zu scharen. Wenn ich in Moskau bin und ihn sehe, werde ich ihm, dem uns so ans Herz Gewachsenen, in eurem Namen sagen, daß alle Werktätigen unseres Kolchos alle ihre Kräfte einsetzen werden ... bleib mir vom Leib mit deiner Kamera«, drehte sie sich plötzlich einem Reporter zu, der sie, ans Treppengeländer geklammert, aufnahm, welcher Zwischenfall allgemeine Heiterkeit auslöste. »Knips mich lieber von der Seite ... daß alle unsere Werktätigen ihre ganzen Kräfte für eine Steigerung der Erträge einsetzen werden. Alles für die Front, alles für den Sieg!« Sie schwieg und hing irgendwelchen Gedanken nach. Dann fuhr sie leise fort. »An euch Weiber will ich ein besonderes Wort richten. Heute oder morgen werden unsere Männer, unsere Väter, Brüder und Ehegatten fortziehen, um die Freiheit zu verteidigen. Krieg ist Krieg, nicht jeder wird zurückkehren. Und während sie dort sein werden, werden wir hier allein sein. Wir werden es schwer haben. Die kleinen Kinder und die Hausarbeit und das Kochen und die Wäsche, und nach dem Gemüsegarten muß man schauen, und die Arbeit im Kolchos darf man nicht vergessen. Ob wir wollen oder nicht, aber jetzt wird jede von uns für zwei oder drei arbeiten müssen. Für uns selber und für die Männer. Wir müssen das schaffen, und wir werden es auch schaffen. Männer! Geht an die Front, erfüllt eure Männerpflicht, verteidigt unsere Heimat, wehrt euch bis zum letzten gegen die Feinde. Und sorgt euch nicht unseretwegen. Wir werden eure Plätze einnehmen . . .«

Ljuschka redete schlicht und allgemeinverständlich, die unten auf dem Platz Stehenden weinten und lächelten dann wieder durch die Tränen hindurch. Auch Ljuschka selber hielt sich einige Male ihr Tüchlein an die Augen. Und dann setzte sie sich mitsamt den Korrespondenten in ihren Wagen und entfernte sich staubaufwirbelnd in ihre höheren Sphären.

Nach dem Meeting wurden, wie versprochen, das Salz, die Streichhölzer und die Seife aufgeteilt. Auch Njura bekam ihren Teil: ein halbes Stück Seife und zwei Schachteln Streichhölzer. Als sie wieder zu Hause war, brach bereits der Abend an. Tschonkin saß am Fenster und versuchte, mit Hilfe einer Ahle und eines groben Fadens (Pechdraht war keiner da), seine Stiefel in Ordnung zu bringen.

»Da, schau«, sagte Njura und legte ihre Ausbeute auf den Tisch. »Das hat man mir zugeteilt.«

Tschonkin schaute ohne große Neugier hin.

»Vielleicht kommen sie morgen«, sagte er aufseufzend.

»Wer?« fragte Njura.

»Wer wohl?« erwiderte Tschonkin ärgerlich. »Draußen ist Krieg, und ich bin hier . . .«

Njura sagte nichts. Sie holte die Erbsensuppe aus dem

Ofen, trug sie zum Tisch und brach in Tränen aus.
»Was hast du?« fragte Tschonkin erstaunt.
»Wieso hast du es so eilig, in den Krieg zu ziehen?« sagte Njura mit tränenerstickter Stimme. »Glaubst du wirklich, du würdest es dort besser haben als bei mir?«

15

Gladyschew fand keinen Schlaf. Er glotzte in die Finsternis, seufzte, ächzte und fing die Wanzen, die über seinen Körper krabbelten. Aber nicht die Wanzen hinderten ihn am Einschlafen, sondern die Gedanken. Sie drehten sich immerzu um ein und denselben Gegenstand. Durch seine dumme Frage auf dem Meeting hatte Tschonkin Gladyschews Seele in Wirrnis gestürzt. Gladyschews scheinbar unerschütterlicher Glaube an die Wissenschaft und an wissenschaftliche Autoritäten hatte einen Stoß bekommen. »Warum verwandelt sich das Pferd nicht in den Menschen?« Ja, wirklich: warum nicht?
Von Aphrodite gegen die Wand gedrückt, lag er da und dachte nach. In der Tat, jedes beliebige Pferd arbeitet viel, mehr als jeder beliebige Affe. Man reitet auf dem Pferd, man spannt es vor den Pflug, man läßt es alle möglichen Lasten ziehen. Ein Pferd arbeitet sommers und winters täglich viele Stunden lang und kennt weder Feiertage noch Urlaub. Und obwohl das Pferd ein durchaus nicht dummes Tier ist, hatte sich noch keines der Pferde, die Gladyschew in seinem Leben gekannt hatte, in einen Menschen verwandelt. Da es ihm nicht gelang, eine halbwegs plausible Erklärung für dieses Wunder der Natur zu finden, seufzte Gladyschew laut auf.
»Schläfst du nicht?« fragte Aphrodite flüsternd.
»Ich schlafe«, erwiderte Gladyschew wütend und drehte sich der Wand zu.

Kaum fing er an einzuschlafen, da wachte Herakles auf und begann zu weinen.
Aphrodite zischte ihn an und begann, ohne sich vom Bett zu erheben, mit lautem Gepolter die Wiege zu schaukeln. Herakles gab es nicht auf. Aphrodite schwang die Füße aus dem Bett, nahm Herakles aus der Wiege und gab ihm die Brust. Das Kind beruhigte sich und schmatzte mit den Lippen. Beim Stillen machte sich Aphrodite mit der einen Hand in der Wiege zu schaffen, wahrscheinlich wechselte sie die Windeln. Aber als sie Herakles in die Wiege zurückgelegt hatte, begann er wieder zu weinen. Aphrodite rüttelte an der Wiege und sang dazu:

Eiapopeia was raschelt im Stroh?
Es ist der Herakles, der raschelt so . . .

Sie wußte nicht, wie es weiterging, und so wiederholte sie immer wieder von neuem die Worte des Anfangs:

Eiapopeia was raschelt im Stroh?
Es ist der Herakles, der raschelt so . . .

Endlich schlief das Kind ein, und auch Aphrodite verstummte. Nun konnte auch der Herr des Hauses wieder an Schlaf denken, aber kaum hatte er die Augen geschlossen, da hörte er klar und deutlich, wie sich die Außentür öffnete. Gladyschew wunderte sich. Hatte er es versäumt, sie vor dem Schlafengehen abzuschließen? Und selbst wenn er es vergessen hatte: wer konnte zu so später Stunde die Bewohner dieses Hauses, in dessen Fenstern kein Licht mehr brannte, durch sein Erscheinen stören? Gladyschew horchte. Vielleicht hatte er sich getäuscht? Nein. Irgend jemand durchquerte die Diele und tastete sich in der Dunkelheit durch den Korridor. Die Schritte kamen näher. Knarrend öffnete sich die Zimmertür. Gladyschew stützte sich auf einen Ellbogen, starrte angestrengt in die Dunkelheit und erkannte zu seinem größten Erstaunen den Gaul Ossoawiachim. Gladyschew schüttelte den Kopf, um zu sich zu kommen und sich zu überzeugen, daß das Ganze keine Halluzination sei. Aber es war die reinste Wirklichkeit. Ossoawiachim, den Gladyschew gut kannte, weil er ihn oft zum Lebensmitteltransport einspannte, stand leiblich in höchsteigener Gaulsperson in der Mitte des Zimmers und schnaubte.

»Ich begrüße dich, Kusjma Matwejewitsch«, sagte der Hengst mit menschlicher Stimme.

»Guten Tag, Ossoawiachim«, erwiderte Gladyschew zurückhaltend, sich der Seltsamkeit der Situation voll bewußt.

»Ich bin zu dir gekommen, Kusjma Matwejewitsch, um dir mitzuteilen, daß ich Mensch geworden bin und keine Lebensmittel mehr anfahren werde.«

Der Gaul seufzte aus unbekanntem Grund, trat von einem Bein aufs andere und rumpelte mit dem Huf gegen den Fußboden.

»Sei still«, zischte ihn Gladyschew an, »du weckst noch das Kind.« Er schob Aphrodite ein wenig beiseite und setzte sich im Bett aufrecht. Eine unbändige Freude darüber, der vielleicht erste Mensch zu sein, der Zeuge eines so bemerkenswerten Phänomens geworden war, ergriff von ihm Besitz. Ungeduldig fragte er: »Wie hast du das denn geschafft, Mensch zu werden?«

»Weißt du, das kam so«, sagte Ossoawiachim. »In letzter Zeit hab ich viel gearbeitet, du weißt das ja selber. Lebensmittel hab ich ins Magazin gebracht, und Dung hab ich angefahren, und vor den Pflug haben sie mich auch gespannt. Ich war mir für nichts zu schade, und infolge dieser vielen anstrengenden Arbeit hab ich mich schließlich in einen Menschen verwandelt.«

»Interessant«, sagte Gladyschew, »sehr interessant sogar. Aber wer wird mir jetzt die Waren fürs Magazin anfahren?«

»Nun, das ist deine Sorge, Kusjma Matwejewitsch«, bemerkte das Pferd, »du wirst dir Ersatz schaffen müssen.

Du könntest zum Beispiel Tulpan nehmen. Der wird noch lange kein Mensch.«

»Warum nicht?«

»Weil er faul ist, weil er ohne Stock nichts macht. Solange du ihn nicht geprügelt hast, rührt er sich nicht vom Fleck. Um Mensch zu werden, muß man nämlich ganz schön auf Trab sein, hohoho.« Ossoawiachim begann plötzlich zu wiehern, hörte aber gleich wieder auf. »Verzeih, Kusjma Matwejewitsch, ich habe meine Pferdenatur noch nicht ganz überwunden.«

»Macht nichts, das kommt vor«, erwiderte Gladyschew großmütig. »Was mich noch interessieren würde: was gedenkst du jetzt anzufangen? Wirst du im Kolchos bleiben?«

»Das glaube ich kaum«, seufzte Ossoawiachim. »Mit meinen Talenten habe ich hier nichts verloren. Ich gehe lieber nach Moskau und stell mich dort den Professoren vor. Vielleicht geben sie mir einen Lehrauftrag. Ach, Kusjma Matwejewitsch, mein Bester, mein Leben beginnt ja erst. Gern würde ich heiraten und Kinder haben, um dem Fortschritt der Wissenschaft zu dienen. Aber leider geht das nicht.«

»Warum nicht?«

»Du fragst noch«, lachte Ossoawiachim bitter. »Hast du vergessen, was du mir vor acht Jahren angetan hast? Du hast mich der für die Fortpflanzung unerläßlichen Körperteile beraubt.«

Gladyschew fühlte sich peinlich berührt. Er wurde verlegen und errötete sogar, was infolge der Dunkelheit glücklicherweise nicht zu sehen war.

»Verzeih mir, mein Lieber«, bat er aufrichtig. »Wenn ich gewußt hätte, daß du einmal Mensch wirst, hätte ich mir das nie erlaubt. Damals dachte ich: Gaul bleibt Gaul. Hätte ich das gewußt, dann hätte ich es nicht getan.«

»Gaul bleibt Gaul, sagst du«, erwiderte Ossoawiachim

hämisch. »Und was ist ein Gaul? Ist er vielleicht kein lebendes Wesen? Darf man ihm seine letzte Freude wegnehmen? Wir Gäule gehen nicht ins Kino, lesen keine Bücher, uns bleibt nur dies eine, und du hast mit dem Messer ...«

Gladyschew merkte auf und wurde mißtrauisch. Dieser Ossoawiachim hatte ein ziemlich loses Maul. Kaum war er Mensch geworden, war er schon ein Nörgler. Vom biologischen Standpunkt ist dies Phänomen natürlich beachtlich, aber wenn man die Sache unter politischem Blickwinkel betrachtet, dann ist mit der Verwandlung eines Pferdes in einen Menschen noch keineswegs alles getan. In was für einen Menschen sich das Pferd verwandelt: darauf kommt es an. In einen uns Nahestehenden oder in einen uns nicht Nahestehenden. Nachdem Gladyschews Wachsamkeit noch rechtzeitig erwacht war, stellte er dem Pferd eine verfängliche Frage: »Sag mal, Ossoawiachim, wenn du in den Krieg müßtest, für wen würdest du kämpfen: für die Unseren oder für die anderen?«

Der Gaul blickte Gladyschew fast mitleidig an und schüttelte den Kopf, als wundere er sich darüber, wie dumm Menschen manchmal fragen können.

»Mich können sie nicht an die Front schicken, Kusjma Matwejewitsch.«

»Und warum nicht?« fragte Gladyschew hinterhältig.

»Darum nicht«, erwiderte der Gaul ärgerlich. »Weil ich nichts habe, womit ich auf den Abzug drücken könnte. Ich besitze keine Finger.«

»Ach, so ist das also«, rief Gladyschew, klatschte sich mit der Hand auf die Stirn und erwachte.

Er öffnete die Augen und begriff nicht, wohin das Pferd verschwunden war. Das Zimmer war genauso wie vorher, er selber lag im selben Bett, von seiner Gattin Aphrodite an dieselbe Zimmerwand gedrückt. Die Gattin lastete auf ihm mit ihrem ganzen Gewicht, schnalzte und pfiff im

Schlaf vor sich hin, und zwar mit einem solchen Vergnügen, daß es direkt widerlich war. Es war heiß und schwül im Zimmer. Gladyschew schubste seine Gattin mit der Schulter, konnte sie aber nicht wegschieben. Er schubste sie ein zweites Mal – mit demselben Mißerfolg. Da wurde er wütend, stemmte Arme und Beine gegen die Wand und schob Aphrodite mit seinem Hintern so heftig an, daß sie fast aus dem Bett gefallen wäre.

Aphrodite sprang auf und rief verwirrt: »Was ist los?«

»Sag, Aphrodite«, fragte Gladyschew flüsternd, »wohin hat sich der Gaul verzogen?«

»Welcher Gaul?« Aphrodite schüttelte den Kopf, um zu sich zu kommen.

»Der Gaul Ossoawiachim«, erklärte Gladyschew, um sich seiner begriffsstutzigen Gattin verständlich zu machen.

»Ogottogott«, murmelte Aphrodite. »Er redet das Blaue vom Himmel herunter. Jetzt hat er irgendeinen Gaul erfunden. Du solltest lieber schlafen.«

Sie drehte sich auf den Bauch um, vergrub ihr Gesicht im Kissen und schlief sofort wieder ein.

Gladyschew lag da und glotzte die Zimmerdecke an. Allmählich kam ihm das Bewußtsein wieder, und er begriff endlich, daß ihn der Gaul im Schlaf heimgesucht hatte. Gladyschew war ein belesener Mann. Er hatte auch das Buch *Der Schlaf und die Traumgesichte* gelesen, das ihm jetzt half, den Traum vom Gaul zu deuten. »Gestern hat mir Tschonkin die Ohren mit seinem Blödsinn vollgequatscht, und mein Traum war die Reaktion darauf«, dachte Gladyschew. Aber irgendein seltsamer Gedanke, der sich nicht in Worte fassen ließ, bohrte sich in sein Gehirn und quälte ihn. Er konnte nicht begreifen, was das bedeuten sollte. Einschlafen konnte er nicht mehr. Er lag da und wälzte sich von einer Seite auf die andere. Als es draußen zu tagen begann, kletterte er über Aphrodite hinweg und zog nachdenklich seine Kavalleriehose an.

An jenem Morgen wachte Njura früher auf als Tschonkin. Es war noch dunkel. Nachdem sie sich eine Weile im Bett gewälzt hatte, beschloß sie aufzustehen. Zum Melken war es zu früh. So beschloß Njura, noch vor Tagesanbruch zum Fluß zu gehen und Wasser zu holen. Sie ging in die Diele, nahm die Eimer und das Schulterjoch, öffnete die Haustür und blieb wie angewurzelt stehen. Irgend jemand saß auf der Außentreppe.
»Wer bist denn du?« fragte sie erschreckt und zog die Tür sicherheitshalber zu.
»Erschrick nicht, Njura, ich bin es, Gladyschew.«
Verwundert machte Njura die Tür wieder auf.
»Und warum sitzt du hier herum?«
»Einfach so«, erwiderte Gladyschew unbestimmt. »Ist der Deinige noch nicht aufgewacht?«
»Keine Spur«, lachte Njura. »Er schläft wie ein Murmeltier. Was willst du von ihm?«
»Da wäre eine Sache.« Gladyschew wich einer direkten Antwort aus.
»Soll ich ihn wecken?« Njura behandelte den Nachbarn mit der Achtung, die einem gelehrten Mann gebührt. Sie war sicher, daß er sie nicht ohne triftigen Grund beunruhigen würde.
»Lohnt sich nicht.«
»Warum nicht? Ich weck ihn gern. Er soll nur aufstehen. Weil er nämlich bei der Nacht immer in den Krieg will, und am Morgen krieg ich ihn nicht wach.«
Gladyschew widersprach nicht länger, denn die Überlegung, die er seinem Freund mitteilen wollte, war zwar nicht allzu wichtig, doch war sie so beschaffen, daß es schwerfiel, sie für sich zu behalten.
Bald darauf trat Tschonkin in Unterhosen auf die Treppe.
»Du hast mich gerufen?« fragte er, sich kratzend und gähnend.
Gladyschew zögerte. Er wartete, bis Njura die Eimer

genommen und sich ein Stück entfernt hatte. Erst dann begann er zu reden, mit dem peinlichen Gefühl, einen Menschen wegen einer Lappalie aus dem Schlaf gerissen zu haben.

»Du hast mich gestern nach dem Pferd gefragt.«

»Nach welchem Pferd?« fragte Tschonkin verständnislos.

»Nach dem Pferd überhaupt: warum es nicht zum Menschen geworden ist.«

»Richtig«, entsann sich Tschonkin. Gestern hatte es in der Tat irgend so ein Gespräch gegeben.

»Nun«, teilte Gladyschew voller Stolz mit. »Ich habe jetzt begriffen, warum das Pferd nicht zum Menschen wird. Das Pferd wird deshalb nicht zum Menschen, weil es keine Finger hat.«

»Was du nicht sagst«, erwiderte Tschonkin. »Das hab ich schon als Kind gewußt, daß das Pferd keine Finger hat.«

»Das sage ich doch gar nicht. Ich sage nicht, daß es keine Finger hat, ich sage vielmehr, daß es deshalb nicht zum Menschen wird, weil es keine Finger hat.«

»Aber das sage ich doch. Jedermann weiß, daß das Pferd keine Finger hat.«

Sie gerieten in Streit, wie Leute eben in Streit geraten. Der eine beweist dies, der andere beweist jenes, keiner will den anderen verstehen. Fast hätten sie sich zerstritten, aber da trat Aphrodite in Unterwäsche auf die Treppe ihres Hauses und rief ihren Ehemann zum Frühstück. Auch Gladyschew brach die Diskussion ab und ging heim. Auf dem Tisch stand, noch ganz heiß, eine Eierspeise mit Speck. Gladyschew zog die Bratpfanne zu sich, setzte sich auf die Sitzbank und fühlte sogleich unter seinem Hintern einen nicht direkt scharfen, aber festen und rauhen Gegenstand. Er sprang auf und sah sich um. Auf der Sitzbank lag ein Hufeisen.

»Was ist denn das?« fragte er streng und zeigte das Hufeisen seiner Frau.

»Woher soll ich das wissen?« erwiderte sie und zuckte mit den Achseln. »Das Ding lag vorhin auf der Türschwelle. Erst wollt ich es fortwerfen, aber dann dachte ich, vielleicht brauchst du es . . .«

Gladyschew hörte sie nicht bis zu Ende an. Er ergriff das Hufeisen, sprang vom Tisch auf und rannte mit wehendem Hemd zum Haus hinaus.

Schon aus der Ferne bemerkte er neben dem Pferdestall eine Menschenansammlung, die unter anderem aus dem Kolchosvorsitzenden Golubew, dem Parteistellenleiter Kilin, den beiden Brigadieren sowie dem Stallknecht Jegor Mjakischew bestand.

»Was geht hier vor?« erkundigte sich Gladyschew.

»Der Gaul ist auf und davon«, sagte Mjakischew.

»Welcher Gaul?« fragte Gladyschew und erschauerte.

»Der Gaul Ossoawiachim.« Der Stallknecht spuckte unwillig aus. »Wir hatten schon die Pferde eingeteilt, die wir an die Armee abliefern werden. Auch der Gaul war dabei. Nachts hat er den Zaun durchbrochen und ist fort. Oder die Zigeuner haben ihn geklaut.«

»Das kann schon sein«, pflichtete ihm Gladyschew bei.

16

Oberstleutnant Opalikow stand mit gespreizten Armen und Beinen da und wartete darauf, daß Geschwaderingenieur Kudlaj und die beiden Obertechniker ihm den Fallschirm anlegten. Opalikow verzog mürrisch das Gesicht. Gleich würde er mit seinem Geschwader starten und es befehlsgemäß in den Raum von Tiraspol leiten. Die Flugroute ist festgelegt und nachgeprüft, das Flugpersonal genau instruiert. Die Staffelführer haben »alles klar zum Abflug« gemeldet. »Wenn Tiraspol, dann eben Tiraspol«, dachte Opalikow. Ist doch egal, wo sie dich abschießen.

Abschießen aber werden sie dich, das ist sicher. Unsere »Lastesel« können es mit den Messerschmitts nicht aufnehmen. Schon gut, sagte sich Opalikow, darum geht es gar nicht. Vierunddreißig ist ein schönes Alter, manch einer kratzt früher ab. Und er, Opalikow, hatte immerhin was zu sehen bekommen in seinem Leben. Aber Nadja, Nadja ... Der Gedanke an seine Frau verdarb vollends Opalikows Laune. »Ich werde auf dich warten«, hatte sie ihm gesagt. Da konnte er nur schallend lachen. Im fremden Bett wird sie warten. Diese Schlampe! Andere Frauen waren in Tränen ausgebrochen, als sie vom Kriegsausbruch gehört hatten. Nadja aber hatte nicht eine winzige Träne vergossen. Wenigstens den Schein hätte sie wahren können. Nadja, dieser unfruchtbare Feigenbaum! Wahrscheinlich freut sie sich sogar. Der Mann an die Front, die Frau in die Freiheit! Übrigens hat sie schon früher Freiheit genug gehabt. Ist durch so viele Betten gerutscht, wie sie nur konnte. Manchmal gehst du durchs Militärgelände und schämst dich. Glaubst, daß jeder mit dem Finger auf dich zeigt. Da geht er, der Kommandeur des Regiments. Kommandieren kann er, bloß nicht seine eigene Frau. In der Armee spielt sich alles wie auf der Handfläche ab. Schlimmer als im Dorf. Jeder weiß über jeden Bescheid. Sie wissen auch, daß sie es mit dem Zahlmeister im Magazin getrieben hat, direkt auf einem Stapel Uniformmäntel ... Wie man sich bloß so gehen lassen kann! Damals wollte er sie abknallen, hatte auch schon die Pistole gezogen ... Aber die Hand versagte den Dienst. Obwohl er natürlich selber an allem Schuld war. »Du hast gewußt, was du gekauft hast«, wie Kudlaj immer sagt. Wahrscheinlich liegt das in ihrer Natur. Ein unersättliches Geschöpf. Nun, wenn es ihr Freude macht ... Solchen Gedanken hing Oberstleutnant Opalikow nach, als Pachomow im Motorradbeiwagen vorfuhr.

»Genosse Oberstleutnant ...« Pachomow sprang aus

dem Wägelchen und legte die Hand an die Schläfe.
»Nun, wie sieht es bei dir aus?« unterbrach ihn Opalikow und hob das Bein, damit Kudlaj den Ziehgurt des Fallschirms bequemer befestigen konnte.
»Verladung der Flugplatzausrüstung in den Transportzug beendet«, meldete Pachomow. »Ich denke, in vier Tagen sind auch wir Eisenbahnfahrer in Tiraspol.«
»Meinst du?« sagte Opalikow und kletterte, vom Ingenieur unterstützt, auf die Tragfläche. »Du glaubst wohl, wir werden in Tiraspol auf dich warten?«
Er setzte sich in die Kabine und rutschte hin und her, um es sich möglichst bequem zu machen. Dann legte er das Kartenbrett auf die Knie und ging in Gedanken noch einmal den ersten Teil der Flugroute durch. Start. Sammeln in der Wartezone. Dann Kurs zweihundertundsiebenundfünfzig und vier Grad Windkorrektur. Nach dem Passieren des Kontrollpunkts um zwölf Grad nach Backbord abdrehen. Alles ist normal, alles ist richtig, bloß diese Nadja ... Opalikow hob den Kopf.
Pachomow stand noch immer neben dem Flugzeug und trat von einem Fuß auf den anderen.
»Gibt es noch was, Pachomow?« fragte der Regimentskommandeur.
»Ich weiß nicht, was wir mit Tschonkin machen sollen«, sagte der Bataillonskommandeur unsicher.
»Mit was für einem Tschonkin?« Opalikow zog fragend die Augenbrauen hoch.
»Mit dem Rotarmisten, der das notgelandete Flugzeug bewacht.«
»Richtig.« Opalikow stellte die Füße auf die Pedale, überprüfte die Funktionsfähigkeit der Steuer- und Querruder und schaltete den Kippschalter der Zündung ein.
»Ist er immer noch nicht abgelöst?«
»Nein«, sagte Pachomow. »Und die Maschine steht auch noch dort.«

»Das ist keine Maschine, sondern ein Sarg.« Opalikow machte eine abwertende Handbewegung. »Und was treibt Tschonkin?«
»Er hält Wache.« Pachomow zuckte die Achseln. »Man sagt, er hätte sogar geheiratet.«
Er lächelte, weil er nicht wußte, wie er seine Einstellung zur Handlungsweise des Soldaten Tschonkin ausdrücken sollte.
»Geheiratet?« rief Opalikow verblüfft. Sein Gehirn sträubte sich dagegen, das zu glauben. In einer solchen Zeit heiraten! Und wozu? Wenn man nicht einmal weiß, was man jetzt mit einer in Friedenszeiten angetrauten Gattin anfangen soll.
»Wenn er geheiratet hat, dann soll er leben«, beschloß Opalikow. »Wir haben andere Sorgen und können uns nicht auch noch um Tschonkin kümmern. Kudlaj! Laß im Regiment durchsagen, daß die Motoren angelassen werden.«
Tschonkins Los war entschieden.

17

»Ich stelle die Kohlsuppe auf, und du treibst die Kuh her.« Njura steckte den Kopf in den Ofen und blies geräuschvoll ins Feuer.
»Gleich.« Tschonkin putzte gerade die Knöpfe seiner Uniformbluse mit Zahnpulver und hatte keine Lust, irgendwohin zu gehen.
»Aber nicht erst in einer Stunde«, sagte Njura. »Die Knöpfe kannst du nachher fertigputzen.«
Sie war gerade erst mit der vollen Posttasche aus Dolgow gekommen und hatte die Post ausgetragen. Jetzt war sie müde und unzufrieden, weil Tschonkin das Mittagessen nicht bereitet hatte.

Tschonkin legte Uniformbluse und Bürste weg, trat von hinten auf Njura zu und umschlang sie mit beiden Armen.
»Geh schon, geh.« Njura machte eine unwillige Drehung mit dem Hintern.
Sie stritten sich eine Zeitlang. Tschonkin berief sich auf die frühe Stunde und auf Kreuzschmerzen, aber es half alles nichts, er mußte schließlich nachgeben.
Im Hof spielte Tschonkin mit Borjka, auf der Straße sprach er erst mit der alten Dunja, dann mit dem vor seinem Haus sitzenden alten Schapkin. Endlich erreichte er das Kolchosbüro und sah dort eine große, hauptsächlich aus Weibern bestehende Menge. An Männern sah er bloß Pletschewoj, den Buchhalter Wolkow und noch einen Mann, den er nicht kannte. Die anderen waren alle an der Front. Gleich in der ersten Kriegswoche waren fast alle Männer eingezogen worden. Die Versammelten starrten stumm auf den Lautsprecher, der ein Knacken hören ließ.
»Was steht ihr da herum?« fragte Iwan die Ninka Kursowa.
Aber Ninka erwiderte nichts, sie legte nur den Finger an die Lippen. In dem Augenblick hustete irgend jemand im Lautsprecher, und eine Stimme mit deutlich georgischem Akzent sagte leise:
»Genossen! Bürger! Brüder und Schwestern! Soldaten der Armee und der Flotte! An euch wende ich mich, meine Freunde!«
Tschonkin seufzte und erstarb, die Augen auf den Lautsprecher geheftet.
Der Lautsprecher hustete wieder, dann begann irgend etwas darin zu blubbern, als würde der Mann am Mikrophon Wasser ausgießen oder Schluchzer unterdrücken. Das Blubbern dauerte lange und machte einen bedrückenden Eindruck auf die Lauschenden. Aber dann war das Blubbern zu Ende, und dieselbe Stimme mit dem Akzent

fuhr bedächtig und nicht sehr laut fort:
»Der wortbrecherische militärische Überfall Hitlerdeutschlands auf unser Heimatland, der am 22. Juni begann, geht weiter. Trotz des heldenhaften Widerstands der Roten Armee, und obwohl die besten Divisionen des Feindes und seine besten Lufteinheiten bereits zerschlagen sind und auf den Schlachtfeldern ihr Grab gefunden haben, dringt der Feind weiter vor und wirft neue Kräfte an die Front. Den Hitlertruppen ist es gelungen, Litauen, einen beträchtlichen Teil Lettlands, den westlichen Teil Belorußlands und einen Teil der Westukraine zu besetzen. Die faschistische Luftwaffe weitet das Einsatzgebiet ihrer Bombenflugzeuge aus und belegt Murmansk, Orscha, Mogiljow, Smolensk, Kiew, Odessa und Sewastopol mit Bomben. Unserem Heimatland droht ernste Gefahr . . .«
Die alte Dunja, die hinter Tschonkin stand, schluchzte auf. Ninka Kursowas Lippen begannen zu beben, vor wenigen Tagen hatte man ihren Mann an die Front geschickt. Auch die anderen kamen in Bewegung und fingen an zu schniefen.
Tschonkin hörte die mit deutlich georgischem Akzent gesprochenen Worte, glaubte ihnen ganz und gar, konnte aber nicht alles begreifen. Wenn die besten Divisionen des Feindes und seine besten Lufteinheiten zerschlagen waren und ihr Grab gefunden hatten, lohnte es sich dann überhaupt, sich zu beunruhigen? Die schlechtesten Einheiten und Divisionen werden sich noch leichter zerschlagen lassen. Außerdem blieb der Ausdruck »fanden auf den Schlachtfeldern ihr Grab« Tschonkin unverständlich. Warum suchten sie ihr Grab nicht an einem anderen Ort? Und wer hatte dieses Grab für sie geschaufelt? Tschonkin stellte sich eine riesengroße Zahl von Menschen vor, die auf der Suche nach einem Grab über unbekannte Felder gehen. Einen Augenblick lang hatte er sogar Mitleid mit diesen Leuten, obwohl er genau wußte, daß man sie nicht

bemitleiden darf. Während er solchen Gedanken nachhing, entging ihm manches von dem, was der Redner sagte. Jetzt hob er den Kopf, um den Faden wieder aufzugreifen.

»Die Rote Armee, die Rote Flotte und alle Bürger der Sowjetunion müssen jeden Fußbreit Sowjeterde verteidigen, sie müssen bis zum letzten Blutstropfen um unsere Städte und Dörfer kämpfen, müssen die in unserem Volk verbreiteten Eigenschaften des Mutes, der Initiative und des Einfallsreichtums zeigen . . .«

Alle hörten zu und schüttelten die Köpfe, auch Tschonkin schüttelte den seinen. Er war bereit, sich ins Gefecht zu stürzen, aber er wußte nicht, gegen wen er kämpfen sollte und wie. Als die Männer aus dem Dorf an die Front geschickt worden waren, hatte der Hauptmann aus dem Wehrbezirk auf der Treppe des Kolchosbüros gesessen und sich mit dem Vorsitzenden unterhalten. Tschonkin trat auf ihn zu, machte ganz nach Vorschrift Meldung und erklärte ihm seine Lage, aber der Hauptmann hörte gar nicht richtig zu und schnauzte Tschonkin plötzlich an: »Sie stehen Posten? Wer hat Ihnen erlaubt, Ihren Posten zu verlassen? Kehrt marsch! Auf den Posten zurück marschmarsch!« Das war das ganze Gespräch gewesen. Stalin, der hätte sowas nicht gesagt, der war klug, der verstand alles und konnte sich in jede Lage versetzen. Nicht umsonst liebte ihn das Volk. Und singen konnte er auch. Das Lied von den Filzstiefeln . . . Aber warum mit Frauenstimme? Das Lied war vorbei, der Beifall rauschte auf.

»Das gefällt mir!« hörte Tschonkin eine Stimme hinter sich. Er zuckte zusammen und drehte sich um. Tajka Gorschkowa spielte mit ihrer Peitsche und schaute offenen Mundes auf den Lautsprecher. Sie war Viehhirt geworden, als Ljoscha Sharow an die Front geschickt worden war.

Tschonkin schaute genau hin, entdeckte aber sonst niemanden und starrte Tajka wieder an.

»Das gefällt mir, sag ich, wie die Russlanowa singt«, wiederholte Tajka.

»Hast du die Kühe schon hergetrieben?« fragte Tschonkin.

»Schon längst. Weshalb?«

»Nichts. Einfach so.«

Tschonkin wunderte sich, wie er den Augenblick hatte versäumen können, als das Vieh angetrieben worden war. Von dieser Verwunderung bewegt, ging er heim. Die Kuh hatte den Heimweg natürlich auch selber gefunden, ohne fremde Hilfe. Dennoch kam es Tschonkin seltsam vor, daß er in Gedanken versunken war und nicht bemerkt hatte, wie sich die Menge zerstreute. Übrigens hatte sie sich eigentlich gar nicht zerstreut, drüben stehen sie, in der gleichen Zusammensetzung wie vorhin. Doch aus irgendeinem Grund haben sie den Ort gewechselt. Stehen sie jetzt etwa vor Gladyschews Haus? Jawohl, genau dort stehen sie.

»Was steht ihr herum?« fragte Tschonkin wieder dieselbe Ninka Kursowa. Die drehte sich um und blickte Tschonkin irgendwie sonderbar an, so sonderbar, als wäre ihm, Tschonkin, irgend etwas zugestoßen. Die anderen folgten Ninkas Beispiel und drehten ihrerseits die Köpfe nach ihm um. Sie blickten ihn an und schienen etwas von ihm zu erwarten. Tschonkin wurde verlegen, er begriff nicht, was hier vorging und sah an sich hinunter, ob er vielleicht dreckig war. Da schlüpfte Pletschewoj aus der Menge und ging mit ausgebreiteten Armen auf Tschonkin zu.

»Iwan, Freundesherz, was stehst du hier herum?« schrie er. »Komm schnell, ich zeig dir was. Es ist fast wie im Kino.« Er nahm Tschonkin an der Hand und führte ihn durch die Menge hindurch, die bereitwillig Platz machte. Endlich erreichten sie den Nachbarzaun. Tschonkin blickte in den Nachbargarten und traute seinen Augen nicht. Gladyschews wunderbarer Gemüsegarten, die Frucht der täglichen Mühsal und der genialen Eingebung seines Schöpfers, bot das Bild einer furchtbaren Verwüstung. Er war so gründlich umgepflügt und zerstampft, als hätte eine Elefantenherde ihren Weg durch ihn genommen. Nur hier und da ragten noch die traurigen Überreste dessen, was einst Wezums war, in den Himmel. Eine einzige Staude war unversehrt geblieben und grünte üppig, als wäre nichts geschehen.

Diejenige, die das alles verschuldet hatte, nämlich die Kuh Krassawka, hatte sich diese Staude offenbar als Nachspeise vorbehalten. Jetzt stand sie inmitten des Gemüsegartens, streckte sich nach der Staude und hätte sie wohl auch erreicht, aber der von Verzweiflung, blinder Wut und Entschlossenheit erfüllte Gemüsegartenbesitzer hielt sie an den Hörnern fest und hinderte sie daran, auch noch diesen kläglichen Rest des von ihm geschaffenen Wunderwerks zu zerstören.

Wie ein Torero, die Beine mit den staubbedeckten Tuchstiefeln weit gespreizt, stand Gladyschew im Angesicht der Kuh da. Der verzweifelte Versuch, den gehörnten Barbaren zu bezwingen, ließ seine Muskeln steinhart anschwellen.

Neben Gladyschew stand Njura. Sie zupfte ihn am Ärmel und weinte bitterlich.

»Kusjma Matwejewitsch«, bat sie mit tränenerstickter Stimme, »gib mir meine Kuh wieder. Bitte, bitte. Was willst du meiner Kuh antun?«

»Abstechen will ich sie!« erwiderte Gladyschew finster entschlossen.

»Mein Gott!« flehte Njura. »Ich hab doch bloß die eine, Kusjma Matwejewitsch. Gib sie mir wieder!«

»Abstechen werde ich sie!« beharrte Gladyschew und schleifte das Tier in Richtung seiner Scheune. Die Kuh sperrte sich und streckte sich nach der letzten Wezumsstaude. Auf der Außentreppe, gleichgültig gegen alles was vorging, stillte Aphrodite Herakles. Tschonkin wußte nicht, was er tun sollte. Verlegen blickte er sich um.

»Was stehst du herum, Iwan?« lächelte ihm Pletschewoj aufmunternd zu. »Greif ein und rette dein Rindvieh. Sonst sticht er es noch wirklich ab. Das geht ganz schnell.«

Pletschewoj blinzelte dem neben ihm stehenden Buchhalter Wolkow zu.

Tschonkin verspürte keine Lust, sich in diese Sache einzumischen. Aber Gladyschew wütete, und Njura weinte. Unlustig zwängte Tschonkin seinen Kopf zwischen die Stäbe des Zaunes.

»Oje!« kreischte eine dünne Weiberstimme. Die Stimme gehörte Sinaida Wolkowa, der Frau des Buchhalters. »Oje, Weiber, gleich gibt es Mord und Totschlag!«

Als Njura Tschonkin erblickte, wurde sie mutiger und ging zum Angriff über.

»Verfluchter Herodes!« schrie sie und packte den Feind am rechten roten Ohr.

»Ach so!« empörte sich nun Gladyschew und trat Njura in den Bauch.

Njura stürzte in eine Furche und begann laut zu heulen.

Tschonkin ging zu Njura und beugte sich über sie. Als er sah, daß nichts Schlimmes passiert war, daß Njura lebte und nicht einmal verletzt war, half er ihr beim Aufstehen, klopfte die Erde von ihrem Kleid ab und sagte vernünftig: »Heul nicht, keiner hat dir was getan. Der Gladyschew hat dich ein wenig geschubst, das kann man verstehen. Es ist doch jammerschade. Da hat der Mensch den ganzen Sommer lang geschuftet, hat den Garten begossen, hat ihn gepflegt wie das eigene Kind. Und dann kommt die Kuh und stellt sowas an. Kusjma Matwejewitsch«, wandte er sich an den Nachbarn, »verzeih bitte um Gottes willen, die Kuh ist, wie du selber weißt, kein Mensch, in ihrem Kopf hat sie keinen Begriff, was mein und was dein ist, wenn sie was Grünes sieht, dann frißt sie es auf. Vorgestern hat Njura eine grüne Jacke auf den Zaun gehängt. Was hat die Kuh gemacht? Sie hat die Jacke gefressen, bloß ein Ärmel ist übriggeblieben. Du Miststück du«, drohte Tschonkin der Kuh mit der Faust. »Laß mich machen, Nachbar. Gleich straf ich sie so, daß ihr die Lust auf fremdes Gemüse vergeht.«

Mit diesen Worten legte Tschonkin seine Hände auf Gladyschews Hände, die ihrerseits auf Krassawkas Hörnern lagen.

»Geh weg«, sagte Gladyschew und rempelte Tschonkin mit der Schulter an.

»Nein, ich geh nicht weg«, sagte Tschonkin und rempelte seinerseits den Nachbarn an. »Gib die Kuh her, Kusjma Matwejewitsch. Njura und ich ersetzen dir den Schaden.«

»Du Dummkopf!« sagte Gladyschew mit Tränen in den Augen. »Wie willst du meine wissenschaftliche Tat bezahlen! Ich hatte die Absicht, Kartoffel und Tomate zu einer Kreuzung von Weltformat zu vereinigen.«

»Erstatten wir dir«, versicherte Tschonkin. »Erstatten wir dir alles. Die Kartoffeln und die Tomaten. Ist doch wurscht, ob die zusammen wachsen oder einzeln.«

Tschonkin bedrängte den eigensinnigen Nachbarn weiter mit der Schulter und hatte sich bereits eines der beiden Hörner bemächtigt. Jetzt zerrten sie die Kuh in verschiedene Richtungen, was für die Kuh, infolge des Ausgleichs der Kräfte, erträglicher war.

Es nahte die entscheidende Minute. Tschonkin bedrängte Gladyschew mit der linken Schulter, Gladyschew erwiderte mit der rechten.

Die Menge hielt, auf den Zaun gestützt, den Atem an. Aphrodite hatte die Brust gewechselt und fuhr zu stillen fort. Es war ruhig. Man hörte nur das schwere Schnaufen

der Kontrahenten und die teilnahmslosen Seufzer der Kuh, die es weiter darauf absah, die ihr so sympathische Staude der unvollendeten Pflanzenkreuzung zu verzehren.
Die Menge schwieg und wartete gespannt darauf, wie es weiterging.
»Hör, Soldat, schlag ihm ins Auge rein«, sagte Pletschewoj plötzlich laut.
Irgend jemand kicherte, verstummte aber gleich wieder.
»Weiber, macht die Augen zu, gleich gibt es Mord und Totschlag!« kreischte Sinaida Wolkowa mit durchdringender Stimme.
Ihr Mann, der nicht sehr weit weg stand, setzte sich, durch die Menge hindurch, auf seine Frau zu in Bewegung.
»Mord und Totschlag, Mord und Totschlag«, murmelte sie fieberhaft wie eine Beschwörungsformel vor sich hin.
Endlich erreichte der Buchhalter seine Gattin, schaffte sich Platz, indem er Ninka Kursowa wegschob, holte fast behäbig und umständlich aus und versetzte Sinaida mit seiner einzigen Hand eine solche Ohrfeige, daß die davon Betroffene sich ohne fremde Hilfe schwerlich auf den Beinen hätte halten können. Sinaida faßte sich mit beiden Händen wortlos an die Backe und bahnte sich einen Weg aus der Menge heraus, während Wolkow sich Pletschewoj zuwandte und ruhig seine Handlungsweise erklärte:
»Wie oft hab ich ihr gesagt: ›Halt dich raus, solang man dich nicht bittet.‹ Als der Kursow, Nikolaj, mit dem Kljukwin, Stepan, gerauft hat, da hat sie genauso zugeschaut und geächzt. Und was war? Man hat sie als Zeugin aufgeschrieben. Und als der Richter sie dann zum Zeugentisch rief, da ist sie gleich in Ohnmacht gefallen, und es hat lange gedauert, bis wir sie wieder wach gekriegt haben.«
»Hau sie doch einfach zusammen«, riet ihm Pletschewoj

fröhlich. »Dann kann man sie auch nicht als Zeugin rufen.«
»Ich bin tot!« kreischte Sinaida, die jetzt aus der Menge heraus war, mit entstellter Stimme, und hielt ihre Backe weiter mit beiden Händen fest. So entfernte sie sich ins Dorf.
Als Tschonkin und Gladyschew Sinaida schreien hörten, schauten sie sich beide nach ihr um und lockerten zu gleicher Zeit ihren Griff. Die Kuh spürte das, machte einen Ruck mit dem Kopf, und die beiden Gegner, die eine solche Hinterlist seitens der Kuh nicht erwartet hatten, purzelten in verschiedenen Richtungen zu Boden.
Um nicht auf die nächste Gelegenheit warten zu müssen, biß die Kuh mit einer blitzschnellen Bewegung die letzte noch verbliebene Staude der ungewöhnlichen Gemüsekreuzung dicht über der Wurzel ab, und ihre Kiefer begannen gemächlich zu kauen.
Gladyschew richtete sich auf alle Viere auf und beobachtete die Kuh wie gebannt.
»Mütterchen!« streckte er die Arme nach ihr aus und rutschte auf den Knien auf sie zu. »Liebes Mütterchen, gib mir die Staude wieder, ich bitte dich sehr!«
Schmatzend, seufzend und glotzend, zog sich die Kuh vor Gladyschew zurück.
»Gib sie mir!« Ohne sich von den Knien zu erheben, griff Gladyschew nach dem Maul der Kuh. Einen Augenblick lang tauchte das bereits zerkaute Grün der Wezumsstaude im geöffneten Maul auf. Gladyschew grabschte danach, aber die Kuh machte im selben Augenblick eine tiefe Schluckbewegung, und das letzte Exemplar der wundersamen Kreuzung verschwand für immer in ihrem unersättlichen Rindermagen. Gladyschew kämpfte eine sekundenlange Starre nieder, sprang auf und rannte mit wildem Geheul ins Haus.
Da erhob sich auch Tschonkin von der Erde. Ohne irgend

jemanden anzublicken, schüttelte er sich den Staub von der Hose, ergriff mit der einen Hand ein Horn der Kuh, ballte die andere zur Faust und versetzte der Kuh mit voller Kraft einen Schlag aufs Maul. Die Kuh zuckte mit dem Kopf, wehrte sich aber nicht. Tschonkin schleifte sie zur Scheune und rief Njura zu, sie möge vorauslaufen und das Tor öffnen.

»Und das ist alles«, sagte Pletschewoj mit Bedauern, aber er sollte sich geirrt haben.

In diesem Augenblick erschien auf der Außentreppe seines Hauses mit wirrem Haar und wahnsinnigen Augen Gladyschew. In seinen Händen hielt er ein Gewehr Kaliber sechzehn. Die Menge stieß einen Schreckensschrei aus.

»Ich hab doch gesagt, es gibt Mord und Totschlag«, ließ sich die Stimme der gerade noch rechtzeitig zurückgekehrten Sinaida vernehmen.

Gladyschew legte das Gewehr an und zielte auf Tschonkin.

»Iwan!« schrie Njura.

Tschonkin drehte sich um. Er stand da, und seine Hände krallten sich in die Hörner der Kuh, während er direkt in den auf ihn gerichteten Gewehrlauf blickte. Er stand wie angewurzelt und konnte sich nicht vom Fleck bewegen. »Jetzt müßte man einen heben«, kam ihm der denkbar dümmste Gedanke. Tschonkin fuhr sich mit der Zunge über die Lippen.

Der Hahn knackte wie ein trockener Zweig. »Es ist aus«, dachte Tschonkin. Aber warum tut es nicht weh? Warum stürzt er nicht zu Boden? Warum drückt Gladyschew schon wieder ab? Wieder ein Knacken . . . Da ertönt die laute, nüchterne, vernünftig überlegende Stimme der Aphrodite: »Du Idiot! Wohin schießt du denn? Und womit schießt du? Du hast das ganze Pulver längst zu Dung gemacht.«

Durch die Menge ging ein Raunen. Gladyschew spannte

noch einmal den Hahn und schaute in den Lauf. Als er sich vergewissert hatte, daß es darin ganz leer war, schleuderte er das Gewehr auf die Erde, setzte sich auf die Treppe, umfaßte den Kopf mit beiden Händen und begann bitterlich zu weinen.

Tschonkin stand immer noch da, und seine Finger umklammerten die Hörner der Kuh, als klebten sie dort fest. Da trat Njura zu ihm und legte ihm die Hand auf die Schulter.

»Gehn wir, Iwan«, sagte sie sanft.

Er blickte Njura geistesabwesend an und begriff nicht, was sie von ihm wollte.

»Gehn wir heim, sage ich!« rief sie ihm wie einem Tauben ins Ohr.

»Ach so, heim.« Tschonkin drehte den Kopf hin und her und kam allmählich wieder zu sich. Das eine Horn der Kuh behielt er in der Hand, das andere Horn nahm Njura, so schleiften sie ihre Kuh davon, die nun, nachdem sie sich gesättigt hatte, wieder friedlich war.

Auf der Treppe seines Hauses weinte Gladyschew. Er weinte mit lauter Stimme und trocknete seine Tränen mit einem Zipfel seines zerschlissenen Unterhemdes, wobei sich sein mit weißlichen Haaren bedeckter Bauch nackt den Blicken der Versammelten darbot.

Tschonkin hielt es nicht aus, ließ Kuh und Njura stehen und kehrte zu seinem vernichteten Gegner zurück.

»Hör mal, Nachbar«, sagte er und berührte mit seiner Stiefelspitze den Stiefel Gladyschews. »Nimm es dir nicht so zu Herzen. Wenn der Krieg erst vorbei ist, laß ich mich bilisieren, dann werden wir deinen und Njuras Garten mit lauter Wezums vollpflanzen.«

Zum Zeichen des Friedens berührte er Gladyschews Schulter. Gladyschew fuhr böse knurrend zurück, packte Tschonkins ausgestreckte Hand und wollte hineinbeißen, aber Tschonkin riß sich noch rechtzeitig los und sprang

beiseite. Aus einiger Entfernung blickte er den Pflanzenzüchter mißtrauisch und mitfühlend an. Er wußte nicht weiter.
Njura trat zu Tschonkin und begann zu schimpfen: »Und du redest noch mit diesem Kerl und bemitleidest ihn. Hat er vielleicht Mitleid mit dir gehabt, wie er das Gewehr auf dich angelegt hat? Umbringen wollte er dich!«
»Das muß man verstehen«, sagte Tschonkin. »Du siehst doch, wie nahe ihm die Geschichte geht. Weißt du was, Gladyschew, wir sollten mal . . .« Tschonkin trat von einem Fuß auf den anderen, wagte aber nicht näherzukommen.

18

Am Sonntag wurde auf dem Kolchosmarkt der Stadt Dolgow ein älterer Mann festgenommen, der dort chromlederne Stiefelschäfte feilgeboten hatte. Es ging weniger darum, daß er mit Stiefelschäften handelte, und schon gar nicht darum, daß diese Stiefelschäfte aus Chromleder waren. Der springende Punkt war, daß dieser Mann auf die Frage nach seinem Familiennamen eine Antwort gegeben hatte, die dem zwecks Aufdeckung der böswilligen Verbreitung falscher Gerüchte auf den Kolchosmarkt entsandten Klim Swinzow keine andere Wahl ließ als die Festnahme dieses alten Dreistlings mittels Ergreifung jener Stelle, die im Volksmund Schlafittchen genannt wird. Swinzow führte den Festgenommenen an den eigens dafür bestimmten Ort, wo er als Sergeant Dienst versah. Leser aus weiter entfernt liegenden Milchstraßensystemen, die mit unseren irdischen Zuständen nicht vertraut sind, könnten die legitime Frage stellen: was ist das für ein »eigens dafür bestimmter Ort«? Wozu und für wen ist er bestimmt? Dies veranlaßt den Autor zu folgender Anmerkung: In jenen weit zurückliegenden fernen Zeiten, die in diesem Buch beschrieben werden, existierte allerorten eine gewisse Institution, weniger von militärischem als von kriegerischem Charakter. Im Verlaufe einiger Jahre führte diese Institution einen gleichbleibend erfolgreichen Vernichtungskrieg gegen die eigenen Staatsbürger. Der Gegner war zahlreich aber unbewaffnet: diese beiden Faktoren machten den Sieg eindrucksvoll und unvermeidlich. Das rächende Schwert der Institution hing beständig über einem jeden, bereit, im Bedarfsfall oder auch einfach so niederzustürzen. Besagte Institution hatte sich den Ruf erworben, alles zu sehen, alles zu hören und alles zu wissen. Es galt als verbürgt, daß die Institution unverzüglich eingriff, wenn irgend etwas nicht so war, wie es sein sollte. Deshalb sagte man im Volk: wenn du zu klug bist, kommst du an den »eigens dafür bestimmten Ort«; wenn du zuviel plauderst, kommst du an den »eigens dafür bestimmten Ort«. Dies galt als völlig normal, obwohl eigentlich nichts dagegen spricht, daß jemand klug ist, wenn er nun mal klug auf die Welt gekommen ist. Und warum sollte ein Mensch nicht plaudern, wenn er einen Partner zum Plaudern und ein Thema zum Plaudern hat? Dem Verfasser sind im Laufe seines Lebens eine Unzahl von Menschen begegnet, die die Natur gleichsam ausschließlich zum Plaudern geschaffen hatte. Allerdings sind Plaudern und Plaudern zweierlei. Der eine plaudert, was zu plaudern sich ziemt, der andere plaudert Unziemliches. Ersterem wird es wohlergehen und sogar noch etwas besser, letzterer hingegen wird an den eigens dafür bestimmten Ort geraten: in jene Institution, von der bereits die Rede war. Hinzuzufügen wäre noch, daß vorerwähnte Institution nach dem Grundsatz arbeitete: hau die Eigenen, damit sich die Fremden fürchten. Bezüglich der Fremden vermag ich nichts zu sagen, doch die Eigenen fürchteten sich. Und wirklich, kaum spitzen sich bei den Fremden die Widersprüche zu, kriselt es im System, greift die Fäulnis um sich, schon werden die eigenen Leute geschnappt und an den eigens dafür bestimmten Ort gebracht. Manchmal werden so viele an jenen Ort geschafft, daß der Platz nicht mehr ausreicht.

Doch zu jener Zeit, als Sergeant Klim Swinzow den böswilligen Plauderer auf dem Kolchosmarkt dingfest gemacht hatte, gab es am eigens dafür bestimmten Ort Platz genug. Die letzten vier, die noch vor dem Krieg, jeder auf seine Art, an den eigens dafür bestimmten Ort geraten waren, hatte man bereits weitergeleitet. Die Institution stellte sich arbeitsmäßig im Eiltempo auf die Bedürfnisse der Kriegszeit um. Dies verlangte von seinen Mitarbeitern der Chef der Institution, Hauptmann Afanassij Miljaga, auf Anweisung seiner vorgesetzten Stelle, die ihrerseits Anweisungen von höchster Stelle besaß. Die Anweisung lautete, man möge sich an der historischen Rede des Genossen Stalin orientieren. In der historischen Rede hieß es unter anderem: »Wir müssen den unerbittlichen Kampf gegen alle Desorganisatoren des Hinterlandes organisieren, gegen Panikmacher und Verbreiter von Gerüchten, wir müssen die Spione, Diversanten und feindlichen Fallschirmspringer vernichten und unseren Vernichtungsbataillonen in jeder Hinsicht rasche Unterstützung zukommen lassen.«

Dieses Zitat hing in Gestalt eines farbig gestalteten Plakats im Arbeitszimmer des Hauptmanns Miljaga, direkt vor seinen Augen. Hinter dem Rücken des Hauptmanns hing das bekannte Foto: Stalin, ein kleines Mädchen auf den Armen haltend. Das Mädchen lächelte Stalin an, Stalin lächelte das Mädchen an. Gleichzeitig jedoch schielte er mit einem Auge auf den Nacken des Hauptmanns Miljaga, als wolle er ergründen, ob sich hinter diesem Nacken nicht vielleicht überflüssige Gedanken tummelten.

Am Montag früh war der Hauptmann wie immer auf die Minute pünktlich zur Arbeit erschienen.
»Pünktlichkeit ist die Höflichkeit der Könige«, pflegte Miljaga im Gespräch mit seinen Untergebenen gern zu sagen, wobei er nie hinzuzufügen vergaß: »Im übertragenen Sinn natürlich.«
Damit ihn niemand monarchistischer Gesinnung verdächtige.
In seinem Empfangszimmer traf der Hauptmann den Sergeanten Swinzow an, der sich der Sekretärin Kapa erklärte. Swinzows Frau war mit den Kindern zu ihrer Mutter in den Altai gereist. Von dort würde sie nicht so bald wiederkommen, er selber hatte ihr geschrieben, sie solle dort bleiben, denn dort sei es etwas sicherer. Das erzählte er, um sofort zum zweiten Teil des Gesprächs überzuleiten.
»Kapitolina«, sagte er herausfordernd und blickte die Sekretärin mit seinen tierischen Augen an. »Ein Mann ohne Frau ist ungefähr dasselbe wie ein Stier ohne Kuh.« Swinzow verwandte gern direkte und grobe Vergleiche. »Lange kann ein Mann ohne Frau nicht leben. Wenn du ein wenig mit mir leben würdest, würde ich dir einen Kupon Kleiderstoff geben. Du hättest dein Vergnügen und könntest dir auch noch ein Kleid schneidern.«
Kapa alias Kapitolina war seine Art, ihr den Hof zu machen, schon gewöhnt und deshalb nicht gekränkt.
»Geh in die Sauna, Klim«, lachte sie, »und schütte dir einen Zuber Eiswasser über.«
»Wird nicht helfen«, erwiderte Klim und lief dunkelrot an. »Ich brauche eine Frau. Du mußt nicht denken, daß ich als Mann nichts tauge.«
»Klim, was redest du!« entsetzte sich Kapa.
»Ich spreche aus, was ist. Ich weiß, daß du mit deinem Mann lebst und außerdem mit dem Hauptmann. Da könntest du auch noch mit mir leben. Mit drei Männern

lebt es sich besser als mit zweien.«
»Klim, du bist dumm!« Kapa hatte es nicht gern, wenn ihr Verhältnis mit dem Hauptmann erwähnt wurde.
Swinzow blickte mürrisch drein und schaute Kapa unter der Stirn hervor an.
»Wenn du nicht mit mehr leben willst«, sagte er nach einigem Nachdenken, »brauchst du mich trotzdem nicht zu beschimpfen. Hast du eine Freundin?«
»Du kannst wohl mit jeder Frau schlafen, Klim?«
»Mit jeder.«
Das Gespräch wurde durch das Erscheinen des Hauptmanns Miljaga unterbrochen. Miljaga zeichnete sich dadurch aus, daß er unentwegt lächelte. Er besaß ein liebes, freundliches Lächeln, das seinem liebenswürdigen Familiennamen* Ehre machte. Der Hauptmann lächelte, wenn er jemanden begrüßte, er lächelte, wenn er Verhaftete verhörte, er lächelte selbst dann, wenn andere laut schluchzten. Kurz, er lächelte immer. Er tat es auch jetzt. Er begrüßte lächelnd Kapa und wandte sich mit einem Lächeln an Swinzow, der beim Erscheinen des Hauptmanns einen Stuhl umgeworfen und neben der Tür Haltung angenommen hatte.
»Du erwartest mich?«
»Ich erwarte Sie.«
»Komm rein.«
Er nahm den Schlüssel zu seinem Arbeitszimmer von Kapa entgegen und trat als erster ein. Zunächst schob er den Vorhang auseinander, stieß das Fenster auf, das auf einen kleinen Innenhof hinausging, und atmete tief die frische Luft ein.
Im Hof war Leutnant Filippow damit beschäftigt, das Personal der Institution im Exerzieren zu unterweisen. Das Personal bestand, den Leutnant nicht mitgerechnet,

* Miljaga von »milyj« = »lieb«

aus fünf Mann. Gewöhnlich blieb zum Exerzieren nie Zeit, es gab immer zu viel Arbeit. Doch die Umstellung auf die Kriegsverhältnisse hatte einen freien Tag mit sich gebracht. Außerdem lag eine Anweisung vor, die das Exerzieren besonders empfahl.
Die in einer Reihe aufgestellten fünf Mann übten den Exerzierschritt. Leutnant Filippow marschierte neben ihnen her und warf, um seine Untergebenen durch sein persönliches Beispiel anzuspornen, seine in blitzenden Chromlederstiefeln steckenden Beine in die Luft.
»Nun, was gibt es Neues, Swinzow?« fragte der Hauptmann, ohne sich umzuwenden.
»Nichts.« Swinzow gähnte müde in seine Faust hinein. »Kinder haben ein entlaufenes Pferd gefunden.«
»Was für ein Pferd?«
»Einen Wallach. Niemand weiß, wem er gehört.«
»Und wo ist der Wallach?«
»Im Hof, wir haben ihn an einem Baum festgebunden.«
»Habt ihr ihm Heu gegeben?«
»Wozu sollen wir fremden Pferden Futter geben?«
Der Hauptmann drehte sich um und blickte Swinzow vorwurfsvoll an.
»Ach, Swinzow, Swinzow, man merkt gleich, daß du Tiere nicht magst.«
»Ich mag auch die Menschen nicht sehr«, gestand Swinzow.
»Schon gut. Gibt es noch was?«
»Gestern, Genosse Hauptmann, habe ich einen Spion gefangen.«
»Einen Spion?« Der Hauptmann wurde sofort lebhafter. »Wo ist er?«
»Ich bring ihn gleich her.«
Swinzow ging hinaus. Der Hauptmann setzte sich an seinen Tisch. Der Spion kam ihm sehr gelegen. Er blickte auf das vor ihm hängende Zitat: ». . . die Spione, Diversanten

und feindliche Fallschirmspringer vernichten.« »Nun gut, dann eben vernichten«, dachte der Hauptmann und lächelte sich selber zu.

Um die Zeit bis zu Swinzows Rückkehr nicht ungenutzt verstreichen zu lassen, begann Miljaga, die Geheimpost zu sichten. Dazu gehörten alle möglichen Rundschreiben, Auszüge aus den Befehlen höherstehender Instanzen, sowie Kommissionsbeschlüsse in den Protokollen irgendwelcher verantwortlicher Beratungen. Es ging um die Verstärkung der Kontrolle bei der Getreide-Erfassung. Um die Vorbereitung einer neuen Anleihe (der Kriegsanleihe nämlich). Um die Verstärkung der Kontrolle von Personen, die versuchen, sich dem Wehrdienst zu entziehen. Um die Verstärkung der Kontrolle bei der Auswahl der Kader. Um die Umstellung der Industrieunternehmen auf militärische Bedürfnisse. Um den Kampf gegen Gerüchte und die Verbreitung von Gegengerüchten.

Die Tür ging auf. Das Arbeitszimmer betrat, von Swinzow vorwärtsgestoßen, ein schlecht gekleideter älterer Mann, dessen Nationalität auf den ersten Blick erkennbar war. Der Mann schätzte kurz die Lage ab, lächelte freundlich und ging mit ausgestreckter Hand auf den Hauptmann zu.

»Ich begüße Sie, Chef!« sagte er, wobei ihm das »r« zu einem »g« geriet.

»Ich begüße Sie, ich begüße Sie«, äffte Miljaga den Akzent nach und versteckte die Hand hinter dem Rücken.

Der Festgenommene war angenehm überrascht und fragte, ob der Hauptmann etwa derselben nationalen Minderheit angehöre wie er selbst. Der Hauptmann nahm ihm das nicht übel, verneinte jedoch die Frage.

»Na so was«, sagte der Mann. »Dabei haben Sie ein so gebildetes Gesicht.«

Er schaute sich um, nahm einen an der Wand stehenden Stuhl, schob ihn zum Tisch des Hauptmanns und setzte

sich darauf. In diesem Zimmer benahmen sich die Besucher gemeinhin zurückhaltender. »Der Alte hat wohl noch nicht ganz kapiert, wohin er geraten ist«, dachte der Hauptmann erheitert, ließ sich aber nichts anmerken. Er sagte selbst dann nichts, als der Gast seine Ellbogen, ganz als wäre er hier der Hausherr, auf den Tisch stützte und dem Hauptmann vertrauensvoll ins Gesicht blickte.
»Ich lausche«, sagte er wohlwollend.
»Sie lauschen mir?« lächelte der Hauptmann. »Machen wir es lieber umgekehrt. Lieber will ich Ihnen lauschen.«
Der Gast erwies sich als umgänglich, er nahm den Vorschlag des Hauptmanns sofort an.
»Erstens«, sagte er, »werde ich Sie darum bitten, jemanden zu meiner Frau Zilja zu schicken – sie sitzt auf der Bank neben dem Tor – und ihr auszurichten, daß ich bald wieder da bin.«
Der Hauptmann wunderte sich ein wenig und fragte den Festgenommenen, woher er denn so genau wisse, daß Zilja auf der Bank neben dem Tor und nirgends sonst sitze.
»Das will ich Ihnen gern erklären«, sagte der Gast. »Ich bin schon nicht mehr so jung, daß Zilja denken könnte, ich würde bei irgendeiner Gojfrau übernachten.«
»Das ist ganz natürlich«, pflichtete der Hauptmann ihm bei. »Doch Ihr vorgerücktes Alter könnte Ihrer Frau Gemahlin Anlaß zu einer Sorge anderer Art geben. Sie könnte vermutet haben, daß Sie einen Herzanfall hatten oder daß Sie ... Gott möge das verhüten, ich wünsche Ihnen das in keiner Weise ... immerhin hätte sie denken können« – in die Augen des Hauptmanns kam ein freudiges Blitzen – »daß Sie zum Beispiel unters Auto gekommen sind. Nicht wahr? Sowas kommt doch vor. Sie werden mir zugeben, daß im Leben alles passieren kann.«
»Aber nein doch, nein!« Der Festgenommene fuchtelte mit den Armen in der Luft. »Meine Zilja ist ein solcher Panikmacher, sie vermutet immer das Schlimmste.«

»Ach so«, lächelte der Hauptmann, völlig zufriedengestellt. »Sie sind also der Meinung, daß es schlimmer ist, zu uns zu geraten als unter ein Auto? Ich sehe, Sie sind ein gescheiter Mann. Was mir an Ihnen gefällt, ist, daß Sie die Lage richtig einschätzen. Aber dann müssen Sie mir auch zugeben, daß es voreilig wäre, irgendwen zu Ihrer Frau Gemahlin zu schicken und ihr Hoffnungen auf Ihre baldige Heimkehr zu machen. Sie wissen, daß wir uns nicht gern von unseren Gästen trennen. Lohnt es sich also, die alte Frau in unnütze Aufregung zu versetzen? In gewisser Weise wäre das sogar inhuman, würde ich sagen.«
»Ich verstehe Sie«, pflichtete ihm der alte Mann bei. »Ich verstehe Sie sogar sehr gut. Auch mir ist es angenehm, Ihr Gesicht zu sehen, Chef, aber wir werden uns trotzdem bald trennen müssen, und ich werde Ihnen auch sagen, warum. Aber zunächst will ich Sie darum bitten, diesen Idioten von hier zu entfernen.« Mit seinem großen Finger zeigte der Gast auf den hinter seinem Rücken stehenden Swinzow.
»Was sagten Sie eben?« fragte der Hauptmann, im Vorgeschmack eines großen Gaudiums. »Sagten Sie, *diesen Idioten*?«
»Wie soll man diesen Kerl denn anders nennen? Fragen Sie ihn, warum er sich auf dem Bazar an mich geheftet hat. Habe ich ihm vielleicht etwas getan?«
»Wirklich.« Der Hauptmann drehte sich zu seinem Untergebenen um. »Swinzow, was hat er dir getan?«
»Soll er das selber sagen«, nuschelte Swinzow grimmig.
»Ich werde es sagen«, drohte der Festgenommene. »Ich werde genau sagen, wie alles war.«
»Es wird mir ein Vergnügen sein, Ihnen zuzuhören«, sagte der Hauptmann aufrichtig.
Er streckte den Arm nach dem Safe hinter sich aus, entnahm dem Safe einen Stoß liniertes Papier und legte es vor sich auf den Tisch. Auf dem ersten Blatt stand:

VERHÖR-PROTOKOLL Nr. . .

des Bürgers (der Bürgerin)

(Familienname, Vorname, Vatersname)

Geburtsjahr

Geburtsort

Soziale Herkunft

Nationalität

Mitgliedschaft in der Partei

Bildungsstand

Beruf

Dienststellung und Arbeitsplatz

angeklagt / verdächtigt

(Zutreffendes unterstreichen)

eines Verbrechens nach Artikel . . . der Strafordnung der RSFSR

Der Hauptmann entnahm einem eisernen Becher einen Füllfederhalter mit Goldfeder, unterstrich das Zutreffende, nämlich *angeklagt*, und blickte sein Gegenüber wohlwollend an.

»Nun?« sagte der Hauptmann.

»Sie wollen aufschreiben, was ich Ihnen sagen werde?« fragte der Gast fast geschmeichelt.

»Unbedingt«, nickte der Hauptmann.

»Gut, schreiben Sie«, seufzte der Angeklagte. »Ich bin ein alter Mensch, ich beziehe eine Rente in Höhe von zwanzig Rubel, aber meine Augen halte ich offen, und die sehen, wo es was gibt. – Sonntag früh um zwanzig nach sieben weckte mich meine Frau Zilja. Haben Sie das aufgeschrieben? Sie sprach zu mir: ›Moische, wir haben nichts zu beißen, du mußt auf den Bazar und irgendwas verkaufen.‹ Sie müssen wissen, daß ich von Beruf Schuhmacher bin und immer etwas Leder im Haus habe. Ich nahm also ein Paar alte chromlederne Stiefelschäfte und ging damit auf den Bazar. Da kommt dieser Idiot auf mich zu und fragt, mit welchem Recht ich mich als Schieber betätige. Ich erkläre ihm, bitte schreiben Sie das auf, ein Schieber sei jemand, der billig einkauft und teuer verkauft. Ich aber kaufe nichts, ich verkaufe nur. Dann fragt er mich nach meinem Familiennamen, ich nenne ihm meinen Familiennamen. Da packt er mich am Schlafittchen und schleift mich in Ihre Behörde. Rings um uns herum versammeln sich die Leute, und alle sagen, sie hätten einen Spion gefangen. Ich muß Ihnen aber ganz ehrlich sagen, daß ich überhaupt kein Spion bin. Ich habe einen vorzüglichen Beruf und kann mir mein Stück Brot immer verdienen. Und wenn dem Kerl mein Familienname nicht gefällt, dann soll er doch . . .«

»Wie heißen Sie denn?« unterbrach ihn Miljaga und hielt den Füllfederhalter über dem Protokoll in der Schwebe.

»Mein Name ist Stalin«, erwiderte der Mann.

Der Hauptmann zuckte zusammen, setzte aber noch gerade zur rechten Zeit sein Lächeln auf.

»Wie bitte?«

»Sie haben richtig gehört. Ich heiße Stalin.«

Der Hauptmann kam wieder zu sich. Er war schon allen möglichen Verrückten begegnet, darunter auch solchen, die an Größenwahn litten. Er blinzelte Swinzow zu, jener machte eine Armbewegung, und der Namens-Usurpator, der sich nicht gerade durch große Körperkräfte auszeichnete, stürzte vom Stuhl auf den Boden.

»Auauauau«, stöhnte der alte Mann, beim Versuch aufzustehen. »Aua, Chef, dieser Idiot rauft schon wieder. Sie sehen, mir fließt das Blut aus der Nase. Ich bitte Sie: schreiben Sie das in Ihr Protokoll.«

Er hatte sich mit Mühe wieder erhoben, stand vor dem Hauptmann und hielt sich die Nase, aus der tatsächlich große Blutstropfen auf den Fußboden fielen.

»Das macht nichts«, lächelte der Hauptmann. »Der Mann hat sich etwas erhitzt. Aber er hatte auch Grund

dazu. Vielleicht ist er nervös, und Sie haben ihn beleidigt, indem Sie ihn einen Idioten nannten. Außerdem beleidigen Sie in seiner Person jene Organe, die er repräsentiert. Ganz zu schweigen davon, daß Sie es gewagt haben, sich mit einem Namen vorzustellen, der uns allen überaus teuer ist, den in unserem Land nur ein einziger Mensch tragen darf, Sie wissen schon, wen ich meine.«
»O Chef!« Der alte Mann schüttelte den Kopf. »Warum reden Sie so streng mit mir? Sie wissen gar nicht, was Ihnen geschehen wird, wenn Sie meinen Personalausweis gesehen haben. Sie werden mitsamt Ihrem Idioten mein Blut mit Ihrer Zunge vom Boden lecken. Und später werde ich zu Ihnen kommen und meine Hosen ausziehen, und Sie werden mitsamt Ihrem Idioten mein Hinterteil küssen.«
Ein neuer Schlag von Swinzow ließ ihn zu Boden stürzen. Dabei flog ihm sein künstliches Gebiß aus dem Mund, prallte gegen die Türpolsterung und zerbrach. Der Namens-Usurpator griff sich mit beiden Händen an den Kopf. Er stöhnte und gab unartikulierte Laute von sich.
»Swinzow«, sagte der Hauptmann, »wo sind denn nun seine Papiere?«
»Weiß ich nicht«, sagte Swinzow. »Hab nicht nachgeschaut.«
»Schau nach.«
Swinzow beugte sich über den zu Schaden Gekommenen, tastete dessen Kleider ab und legte einen fettigen alten Paß auf den Tisch des Hauptmanns. Der Hauptmann schlug den Paß angeekelt auf, schaute hinein und traute seinen Augen nicht. Vielleicht zum erstenmal in seinem Leben verschwand das Lächeln von seinem Gesicht. Ihm kam es plötzlich so vor, als sei es dunkel im Zimmer, und er schaltete die Tischlampe ein. Die mit Kanzleitusche deutlich geschriebenen Buchstaben tanzten vor Miljagas Augen, und er brachte es längere Zeit nicht fertig, sie zu

einem Namen zu fügen. Slatin, Satlin, Saltin ... Nein, es hieß zweifellos: Stalin. Bürger Stalin, Moissej Salomonowitsch. Womöglich ein Blutsverwandter? Den Hauptmann schüttelte es wie im Fieber. Er sah sich bereits an die Wand gestellt. Herrgottnochmal, es war nicht zu fassen! Stalins Vater war doch Schuhmacher!

»Swinzow!« sagte der Hauptmann und hörte die eigene Stimme nicht. »Geh mal raus!«

Swinzow ging hinaus. Aber die Lage des Hauptmanns war dadurch nicht leichter geworden. Eine Zeitlang war er wie betäubt und beschäftigte sich mit etwas völlig Sinnlosem: er schob irgendwelche Papiere von sich fort und wieder zu sich her. Dann ergriff er einen Löscher, stellte ihn auf den Paß, hauchte den Paß an und schob ihn mit beiden Händen behutsam an den Rand des Tisches.

Der Festgenommene lag unterdessen immer noch zusammengekauert auf dem Fußboden und hielt sich mit beiden Händen den Kopf.

Der Hauptmann schob den Stuhl weg, nahm Haltung an und sagte laut, in militärischem Tonfall: »Guten Tag, Genosse Stalin!«

Stalin nahm eine Hand vom Gesicht und schielte den Hauptmann mißtrauisch an.

»Ich begüße Sie meineseits«, sagte er vorsichtig, wieder mit seinem Akzent. »Ich denke, wir kennen uns schon.«

Eigentlich hätte er ihm beim Aufstehen behilflich sein müssen, aber der Hauptmann brachte es nicht fertig. Ihm zitterten die Knie, und er hatte einen Petroleumgeschmack im Mund.

»Sie sind ...«, sagte er und schluckte den Speichel hinunter. »Sie sind ...«, er fuhr sich mit der Zunge über die Lippen, »Sie sind der Vater des Genossen Stalin?«

»Auauau, hab ich Schmerzen!« Stalin kroch auf allen Vieren über den Fußboden und las zuerst die eine, dann die andere Hälfte seines Gebisses auf. »Meine Zähne!«

stöhnte er beim Anblick der Bruchstücke. »Mein Gott, was soll ich ohne meine Zähne machen?«
Er stand mit Mühe wieder auf, setzte sich direkt vor dem Hauptmann auf seinen Stuhl und blickte ihm fest in die Augen.
»Bist wohl erschrocken, du Bandit?« fragte er schadenfroh. »Setz dich, du Lump, hundert Wunden mögen über dein Haupt kommen. Wo nehme ich jetzt solche Zähne her?«
»Wir lassen Ihnen ein neues Gebiß anfertigen«, versicherte der Hauptmann beflissen.
»Ein neues Gebiß«, höhnte der Greis. »Ich möchte gern wissen, wo ihr solche Zähne hernehmen wollt? Diese Zähne hat mir mein Sohn eingesetzt. Glaubst du wirklich, daß es in dieser Stadt jemanden gibt, der solche Zähne zu machen versteht?«
»Hat der Genosse Stalin persönlich diese Zähne gemacht?« fragte der Hauptmann gerührt und streckte die Hände aus. »Darf ich mal anfassen?«
»Du Dummkopf«, sagte Stalin und schob die Gebißtrümmer fort. »Deine Hände sind voll Blut, und du willst alles damit anfassen.«
Da blitzte im Gehirn des Hauptmanns eine rettende Erinnerung auf. Wenn das der Vater von Stalin war, dann mußte Stalin selber Jossif Moissejewitsch heißen. Aber Stalin hieß gar nicht so ... wie hieß er denn noch mal ... Miljaga konnte sich nicht an den Vatersnamen des geliebten Führers erinnern.
»Ich bitte um Entschuldigung«, begann er verlegen, »aber wenn ich mich nicht irre, hatte der Vater des Genossen Stalin einen anderen Familiennamen. Und auch sein Vorname war anders.« Allmählich kam der Hauptmann wieder zur Besinnung. »Sagen Sie mal, warum geben Sie sich eigentlich für den Vater des Genossen Stalin aus?«
»Weil ich der Vater des Genossen Stalin bin. Mein Sohn,

der Genosse Sinowij Stalin, ist der bekannteste Zahntechniker in der ganzen Stadt Gomel.«
»Ach, so ist das!« Der Hauptmann hatte seine verspielte Laune wieder. »Aber wissen Sie, die Zahntechniker in unserer Stadt arbeiten auch nicht schlecht.«
Er drückte auf einen Klingelknopf. In der Tür erschien Kapa.
»Swinzow soll her!« befahl der Hauptmann.
»Sofort.« Kapa verschwand wieder.
»Sie wollen doch nicht diesen Idioten kommen lassen?« fragte Stalin besorgt. »Wissen Sie, ich rate Ihnen sehr davon ab. Sie sind noch ein junger Mensch, alles liegt vor Ihnen. Warum wollen Sie sich Ihre Karriere verderben? Hören Sie auf den Rat eines alten Mannes.«
»Ich lauschte Ihnen doch bereits«, lächelte der Hauptmann.
»Lauschen Sie weiter. Ich werde kein Geld für den Ratschlag nehmen. Ich will Ihnen nur dies eine sagen: wenn irgend jemand erfährt, daß Sie Stalin verhaftet und geschlagen haben, meinetwegen nicht den gleichen Stalin und nicht einmal dessen Vater, sondern einfach irgendeinen Stalin, dann wird, mein Gott, etwas mit Ihnen geschehen, das Sie sich nicht ausmalen können.«
Der Hauptmann verfiel in Gedanken. Der Alte hatte vermutlich recht. Die Lage war in der Tat ziemlich kitzlig.
Swinzow trat ein.
»Sie haben mich gerufen, Genosse Hauptmann?«
»Geh wieder raus.«
Swinzow ging wieder hinaus.
»Hören Sie mal«, sagte der Hauptmann. »Hören Sie mal, Moissej ... ah ... äh ...«
»Moissej Salomonowitsch«, sagte Stalin mit Würde.
»Moissej Salomonowitsch, wozu brauchen Sie diesen Familiennamen? Sie wissen doch, wem er gehört.«
»Erstens gehört er mir«, sagte Moissej Salomonowitsch.

»Denn mein Vater hieß Stalin, und mein Großvater hieß ebenfalls Stalin. Man hat uns diesen Namen noch zur Zarenzeit gegeben. Mein Opa besaß eine kleine Fabrik, eine kleine Stahlgießerei. Deswegen gab man ihm den Namen Stalin.«

»Aber ein solches Zusammentreffen ist doch etwas unpassend ...«

»Für Sie ist es unpassend, für mich ist es sehr passend. Denn wenn ich den Namen Spulmann und beispielsweise den Namen Iwanow führe, dann wird Ihr Idiot mit meinen Zähnen jederzeit nach Gutdünken verfahren. Übrigens hat mir ein anderer Chef in Gomel zu wiederholten Malen den Vorschlag gemacht, meinen Familiennamen zu ändern, aber ich habe ihm darauf nur ein einziges Wort erwidert: das Wort ›nein‹. Übrigens sah jener Mann Ihnen sehr ähnlich. Kann es sein, daß es Ihr Bruder war?«

»Ich habe keine Brüder«, sagte der Hauptmann wehmütig. »Ich bin als Einzelkind aufgewachsen.«

»Das tut mir aber leid für Sie«, erwiderte Stalin teilnahmsvoll. »Als Einzelkind aufzuwachsen, ist immer schlecht. Einzelkinder werden manchmal zu Egoisten.«

Auf diese Bemerkung erwiderte der Hauptmann nichts. Er zerriß das Verhör-Protokoll in kleine Fetzen und warf es in den Papierkorb. Dann stand er auf, erklärte dem Gast, er habe sich sehr gefreut, seine Bekanntschaft zu machen, und streckte die Hand aus. Aber der Gast hatte es nicht eilig fortzugehen. Bevor er die Institution verließ, bat er, ihm die Stiefelschäfte zurückzuerstatten und ihm einen Schein für die Gebietszahnklinik zwecks Reparatur der Zahnprothese auszustellen.

»Das bringen wir in Ordnung«, sagte der Hauptmann. Er rief Kapa und befahl ihr, unverzüglich einen entsprechenden Text aufzusetzen.

Diese Anweisung beeindruckte Kapa. Sie wußte nicht,

worauf sie zurückzuführen war. Zwar ließ die Institution den Menschen stets ihre Sorge angedeihen, aber doch nicht in diesem Ausmaß!

»Vielleicht schicken Sie ihn noch zur Kur?« fragte sie spöttisch.

Der alte Mann reagierte lebhaft und bat, ihn einstweilen nicht zur Kur zu schicken.

»Ich liebe Kurorte und ganz besonders die Krim«, sagte er. »Die Krim ist die Perle des Südens. Aber ich fürchte, daß diese Deutschen bald dort einziehen werden.«

»Jaja, die Deutschen würden Sie gründlich kurieren«, sagte Kapa vieldeutig.

Doch sie bedauerte ihre unvorsichtige Bemerkung sofort. Der Alte war sichtlich ungehalten.

»Dieses Mädchen«, sagte er, »ist, wie mir scheint, ein bißchen antisemitisch.« In seiner Stimme klang Besorgtheit um die Zukunft des Mädchens an. »Dabei ist sie jung und, denke ich mir, nicht mehr unter dem alten Regime aufgewachsen. Und sicher ist sie in der Partei oder im Komsomol.«

Der Alte blickte Kapa wie einen unglücklichen Krüppel an, seufzte und ächzte und schüttelte den Kopf und sagte mit Bitterkeit, sie werde, wenn sie ihre Ansichten nicht ändere, gleichfalls nicht darum herumkommen, sein Hinterteil zu küssen. Doch bevor sie mit dieser Zeremonie beginne, werde sie sich die Lippen abwischen müssen.

»Meine Frau Zilja ist nämlich sehr eifersüchtig«, erklärte er. »Und wenn sie den Lippenstift entdeckt, wird es einen richtigen Skandal und Familienkrach geben.«

Kapa begriff nicht, was vorging. Sie sah den Hauptmann an. Warum erlaubte er diesem unverschämten Kerl, so zu reden? Warum befahl er nicht sofort, ihn zu erschießen?«

»Kapalein«, lächelte der Hauptmann, sichtlich darum bemüht, den Zwischenfall beizulegen. »Ich bitte dich sehr: geh rüber und stell den Schein für den Genossen aus.«

Mit schmollend verzogenen Lippen begab sich Kapa ins Nebenzimmer, um den Befehl auszuführen. Aber sie war gleich wieder da und fragte den Greis, ohne ihn anzuschauen, nach seinem Familiennamen. Der Alte öffnete bereitwillig den Mund, aber der Hauptmann kam ihm zuvor.
»Es ist kein Familienname nötig«, sagte er schnell. »Schreib einfach: für den Überbringer.«
»Ich verstehe nichts«, sagte Kapa. »Was ist das für ein Mensch, der keinen Familiennamen hat?«
»Ich habe einen Familiennamen«, sagte der Alte.
»Jaja, er hat einen Familiennamen«, bestätigte der Hauptmann, »aber der Name wird geheimgehalten.« Er lächelte dem alten Mann und Kapa getrennt zu. »Geh und schreib, was ich dir gesagt habe. Der Überbringer dieses Scheines ...«
Einige Minuten später begleitete der Hauptmann den Alten wie einen ganz besonderen Ehrengast ans Tor. Auf der Bank vor dem Tor saß tatsächlich eine alte Frau. Sie hielt eine zerschlissene Geldbörse aus Bast auf dem Schoß und blickte vor sich hin. Man sah ihr an, daß Warten für sie ein gewohnter Zustand war. Die Minuten und Stunden des Wartens füllte sie gewöhnlich mit dem Aufzählen berühmter Männer, die ihr Volk der Welt gegeben hatte. Jetzt blickte sie vor sich hin, bog einen Finger nach dem anderen um und murmelte: »... Marx, Einstein, Spinoza, Lincoln, Trotzkij, Swerdlow, Rothschild ...«
»Zilja«, sagte Stalin, »ich möchte dir diesen jungen Mann vorstellen. Er ist ein sehr interessanter junger Mann.«
»Ist er Jude?« belebte sich Zilja.
»Jude ist er nicht, aber er ist ein sehr interessanter junger ...«
»Ach was.« Zilja schüttelte den Kopf, ihr Interesse an Miljaga war erloschen. »Du hast eine schlechte Angewohnheit. Kaum sind wir an einen neuen Ort umgezogen,

gehst du sofort zu diesen Gojim. Kannst du dir denn keine andere Gesellschaft suchen?«

»Zilja, du solltest nicht so reden. Das ist ein vorzüglicher junger Mann. Er ist sogar noch etwas besser als der Mann in Gomel. Der Mann in Gomel hielt mich drei Tage lang im Gefängnis fest, und drei Tage lang mußte ich ihm erklären, warum er mich nicht im Gefängnis festhalten darf. Und dieser hat sofort alles verstanden.«

Als Hauptmann Miljaga wieder in sein Arbeitszimmer zurückgekehrt war, sprach er ein paar versöhnliche Worte zu Kapa und nahm einen Brief entgegen, der mit der letzten Post gekommen war. Wahrscheinlich war es ein anonymer Brief. Die Anschrift der Institution war mit der linken Hand geschrieben, die Anschrift des Absenders fehlte. Daran war nichts Ungewöhnliches. An die von Hauptmann Miljaga geleitete Institution wurden die Briefe fast immer ohne Absender und, seltene Fälle ausgenommen, stets mit der linken Hand geschrieben. (Die seltenen Ausnahmen bildeten die Linkshänder, die gewöhnlich mit der rechten Hand schrieben.) Solche Briefe enthielten in der Regel kleinere Denunziationen. Irgend jemand hatte das System der Lebensmittelrationierung kritisiert. Irgend jemand hatte Zweifel an einem schnellen Sieg über die Deutschen geäußert. Irgend jemand hatte in der Küche einen Witz von zweifelhaftem Inhalt erzählt. Ein wachsamer Genosse empfahl, die poetische Tätigkeit des Dichters Issakowskij unter die Lupe zu nehmen. »Die Worte des fraglichen Dichters im Lied *Ein schöneres Blühen gibt es nicht . . .* erklingen auf Schallplatten und werden mit Hilfe des Rundfunks in der gesamten Sowjetunion verbreitet, darunter auch die bekannte Zeile *Kak uwishu, kak usslyschu*[1]. Aber hören Sie einmal genauer hin, und Sie werden etwas anderes heraushören. *Kaku*

1 Wenn ich ihn sehe, wenn ich ihn höre

wishu, kaku sslyschu[2], genau so klingt dieser Text nämlich, wenn man näher hinhört.« Der wachsame Genosse empfahl, den Dichter Issakowskij an den eigens dafür bestimmten Ort zu zitieren und ihm unumwunden die Frage vorzulegen: »Was ist das? Ein Irrtum oder böse Absicht?« Der Verfasser des Briefes teilte unter anderem mit, er habe die Lokalzeitung bereits auf diese himmelschreiende Tatsache aufmerksam gemacht, jedoch keine Antwort erhalten. »Das hartnäckige Schweigen der Zeitung«, folgerte der wachsame Genosse, »wirft unwillkürlich die Frage auf, ob der Redakteur nicht in einer verbrecherischen Verbindung mit dem Dichter Issakowskij steht, woraus, wenn das der Fall ist, zu schließen wäre, daß es sich hier um eine verzweigte Schädlings-Organisation handelt.«

Zur Ehre der Institution sei bemerkt, daß sie bei weitem nicht jedem Hinweis dieser Art nachging und Maßnahmen ergriff; sonst wäre nicht ein einziger Mensch in Freiheit geblieben.

Der mit der letzten Post eingetroffene Brief schien sich auf den ersten Blick durch nichts von anderen Briefen dieser Art zu unterscheiden. Doch aus irgendeinem Grund kam Hauptmann Miljaga der Gedanke, gerade dieser Brief müsse eine wichtige Mitteilung enthalten. Er öffnete den Brief und begriff schon nach den ersten Zeilen, daß er sich nicht getäuscht hatte.

»Teilen wir hiermit mit, daß in unserem Dorf Krassnoje sich der Deserteur und Vaterlandsverräter Tschonkin, Iwan, verborgen hält, der im Haus der Postbotin Beljaschowa, Anna, wohnt und ein Gewehr mit sich führt sowie Kriegsmaterial in Gestalt eines Flugzeugs, welches nicht zum Kampf mit den deutschfaschistischen Eroberern ausfliegt, sondern im Gemüsegarten ohne jede Nutz-

2 Kacke sehe ich, kacke höre ich

anwendung herumsteht, und das in der Periode schwerer Prüfungen für unser Land. Der Rotarmist Tschonkin, Iwan, obwohl sein Platz an der Front ist, kämpft nicht an der Front, sondern widmet sich dem Sittenverderb, sowie gewissen Formen der Trunksucht und des Rowdytums. Vorerwähnter Tschonkin, Iwan, hat unreife Gedanken, sowie Mißtrauen gegenüber der marxistisch-leninistischen Lehre geäußert, desgleichen gegenüber den Arbeiten von Ch. Darwin über die Entstehung des Menschen, als deren Ergebnis sich der Affe vermittels der Arbeit und sinnbegabter Handlungen in den Menschen verwandelt hat. Hinzu kommt noch, daß er einen verbrecherischen Feldfrevel, verursacht durch das Rindvieh der Anna Beljaschowa im Gemüsegarten des ortsbekannten Pflanzenzüchters und Naturforschers Gladyschew, Kusjma, zugelassen hat, wodurch unserer sowjetischen Agrarwissenschaft auf dem Gefilde der Hybridisierung unzweifelhaft großer Schaden zugefügt worden ist. Wir bitten, den außer Rand und Band geratenen Deserteur zu bändigen, und ihn nach der ganzen Strenge unserer Sowjetgesetze zur Verantwortung zu ziehen.
gez. die Bewohner des Dorfes Krassnoje.«

Der Hauptmann las den Brief durch und unterstrich mit Rotstift die Wörter »Deserteur«, »Verräter« und »Tschonkin«. Mit Blaustift unterstrich er den Familiennamen »Gladyschew«, schrieb an den Rand das Wort »Verfasser« und versah letzteres mit einem Fragezeichen.

Der Brief kam sehr gelegen. Es war hohe Zeit, die Ausführung der Anweisungen des Chefoberkommandierenden in die Wege zu leiten. Der Hauptmann rief Leutnant Filippow zu sich.

»Filippow«, sagte er zu ihm, »nimm so viel Leute wie du brauchst und fahr morgen nach Krassnoje. Dort wirst du einen Deserteur mit dem Familiennamen Tschonkin verhaften. Den Haftbefehl bekommst du vom Staatsanwalt.

Und bring in Erfahrung, wer dieser Gladyschew ist. Vielleicht können wir ihn noch brauchen.«

19

Schon am Vorabend waren dichte Wolken am Himmel aufgezogen, und es begann zu regnen. Es regnete die ganze Nacht hindurch. Bis zum Morgen war der Weg dermaßen aufgeweicht, daß er nicht mehr begehbar war. Njura ging am Wegrand entlang. Die weiten, vom Vater geerbten Stiefel saugten sich im Schlamm fest, und Njura mußte sie an den Schäften festhalten. Auch die Posttasche hatte der Regen schwer gemacht, sie war nahe daran, von Njuras Schulter zu rutschen. Nachdem sich Njura gute zweieinhalb Kilometer abgeplagt hatte, erreichte sie die erste Weggabelung und sah einen Lastwagen mit geschlossenem Verdeck. Neben dem Wagen machten sich einige völlig durchnäßte und von Kopf bis Fuß verdreckte Männer in grauen Uniformblusen zu schaffen. Mit Spaten oder auch einfach mit bloßen Händen schaufelten sie den Weg für das Auto frei. Ein Mann mit zwei Würfeln auf den Kragenspiegeln stand etwas abseits und rauchte eine selbstgedrehte Zigarette, die er mit der Hand schützte, damit sie im Regen nicht ausging. Hinter dem Auto hervor trat ein baumlanger Kerl mit einem Stück Sperrholz, das er anstelle eines Spatens zum Einsatz brachte. Als dieser Lulatsch Njura, die seitlich um den Wagen herumging sah, blieb er stehen und starrte sie mit seinen tierischen Augen unter den rotbraunen Brauen hervor an.
»Eine Frau!« rief er verwundert, als fände diese Begegnung auf einer unbewohnten Insel statt.
Die Männer in den grauen Uniformen unterbrachen die Arbeit, drehten sich nach Njura um und begannen, sie stumm zu mustern. Unter ihren Blicken wich Njura zurück.

»Mädchen!« rief der Rauchende Njura zu. »Ist es noch weit bis Krassnoje?«
»Nein, nicht weit«, sagte Njura. »Ihr fahrt noch einen Kilometer über eine Anhöhe rüber, und dann seht ihr schon das Dorf. Zu wem wollt ihr denn in Krassnoje?« fügte sie kühner hinzu.
»Bei euch wohnt irgend so ein Deserteur, der Teufel soll seine Mutter vögeln«, berichtete vertrauensselig ein neben dem Leutnant stehender Soldat mit einer Schaufel.
»Prokopow«, fiel ihm der Leutnant streng ins Wort, »hüte deine Zunge.«
»Was hab ich denn schon gesagt?« Prokopow warf den Spaten weg und setzte sich ans Steuer. Der Wagen fuhr an, bewegte sich ein kleines Stück voran und blieb wieder im Schlamm stecken. Njura ging weiter. Zuerst ging sie wieder am Weg entlang, dann bog sie nach rechts ab und rannte durch die Flußniederung nach Krassnoje zurück.
Tschonkin schlief so fest, daß es nicht sofort gelang, ihn zu wecken. Njura mußte ihm erst kaltes Wasser ins Gesicht schütten. Dann erzählte sie ihm von den Männern, die unterwegs steckengeblieben waren, und von dem Gespräch über den Deserteur.
»Die sollen ruhig ihren Deserteur fangen«, erwiderte Tschonkin schlaftrunken und verständnislos. »Was hab ich damit zu tun?«
»Herrgottnochmal!« Njura schlug die Hände zusammen. »Hast du es denn wirklich nicht begriffen? Der Deserteur bist du.«
»Ich?« verwunderte sich Tschonkin.
»Vielleicht ich?«
Tschonkin schwang die Beine aus dem Bett.
»Njura, was redest du daher?« sagte er unzufrieden. »Denk mal selber nach: ich bin doch kein Deserteur. Man hat mich hierher abgestellt, damit ich das Flugzeug bewache. So oft ich mich an die Einheit gewendet habe: sie

haben mich nicht abgelöst. Selber darf ich den Posten nicht verlassen, das wäre gegen die Vorschrift. Wie kann ich dann Deserteur sein?«

Njura begann zu weinen und Tschonkin anzuflehen, irgend etwas zu tun, weil man denen das doch nicht beweisen könne.

Tschonkin dachte nach und schüttelte dann entschieden den Kopf.

»Nein, Njura, Sichverstecken gehört sich für mich nicht, denn ich habe nicht das Recht, meinen Posten zu verlassen. Und keiner kann mich ablösen, außer dem Aufführenden, dem Chef der Wachmannschaft, dem diensthabenden Kommandeur oder ...« Tschonkin dachte darüber nach, welche verantwortliche Persönlichkeit ihn sonst noch vom Posten ablösen konnte, und kam zur Erkenntnis, daß es, abgesehen vom Diensthabenden, schon mindestens ein General sein müßte. Und er sagte abschließend: »... oder einem General« und begann sich anzuziehen.

»Was wirst du tun?« fragte Njura.

»Was soll ich schon tun?« erwiderte Tschonkin achselzukkend. »Ich werde meinen Posten beziehen. Sie sollen nur versuchen, sich dem Flugzeug zu nähern.«

Draußen regnete es weiter, deshalb zog Tschonkin seinen Uniformmantel an und schnallte sich das Koppel mit den Patronentaschen um.

»Wirst du auf sie schießen?« fragte Njura erschrocken.

»Nicht, wenn sie mich in Frieden lassen«, versprach Tschonkin. »Und wenn sie angreifen, sind sie selber schuld.«

Njura stürzte auf Iwan zu, umschlang ihn und begann zu weinen.

»Iwan«, flehte sie tränenerstickt. »Ich bitte dich, leiste keinen Widerstand. Sie werden dich töten.«

Tschonkin strich ihr über das nasse Haar.

»Da kann man nichts machen, Njura«, seufzte er. »Ich bin eben Wachsoldat. Wir wollen Abschied nehmen, wer weiß.«

Sie küßten sich dreimal, und Njura, obwohl sie das gar nicht konnte, machte das Zeichen des Kreuzes vor ihm.

Tschonkin schulterte das Gewehr, setzte das Käppi auf und trat auf die Straße hinaus. Der Regen schien nachzulassen, irgendwo hinter Neu-Kljukwino wölbte sich ein blasser Regenbogen.

Mühsam durch den zähen Schlamm stapfend, ging Tschonkin zum Flugzeug hinüber. Er spürte, wie das Wasser sofort in den rechten Stiefel mit der schadhaften Sohle eindrang. Der Regen rauschte wie Hafer gegen die Verschalung der Tragflächen, schwere Regentropfen zitterten auf dem ölverschmierten Zelttuch der Schutzhülle. Tschonkin kletterte auf die rechte untere Tragfläche, damit die obere Tragfläche ihn vor dem Regen schützte. Der Platz war nicht gerade bequem, denn die Tragfläche war abschüssig und glitschig. Dafür bot er einen guten Rundblick. Tschonkin überschaute von hier beide Straßen, die obere und jene, die am Ufer der Tjopa entlang führte.

Eine Stunde verging. Niemand kam. Dann verging noch eine halbe Stunde. Njura brachte das Frühstück: Kartoffeln mit Milch. Der Regen hörte auf, die Sonne brach durch die Wolken, spiegelte sich in den Pfützen und glitzerte hell in jedem Tropfen. Ob es nun die Sonne war oder das Frühstück oder beides zusammen: jedenfalls heiterte sich Tschonkins Laune auf, die Empfindung der nahen Gefahr wich. Er begann sogar ein wenig einzunicken.

»He, Soldat!«

Tschonkin zuckte zusammen, und seine Finger umkrampften das Gewehr. Am Zaun stand Pletschewoj. Er stand barfuß da, beide Hosenbeine waren fast bis zu den Knien hochgekrempelt. Über der Schulter hatte er ein Schleppnetz hängen.

»Ich such einen Kumpel für den Fischfang«, erklärte er und glotzte Tschonkin neugierig an.
»Zurücktreten«, sagte Tschonkin und wandte sich ab. Aber mit dem einen Auge behielt er Pletschewoj weiter im Blickfeld.
»Was ist denn in dich gefahren?« fragte Pletschewoj erstaunt. »Bist du mir böse? Wegen der Sache mit Borjka, die ich dir erzählt hab? Komm, laß das Schmollen. Ich selber hab es nicht gesehen, vielleicht lebt sie gar nicht mit ihm.« Pletschewoj hängte das Netz auf den Zaun, ging in die Knie und steckte ein Bein durch die Zaunlatten. Schon wollte er mit dem zweiten Bein nachklettern, da sprang Tschonkin von der Tragfläche herab.
»He du, laß das! Hier wird nicht geklettert! Sonst schieß ich dich tot!« schrie er und richtete das Gewehr auf Pletschewoj.
Pletschewoj wich zurück und nahm das Schleppnetz schnell wieder an sich.
»Du hast wohl nicht alle beisammen«, brummte er und setzte sich auf den Fluß zu in Bewegung.
In diesem Augenblick tauchte hinter der Anhöhe hervor ein kleiner Lastwagen mit geschlossenem Verdeck auf. Der Fahrer drückte aufs Gaspedal und steuerte den Wagen durch den Schlamm. Neben ihm auf dem Trittbrett stand ein völlig verdreckter Leutnant. Er hielt sich an der Wagentür fest und kommandierte. Die übrigen Männer in ihren grauen Uniformen, die vollends von Kopf bis Fuß mit Schmutz bedeckt waren, schoben schweißgebadet den Wagen. Die Wagenräder drehten jedoch durch, das Wagenheck rutschte mal nach links, dann wieder nach rechts. Pletschewoj blieb stehen und betrachtete diesen unerwarteten Anblick mit Interesse.
»He Genosse, pack doch mal mit an!« rief ihm der Leutnant heiser zu.
»Ich hab was Besseres zu tun«, brummte Pletschewoj,

wandte sich ab und ging langsam weiter. Aber seine Neugier war stärker. Er kehrte zurück und folgte dem Wagen, der inzwischen so flott war, daß er vor dem Kolchosbüro vorfuhr und dort hielt.

20

Kolchosvorsitzender Golubew arbeitete in seinem Arbeitszimmer an der Abfassung eines Rechenschaftsberichts über den Verlauf der Heuernte während der letzten Dekade. Der Bericht war mehr oder weniger aus der Luft gegriffen, denn während der letzten Dekade hatte es fast keine Heuernte gegeben. Die Männer waren an die Front gegangen, die Frauen hatten ihnen die Sachen gepackt, da war an Heuernte nicht zu denken. Das Rayonskomitee ließ eine solche Ursache indessen nicht gelten, Borissow fluchte am Telefon und bestand auf der Planerfüllung. Er wußte natürlich, daß er Unmögliches verlangte, aber das Papier über die getane Arbeit war für ihn wichtiger als diese Arbeit selbst, denn auch er mußte die wilden Flüche der Höherstehenden über sich ergehen lassen.
Deswegen sammelte er aus allen Kolchosen die Papiere ein, addierte die Zahlen, verfaßte sein eigenes Papier und schickte es in die Gebietshauptstadt, wo man auf Grund der Rechenschaftsberichte aus den Rayons ein neues Papier produzierte. So ging es weiter – bis ganz nach oben.
Deshalb also saß Vorsitzender Golubew jetzt in seinem Arbeitszimmer und trug sein Scherflein zur großen gemeinsamen papierenen Sache bei. Er nahm ein Blatt Papier, teilte es in Karos ein und trug neben den Familiennamen der Brigadiere, die Zahl der Hektar, Zentner, Prozente und Arbeitstage in die Karos ein. Dann rief er den Buchhalter Wolkow, der im Nebenzimmer saß. Wolkow

addierte mit der Rechenmaschine rasch die Zahlen jeder Reihe, und der Vorsitzende trug die Endsumme in die Rubrik »insgesamt« ein. Nachdem er den Buchhalter wieder entlassen hatte, setzte der Vorsitzende seine deutliche Unterschrift unter das Papier, hauchte das frisch verfertigte Dokument an und schob es ein Stück von sich weg, um es besser bewundern zu können. Die Zahlen gaben sich recht eindrucksvoll, der Vorsitzende ertappte sich dabei, daß er diesen Zahlen teilweise selber glaubte. Nach getaner Arbeit stand Golubew auf, um sich die Beine ein wenig zu vertreten. Sich streckend trat er ans Fenster und erstarrte sofort in der Pose mit den hochgestreckten Armen.

Vor dem Kolchosbüro stand ein Anderthalbtonner mit geschlossenem Verdeck. Neben dem Wagen drängten sich einige dreckverschmierte Männer in grauen Uniformen, zwei von ihnen stiegen bereits die Treppe hinauf. »Die kommen mich holen!« ächzte der Vorsitzende. So sehr er sich auf sein Schicksal vorbereitet hatte – das Erscheinen dieser grau uniformierten Männer traf ihn dennoch völlig überraschend. Umso mehr als er den Antrag gestellt hatte, an die Front geschickt zu werden, und diese Bitte offenbar positiv beschieden werden sollte. Jetzt war alles vorbei. Der Vorsitzende rannte in seinem Arbeitszimmer hin und her. Was sollte er tun? Fliehen war sinnlos, und wohin sollte er auch fliehen? Die Schritte der Männer waren bereits im Nebenzimmer zu hören, in dem der Buchhalter saß. Sich verstecken? Lächerlich. Plötzlich fiel sein Blick auf das eben verfaßte Papier. Da war es, das Corpus delicti! Er hatte sich selber sein Urteil geschrieben. Was sollte er tun? Das Papier verbrennen? Zu spät. Es zerreißen? Die kleben es wieder zusammen. Es gab nur einen Ausweg. Iwan Timofejewitsch zerknüllte das Papier und schob es in den Mund. Aber er fand keine Zeit mehr, es zu zerkauen.

Die Tür ging auf, auf der Schwelle erschienen zwei Männer. Der erste, ziemlich schmächtige Mann hatte Würfel auf den Kragenspiegeln, der zweite, tiergesichtige Mann hatte Dreiecke.

Der Leutnant wischte sich, den Schmutz verschmierend, mit dem Ärmel den Schweiß aus dem Gesicht und begrüßte Golubew. Als Antwort ertönte ein unartikuliertes Muhen.

Der Leutnant schloß daraus, daß ein gewöhnlicher Taubstummer vor ihm stand. Er verzog unwillig das Gesicht, denn er liebte Menschen nicht, die an sie gerichtete Fragen nicht beantworten können.

»Wo ist der Vorsitzende?« fragte er streng. »Der Kopf!« Er formte einen großen Kopf mit den Händen.

»Muu-uu«, sagte der Vorsitzende und zeigte schicksalsergeben mit dem Finger auf seine Brust.

Der Leutnant wunderte sich zunächst, er hatte noch niemals einen taubstummen Vorsitzenden gesehen (wenn er taubstumm ist, kann er doch keine Versammlungsreden halten!), aber dann dachte er, wenn das so ist, dann muß es wohl so sein. Also begann er, unter Zuhilfenahme der Hände, sein Anliegen zu erläutern: »Verstehst du, bei euch im Dorf ist so ein Mann . . . ein Deserteur, verstehst du?« Der Leutnant stellte zunächst ein Gefecht dar (»piff-paff«), dann einen Menschen, der das Schlachtfeld fluchtartig verläßt. »Den müssen wir also . . .« Er zog seine Pistole und stieß sie dem Vorsitzenden in den Bauch . . . »Hände hoch!«

Der Unterkiefer des Vorsitzenden klappte herunter, der durch den Speichel aufgeweichte Papierkloß fiel ihm aus dem Mund, er selber begann zu schwanken, stürzte auf den Fußboden und stieß mit dem Nacken gegen die Wand.

Der Leutnant kam aus dem Konzept. Er blickte erst den Vorsitzenden, dann seinen Soldaten an, der wortlos neben der Tür erstarrt war.

»Zum Teufel nochmal«, murmelte er ratlos. »Beim bloßen Anblick einer Pistole fällt der Kerl in Ohnmacht. Und außerdem frißt er Papier.« Er hob das bereits stark zerkaute Papier vom Boden auf, entfaltete es angewidert, blickte hinein und warf das Papier auf den Tisch. Dann berührte er den Liegenden mit der Stiefelspitze, beugte sich zu ihm hinab und begann, den Backen des Vorsitzenden kleine Klapse zu versetzen. »He du, steh auf, was soll das Ganze? Stell dich nicht so an.« Er nahm Golubews Hand und fühlte den Puls, konnte diesen aber nicht mit Sicherheit ermitteln.
Er knöpfte Feldrock und Hemd des Vorsitzenden auf und legte das Ohr an dessen Brust.
»Swinzow, stampf nicht so«, sagte er und lauschte. Das Herz, falls es überhaupt schlug, klopfte so leise, daß man es nicht hören konnte.
»Nun?« fragte Swinzow neugierig.
»Ich werde nicht klug daraus.« Der Leutnant erhob sich von den Knien und wollte sie abstauben, aber beim Anblick seiner Hosen begriff er, daß das nicht nötig war. »Horch jetzt mal du, Swinzow, vielleicht hast du ein besseres Gehör.«
Swinzow kniete nieder und legte sein Ohr an die Brust des Kolchosvorsitzenden. Dann hob er den Kopf und sagte: »Mäuse.«
»Was für Mäuse?« fragte der Leutnant verständnislos.
»Sie rascheln unter dem Fußboden«, erklärte Swinzow. »Vielleicht sind es auch Ratten. Das Gepiepse hört sich so grob an, daß es Ratten sein müssen. Bei mir daheim haben sie sich letztes Jahr auch unter dem Fußboden eingenistet. Ich hab zunächst gedacht, es seien Mäuse und hab die Katze auf sie losgelassen. Na, und dann haben sich die Ratten unter dem Fußboden auf die Katze gestürzt und ihr den Schwanz angenagt. Die war froh, daß sie lebend davonkam.«

»Swinzow, habe ich dir vielleicht den Befehl erteilt, auf Mäuse zu horchen? Schlägt das Herz, oder schlägt es nicht?«

»Weiß der Henker«, erwiderte Swinzow. »Ich bin kein Arzt und kenne mich da nicht so aus. Ich meine, man sollte das Klappfenster aufmachen, damit Luft reinkommt. Wenn er lebt, kommt er wieder zu sich. Wenn er tot ist, wird er sich von der Nase her schwarz verfärben. Anders kriegen wir es nie heraus.«

»Es geht mit dem Teufel zu«, sagte der Leutnant erzürnt. »Die Leute haben jetzt alle so schwache Nerven. Warum fürchten sie uns bloß so? Wir schnappen uns doch nicht den ersten besten, wir legen einen Haftbefehl vor. Von mir aus soll der Bursche liegenbleiben. Geh ins Nebenzimmer und schaff den Einarmigen herbei. Aber führ dich nicht grob auf, sonst fällt der auch noch in Ohnmacht, und wir haben keinen Zeugen fürs Protokoll.«

Swinzow öffnete die Tür zum Nebenzimmer und rief Wolkow. Der trat schüchtern über die Schwelle. Als er den Vorsitzenden unter dem Tisch liegen sah, wurde er grün im Gesicht und begann vor Angst zu schlottern.

»Kennen Sie diesen Mann?« fragte der Leutnant und zeigte auf den leblos hingestreckten Körper Golubews.

»Unbekannt!« schrie Wolkow und biß sich vor Schreck in die Zunge.

»Wieso unbekannt?« wunderte sich der Leutnant. »Wer ist denn der Mann?«

»Vorsitzender Golubew«, stotterte Wolkow, den die Ungereimtheit seiner Antworten vollends aus der Fassung brachte. »Unsere Beziehungen waren rein dienstlicher Natur. Was persönliche Kontakte betrifft, so haben wir nicht einmal geredet.«

»Nicht einmal geredet?« blickte ihn der Leutnant mißtrauisch an. »Ihr habt euch also getroffen und habt kein einziges Mal auch nur ein Wort geredet?«

»Kein einziges Wort ... kein einziges ... Ich bin natürlich parteilos, und meine Bildung läßt zu wünschen übrig, von solchen Dingen versteh ich nicht viel.«

»Das bringen wir dir bei«, warf Swinzow ein.

»Einmal allerdings hat er mir gesagt, daß es für einen werktätigen Menschen schwer ist, die Werke von Marx-Engels zu verstehen. Dazu müsse man eine politische Spezialausbildung besitzen.«

»Und sonst?« fragte der Leutnant. »Hat er sonst nichts gesagt?«

»Sonst nichts.«

Swinzow machte aufstampfend einen Schritt auf Wolkow zu und hielt ihm seine riesengroße, von Muttermalen und Sommersprossen bedeckte rote Faust unter die Nase.

»Hör auf, dich zu sperren, sonst schieb ich dir deine Nase zur Seite. Der Leutnant fragt dich höflich, und du hast höflich zu antworten.«

Wer weiß, wie die Sache ausgegangen wäre, hätte sich der Leutnant nicht daran erinnert, daß er keineswegs gekommen war, um Wolkow zu verhören. Er unterband Swinzows Grobheiten und eröffnete Wolkow, es sei seine Aufgabe, in der Eigenschaft eines Zeugen bei der Verhaftung des Deserteurs Tschonkin zugegen zu sein.

21

Sie marschierten in offener Formation über die breite Straße von Krassnoje: sieben Mann stark. Als achter trottete der Buchhalter Wolkow hinter den anderen her und blickte sich verschreckt nach allen Seiten um, als erwarte er einen jähen Überfall aus dem Hinterhalt.

Bei diesem Anblick versteckten sich die Dorfbewohner in ihren Häusern und blickten vorsichtig, hinter den Gardinen hervor, auf die Straße, die Kinder hörten zu weinen

auf, die Hunde unterließen das Bellen.
Es war eine Stille wie vor Tagesanbruch, wie zu jener Stunde, wenn diejenigen, die spät schlafen gehen, bereits in ihren Betten liegen und die Frühaufsteher noch nicht aufgestanden sind.
Die hinter den Gardinen hervorlugenden Menschen erstarben, wenn sich der Trupp ihren Häusern näherte, und atmeten erleichtert auf, wenn er vorbei war. Doch sie verhielten sich weiter still, in Neugier und Furcht: wohin gehen die und zu wem?
Als die Grauuniformierten Gladyschews Haus passiert hatten, war allen klar: sie gehen zu Tschonkin. Sonst kam keiner mehr in Frage, es war nur noch ein Haus, das letzte Haus im Dorf, übriggeblieben.
»Halt! Wer da?« ertönte plötzlich Tschonkins Stimme. Alle waren verblüfft. Inmitten der Stille klang die Stimme so laut, daß das ganze Dorf sie hörte.
»Eigene Leute«, knurrte der Leutnant, ohne stehenzubleiben, und gab seinen Untergebenen ein Zeichen, daß auch sie weitergehen sollten.
»Stehenbleiben oder ich schieße!« Tschonkin entsicherte das Gewehr.
»Schieß nicht, du bist verhaftet!« schrie der Leutnant und knöpfte im Gehen die Revolvertasche auf.
»Halt oder ich schieße!« wiederholte Tschonkin, brachte das Gewehr in Anschlag und gab einen Warnschuß in die Luft ab.
»Wirf die Waffe weg!« rief der Leutnant und zog mit einer raschen Bewegung die Pistole aus der Revolvertasche. Ohne zu zielen, gab er einen Schuß in Tschonkins Richtung ab. Der schlüpfte schnell unter den Flugzeugrumpf und kletterte auf der anderen Seite wieder hervor. Die Kugel durchschlug die Haube des Triebwerks und blieb irgendwo im Flugzeuginnern stecken.
Tschonkin brachte das Gewehr auf dem Heck neben dem

Höhenleitwerk in Anschlag und hob vorsichtig den Kopf. Die Grauen kamen auf ihn zu. Jetzt hielten sie alle Pistolen in den Händen, während der unbewaffnete Buchhalter Wolkow immer weiter zurückblieb, um hinter dem breiten Rücken von Swinzow Deckung zu suchen. Ohne Zeit zu verlieren, visierte Tschonkin das Kinn des Leutnants an und drückte auf den Abzug. In dem Augenblick stieß ihn irgend jemand von unten gegen den Ellbogen, und das rettete dem Leutnant das Leben. Die Kugel pfiff direkt an seinem Ohr vorbei.

»Hinlegen!« kommandierte der Leutnant und ließ sich als erster voller Selbstverleugnung in den Schlamm fallen.

Tschonkin zuckte zusammen und blickte sich um. Der durch den Schuß erschreckte Eber Borjka war beiseite gesprungen und kam jetzt mit lauernder Freundschaftlichkeit wieder auf Tschonkin zu.

»Scher dich fort!« brüllte Tschonkin und drohte Borjka mit dem Gewehrkolben, aber der Eber, der diese Geste als Scherz deutete, stürzte auf Tschonkin zu und war nur schwer zu bändigen. Die Grauen aber, die sich an der Seite ihres Kommandeurs platt auf die Erde gelegt hatten, konnten jeden Augenblick aufspringen und zum Angriff übergehen.

Als erster kam der Leutnant wieder zu sich.

»He du!« Er löste sich von der Erde und schwenkte irgendein Papier über dem Kopf. »Du bist verhaftet. Hier ist der Haftbefehl, der Staatsanwalt hat ihn unterschrieben.«

»Der Staatsanwalt selber?« staunte Tschonkin.

»Ich mach dir doch nichts vor«, erwiderte der Leutnant weniger persönlich als behördlich gekränkt. »Ohne die Zustimmung des Staatsanwalts holen wir keinen.«

»Und der Staatsanwalt kennt meinen Namen?«

»Freilich kennt er ihn. Du bist doch der Tschonkin?«

»Das will ich meinen, daß ich der Tschonkin bin.«

Tschonkin ließ sogar ein Lachen vernehmen. Es genierte ihn ein wenig, daß so bedeutende Leute sich von ihren bedeutenden Angelegenheiten absentierten, um sich seinen Familiennamen zu merken und denselben auf ein amtliches Blatt Papier zu setzen.

»Wirst du dich nun ergeben oder nicht?« drängte der Leutnant.

Tschonkin dachte nach. Ein Haftbefehl ist ein seriöses Dokument, da kann man nichts sagen. Andererseits stand in der Wachdienstvorschrift nichts darüber geschrieben, daß man einen Wachsoldaten durch Haftbefehl von seinem Posten ablösen kann.

»Kann ich nicht, Genosse Leutnant, kann ich leider nicht«, sagte Tschonkin und versuchte, Mitgefühl in seine Stimme zu legen. »Ich verstehe natürlich, daß Sie einen Auftrag ausführen müssen. Und wenn Sie der Aufführende wären oder der Chef der Wachmannschaft oder wenigstens der diensthabende Kommandeur der Einheit ...«

»Stell dir vor, daß ich der diensthabende Kommandeur der Einheit bin«, schlug der Leutnant vor.

»Geht leider nicht«, erwiderte Tschonkin. »In unserer Einheit gibt es so einen wie dich nicht. Ich kenne alle Kommandeure dem Gesicht nach, ich hab in der Kantine Dienst gemacht und hab sie alle dort gesehen, verstehst du? Und außerdem hast du eine andere Uniform.«

»Dann eben nicht«, schäumte der Leutnant. »Wenn du dich nicht im guten ergibst, dann werden wir dich zwingen.«

Er stand entschlossen auf und machte eine Bewegung auf Tschonkin zu. In der einen Hand hielt er die Pistole, in der anderen den Haftbefehl. Den schwenkte er wieder über dem Kopf. Nach dem Leutnant erhoben sich seine Untergebenen. Behutsam bewegten sie sich voran. Buchhalter Wolkow blieb, wo er war.

»He! He!« brüllte Tschonkin. »Bleibt lieber stehen. Sonst schieß ich nämlich. Ich steh doch Posten!«
Um alles in der Welt wollte Tschonkin ein Blutvergießen vermeiden, aber man antwortete ihm nicht mehr. Tschonkin begriff, daß die Unterhandlungen erfolglos verlaufen waren, und brachte das Gewehr wieder auf dem Flugzeugrumpf in Anschlag. Borjka störte ihn dabei, er schnappte mit den Zähnen nach Tschonkins Mantelschößen. Da begann Tschonkin, Borjka an der Seite zu kraulen und »Borj-Borj-Borj-Borj« zu murmeln. Es war unbequem, das Gewehr mit nur einer Hand zu halten, aber dafür störte Borjka jetzt nicht mehr, er hatte sich in Seligkeit aufgelöst, lag im Schlamm und streckte die Läufe in die Luft. Wie alle Säue hatte er etwas für Zärtlichkeit übrig.
»Tschonkin!« warnte der Leutnant. Im Näherkommen fuchtelte er gleichzeitig mit dem Haftbefehl und mit der Pistole. »Wag es ja nicht zu schießen, du machst es nur schlimmer.«
Ein Schuß fiel, die Kugel flog durch das Papier, just an der Stelle, wo sich das Siegel und die Unterschrift des Staatsanwalts befunden hatten. Der Leutnant und seine Untergebenen plumpsten wieder auf die Erde, wozu es diesmal keines Befehls bedurfte.
»Elender Kerl, was hast du angerichtet!« brüllte der Leutnant fast weinend. »Du hast das vom Staatsanwalt unterschriebene Schriftstück verdorben! Du hast das Siegel mit dem Staatswappen der Sowjetunion durchgeschossen! Du wirst dich dafür zu verantworten haben!«
Der nächste Schuß nötigte ihn, seine Nase wieder im Schlamm zu versenken. Ohne den Kopf zu heben, drehte der Leutnant sein Gesicht dem Sergeanten Swinzow zu.
»Swinzow, robb dich von drüben heran. Wir müssen ihn ablenken.«
»Zu Befehl!« erwiderte Swinzow und hob seinen Hintern

hoch, in welchen sich sofort wie eine Hummel eine von Tschonkin entsandte Gewehrkugel bohrte.
Swinzow preßte sich gegen die nasse Erde und heulte mit nicht mehr menschlicher Stimme auf.
»Was ist mit dir, Swinzow?« fragte der Leutnant besorgt. »Bist du verletzt?«
»Wa-wa-wa-wa!« heulte Swinzow, nicht vor Schmerz, sondern aus Furcht, seine Wunde könnte tödlich sein.
Hinter seiner Deckung hervor verfolgte Tschonkin wachsam das Verhalten der Gegner. Sie lagen im Schlamm und gaben, mit Ausnahme des Rothaarigen, kein Lebenszeichen von sich. Hinter allen anderen lag der um nichts und wieder nichts in diese Geschichte hineingezogene Buchhalter Wolkow.
In seinem Rücken hörte Tschonkin langsame Schritte.
»Wer ist dort?« fragte er zusammenzuckend.
»Ich bin es, Njura«, hörte er Njuras Stimme.
»Ach, du bist es, Njura«, freute sich Tschonkin. »Komm näher heran. Aber streck den Kopf nicht hoch, sonst töten sie dich. Kraul doch mal den Eber.«
Njura hockte sich über dem Eber hin und begann, ihn hinter dem Ohr zu kraulen.
»Hast du das gesehen?« fragte Tschonkin zufrieden. »Und du hast dich gefürchtet.«
»Und was wird weiter sein?« fragte Njura trübsinnig.
»Was soll weiter sein?« Tschonkin ließ die im Schlamm Liegenden nicht aus den Augen. »Die sollen so liegen, bis man mich ablöst.«
»Und wenn du austreten mußt?«
»Wenn ich austreten muß ...« Tschonkin dachte nach, fand aber gleich einen Ausweg. »Dann wirst du solange Wache halten.«
»Und wenn es dunkel wird?« fragte Njura.
»Wenn es dunkel wird, werden wir sie weiter bewachen.«
»Du Dummer«, seufzte Njura. »Die sind doch grau.

Selbst jetzt bei Tag kann man sie im Schlamm kaum erkennen. Was soll erst sein, wenn es dunkel wird?«
»Mal doch den Teufel nicht an die Wand!« herrschte Tschonkin sie an, in der dem Menschen so eigentümlichen Gewohnheit, seinen Grimm gegen jene zu richten, die eine unangenehme Wahrheit aussprechen, als ob die Wahrheit, wenn man sie zurückhält, dadurch besser würde. Trotzdem versank Tschonkin in Gedanken und wog alle Möglichkeiten gegeneinander ab. Endlich kam ihm ein Einfall.
»Njura«, sagte er, schon wieder fröhlich. »Geh ins Haus und hol die Posttasche und einen möglichst langen Strick. Hast du verstanden?«
»Nein«, sagte Njura.
»Du verstehst es nachher. Geh schon.«

22

Schon bald konnten etwaige Schaulustige folgendes Bild sehen: Njura trat aus ihrem Haus, bewaffnet mit einem langen Strick und mit ihrer Posttasche aus Zelttuch. Sie ging von hinten auf die im Straßenschlamm liegenden Männer zu und gab Tschonkin ein Zeichen mit der Hand.
»He, ihr!« brüllte Tschonkin hinter seiner Deckung hervor. »Gleich ist die Njura bei euch, der gebt ihr eure Revolver. Wer sich widersetzt, den töte ich auf der Stelle. Verstanden?«
Niemand antwortete. Njura war es gewöhnt, den Fisch vom Kopf her zu putzen. Sie trat zunächst auf den Leutnant zu.
»Geh weg, du Hündin, sonst schieß ich«, zischte der Leutnant, ohne den Kopf zu heben.
Njura blieb stehen.
»Iwan!« rief sie.
»Was ist?«

»Er beschimpft mich.«
»Dann geh ein Stück zur Seite!« Tschonkin richtete den Gewehrlauf auf den Leutnant und kniff das linke Auge zu.
»Nicht schießen! Es war nur ein Scherz. Hier ist meine Pistole.«
Hoch in der Luft, damit Tschonkin es sehen konnte, warf der Leutnant die Pistole über seinen Kopf hinweg. Sie fiel zu Njuras Füßen auf die Erde. Njura wischte den Schlamm ab und legte die Pistole in die Tasche.
»Und worauf wartest du, Onkel?« fragte sie Swinzow, der in einer Pose dalag, als wolle er die ganze Erde umarmen.
»Ich warte doch gar nicht, Mädchen«, stöhnte Swinzow. »Da liegt er schon.« Und wirklich, sein Revolver vom Typ »Nagant« lag an der Seite seines Herrn auf einem feuchten Erdklumpen. Njura beförderte auch ihn in ihre Tasche.
»Aua«, stöhnte Swinzow wieder. »Aua, ich kann nicht mehr!«
»Bist du verwundet?« fragte Njura besorgt.
»Das bin ich, Mädchen, das bin ich in der Tat. Man müßte mich verbinden, sonst verblute ich noch. Ich hab drei Kinder. Wer soll für die sorgen?«
»Gleich, halt noch ein Weilchen aus«, sagte Njura. Obwohl Swinzow dem Aussehen nach schlechterdings ein Tier war, empfand Njura Mitgefühl, wie normale Menschen es selbst beim Anblick eines leidenden Tieres verspüren.
Alles weitere ging wie geschmiert. Die anderen sahen das Beispiel der Ranghöheren, unterwarfen sich genauso anstandslos und lieferten die Waffen ab. Sie leisteten selbst dann noch keinen Widerstand, als Njura den langen Strick um alle auf einmal herumwand, so wie Bergsteiger sich vor einer schwierigen Kletterpartie aneinanderbinden.

23

Der Arbeitstag neigte sich seinem Ende zu. Die zum Aufspüren des Deserteurs ausgesandte Abteilung ließ nichts von sich hören. Hauptmann Miljaga begann, nervös zu werden. Die Sekretärin Kapa hing zwei volle Stunden an der Strippe und brachte die Telefonistinnen im Fernmeldeamt zur Verzweiflung, aber in Krassnoje meldete sich niemand.

»Was ist?« fragte der Chef immer wieder und streckte den Kopf durch die Tür des Arbeitszimmers.

Kapa zuckte schuldbewußt mit den fragilen Schultern, als hätte sie diese ganze Geschichte eingebrockt, und drehte wieder geduldig an der Kurbel des Telefongeräts.

Zehn Minuten vor Arbeitsschluß begann sie, ihre Frisur in Ordnung zu bringen, obwohl sie nicht recht wußte, ob sich das lohnte. Wenn der Chef sie zu sich rief, war die Frisur sowieso wieder futsch. Aber heute würde er sie wahrscheinlich nicht rufen, diese Saftknaben mit Leutnant Filippow an der Spitze hatten sich irgendwohin verdrückt und den Chef gelüstete es offensichtlich nicht nach ihr. Punkt achtzehn Uhr ertönte über der Tür ein schrilles Läuten. Kapa sprang auf und betrat, etwas mehr als gewöhnlich mit dem Hintern wippend, das Zimmer des Hauptmanns, ein nichtoffizielles blühendes Lächeln auf dem Gesicht.

Der Hauptmann lächelte zurück und schlug Kapa vor, einen kleinen Ausflug in das Dorf Krassnoje zu machen, denn außer ihr waren alle Mitarbeiter ausgeflogen, und er selber konnte zum gegebenen Zeitpunkt die Behörde nicht verlassen.

»Uns ist irgendein Pferd zugelaufen, das kannst du nehmen, wenn du willst.«

»Ich kann doch nicht reiten«, sagte Kapa schüchtern.

»Dann geh zu Fuß. Du bist jung, sieben Kilometer

Fußmarsch schaffst du spielend.«
»Aber ich bitte Sie, Afanassij Petrowitsch!« widersprach Kapa gekränkt. »Wie soll ich durch diesen Schlamm laufen?«
»Zieh Gummistiefel an«, sagte der Hauptmann. »Du machst ja nur den Hinweg zu Fuß, zurück fährst du dann mit den anderen. Wahrscheinlich begegnen sie dir schon auf halbem Weg.«
Kapa versuchte, weiter zu widersprechen, aber der Hauptmann lächelte eisig und redete sie mit dem Familiennamen an, was ein Zeichen höchster Erbostheit war. Er erklärte Kapa wie einem kleinen Kind, sie sei zwar frei angestellt, aber der Dienst in einer Militärbehörde zur Kriegszeit verpflichte sie dazu, sämtliche Befehle unwidersprochen, präzis und pünktlich auszuführen, was sie selber durch ihre Unterschrift bei Antritt dieser Arbeit bekräftigt habe.
Mit bebenden Lippen sagte Kapa »Zu Befehl!« und rannte weinend hinaus. Sie rannte nach Hause, um ihre Gummistiefel zu holen. Unterwegs schwor sie die entsetzlichsten Eide, kein Zureden und keine Drohung (auch nicht die Entlassungsdrohung) würden sie künftig zwingen, sich mit diesem herzlosen Menschen auf dieses alptraumhafte, verschlissene Dienstsofa mit den Tintenklecksen und den eingedrückten Sprungfedern zu legen.
Es sollte ihr indessen nicht gelingen, Miljagas Befehl auszuführen. Ihr Ehemann, Direktor der hiesigen Molkerei, der seine Frau schon lange im Verdacht hatte, daß sie ihn betrog, machte ihr eine Eifersuchtsszene und schloß sie in der Speisekammer ein.
Die Sonne näherte sich dem Horizont, als Hauptmann Miljaga, der vergeblich auf die Heimkehr seiner Untergebenen sowie auf Nachrichten von Kapa gewartet hatte, die ihm anvertraute Institution mit einem großen Hängeschloß versperrte, das zugelaufene Pferd sattelte und den Weg seines verschollenen Kommandos einschlug.

24

Auf der gegen Ende des Tages wieder getrockneten Straße trug das Pferd den Hauptmann Miljaga raschen Hufes ins Unbekannte. Von Zeit zu Zeit verfiel es im Übermaß der Energie in Trab, aber der Hauptmann zügelte es, er wollte den unverhofften Ausritt etwas ausdehnen. Miljagas Stimmung hatte sich aufgeheitert. Er schaute sorglos um sich und nahm die bereits dämmernde Landschaft wie etwas Besonderes in sich auf. »Wie schön ist doch unsere Natur«, dachte er. »In welchem anderen Land gibt es solche Kiefern, solche Birken und so weiter?« In keinem anderen Land war Miljaga jemals gewesen, aber sein angeborener Patriotismus gab ihm die Überzeugung ein, daß eine beachtenswerte Pflanzenwelt dort überhaupt nicht existierte. »Das tut gut«, freute er sich und füllte seine verräucherten Lungen mit Luft. »Ganz offenbar ist der Sauerstoffgehalt hier größer als in meinem Arbeitszimmer.« In letzter Zeit verbrachte Miljaga ganze Tage und Nächte in seinem Arbeitszimmer, womit er sich selbst und seinem Heimatland empfindlichen Schaden zufügte. Durch besonderen Eifer hatte er sich früher nie ausgezeichnet, er war immer gute Mittelklasse geblieben, denn er begriff sehr wohl, daß es an der unsichtbaren Front genauso gefährlich war, Klassenerster wie Hinterbänkler zu sein. Im Leben eines Mitarbeiters jener Behörde, welcher der Hauptmann angehörte, gibt es unruhevolle Augenblicke, in denen die Gesetzlichkeit triumphiert. Im Verlauf seiner Karriere hatte Miljaga zweimal solche Widrigkeiten durchleben müssen. Beide Male war jedermann von oben bis unten gefilzt worden, aber ihm war es gelungen, heil davonzukommen und sich sogar dienstlich zu verbessern: vom Oberaufseher zum Chef der Rayonsabteilung. Dieser Umstand gestattete ihm, mit gedämpftem Optimismus in die Zukunft zu blicken. Er durfte die Hoff-

nung hegen, auch beim nächsten Triumph der Gesetzlichkeit wieder seine heile Haut zu behalten.
Dergestalt vor sich hin sinnierend, bemerkte er nicht, wie es dunkel wurde. Als er nach Krassnoje hineintrabte, war es bereits Nacht. Miljaga hielt beim ersten Haus an und hörte hinter der Gartenpforte eine strenge weibliche Stimme: »Borjka, zum Teufel nochmal, kommst du jetzt heim oder nicht! Du willst wohl, daß ich dir eins mit der Gerte überziehe?«
Als Antwort ertönte ein fröhliches Grunzen, woraus der Hauptmann auf Grund seiner Angewohnheit, die verschiedensten Fakten zu analysieren und miteinander in Verbindung zu bringen, sogleich folgerte, daß Borjka kein Mensch war.
»Mädchen«, sagte der Hauptmann in die Dunkelheit hinein, »weißt du, wo unsere Mitarbeiter sind?«
»Was für Mitarbeiter?«
»Du weißt schon, was für Mitarbeiter«, sagte der Hauptmann verschämt.
Hinter der Gartenpforte wurde geschwiegen, dann fragte die weibliche Stimme vorsichtig: »Wer sind denn Sie?«
»Wer viel weiß, wird schnell alt«, scherzte der Hauptmann.
»Die sitzen hier alle im Haus drin«, erwiderte das Mädchen unschlüssig.
»Darf man eintreten?« fragte Miljaga.
Das Mädchen zögerte und erwiderte dann, wieder unsicher: »Treten Sie ein.«
Miljaga sprang behend aus dem Sattel, band das Pferd an den Zaun und ging durch die Gartenpforte. Die junge Frau (das Alter der Frau hatte Miljaga sogar in der Dunkelheit rasch konstatiert) beschimpfte den unsichtbaren Borjka abschließend noch als Schmarotzer, öffnete dann die Haustür und ließ den Hauptmann vorangehen.
Er passierte erst die dunkle Diele, wobei er gegen irgend-

welche scheppernden Gegenstände stieß und tastete sich dann einen Korridor entlang.
»Die Tür ist rechts«, sagte das Mädchen.
Der Hauptmann ertastete die Türklinke, betrat ein Zimmer und kniff sofort die Augen zusammen: auf dem Tisch brannte eine Zwölflinienlampe. Als er sich ein wenig an das grelle Licht gewöhnt hatte, erblickte er seine Untergebenen, sieben Mann stark und folglich vollzählig. Fünf Mann saßen auf der Sitzbank, die an der Wand entlanglief. Leutnant Filippow hatte die Faust unter die Backe gelegt und schlief auf dem Fußboden. Der siebte Mann, nämlich Swinzow, lag mit dem Hintern nach oben auf dem Bett und stöhnte leise. In der Mitte des Zimmers saß auf einem Schemel ein Soldat mit blauen Kragenspiegeln und hielt ein Gewehr mit aufgepflanztem Bajonett in der Hand. Als der Soldat den Eintretenden sah, drehte er sich um und richtete das Gewehr auf ihn.
»Was geht hier vor?« fragte der Hauptmann streng.
»Schrei nicht so«, sagte der Soldat, »du weckst noch den Verwundeten.«
»Wer bist denn du?« brüllte Miljaga und griff nach seiner Revolvertasche.
Da sprang der Soldat vom Schemel auf und bewegte das Bajonett auf den Bauch des Hauptmanns zu.
»Hände hoch!«
»Dir werd ich's zeigen«, lächelte der Hauptmann und versuchte, die Revolvertasche aufzuknöpfen.
»Gleich stech ich dich in den Bauch«, warnte der Rotarmist.
Als der Hauptmann dem erbarmungslosen Blick des Soldaten begegnete, begriff er, daß es schlecht um ihn stand. Langsam streckte er die Hände in die Höhe.
»Njura«, sagte der Soldat zu dem Mädchen, das immer noch in der Tür stand, »nimm ihm den Revolver ab und wirf ihn in die Posttasche.«

25

Es waren einige Tage seit dem Verschwinden der Dienststelle des Hauptmanns Miljaga vergangen, aber niemand im Rayon nahm davon Notiz. Dabei war immerhin nicht eine Nadel im Heu verschwunden, sondern eine stattliche Institution, die im Kreis der anderen Behörden eine beachtliche Stelle einnahm. Ohne besagte Institution läßt sich, sollte man meinen, nicht ein einziger Schritt tun. Aber als sie verschwunden war, gab keiner auch nur einen Ton von sich. Die Leute lebten, arbeiteten, wurden geboren und starben und alles ohne Wissen der diesbezüglichen Organe, sondern einfach von alleine.

Dieser unhaltbare Zustand hätte sich wer weiß wie lange ausgedehnt, hätte nicht der Erste Sekretär des Rayonskomitees, Genosse Rewkin, allmählich das Gefühl gehabt, daß um ihn herum irgend etwas fehlte. Dieses seltsame Gefühl verstärkte sich nach und nach. Es saß ihm wie ein Splitter unter der Haut und machte sich überall bemerkbar, wo immer sich Rewkin aufhielt, im Büro des Rayonskomitees, auf der Konferenz der Bestarbeiter, auf der Sitzung des Rayonssowjet und sogar zu Hause. Unfähig, sich über seinen Zustand klar zu werden, verlor er den Appetit, wurde zerstreut und war schließlich so weit, daß er einmal die Unterhose über die Reithose zog und in diesem Aufzug zur Arbeit fahren wollte, aber seine Fahrerin Motja wußte ihn auf taktvolle Weise daran zu hindern.

Als er nun eines Nachts schlaflos dalag, die Zimmerdecke anstarrte, seufzte und eine Zigarette nach der anderen rauchte, fragte ihn seine neben ihm im Bett liegende Ehefrau Aglaja: »Was ist los mit dir, Andrej?«

Rewkin hatte seine Frau schlafend gewähnt. Ihre Frage kam so unerwartet, daß er den Zigarettenrauch in die falsche Kehle bekam und husten mußte.

»Wie meinst du das?« fragte er hustend.
»Seit ein paar Tagen bist du irgendwie nervös. Du bist blaß, willst nichts essen und rauchst bloß. Hast du Unannehmlichkeiten bei der Arbeit?«
»Nein«, erwiderte er. »Alles ist in Ordnung.«
»Bist du gesund?«
»Völlig.«
Sie schwiegen eine Weile.
»Andrej«, sagte dann die Ehefrau erregt, »sag mir von Kommunist zu Kommunist: haben dich vielleicht ungesunde Stimmungen ergriffen?«
Er hatte Aglaja vor über zehn Jahren kennengelernt, als sie beide die Kollektivierung durchführten. Aglaja, damals eine fünfundzwanzigjährige Komsomolzin mit flammendem Blick, hatte Rewkin dadurch gewonnen, daß sie ganze Tage und Nächte im Sattel verbrachte und verwegen durch den Rayon galoppierte, um die Kulaken und Schädlinge aufzuspüren und zu entlarven. Ihr kleines aber festes Herz kannte kein Erbarmen mit den Feinden, die man damals in großer Zahl in die kalten Landesteile verschickte. Nicht immer begriff sie die humane Parteilinie, die es nicht erlaubte, alle Feinde an Ort und Stelle zu vernichten. Heute leitete Aglaja einen Kindergarten.
Als Rewkin die an ihn gerichtete Frage vernahm, verfiel er in Gedanken. Er löschte seine Zigarette und zündete sich eine andere an.
»Ja, Glascha«, sagte er dann, »ich glaube, du hast Recht. Mich haben wirklich ungesunde Stimmungen ergriffen.«
Sie schwiegen wieder.
»Andrej«, sagte Aglaja leise und unbeirrbar, »wenn du ungesunde Stimmungen verspürst, dann mußt du dich vor der Partei entwaffnen.«
»Jawohl, das muß ich«, pflichtete Rewkin bei. »Aber was soll aus unserem Sohn werden? Der ist doch erst sieben.«
»Sorg dich nicht darum. Ich werde ihn zum echten

Bolschewiken erziehen. Er wird sogar deinen Namen vergessen.«
Sie half ihrem Mann beim Packen des Koffers, lehnte es aber aus ideellen Erwägungen ab, den Rest der Nacht im selben Bett zu verbringen.
Als am Morgen das Dienstauto eintraf, befahl Rewkin der Fahrerin Motja, ihn an den eigens dafür bestimmten Ort zu bringen. Seit einiger Zeit war er nirgendwohin mehr zu Fuß gegangen und fürchtete daher, den Weg zu verfehlen. Zu seiner nicht geringen Verwunderung fand er am eigens dafür bestimmten Ort die eigens für diesen Ort bestimmten Personen nicht vor, weder Wachposten noch Diensthabende. Vor dem großen grünen Tor hing ein massives Vorhängeschloß. Rewkin pochte an die Tür und an das Tor und versuchte, in die Fenster des Erdgeschosses hineinzublicken, aber es war niemand zu sehen.
»Sonderbar«, dachte Rewkin. »Wie kann das zugehen, daß in einer solchen Institution niemand da ist?«
»Vor diesem Tor hängt schon seit einer Woche ein Schloß«, sagte die Fahrerin Motja, als hätte sie Rewkins Gedanken erraten. »Vielleicht hat man sie längst auseinandergejagt.«
»Nicht auseinandergejagt, sondern liquidiert«, berichtigte Rewkin streng und befahl, ins Rayonskomitee zu fahren.
Unterwegs dachte er, das Verschwinden einer so gewichtigen Institution sei in der Tat durch nichts anderes als durch Liquidierung zu erklären. Aber wenn dem so war, warum hatte ihn dann niemand in Kenntnis gesetzt? Und kann man überhaupt, dazu noch zur Kriegszeit, eine Organisation auflösen, mit deren Hilfe sich der Staat gegen die inneren Feinde schützt? Ist das Verschwinden dieser Institution nicht vielleicht durch die Intrigen besagter Feinde zu erklären, die jetzt mit Sicherheit ihre Aktivität verstärkt haben?
Rewkin schloß sich in seinem Arbeitszimmer ein und rief

der Reihe nach alle Nachbarrayons an. Durch behutsames Fragen stellte er fest, daß die eigens dafür bestimmte Institution allerorten weiterbestand und sich durchaus regte. Aber diese Nachricht brachte Rewkin keine Erleichterung. Die Lage erschien jetzt noch verworrener. Es war unerläßlich, eine dringende Untersuchung in die Wege zu leiten.

Rewkin griff zum Telefon und verlangte, mit Hauptmann Miljaga verbunden zu werden.

»Er meldet sich nicht«, sagte das Telefonfräulein, und erst da begriff Rewkin die Sinnlosigkeit dieses Anrufs. Denn wenn es Miljaga weiterhin gegeben hätte, hätte er ihn gar nicht anzurufen brauchen. Andererseits, wer sollte in die verwickelte Geschichte des Verschwindens der besagten Institution Klarheit bringen, wenn nicht eben jene Institution, deren Aufgabe das recht eigentlich war?

»Man müßte eine Eingabe machen«, dachte der Sekretär, »daß in jedem Rayon zwei Institutionen eingerichtet werden. Dann würde das erste Amt seines Amtes walten, und das zweite Amt würde sein Augenmerk darauf richten, daß das erste Amt nicht einfach verschwindet.«

Rewkin notierte diesen Gedanken auf einem Blatt seines Tischkalenders, aber sofort stellte sich der nächste Gedanke ein: »Und wer wird die zweite Institution beobachten? Folglich müßte man eine dritte Institution schaffen und nach der dritten eine vierte und so weiter und so fort bis in die Unendlichkeit. Aber wer würde sich dann mit anderen Dingen befassen?« Das Ergebnis war ein Teufelskreis.

Indessen war für Gedankenspiele keine Zeit, es mußte gehandelt werden.

Rewkin schickte Motja auf den Markt, damit sie die Gespräche der Marktfrauen belausche. Motja war bald wieder da und sagte, die Weiber erzählten, besagte Institution sei in voller Mannschaftsstärke ins Dorf Krassnoje gefahren, um dort irgendeinen Deserteur zu verhaften. Der Faden war gefunden. Jetzt hatte Rewkin wieder festen Boden unter den Füßen, das unerklärliche Gefühl war verschwunden wie ein mit der Pinzette entfernter Splitter.

Rewkin rief in Krassnoje an. Dort meldete sich Vorsitzender Golubew (er hatte inzwischen seine Lebensgeister wiedergefunden). Auf Rewkins Frage, wo sich das nach Krassnoje entsandte Kommando befinde, sagte Golubew: »Der Tschonkin hat sie verhaftet mit seiner Mieze.«

Golubew war schlecht zu verstehen, außerdem kam es Rewkin unglaubhaft vor, daß irgendein Tschonkin mit irgendeiner Mieze alle Mitarbeiter der besagten Institution auf einen Streich verhaften konnte. Hatte Golubew vielleicht gar nicht »Mieze«, sondern »Miliz« gesagt?

»Wie stark ist denn seine Miliz?« erkundigte sich Rewkin.

»Wie stark dem seine Mieze ist . . .«, murmelte Golubew verlegen und versuchte, sich Njuras Bild vor Augen zu rufen. »O doch, die ist stark.«

Kaum hatte Rewkin den Hörer aufgelegt, da begannen düstere Gerüchte durch den Rayon zu geistern. Es hieß, in der Umgegend treibe ein gewisser Tschonkin mit seiner Bande sein Unwesen. Die Bande sei stark und gut bewaffnet.

Über Tschonkins Person gab es die widersprüchlichsten Mutmaßungen. Die einen sagten, Tschonkin sei ein mit seinen Kumpanen aus dem Gefängnis entflohener Sträfling. Wieder andere behaupteten, er sei ein weißer General, der in den letzten Jahren in China gelebt habe. Jetzt habe er die Sowjetunion überfallen und schare ein unübersehbares Heer um sich. Alle von der Sowjetmacht gekränkten Leute strömten von überallher zu ihm.

Es gab noch eine dritte, den beiden ersten zuwiderlaufende Version, wonach sich hinter dem Namen Tschonkin der vor den Deutschen geflohene Stalin verbarg. Man

erzählte, seine Leibgarde bestehe ausschließlich aus Personen georgischer Nationalität, sein Weib dagegen sei eine Russin aus dem einfachen Volk. Man berichtete, Stalin sei von einem mächtigen Grimm erfaßt worden, als er die im Rayon herrschenden Zustände sah. Er lasse alle möglichen Chefs und Natschalniks zu sich rufen und sie als Schädlinge einer harten Strafe zuführen. So habe er zum Beispiel die gesamte Besatzung einer gewissen Institution, mit Hauptmann Miljaga an der Spitze, verhaften und auf der Stelle exekutieren lassen.
Zilja Stalina brachte diese Neuigkeit aus der Schlange vor dem Petroleumladen mit.
»Moische, hast du schon gehört?« sprach sie zu ihrem Ehemann, der am Fenster saß und mit dem Hammer Nägel in eine Schuhsohle schlug. »Die Leute sagen, irgendein Tschonkin hätte deinen Bekannten, diesen Goi, erschießen lassen.«
»Hab ich gehört«, sagte Moissej Salomonowitsch, nachdem er die in seinem Mund steckenden Nägel aus demselben genommen hatte. »Es war ein sehr interessanter junger Mann, und es tut mir sehr leid um ihn.«
Zilja entfernte sich, um den Petroleumkocher anzuzünden, war aber gleich wieder da.
»Moische, was glaubst du«, fragte sie erregt. »Ist dieser Tschonkin ein Jude?«
Moissej Salomonowitsch legte den Hammer beiseite.
»Tschonkin?« wiederholte er verwundert. »Ich nehme an, es ist der Name eines Russen.«
»Eines Russen?« Zilja sah ihren Mann an, als hielte sie ihn für dumm. »Was willst du mir weismachen? Riwkin und Suskin sind doch auch Juden!«
Sie kehrte an ihren Petroleumkocher zurück und sprach dort den Namen »Tschonkin« auf verschiedene Weisen vor sich hin. Dabei schüttelte sie zweifelnd ihr graues Haupt.

Um die unheilverkündenden Gerüchte irgendwie zu neutralisieren, brachte die Lokalzeitung *Bolschewistisches Tempo* unter der Rubrik »Unterhaltsame Information« einige wissenswerte Meldungen. Da wurde zum Beispiel von einem Wassermolch berichtet, der fünftausend Jahre im tiefgekühlten Zustand verbracht hatte und durch Auftauen wiederbelebt werden konnte. Oder auch von einem mit goldenen Händen begabten Mann aus dem Volk, einem Schlosser aus der Stadt Tschebokssary, dem es gelungen war, auf einem Weizenkorn den vollständigen Text des Aufsatzes »Zu wem steht ihr, Meister der Kultur?« einzuritzen. Als sich nun die Gerüchte trotzdem weiter verbreiteten, eröffnete das Blatt in dem Bestreben, die Gedanken in andere Bahnen zu lenken, eine Diskussion über das Thema »Sind gute Umgangsformen notwendig oder nicht?«. In einem Artikel, der diese Überschrift trug, schrieb der beim Rayonskomitee angestellte Vortragsredner Neushelow, der weltweite und historische Sieg der Oktoberrevolution habe den Völkern unseres unabsehbar großen Landes nicht nur die Befreiung von der Macht der Kapitalisten und Gutsbesitzer gebracht, er habe auch die früheren Normen der Moral und Sittlichkeit aufgekündigt und durch neue Normen ersetzt, welche die sich in den gesellschaftlichen Beziehungen vollziehenden grundlegenden Umwälzungen wiederspiegelten. Die neuen Normen zeichneten sich vor allem durch eine klar ausgeprägte Klassen-Einstellung aus. Die Gesellschaft des siegreichen Sozialismus, schrieb der Autor, weise die bürgerlichen Regeln des guten Tones von sich, in denen sich die Prinzipien der Herrschaft der einen Menschen über die anderen ausdrückten. Für immer aus dem Sprachgebrauch verschwunden sei die Anrede »Herr«, »ehrenwerter Herr«, »ihr ergebener Diener« und so weiter. Das Wort »Genosse«, mit dem wir einander anreden, bezeuge nicht nur die Gleichheit in den Beziehungen der verschie-

denen Bevölkerungsgruppen, sondern auch die Gleichheit von Mann und Frau.
Gleichzeitig lehnen wir jedoch Äußerungen des Nihilismus im Bereich der Beziehungen zwischen den Werktätigen ab. Neushelow verwies darauf, daß ungeachtet der neuen Prinzipien auch einige traditionelle Verhaltensnormen in unserem sozialistischen Alltag bewahrt werden müßten. So müsse man zum Beispiel in den öffentlichen Verkehrsmitteln (welche es in Dolgow übrigens nie gab) seinen Sitzplatz unbedingt den Behinderten, den Leuten im vorgerückten Alter, den Schwangeren sowie Frauen mit Kindern überlassen. Der Mann solle die Frau als erster grüßen, ihr aber nicht als erster die Hand reichen, er solle Frauen den Vortritt lassen und in geschlossenen Räumen seine Kopfbedeckung abnehmen. Zwar sei es nicht unbedingt erforderlich, den Damen die Hand zu küssen, indessen seien Aufmerksamkeit und Takt im Umgang mit Produktionskollegen oder auch mit Nachbarn unerläßlich. Im Zusammenhang damit seien solche Überbleibsel der Vergangenheit wie gegenseitige Grobheit oder wüstes Fluchen absolut unpassend. Das gleiche gelte für das Spielen auf Musikinstrumenten nach dreiundzwanzig Uhr. Der Autor führte noch einige negative Beispiele an und schloß seinen Artikel mit dem Gedanken, gegenseitige Höflichkeit sei die Grundlage der guten Laune, welche sich wiederum in letzter Instanz auf die Produktivität unserer Arbeit auswirke. Da aber von unserer Arbeit im Hinterland der Sieg an der Front abhänge, brauche man nicht erst lange nach den nötigen Schlußfolgerungen zu suchen.
Bei einigen Leuten hinterließ dieser Artikel einen nachhaltigen Eindruck.
So lebten zum Beispiel in der Stadt Dolgow inmitten der anderen Einwohner zwei überaus bemerkenswerte Staatsbürger. Da die ganze Sache weit zurückliegt, erinnert sich niemand mehr an ihre Namen, Dienstränge und Dienst-

stellungen. Alteingesessene berichten, es habe sich bei diesen beiden um zwei wunderliche Käuze gehandelt, die sich im Sommer in Strohhüten, im Winter dagegen in hohen grauen Pelzmützen auf dem Platz der Kollektivierung trafen, um gemessenen Schrittes die Postamtsstraße entlang bis zum Markt und zurück zu gehen. Während ihrer Spaziergänge unterhielten sie sich, flüsternd und um sich blickend, über die aktuellsten Themen. Daß sie sich auf dem Höhepunkt der Kampfhandlungen in Dolgow und nicht bei der Armee befanden, läßt darauf schließen, daß sie das wehrpflichtige Alter überschritten hatten.

Am Abend jenes Tages, an dem die Ausgabe der Zeitung mit dem Artikel Neushelows erschienen war, begrüßten sich die beiden Denker auf dem Platz wie gewöhnlich durch ein leichtes Lüften der Hüte.

»Nun, was meinen Sie dazu?« fragte der Erste Denker ohne Umschweife und drehte den Kopf nach links, nach rechts, zurück, wieder nach links, wieder nach rechts, um sich zu vergewissern, daß niemand sie beobachtete und niemand lauschte.

Der Zweite Denker fragte nicht, wozu er etwas meinen sollte. Der ständige Umgang hatte die beiden so geschult, daß sie einander schon bei der kleinsten Anspielung verstanden. Der Zweite Denker vollzog ebenfalls die gewissermaßen rituelle Kopfbewegung nach links, nach rechts und zurück und sagte dann: »Ach, lassen wir das! Mit irgendwas müssen sie doch die Zeitung füllen.«

»Meinen Sie wirklich?« fragte der Erste Denker und kniff verschmitzt die Augen zusammen. »Gibt es sonst nichts, worüber sie schreiben könnten? Die Deutschen haben das Baltikum, Belorußland und die Ukraine besetzt, sie stehen vor Moskau, auch im Rayon herrscht das reinste Chaos, die Ernte ist nicht eingebracht, das Vieh ist ohne Futter, irgendwo treibt die Bande irgendeines Tschonkin ihr Unwesen, und die Rayonzeitung findet kein anderes

Thema als die guten Umgangsformen.«
»Ach, lassen wir das«, wiederholte der Zweite Denker. »Irgendein Rayon-Vortragsredner hatte den Einfall . . .«
»Da irren Sie sich gewaltig!« sagte der Erste Denker triumphierend. Das war seine Leib-und-Magen-Formel. In jedem Streitgespräch mit seinem Gesprächspartner wartete er mit bebendem Herzen auf den Augenblick, da er sagen konnte: »Da irren Sie sich gewaltig!«
»Ich irre mich überhaupt nicht«, brummte der andere unwillig.
»Ich versichere Ihnen, daß Sie sich irren. Glauben Sie mir, ich kenne dieses System sehr gut. Denen fällt nichts ein, ohne daß eine Anweisung von oben vorliegt. Alles ist komplizierter und zugleich einfacher. Sie haben endlich begriffen«, der Erste Denker machte eine scharfe Kopfbewegung und senkte die Stimme, »daß wir ohne eine Rückkehr zu den alten Werten den Krieg verlieren werden.«
»Weil wir den holden Damen die Hand nicht küssen?«
»Jawohl, genauso ist es!« rief der Erste Denker. »Genau deswegen. Sie begreifen die elementarsten Dinge nicht, mein Bester. Der Krieg, der jetzt geführt wird, ist nicht ein Krieg zwischen zwei Systemen, sondern ein Krieg zwischen zwei Zivilisationen. Überleben wird jene, die sich als höherstehend erweist.«
»Na, wissen Sie!« erwiderte der Zweite Denker mit einer zweifelnden Geste. »Jetzt tragen Sie aber stark auf. Einst haben die Hunnen . . .«
»Kommen Sie mir nicht mit den Hunnen! Denken Sie an Alexander den Großen . . .«
Jetzt ging es richtig los. Die Hunnen, Alexander der Große, der Krieg gegen die Philister, die Kreuzzüge, der Übergang über die Alpen, die Schlacht bei Marathon, die Eroberung von Ismail, der Durchbruch durch die Maginotlinie . . .«
»Sie verstehen das nicht!« Der Erste Denker fuchtelte mit

den Armen. »Zwischen Verdun und Austerlitz war ein großer Unterschied.«

»Kommen Sie mir nicht mit Austerlitz. Nehmen wir lieber Trafalgar.«

»Trafalgar schenke ich Ihnen.«

So stritten sie auf dem Weg vom Platz zum Markt und zurück einige Stunden lang, fuchtelten mit den Armen, blieben stehen, senkten die Stimme und ließen sie wieder anschwellen. Zu einer übereinstimmenden Meinung vermochten sie nicht zu gelangen, aber dafür schnappten sie viel frische Luft, was bekanntlich für den Organismus förderlich ist. Als sie sich nach Mitternacht verabschiedeten, fanden beide lange keinen Schlaf. In ihrem Gedächtnis hechelten sie noch einmal alle Details des Gesprächs durch und jeder dachte: »Morgen werde ich es ihm geben . . .«

Auch auf einige andere Bewohner der Stadt machte der Artikel über die guten Manieren einen starken Eindruck. Eine alte Lehrerin schrieb eine polemische Glosse mit dem Titel »Warum eigentlich nicht?« Worin sie zwar der Klassen-Einstellung Gerechtigkeit widerfahren ließ, indessen die Meinung vertrat, es sei nicht nur möglich, sondern auch notwendig, den Damen die Hand zu küssen. »Das ist schön, elegant und ritterlich«, schrieb sie. Ritterlichkeit aber sei ein nicht wegzudenkender Charakterzug eines jeden Sowjetmenschen. Der verdiente Viehschlachter Terentij Knysch wies in seinem Beitrag »Was wollen Sie sonst noch?« die Glosse der Lehrerin scharf zurück. Wozu soll ein werktätiger Mensch, schrieb er, irgendeiner Dame die Hand küssen? Und wenn diese Dame die Hände nicht gewaschen hat, oder wenn sie, was schlimmer ist, die Krätze hat? »Entschuldigen Sie bitte«, schrieb Knysch, »wenn ich Ihnen mit der Aufrichtigkeit eines Arbeiters sage: solange Sie keine ärztliche Bescheinigung vorweisen, werde ich Ihnen die Hand nicht küssen.« Der Lokaldichter Serafim Butylko schrieb sogar ein langes Gedicht,

Deutlich seh ich die Fernen des Kommunismus. Einen direkten Bezug zum Thema der Diskussion hatte das Gedicht freilich nicht.

Die Zeitung brachte eine die Diskussion abschließende Stellungnahme, bedankte sich bei allen Beteiligten, tadelte die Lehrerin und Knysch als Vertreter extremer Positionen und folgerte, bereits das Bestehen solch unterschiedlicher Standpunkte zur vorliegenden Frage zeuge davon, daß das von Neushelow aufgeworfene Problem ein ernstes und aktuelles sei. Man könne sich nicht darum herumdrükken, es sei aber auch nicht leicht, es einer Lösung zuzuführen.

Während die Zeitung die Bevölkerung ablenkte, kamen die leitenden Persönlichkeiten des Rayons nach Abwägung aller denkbaren Möglichkeiten zu dem Schluß, daß es sich bei Tschonkin am ehesten um den Kommandeur deutscher Fallschirmjäger handeln könne, die im Rayon abgesprungen waren, um die Arbeit des Hinterlandes zu desorganisieren und den deutschen Vormarsch an diesem Frontabschnitt vorzubereiten.

Da die Rayonsführungsspitze nicht wußte, was sie tun sollte, wandte sie sich an die Gebietsführungsspitze, die sich ihrerseits an die Militärbehörden wandte. Zwecks Liquidierung der Bande Tschonkins (des »sogenannten Tschonkin«, wie man ihn in vertraulichen Schriftstücken nannte) wurde eine Schützeneinheit eingesetzt, die man von einem an die Front fahrenden Militärtransport abgezweigt hatte.

Die graue Dämmerung verdichtete sich, als das Regiment nach allen Regeln der Tarnung das Dorf Krassnoje erreichte und umzingelte. Zwei Bataillone schnitten von beiden Seiten die Straße ab, das dritte grub sich entlang der Gemüsegärten ein (die vierte Seite bildete ein natürliches Hindernis: der Fluß Tjopa).

Es wurden zwei Kundschafter ausgeschickt.

26

Die gesamte Rayon-Besetzung der vorerwähnten Institution festzunehmen, war für Tschonkin eine ziemlich leichte Sache gewesen. Die eigentlichen Schwierigkeiten stellten sich später ein. Es ist bekannt, daß jeder Mensch die Angewohnheit hat, von Zeit zu Zeit zu schlafen. Während des Schlafes büßt er die Wachsamkeit ein, was sich jene zunutze machen können, für die das von Vorteil ist.

Manchmal löste Njura Tschonkin ab, aber auch ihr fiel das Wachehalten nicht leicht, denn niemand hatte sie von ihren Pflichten als Briefträgerin entbunden. Außerdem mußte sie den Haushalt versorgen.

Überdies stellte sich heraus, daß die Mitarbeiter der Institution genauso wie die einfachen Sterblichen einige Male pro Tag und Nacht ihre natürliche Notdurft verrichten müssen. Wobei sich dieses Bedürfnis aus irgendeinem Grund bei jedem von ihnen zu einem anderen Zeitpunkt regt. Das geht noch hin, wenn Njura zur Stelle ist. Während Tschonkin den auf Verrichtung seiner Notdurft Erpichten hinausführt, paßt Njura auf die anderen auf. Aber wenn Njura fort ist, oder wenn sie schläft, könnten die anderen davonlaufen, obwohl ihre Hände gefesselt sind. Erst führte Tschonkin jedesmal alle zusammen zum Austreten, dann dachte er sich eine andere Methode aus. Er fand auf dem Heuboden ein altes Halsband und band daran einen festen Strick. Das Problem war ein für allemal gelöst. Wenn du austreten willst, dann halte deinen Hals hin, und du bist frei, so weit der Strick reicht. Umso mehr als sich das Winterklo gleich nebenan auf dem Viehhof befindet, vom Hauptteil des Hauses nur durch einen schmalen Gang getrennt. (Zeugen sagten später aus, sie hätten, wenn sie durchs Fenster schauten, regelmäßig das gleiche Bild gesehen: Tschonkin sitzt neben der halboffenen Tür auf dem Schemel, hält in der einen Hand das Gewehr und in der anderen einen um das Handgelenk gewickelten, straff gespannten Strick.)

Aber dann trat eine neue Schwierigkeit auf. Njuras ohnehin kärglich bemessener Lebensmittelvorrat neigte sich seinem Ende zu. Es stellte sich nämlich heraus, daß Mitarbeiter der besagten Institution auch in der Eßlust nicht hinter anderen Bevölkerungsgruppen zurückstehen. Zunächst ließ Njura alle Lasten und Entbehrungen des Militärdienstes über sich ergehen, aber dann hielt sie es eines Tages nicht mehr aus.

Einmal kehrte sie zu gewohnter Stunde nach Hause zurück. Die Sonne strebte dem Untergang zu, aber der Abend war noch weit. Tschonkin saß wie immer mit dem Gewehr in der Hand auf dem Schemel, mit dem Rücken gegen den Türpfosten gelehnt, die Beine ausgestreckt. Die Gefangenen lagerten an ihrem Platz in der Ecke. Vier Mann spielten auf dem Fußboden Karten, ein fünfter wartete darauf, daß er an die Reihe kam, zwei Mann lagen gemeinsam mit dem Kopf auf Njuras alter Wattejacke und schliefen, der achte saß auf der Sitzbank und blickte wehmütig zum Fenster hinaus, hinter dem der Fluß, der Wald und die Freiheit waren.

Keiner außer Tschonkin schenkte Njura Beachtung. Aber auch Tschonkin sagte nichts, er hob nur den Kopf und sah Njura mit einem langen, mitfühlenden Blick an. Sie warf stumm die Posttasche neben die Türschwelle, schritt über Tschonkins ausgestreckte Beine hinweg, ging auf den Ofen zu, zog die gußeiserne Schüssel heraus, entdeckte jedoch in der Schüssel bloß eine einzige Kartoffel und dazu noch eine ungepellte. Njura drehte die Kartoffel in der Hand, schleuderte sie in die am weitesten entfernte Ecke und brach in Tränen aus. Auch das verwunderte niemanden, bloß Hauptmann Miljaga, der mit dem Rükken zu Njura saß, sich aber nicht umzudrehen wünschte,

fragte Swinzow: »Was geht dort vor?«
»Das Weib weint«, sagte Swinzow und blickte Njura fast mitleidig an.
»Und warum weint es?«
»Weil es fressen will«, brummte Swinzow.
»Macht nichts«, sagte der Hauptmann und legte einen Karobuben ab. »Bald werden wir sie sattfüttern.«
»Das allerdings.« Swinzow warf seine Spielkarten hin und ging in die Ecke.
»Was hast du?« fragte der Hauptmann erstaunt.
»Ich hab genug gespielt«, sagte Swinzow.
Er breitete seinen Mantel auf dem Fußboden aus, legte sich auf den Rücken und starrte die Zimmerdecke an. In letzter Zeit regte sich in Swinzows dunkler Seele langsam ein vages Gefühl, das ihn bedrückte und beunruhigte.
Dieses Gefühl nannte sich Gewissensbiß. Da Swinzow früher nichts dergleichen gekannt hatte, vermochte er es nicht zu erkennen. (Bisher hatte Swinzow einen Menschen wie einen Baum behandelt; wenn man ihm sagte: Säg ihn ab – dann sägte er ihn ab; wenn man nichts sagte, rührte er ihn nicht an.) Aber als er einmal mitten in der Nacht aufwachte, mußte er plötzlich denken: Herrgottnochmal, wie konnte es geschehen, daß der schlichte, arglose Bauernbursche Swinzow zu dem Seelenverderber Swinzow geworden ist?
Wäre Swinzow gebildeter gewesen, hätte er in der historischen Zweckmäßigkeit eine Erklärung für sein Leben gefunden, aber sein Wissen war gering und sein Gewissen, als es einmal erwacht war, schlief fortan nicht mehr ein. Es nagte an ihm und ließ ihm keine Ruhe.
Swinzow lag in der Ecke und starrte an die Decke, während seine Kameraden weiter über Njura diskutierten.
Jedrenkow sagte: »Vielleicht fürchtet sie, daß wir sie foltern, wenn wir wieder frei sind?«
»Kann sein«, sagte Hauptmann Miljaga. »Aber sie ist

falsch beraten, nicht an unsere Menschlichkeit zu glauben. Gegenüber Frauen wenden wir keine besonderen Methoden an. Nicht gegenüber Frauen«, fügte er hinzu, »die nicht verstockt an ihren Verirrungen festhalten.«

»Aber leid tun kann sie einem schon«, sagte Jedrenkow. »Selbst wenn sie nicht erschossen wird, kriegt sie mindestens ihre zehn Jahre. Und im Lager lebt es sich schlecht für ein Weib. Gib was dem Natschalnik, gib was dem Aufseher ...«

»Gleich geb ich dir was mit dem Topf auf die Birne!« sagte Njura wütend und schwang den gußeisernen Topf.

»Nimm dich zusammen!« rief Leutnant Filippow erregt. »Gemeiner Tschonkin, geben Sie ihr den Befehl, daß sie den Topf wieder hinstellt. Die Genfer Konvention fordert eine humane Behandlung der Kriegsgefangenen.«

Dieser Leutnant war ein großer Gesetzeskenner und lag Tschonkin ständig mit seiner Konvention in den Ohren, die angeblich verlangte, daß Gefangene gut mit Speise und Trank zu versorgen, ordentlich zu kleiden und höflich zu behandeln seien. Auch Tschonkin hätte gern nach den Normen dieser Konvention gelebt, aber er wußte nicht, an wen er sich wenden sollte.

»Halt dich raus, Njura«, sagte er. »Sonst ist nachher der Topf hin. Halt das Gewehr, ich bin gleich wieder da.« Er reichte Njura das Gewehr und lief rasch in die Diele. Er kam mit einem Glas Milch und einem bröckligen schwarzen Stück Fladen wieder. Den Fladen hatte er tagsüber extra für Njura aus der für Borjka bestimmten Kleie gebacken.

Njura biß in den Fladen, während ihr die Tränen über die Wangen rannen und in die Milch tropften.

Tschonkin blickte sie voller Mitgefühl an und dachte, daß etwas geschehen müsse. Erst hatte er sich häuslich bei ihr niedergelassen, und jetzt hatte er auch noch diese Blase ins Haus gebracht. Wenn das so weiterging, würde sie ihn noch mitsamt diesen Burschen zur Tür hinausjagen. Wohin sollte er sich dann mit ihnen wenden? Gleich nachdem er sie verhaftet hatte, dachte Tschonkin, nun würde sich irgendwo irgendein Vorgesetzter an den Kopf fassen. Wenn man auch einen einfachen Soldaten vergessen konnte, würde doch wenigstens das Verschwinden einer ganzen Rayons-Organisation irgend jemanden auf den Plan rufen, würde man herbeieilen, um die Sache aufzuklären. Doch nein, ein Tag nach dem anderen verging, und alles blieb still und ruhig, als wäre nichts geschehen. Die Rayonzeitung *Bolschewistisches Tempo* brachte außer dem Heeresbericht des Sowinformbüros alles nur Erdenkliche, aber über die verschollene Institution stand kein Sterbenswörtchen. Woraus Tschonkin schloß, daß die Menschen die Angewohnheit haben, nur das zu bemerken, was sich vor ihrer Nase abspielt. Was nicht da ist, wird auch nicht bemerkt.

»Njura«, sagte Tschonkin, nachdem er einen Entschluß gefaßt hatte, »paß eine Weile auf die Kerle auf, ich bin bald wieder da.«

»Wohin gehst du?« wunderte sich Njura.

»Sag ich dir später.«

Er strich die Uniformbluse unter dem Koppel glatt, wischte sich mit einem Lappen über die Stiefel und ging hinaus. In der Diele nahm er die Achthundertgrammflasche. Dann schlug er den Weg zur alten Dunja ein.

27

Kolchosvorsitzender Golubew saß in seinem Arbeitszimmer und ordnete mit gewohnter Schwermut die dienstlichen Papiere. Draußen wurde es Abend. Die Häuser, Bäume, Zäune, Menschen und Hunde warfen lange Schatten und weckten traurige Gedanken und das Verlangen nach Alkohol, dem der Vorsitzende seit gestern nicht mehr zugesprochen hatte. Gestern war er im Rayon gewesen und hatte gebeten, ihn an die Front zu schicken. Eine ganze Stunde lang bewies er der rothaarigen Ärztin, Plattfüße seien ein unzureichender Grund für den Verbleib im Hinterland. Er herrschte sie an, sagte ihr Schmeicheleien und wollte sie sogar verführen, allerdings ohne große Begeisterung. Zu guter Letzt begann sie zu schwanken, aber dann steckte sie ihre langen dünnen Finger zwischen seine Rippen, wurde von Entsetzen gepackt und griff sich an den Kopf.

»Mein Gott!« sagte sie. »Ihre Leber ist ja doppelt so groß wie normal. Trinken Sie?«

»Kommt vor«, erwiderte Golubew und vermied es, sie anzusehen.

»Hören Sie mit dem Trinken auf«, sagte sie entschieden. »Wie kann man sich nur seiner eigenen Gesundheit gegenüber so gleichgültig verhalten!«

»Man kann es nicht«, pflichtete ihr Golubew bei.

»Das ist ja barbarisch!« fuhr sie fort.

»In der Tat«, bestätigte Golubew. »Noch heute höre ich auf.«

»Nun gut«, sagte sie sanfter, »in zwei Wochen stellen Sie sich noch mal der Kommission. Und wenn das Rayonskomitee keine Einwände hat, fahren Sie anschließend an die Front.«

Nach diesem Gespräch fuhr er heim. Auf der Höhe der Teestube blieb der Gaul gewohnheitsgemäß stehen, aber Golubew zog ihm die Zügelenden über und fuhr weiter. Nun hatte er bereits seit anderthalb Tagen nicht einen Tropfen getrunken. »Jawohl«, dachte er befriedigt und schaute dabei zum Fenster hinaus, »was immer mir abgehen mag: einen Willen habe ich bestimmt.« In diesem Augenblick tauchte Tschonkin im Blickfeld des Vorsitzenden auf. Er schritt über den Platz aufs Kolchosbüro zu und hielt in den Händen irgendein stromlinienförmiges Gefäß, das Iwan Timofejewitsch mit geübtem Blick sofort erkannte. Es war eine große Flasche. Der Vorsitzende schluckte den Speichel hinunter und wurde still. Tschonkin erreichte das Kolchosbüro und stieg laut polternd die Treppe hinauf. Der Vorsitzende rückte die Papiere auf dem Tisch zurecht und setzte eine amtliche Miene auf. Es klopfte.

»Ja bitte«, sagte der Vorsitzende und langte nach einer Zigarette.

Tschonkin trat ein, begrüßte den Vorsitzenden, blieb aber neben der Tür stehen.

»Tritt ruhig näher, Iwan«, forderte ihn der Vorsitzende auf, ohne den Blick von der großen Flasche abzuwenden. »Komm her zu mir und setz dich hin.«

Tschonkin trat unschlüssig auf den Tisch zu und setzte sich auf den äußersten Rand des knarrenden Stuhles.

»Genier dich nicht, Iwan«, ermunterte ihn der Vorsitzende. »Setz dich normal hin, auf den ganzen Hintern.«

»Macht nichts, wir können auch so sitzen.« Nachdem Tschonkin aus Verlegenheit die Mehrzahl gebraucht hatte, rutschte er auf dem Stuhl mit jenem Körperteil hin und her, auf den ihn Golubew feinfühlig verwiesen hatte, wagte es aber nicht, die ganze Sitzfläche einzunehmen.

Daraufhin breitete sich im Arbeitszimmer ein langes, bedrückendes Schweigen aus. Golubew blickte seinen Besucher abwartend an, aber Tschonkin tat, als hätte er seine Zunge verschluckt. Endlich überwand er sich und begann: »Du, sag mal . . .«, fing Tschonkin an, errötete vor Anstrengung und verstummte wieder. Er wußte nicht, wie er das Gespräch fortsetzen sollte.

»Schon gut«, sagte der Vorsitzende, ohne die Fortsetzung abzuwarten. »Reg dich nicht auf, Iwan, erzähl alles der Reihe nach. Was führt dich zu mir? Willst du rauchen?«

Der Vorsitzende schob Tschonkin eine Schachtel Kasbek-

Zigaretten zu. (»Delhi« rauchte er schon lange nicht mehr.)
»Ich mag nicht«, sagte Tschonkin, nahm aber trotzdem eine Zigarette. Er zündete sie am Mundstückende an, warf sie auf den Fußboden und zertrat sie mit dem Absatz.
»Du, sag mal . . .«, begann er wieder und stellte plötzlich kurzentschlossen die Achthundertgrammflasche polternd auf den Tisch vor Golubew. »Trinkst du mit?«
Der Vorsitzende blickte die Flasche an und fuhr sich mit der Zunge über die Lippen. Dann sah er Tschonkin mißtrauisch an.
»Kommst du als Kumpel, oder ist das eine Bestechung?«
»Eine Bestechung«, bestätigte Tschonkin.
»Dann laß ich es lieber bleiben.« Iwan Timofejewitsch schob die Flasche behutsam zu Tschonkin zurück.
»Gut, dann laß es bleiben«, erwiderte Tschonkin bereitwillig, nahm die Flasche und stand auf.
»Warte mal«, sagte der Vorsitzende hastig. »Und wenn du nun ein Anliegen hast, das man auch so entscheiden kann? Dann könnten wir nicht zwecks Bestechung, sondern auf Kumpelart trinken. Was meinst du?«
Tschonkin stellte die Flasche wieder auf den Tisch und schob sie wieder zu dem Vorsitzenden hin.
»Trink«, sagte er.
»Und du?«
»Wenn du eingeschenkt hast, trink ich mit.«
Eine halbe Stunde später, als sich der Flascheninhalt stark vermindert hatte, waren Golubew und Tschonkin bereits ein Herz und eine Seele, sie rauchten Kasbek-Zigaretten, und der Vorsitzende klagte über die Umstände.
»Früher, Iwan, war es schwer genug«, sagte er, »aber jetzt ist es noch schwerer. Die Männer hat man an die Front geschickt. Es sind nur noch die Weiber da. Natürlich ist auch ein Weib eine große Kraft, besonders unter den

Bedingungen unseres Systems, aber man hat meinen Hammerschmied an die Front geschickt, ein Weib aber kann den schweren Hammer nicht heben. Dabei rede ich von gesunden Weibern, doch auf dem Dorf gibt es keine gesunden Weiber. Die eine ist schwanger, die andere stillt, die dritte faßt sich bei Regen oder Sonne ans Kreuz und sagt, sie sei wetterfühlig. Und die höherstehende Instanz kann sich nicht in meine Lage versetzen und fordert: alles für die Front, alles für den Sieg. Wenn sie herkommen, fluchen sie wie wild. Am Telefon fluchen sie ebenfalls. Der Borissow flucht, und der Rewkin steht ihm nicht nach. Und wenn sie aus der Gebietsleitung anrufen: wieder kommt auf jedes Wort ein Fluch. Darum frage ich dich, Iwan: wie soll man da weiterleben? Deswegen bitte ich ja, mich an die Front zu schicken oder ins Kittchen oder dem Teufel zwischen die Zähne, nur damit ich von diesem Kolchos befreit bin, soll ein anderer sich damit befassen, mein Bedarf ist gedeckt. Aber wenn ich dir die Wahrheit sagen soll, Iwan: gar zu gern würde ich zum Abschluß die Lage im Kolchos noch ein wenig verbessern, damit mich irgend jemand im Guten nennt. Aber es haut nicht hin.«
Der Vorsitzende schüttelte hoffnungslos den Kopf und nahm mit einem einzigen Schluck den Inhalt eines halben Glases Schnaps in sich auf. Tschonkin tat desgleichen. Das Gespräch hatte den für Tschonkin günstigsten Punkt erreicht. Diesen Augenblick galt es zu nutzen.
»Wenn du es mit einem solchen Unglück zu tun hast«, sagte er wie nebenbei, »dann kann ich dir helfen.«
»Wie willst du mir denn helfen?« zweifelte Golubew.
»Ich kann«, beharrte Tschonkin und füllte die Gläser. »Da, trink. Wenn du willst, jag ich morgen meine Häftlinge aufs Feld, die werden dir deinen ganzen Kolchos umgraben.«
Der Vorsitzende zuckte zusammen. Schob sein Glas zu Tschonkin hinüber und rückte selber von Tschonkin weg.

Schüttelte den Kopf und blickte Tschonkin lange starr an. Tschonkin lächelte.

»Was hast du ...«, sagte Golubew mit erschrockener Stimme, »was hast du dir da ausgedacht, Iwan?«

»Wie du willst.« Tschonkin zuckte mit den Achseln. »Ich wollte, daß du es besser hast. Schau dir mal denen ihre dicken Fratzen an. Wenn man sie richtig zum Arbeiten anhält, werden sie Berge versetzen.«

»Nein, Iwan«, sagte der Vorsitzende traurig. »Ich kann das nicht annehmen. Ich will dir als Kommunist sagen: ich fürchte sie.«

»Herrgottnochmal, was ist denn da zu fürchten?« erwiderte Tschonkin und schlug die Hände über dem Kopf zusammen. »Du mußt mir nur ein ebenes Feld geben, damit ich sie alle auf einmal sehen und bewachen kann. Und wenn du nicht willst, dann geh ich mit denen in einen anderen Kolchos. Alle Kolchose werden zugreifen und noch Dankeschön sagen. Ich will keine Arbeitstagsentlohnung von dir, du mußt sie nur dreimal täglich verpflegen, sonst nichts.«

Der erste Schreck war verflogen, Golubew dachte nach. Eigentlich war das Angebot verlockend, aber der Vorsitzende zögerte noch immer.

»Die Klassiker des Marxismus sagen«, meinte er unsicher, »daß Sklavenarbeit keinen großen Vorteil bringt. Aber wenn ich ehrlich sein soll, Iwan, wir können auch auf den kleinen Vorteil nicht verzichten. Und deshalb wollen wir noch einen heben.«

Einige Zeit später verließ Tschonkin das Arbeitszimmer des Vorsitzenden, vor Schnaps und guter Laune leicht schwankend. In der linken Brusttasche seiner Uniformbluse lag ein Stück Papier, auf dem mit alkoholisierter ungleichmäßiger Schrift geschrieben stand: »An Brigadier Gen. Schikalow! Die Riege des Gen. Tschonkin ist zur Arbeit auf Zeit einzustellen. Die Patenschaft ist zu übernehmen.« In der gleichen Brusttasche lag ein zweites Stück Papier. Es enthielt die Anweisung, an die Riege Tschonkin Lebensmittel für eine Woche im voraus zu liefern.

28

Als Kolchosvorsitzender Iwan Timofejewitsch Golubew am Morgen darauf mit brummendem Schädel aufwachte, fielen ihm, wenn auch nur vage, die Einzelheiten des gestrigen Abends ein. Er konnte es nicht glauben. »Das kann nicht sein«, sprach er. »Ich bin zwar sowieso erledigt, aber sowas konnte ich unmöglich machen, davon hab ich bloß geträumt oder im Rausch phantasiert.«
Wie auch immer es gewesen sein mochte: er blieb sicherheitshalber der Arbeit fern und schickte seine Frau ins Kolchosbüro. Sie sollte sagen, er sei krank und gleichzeitig herausfinden, was vorging. Die Frau war bald wieder da und richtete aus, Schikalow habe gesagt, es sei alles in Ordnung, der Riege Tschonkin sei ein Arbeitsabschnitt zugewiesen worden. Der Vorsitzende stöhnte in Gedanken auf, doch die Mitteilung wurde ihm in einer solchen Form überbracht, daß sie ihm auch wieder natürlich erschien (warum eigentlich nicht?). Schließlich beruhigte er sich etwas, zog sich an, frühstückte, ging in den Pferdestall, nahm sein Pferd und ritt an die Arbeitsstelle, um dort nach dem Rechten zu schauen. Tschonkins Riege, wie der Vorsitzende sie nunmehr nannte, arbeitete in voller Mannschaftsstärke auf dem großen Kartoffelfeld. Vier Mann gruben die Kartoffeln aus, zwei füllten sie in Säcke und zwei weitere, nämlich Hauptmann Miljaga und Leutnant Filippow, schleppten die Säcke zur Straße und entleerten sie. Tschonkin saß mit dem Gewehr auf den Knien seelenruhig auf einer am Straßenrand stehengelassenen

alten Sämaschine und verfolgte die Arbeit. Ab und zu schüttelte er seinen kleinen Kopf, um nicht einzuschlafen. Als Tschonkin den Vorsitzenden sah, winkte er freudig mit der Hand, aber Iwan Timofejewitsch ritt vorbei, als hätte er ringsum nichts bemerkt.

29

Arbeit veredelt den Menschen. Allerdings nicht jeden. Tschonkins Gefangene trugen ihr neues Los auf verschiedene Weise. Einige nahmen es gelassen hin, denn sie meinten, jede Arbeit sei gut. Manche waren sogar zufrieden: die Arbeit an der frischen Luft war angenehmer als der Aufenthalt in der stickigen, von Wanzen heimgesuchten Bauernkate. Leutnant Filippow ertrug mannhaft die Entbehrungen, beschwerte sich jedoch über Tschonkins Verstoß gegen die internationalen Regeln der Behandlung von Kriegsgefangenen. (Das Kommandeurskorps, sagte der Leutnant, darf nicht zu körperlicher Arbeit herangezogen werden.)

Die verblüffendste Wirkung hatte die Veränderung auf Swinzow. Als er sich plötzlich zu der von Kindheit an vertrauten, einfachen Bauernarbeit angehalten sah, verspürte er ein unbändiges Vergnügen. Er arbeitete mehr als die anderen, er arbeitete bis zur Erschöpfung. Unermüdlich grub er die Kartoffeln aus, füllte sie in die Säcke, schleppte die Säcke an die Straße. Nach dem Abendessen breitete er seinen Mantel auf dem Fußboden aus und schlief wie tot, doch am Morgen war er vor allen anderen auf den Beinen und wartete ungeduldig auf den Auszug aufs Feld.

Hauptmann Miljaga war über die neue Wendung der Dinge anfangs sogar zufrieden, jetzt hatte sich Tschonkin mit hundertprozentiger Sicherheit das höchste Strafmaß verdient. In seinen Gedanken und Träumen malte sich der Hauptmann gern aus, mit welchem Eifer er Tschonkin verhören würde, des Hauptmanns dünne Lippen verzogen sich dann zu einem rachedurstigen Lächeln. Doch in den letzten Tagen war der Hauptmann plötzlich sehr unruhig geworden. Ihn überkam ein Gefühl, das jenem Gefühl vergleichbar war, welches Tschonkin am ersten Kriegstag ergriffen hatte, als es ihm zur Gewißheit wurde, daß niemand ihn brauchte. Tschonkin indessen hatte nie daran geglaubt, daß er zu Besonderem berufen war, was man von Hauptmann Miljaga nicht behaupten kann. Die Tatsache, daß während einer so langen Zeit niemand zu seinem Entsatz herbeigeeilt war, beunruhigte den Hauptmann beträchtlich. Was war geschehen? Vielleicht hatten die Deutschen bereits die Stadt Dolgow besetzt? Vielleicht war die Institution als solche längst aufgelöst worden? Vielleicht war der Einsatz der Institution an der Arbeitsfront eine Tschonkin von oben erteilte Anweisung? Auf seine endlosen »Vielleichts« suchte Miljaga eine Antwort, fand aber keine. Dafür gebar der erfinderische Kopf des Hauptmanns eines Tages den Entschluß zu fliehen. Um alles in der Welt zu fliehen. Der Hauptmann begann, Tschonkin aufmerksamer zu beobachten und seine Gewohnheiten und Neigungen zu studieren, denn wenn man den Feind besiegen will, muß man ihn zunächst einmal erforschen. Miljaga studierte auch die umliegende Gegend, doch das Gelände war flach, eine Flucht ohne das Risiko, erschossen zu werden, war schwierig, eine Flucht mit Risiko wollte der Hauptmann indessen zunächst vermeiden. In seinem Kopf reifte bereits ein neuer, kühner Plan heran.

30

Obwohl die Wissenschaft behauptet, Sklavenarbeit zahle sich nicht aus, erbrachte der praktische Einsatz der Mitarbeiter der Institution im Kolchos »Rote Ähre« das genaue Gegenteil dieser These. In den Rayonsorganisationen trafen Meldungen über die Kartoffelernte ein, in denen solche Zahlen genannt wurden, daß sogar Borissow unruhig wurde und Golubew anrief, um ihm zu sagen, er solle im Lügen Maß halten. Worauf Golubew erwiderte, er habe nicht die Absicht, den Staat zu betrügen, die eingesandten Schriftstücke entsprächen der wirklichen Lage der Dinge. Der von Borissow in den Kolchos geschickte Instrukteur des Rayonskomitees, Tschmychalow, kehrte mit der Bestätigung zurück, in den Erntemeldungen stünde nichts als die reine Wahrheit, er habe mit eigenen Augen die Kartoffelberge gesehen. Wie ihm im Kolchos berichtet worden war, sei eine solche Produktivität auf Grund der vollen Ausnutzung der menschlichen Reserven erzielt worden.

Jetzt schenkte man im Rayon der Sache Glauben, die Lokalzeitung wurde angewiesen, einen Aufsatz zu bringen, der die Erfahrungen der fortschrittlichen Landwirtschaft verallgemeinern sollte, und Golubews Kolchos wurde anderen Kolchosen als Vorbild hingestellt; so hieß es in diesem Artikel: »Was Golubew kann, müßt auch ihr können!« Auch bis zur Gebietsleitung war die Kunde von Golubews Kolchos schon gedrungen, sogar in Moskau wurde Golubew in irgendeinem Referat bereits erwähnt.

Bald erfuhr Golubew, irgend jemand im Rayon sei auf die Idee gekommen, den Genossen Stalin persönlich durch einen Bericht über die vorzeitig beendete Kartoffelernte zu informieren. Iwan Timofejewitsch begriff, daß er jetzt endgültig verloren war. Er lud Tschonkin zu sich ein und stellte zwei Flaschen Schnaps vor ihn auf den Tisch.

»Nun, Iwan«, sagte er fast erfreut, »jetzt geht es uns beiden an den Kragen.«
»An welchen Kragen?« fragte Tschonkin.
Golubew berichtete. Tschonkin kratzte sich den Nacken, sagte, jetzt sei sowieso nichts mehr zu verlieren, und verlangte vom Vorsitzenden die Zuweisung eines neuen Arbeitsabschnitts. Golubew war einverstanden und versprach, Tschonkins Riege zur Arbeit im Silo abzustellen. Die Abmachung wurde begossen, und als sie in der Dämmerung das Kolchosbüro verließen, konnten sich beide nur noch mit Mühe auf den Beinen halten. Draußen auf der Treppe blieb der Vorsitzende stehen, um die Tür abzuschließen. Tschonkin vertrat sich neben ihm die Beine.
»Iwan, du bist ein sehr kluger Mann«, sagte der Vorsitzende mit lallender Zunge und versuchte, in der Dunkelheit das Schloß zu finden. »Wenn man dich so sieht, hält man dich für einen Dummkopf, schaut man aber genauer hin, dann entdeckt man, daß du auf Staatsebene denkst. Statt Gemeiner zu sein, solltest du eine Kompanie befehligen. Oder sogar ein Bataillon.«
»Von mir aus eine Division«, prahlte Tschonkin. Er hielt sich mit der einen Hand am Geländer fest und urinierte, ohne erst die Außentreppe hinabzusteigen.
»Übertreib nicht, eine Division ist zu viel.« Der Vorsitzende gab den Versuch auf, das Vorhängeschloß zu finden, stellte sich neben Tschonkin und begann selber zu pinkeln.
»Dann ein Regiment«, reduzierte Tschonkin seine Ansprüche und knöpfte sich die Hose zu. Da stellte sich unter seinem Fuß eine Stufe ein, er bemerkte sie nicht und stürzte polternd die Treppe hinunter.
Der Vorsitzende stand auf dem Treppenabsatz, hielt sich am Geländer fest und wartete, daß Tschonkin sich wieder erhob. Aber Tschonkin erhob sich nicht.

»Iwan«, sagte Golubew in die Dunkelheit hinein.
Keine Antwort.
Um nicht hinunter zu fallen, legte sich der Vorsitzende auf den Bauch und kroch mit den Füßen voran die Treppe hinab. Nachdem er unten auf der Erde angekommen war, kroch er eine Zeitlang auf allen Vieren herum und tastete das taufeuchte Gras ab. Endlich stieß er auf Tschonkin. Der lag auf dem Rücken, hielt die Arme weit ausgebreitet und säuselte im Schlaf friedlich vor sich hin. Golubew stieg auf ihn und legte sich quer über ihn.
»Iwan!« rief er.
»Was ist?« fragte Tschonkin.
»Lebst du?« erkundigte sich der Vorsitzende.
»Weiß ich nicht«, sagte Tschonkin. »Was liegt denn auf mir drauf?«
»Das bin ich«, sagte Golubew nach kurzem Nachdenken.
»Und wer bist du?«
»Wer ich bin?« Der Vorsitzende wollte beleidigt sein, aber dann strengte er sein Gedächtnis an und kam zu dem Schluß, daß er im Grunde selber nicht genau wußte, wer er war. Immerhin entsann er sich mit einiger Mühe: »Ich bin der Golubew, der Iwan Timofejewitsch.«
»Und was liegt auf mir drauf?«
»Ich sag dir doch, daß ich auf dir draufliege.« In Golubew stieg der Ärger auf.
»Kannst du auch wieder runter?« erkundigte sich Tschonkin.
»Wieder runter?« Golubew versuchte, sich auf allen Vieren zu erheben, aber seine Arme knickten ein, und er stürzte wieder auf Tschonkin nieder.
»Warte mal«, sagte der Vorsitzende, »ich werde mich gleich in die Höhe heben, und du stemm dich mit den Beinen gegen mich. Nicht gegen meine Fresse, du Armleuchter, sondern gegen die Brust. So ist es richtig.«
Endlich gelang es Tschonkin, den Kolchosvorsitzenden

abzuwälzen. Jetzt lagen sie nebeneinander im Gras.
»Iwan«, meldete sich Golubew nach einem längeren Schweigen.
»Hier bin ich.«
»Scheiß drauf. Wollen wir gehen?«
»Gehen wir.«
Tschonkin richtete sich auf, konnte sich aber nur kurz auf den Beinen halten, dann fiel er wieder hin.
»Geh doch mal so, wie ich gehe«, sagte Iwan Timofejewitsch und erhob sich wieder auf alle Viere. Tschonkin nahm die gleiche Haltung ein, die beiden Freunde setzten sich mit unbekanntem Ziel in Bewegung.
»Geht es?« fragte der Vorsitzende nach einer Weile.
»Es geht schon ziemlich gut«, sagte Tschonkin.
»So geht es sogar besser«, sagte der Vorsitzende mit Überzeugung. »Wenn du hinfällst, tust du dir nicht weh. Jean-Jacques Rousseau hat gesagt, der Mensch soll auf allen Vieren zurück zur Natur gehen.«
»Wer ist denn dieser Schanschack?« fragte Tschonkin, der den seltsamen Namen nur mit Mühe aussprechen konnte.
»Weiß der Teufel«, sagte der Vorsitzende. »Irgendein Franzose.«
Er füllte seine Lungen prall mit Luft und begann zu singen:

> Durch das Dorf von Haus zu Haus
> schreiten schnelle Pfähle aus ...

Tschonkin stimmte ein:

> Und die Drähte summen vor sich hin,
> sowas haben wir noch nie gesehn ...

»Iwan«, erinnerte sich plötzlich der Vorsitzende.
»Was ist?«

»Hab ich das Büro abgeschlossen oder nicht?«
»Das weiß ich doch nicht«, sagte Tschonkin sorglos.
»Komm, wir gehen zurück.«
»Gehen wir.«
Es tat gut, auf allen Vieren einherzugehen, obwohl die Hände wegen des Taus ein wenig fröstelten und die Hosen an den Knien naß wurden.
»Iwan!«
»Ja?«
»Komm, wir singen noch was.«
»Machen wir«, sagte Tschonkin und stimmte das einzige Lied an, das er kannte:

Es ritt ein Reitersmann zu Tale
durch das kaukasische Gefild ...

Der Vorsitzende schloß sich an:

Es ritt ein Reitersmann zu Tale
durch das kaukasische Gefild ...

Tschonkin begann die nächste Strophe:

Er reitet durch den grünen Garten ...

Aber da kam ihm ein Gedanke, der ihn einhalten ließ.
»Hör mal«, fragte er den Vorsitzenden. »Fürchtest du sie denn nicht?«
»Wen?«
»Meine Restanten?«
»Was soll ich sie fürchten?« trumpfte der Vorsitzende auf. »Ich geh doch sowieso an die Front. Die sollen mich ...«
Iwan Timofejewitsch gebrauchte ein Verbum im imperfektiven Aspekt, das einen der Feinheiten unserer Sprache unkundigen Ausländer hätte vermuten lassen, der Vorsit-

zende Golubew unterhalte mit den Mitarbeitern der besagten Institution intimen Verkehr.

Tschonkin indessen war kein Ausländer, er begriff, daß Golubew im übertragenen Sinne sprach. Der Vorsitzende zitierte noch einige Organisationen des Staates, der Partei und der Öffentlichkeit sowie eine Reihe von leitenden Genossen, mit all denen ihn, gleichfalls im übertragenen Sinne, gleichfalls intime Beziehungen verbanden. Dann sagte er plötzlich: »Iwan!«

»Ja?«

»Wohin gehen wir?«

»Ich glaub, ins Kolchosbüro«, sagte Tschonkin.

»Und wo ist das Büro?«

»Weiß der Teufel.«

»Warte, ich glaub, wir haben uns verirrt. Wir müssen die Richtung feststellen.«

Der Vorsitzende legte sich auf den Rücken und begann, den Polarstern am Himmel zu suchen.

»Wozu brauchst du den?« fragte Tschonkin.

»Stör mich jetzt nicht«, sagte Iwan Timofejewitsch. »Erst finden wir den Großen Bären. Vom Großen Bären bis zum Polarstern sind es nur noch zwei Schritt. Und wo der Polarstern ist, da ist Norden.«

»Liegt denn das Kolchosbüro im Norden?« fragte Tschonkin.

»Stör mich nicht.« Der Vorsitzende lag auf dem Rücken. Manche Sterne waren von Wolken verdeckt, andere glitzerten vor sich hin und schienen in zwei, drei, vier Teile zu zerfallen, sehr viele Sterne waren es, und wenn man sich nach den Sternen hätte richten wollen, dann wäre in allen Himmelsrichtungen Norden gewesen, was dem Vorsitzenden übrigens durchaus gelegen kam, denn das erlaubte ihm, in jede beliebige Richtung zu kriechen.

Während er sich wieder auf alle Viere aufrichtete, war Tschonkin ein gutes Stück vorangekommen und mit dem

Kopf gegen etwas Festes geprallt. Er tastete das Hindernis ab.

Es war das Rad von einem Auto, vermutlich von jenem Wagen, mit dem die Grauen gekommen waren, um ihn zu verhaften. Dann konnte das Kolchosbüro nicht weit sein.

So war es wirklich. Tschonkin bog um das Auto, kroch noch ein kleines Stück weiter und stieß bald auf eine Mauer, die in der Dunkelheit neblig weiß schimmerte.

»Das muß das Kolchosbüro sein«, rief Tschonkin.

Der Vorsitzende kroch heran. Strich mit der Handfläche über das rauhe Mauerwerk.

»Siehst du«, bemerkte er befriedigt. »Und du fragst noch, wozu der Polarstern gut ist. Jetzt such weiter, irgendwo muß hier das Schloß sein.«

Eine Zeitlang tasteten sie die Mauer ab, stießen zusammen oder krochen nach verschiedenen Seiten, bis Tschonkin plötzlich den rettenden Einfall hatte.

»Sag mal, Golubew, das Schloß ist doch dort, wo die Tür ist, und die Tür ist dort, wo die Treppe ist.«

Der Vorsitzende dachte nach und befand Tschonkins Einfall für richtig.

Nicht um sich über Betrunkene noch ein weiteres Mal zu belustigen, sondern einzig um der Wahrheit willen, gilt es festzustellen, daß Tschonkin und der Vorsitzende, sogar als sie die Tür gefunden hatten, noch lange nicht mit ihr fertig wurden. Das Vorhängeschloß entwand sich wie ein lebendes Wesen ihren Händen und traf den Vorsitzenden immer wieder schmerzhaft am Knie, so daß ein Nüchterner schon längst ohne Bein gewesen wäre, doch der Betrunkene wird, wie man weiß, ein wenig von Gott beschützt.

Den Rückweg traten sie getrennt an. Es bleibt rätselhaft, wie Tschonkin den Heimweg fand, man kann nur vermuten, daß er, während er auf allen Vieren durchs Gras kroch, etwas nüchterner wurde.

Als er durch die Gartentür trat, hörte er hinter den Gemüsegärten ein gedämpftes Männergespräch und sah das Glimmen einer Zigarette.
»Wer ist dort?« rief Tschonkin.
Das kleine Feuer verschwand. Tschonkin stand da und strengte Augen und Ohren an, aber jetzt war nichts mehr zu hören und zu sehen.
»Das wird der Suff sein«, beruhigte sich Tschonkin und betrat das Haus.

31

Der Docht der Zwölflinienlampe war fast ganz hinuntergeschraubt, nur eine kleine Flammenzunge verbreitete ihr fahles Licht im Zimmer.
Njura saß auf dem Schemel neben der Tür, das Gewehr zwischen die Schenkel geklemmt. Die Gefangenen, ermattet von des Tages Mühen, lagen auf dem Fußboden und schliefen.
»Wo warst du?« fragte Njura böse, aber im Flüsterton, um die Schlafenden nicht zu wecken.
»Dort wo ich war, bin ich nicht mehr«, erwiderte Tschonkin und griff nach dem Türpfosten, um nicht umzufallen.
»Du bist wohl besäuselt?« entsetzte sich Njura.
»Jawohl, ich bin besäuselt«, nickte Tschonkin mit einem dummen Lächeln. »Wie könnte ich auch anders? Morgen, Njura, wirft man uns an einen anderen Abschnitt der Arbeitsfront.«
»Wirklich?« sagte Njura.
Mit zwei Fingern der freien Hand holte Tschonkin aus der Brusttasche seiner Uniformbluse den Zettel des Vorsitzenden über die Sonderzuteilung von Lebensmitteln und reichte ihn Njura. Njura hielt den Zettel ans Licht,

bewegte ihre Lippen und dachte sich in den Inhalt des Geschriebenen hinein.

»Leg dich hin und ruh dich etwas aus, du hast ja nicht geschlafen«, sagte sie in möglichst sanftem Ton.

Tschonkin klopfte ihr auf den Rücken.

»Schlaf lieber du, gegen Morgen kannst du mich für ein Stündchen ablösen.«

Er nahm Njura das Gewehr ab, setzte sich auf den Schemel und lehnte sich gegen den Türpfosten. Njura legte sich, ohne sich auszuziehen, mit dem Gesicht zur Wand aufs Bett und schlief bald ein. Es war still. Nur der Leutnant winselte leise im Schlaf wie ein junger Hund und schmatzte laut mit den Lippen. Eine graue Motte kreiste über der Lampe, prallte gegen das Glas und flog ein Stück weit weg. Es war stickig und schwül. Bald begann es draußen zu regnen. Der Regen rauschte im Laub der Bäume und klatschte gegen das Dach.

Um nicht einzuschlafen, ging Tschonkin in die Ecke, wo der Wassereimer stand, schöpfte eine Handvoll Wasser und benetzte das Gesicht. Sofort wurde er wacher. Aber als er seinen Platz wieder eingenommen hatte, begann ihn der Schlaf von neuem zu übermannen. Er klemmte das Gewehr zwischen die Knie und umklammerte es mit beiden Händen, aber sein Griff lockerte sich von selbst, und es bedurfte einer heldenmütigen Anstrengung, nicht vom Schemel zu fallen. Einige Male kam er im letzten Augenblick vor dem Einnicken gerade noch zur Besinnung und begann wachsam zu glotzen, aber alles blieb still und ruhig, nur der Regen rauschte draußen vor dem Fenster, und unter dem Fußboden nagte eine nimmermüde Maus an einem Stück Holz.

Endlich war Tschonkin es leid, gegen sich selbst anzukämpfen, er verbarrikadierte die Tür mit dem Tisch, legte den Kopf darauf und versank in Schlaf. Aber sein Schlaf war unruhig. Er träumte von Gladyschew, vom Vorsitzen-

den Golubew, vom Großen Bären und von Jean-Jacques Rousseau, der vor der alten Dunja auf allen Vieren davonkroch. Tschonkin begriff, daß Rousseau sein Gefangener war und daß er fliehen wollte.
»Stehenbleiben!« befahl Tschonkin. »Wo willst du hin?«
»Zurück will ich«, sagte Jean-Jacques mit heiserer Stimme. »Zurück zur Natur.« Und kroch weiter aufs Gebüsch zu.
»Halt! Bleib stehen!« brüllte Tschonkin und packte Rousseau an seinen glitschigen Ellbogen. »Halt oder ich schieße!«
Zugleich wunderte er sich, daß er seine Stimme nicht hörte und erschrak. Aber auch Jean-Jacques war erschrokken. Er zog ein mitleiderweckendes Gesicht und begann zu plärren. Dann sagte er mit der Stimme eines unartigen Kindes: »Ich will in den Hof! Ich will in den Hof! Ich will in den Hof!«
Tschonkin öffnete die Augen. Jean-Jacques stand auf und nahm das Aussehen des Hauptmanns Miljaga an. Der Hauptmann rüttelte Tschonkin mit den gefesselten Händen über den Tisch hinweg und forderte beharrlich: »Du Rindvieh, wach endlich auf! Ich will in den Hof!«
Tschonkin blickte seinen aufgebrachten Häftling benommen an und wußte nicht, ob er das im Traum sah oder bereits im Wachen. Endlich begriff er, daß er aufgewacht war. Er schüttelte den Schlaf ab, stand unwillig auf, rückte den Tisch weg, nahm das Halsband vom Nagel und brummte: »Alle wollt ihr auf den Hof. Statt am Tag zu scheißen. Komm, halt deinen Hals hin.«
Der Hauptmann beugte sich herunter. Tschonkin zog das Halsband bis zum dritten Loch an, damit es nicht würgte, aber auch nicht zu locker saß, zerrte versuchshalber ein paarmal am Strick und ließ den Hauptmann laufen: »Geh in den Hof, aber machs kurz.«
Er band sich das freie Ende des Stricks ums Handgelenk

und verfiel in Gedanken. Seine Gedanken waren einfach. Beim Anblick einer über die Zimmerdecke kriechenden Fliege dachte er: da kriecht eine Fliege. Die Lampe anschauend, dachte er: da brennt die Lampe. Er schlummerte ein. Wieder träumte er von Jean-Jacques Rousseau, der diesmal in Gladyschews Gemüsegarten äste. Tschonkin rief Gladyschew zu: »Hör mal, das war gar nicht unsere Kuh. Deinen Wezums hat der Rousseau gefressen.«
Gladyschew lächelte hämisch, lüftete den Hut und sagte: »Sorg dich nicht um meinen Wezums, paß lieber auf deinen Gefangenen auf. Er hat sich losgebunden und läuft dir gleich davon.«
Vor Schreck wachte Tschonkin auf. Alles war still. Swinzow schnarchte, die Lampe brannte, die Fliege kroch in der Gegenrichtung. Tschonkin zog leicht am Strick. Der Hauptmann war noch immer dort. »Der wird doch nicht Verstopfung haben?« dachte Tschonkin und schloß die Augen.
Jean-Jacques war verschwunden. Eine junge Frau schleppte einen Korb mit Wäsche vom Fluß ins Dorf. Sie ging und lächelte so freundlich, daß auch Tschonkin unwillkürlich zu lächeln begann. Und sich nicht weiter verwunderte, als die Frau den Wäschekorb auf den Boden stellte, den plötzlich federleicht gewordenen Tschonkin auf die Arme nahm und ihn sanft zu wiegen begann. Dabei sang sie das Lied:

Eiapopeia, die Gänse die fliegen
direkt zum kleinen Iwan in die Wiege . . .

»Wer bist du?« fragte Tschonkin.
»Du erkennst mich nicht?« lächelte die Frau. »Ich bin deine Mutter.«
»Mama«, sagte Tschonkin, streckte die Arme nach der Frau aus und versuchte, ihren Hals zu umfangen.

Aber da sprangen Menschen in grauen Uniformblusen aus dem Gebüsch. Tschonkin erkannte Swinzow, Leutnant Filippow und Hauptmann Miljaga. Der Hauptmann wies mit dem Arm auf Tschonkin.
»Da ist er! Da ist er!« brüllte Miljaga, und sein Gesicht verzerrte sich zu einem furchtbaren Lächeln.
Die Mutter preßte den Sohn an sich und begann, mit entstellter Stimme zu schreien. Auch Tschonkin wollte schreien, konnte es aber nicht und wachte auf. Entgeistert blickte er um sich.
Alles war ruhig und still. Die Lampe mit dem hinuntergedrehten Docht brannte mit schwacher Flamme. Auf dem Fußboden schliefen die Gefangenen. Auf dem Bett schlief Njura mit dem Gesicht zur Wand.
Tschonkin blickte auf die Uhr: sie war stehengeblieben. Er wußte nicht, wie lange er geschlafen hatte, ihm war aber so, als hätte er ziemlich lange geschlafen. Indessen befand sich Hauptmann Miljaga immer noch auf dem Klo, was der um Tschonkins Handgelenk gewickelte Strick bezeugte.
»Jetzt hast du aber lang genug gesessen«, sagte Tschonkin vor sich hin und zerrte am Strick, womit er dem Hauptmann bedeuten wollte, daß seine Klozeit abgelaufen sei. Daraufhin wartete er eine für das Hochziehen der Hosen zureichende Zeitspanne ab und zog wieder am Strick. Am anderen Ende meldete sich niemand. Tschonkin spannte seine Kräfte an und zog etwas stärker. Jetzt gab der Strick nach, wenn auch sehr zähe.
»Mach schon, stell dich nicht so an«, murmelte Tschonkin und zog den Strick immer mehr zu sich. Im Gang waren bereits Schritte zu vernehmen. Allerdings ähnelten sie nicht den weichen Schritten des Hauptmanns Miljaga, es war eher das rasche Trippeln eines Menschen mit hartem Schuhwerk.
In Tschonkins Gehirn blitzte ein furchtbarer Verdacht

auf. Er riß mit ganzer Kraft am Strick. Die Tür ging auf, und ins Haus stürzte mit blöder Miene der verschlafene und von Kopf bis Huf mit Jauche verschmierte Eber Borjka.

32

Als er in die Freiheit entkommen war, verspürte Hauptmann Miljaga eine starke Erregung. Sein ganzer Organismus geriet durcheinander. Das Herz in der Brust zuckte ohne jeden Rhythmus, die Hände zitterten, die Beine versagten den Dienst. Der Hauptmann konnte jetzt keinen Sinn mehr in seiner Flucht sehen. Dort im Haus war es warm und halbwegs bequem gewesen, hier regnete es, und es war kalt, hier herrschte absolute Finsternis und die Ungewißheit, wohin zu fliehen sei und warum.

Er war nicht im geringsten aufgeregt gewesen, als er mit Hilfe einer am Tag entdeckten Sense den Strick zerschnitten und das Halsband kaltblütig dem sich heftig wehrenden Eber übergezogen hatte. Das Tor zum Schweinestall war von außen verschlossen, aber der Hauptmann fand ein Loch direkt unter dem Dach und kletterte nicht ohne Mühe durch das Loch nach draußen, wobei er seine Uniformbluse an der Schulter zerriß. Und jetzt wußte er nicht, warum er das getan hatte. Es war dunkel, es regnete, die kalten Regentropfen rollten vom Dach, tropften ihm in den Kragen und rannen langsam den Rücken hinab. Der Hauptmann achtete nicht darauf, er lehnte mit dem Nacken gegen eine Bretterwand und weinte.

Wenn jetzt irgend jemand auf ihn zugetreten wäre und ihn gefragt hätte: »Onkel, warum weinst du?« hätte er diese Frage nicht beantworten können. Aus Freude, wieder in Freiheit zu sein? Aber er empfand keine Freude.

Vor Wut? Aus dem Wunsch nach Rache heraus? Jetzt bewegte ihn weder das eine noch das andere. Er verspürte nur völlige Gleichgültigkeit seinem Schicksal gegenüber, das Gefühl der Hilflosigkeit und der Sinnlosigkeit allen Handelns. Für Hauptmann Miljaga war das ein unbekannter Zustand. Er rührte sich nicht vom Fleck und lief Gefahr, daß ihn Tschonkin gleich wieder schnappte. Er weinte, er verstand sich selber nicht. Vielleicht war das einfach eine Hysterie, eine verständliche Reaktion auf das, was er in letzter Zeit hatte mitmachen müssen?
Plötzlich zuckte er zusammen. Ihm war, als wäre er nicht allein im Hof. Er starrte in die Finsternis und gewahrte die Umrisse eines seltsamen Wesens oder Gegenstandes von beträchtlicher Größe. Er verstand nicht gleich, daß das nichts weiter als ein Flugzeug war, jenes Flugzeug, das ihnen diese ganze Geschichte beschert hatte. Als er das begriff, beruhigte er sich ein wenig und begann zu überlegen.
Das Flugzeug stand am Rande des Gemüsegartens, mit dem Heck zum Haus. Folglich mußte sich die Stadt Dolgow ungefähr dort befinden, wohin der rechte Flugzeugflügel zeigte. Folglich mußte er in dieser Richtung fliehen. Aber was sollte ihm dieses Dolgow, da doch dort von seiner ganzen Institution niemand außer der Sekretärin Kapa übriggeblieben war? Also mußte er direkt in die Gebietshauptstadt zu Lushin, dem Chef der Gebietsleitung. Aber was sollte er ihm sagen? Sollte er sagen, daß ein einziger Soldat mit einem Gewehr Modell 1891/30 den ganzen Mannschaftsbestand der Rayonsabteilung festgenommen hatte? In Kriegszeiten bedeutete das Militärtribunal und Erschießung. Obwohl man sich, bei Licht besehen, vielleicht herauswinden könnte. Umso mehr als Miljaga einiges über Lushin wußte. Beispielsweise kannte er die soziale Herkunft seines Chefs. Vielleicht hatte Lushin selber bereits vergessen, daß sein Vater vor der Revolution im Nachbargouvernement Polizeimeister gewesen

war, aber Miljaga hatte es nicht vergessen, und er hielt diesen Umstand für alle Fälle in seinem Kopf parat. Deswegen hegte Miljaga eine gewisse Hoffnung, daß Lushin die Sache nicht vors Tribunal bringen würde. Umso mehr als im Grunde Leutnant Filippow den blöden Zwischenfall verschuldet hatte. Nun, von Filippow würde man sich trennen müssen, obwohl es schade um den Burschen war. Was Tschonkin betraf, so würde sich Miljaga persönlich mit ihm befassen.

Bei der Erinnerung an Tschonkin lächelte der Hauptmann rachedurstig. Und wischte sich die Tränen ab. Sein Leben hatte wieder einen Sinn. Um dieses Sinnes willen lohnte es, durch Regen und Finsternis vorwärtszuschreiten.

Der Hauptmann löste sich von der Bretterwand und machte einen Schritt nach vorn. Seine Füße rutschten auseinander und versanken im aufgeweichten Erdreich. Aber er trug feste Stiefel, die einiges aushalten würden.

Er war bereits um das Flugzeug herumgegangen, als hinter seinem Rücken eine Tür knarrte. Irgend jemand war auf die Treppe getreten. Ohne lange nachzudenken, ließ sich der Hauptmann in den Schlamm fallen. Jetzt, da er den Willen zum Sieg wiedergefunden hatte, hätte Miljaga um seiner Rettung willen noch ganz andere Dinge durchgestanden.

»Kannst du was sehen?« Von irgendwoher, wahrscheinlich aus dem Haus, war Njuras besorgte Stimme zu hören.

»Nichts kann ich sehen«, sagte Tschonkin ganz in der Nähe. »Mach doch mal die Laterne an.«

»Es ist kein Petroleum da«, erwiderte Njura. »Und wenn ich die Lampe raustrage, laufen die anderen davon.«

Direkt am Ohr des Hauptmanns quatschte der Schlamm. Gleich würde Tschonkin auf ihn treten, dann wäre alles verloren. Oder sollte er Tschonkin am Bein packen und zu Fall bringen?

»Was ist?« rief Njura wieder.
»Nichts ist«, sagte Tschonkin. »Meine Stiefel haben Löcher. Was soll ich hier durch den Schlamm waten? Der ist bestimmt längst über alle Berge.«
»Natürlich wird er nicht auf dich warten. Komm lieber wieder ins Haus.«
Tschonkin stand noch einen Augenblick zu Häupten des Hauptmanns im Schlamm, dann seufzte er und begann sich mit quatschenden Schritten langsam zu entfernen.
Hauptmann Miljaga hatte es nicht eilig. Er wartete, bis Tschonkin die Treppe hoch gestiegen war, wartete, bis die Tür hinter ihm zufiel. Die weitere Fortbewegung des Hauptmanns vollzog sich durch Robben. Da war schon der Zaun. Der Hauptmann blickte sich um und entdeckte nichts Verdächtiges. Er sprang auf und hechtete mit einem Satz über die Zaunlatten.
Da standen, wie aus der Erde gewachsen, zwei dunkle Gestalten in Zeltbahnen vor ihm. Der Hauptmann wollte schreien, fand aber keine Zeit mehr. Eine der Gestalten hob den Gewehrkolben, und Hauptmann Miljaga verlor das Bewußtsein.

33

Der Regimentsstab hatte sein Lager in einer der leeren Scheunen hinter den Gemüsegärten aufgeschlagen. Die Scheune war in zwei Hälften geteilt. In der ersten hielten sich die Wache, der diensthabende Kommandeur, der Schreiber und noch ein paar von jenen Personen auf, die gern die Nähe der Vorgesetzten suchen.
In der Ecke saß auf einem Strohlager ein Telefonist und murmelte mit gedämpfter Stimme in den Hörer: »Schwalbe, Schwalbe, soll dich der Teufel vögeln, ich bin der junge Adler, warum antwortest du nicht?«

In der anderen Hälfte der Scheune, die durch eine dünne Bretterwand von der Wachstube getrennt war und von einer auf einer Kiste stehenden Petroleumlaterne beleuchtet wurde, befanden sich Regimentskommandeur Oberst Lapschin und sein Adjutant Leutnant Bukaschew.
Der Oberst war gerade dabei, sich zu einer Lagebesprechung zum Divisionskommandeur zu begeben, als die Kundschafter Ssyrych und Filjukow auf ihren Schultern etwas Längliches, Schmutziges, einem Stück Holz Ähnelndes in den Raum trugen und auf eine Schicht fauligen Strohs fallenließen.
»Was ist das?« fragte der Oberst neugierig.
»Wir haben uns eine ›Zunge‹ geholt, Genosse Oberst«, meldete Untersergeant Ssyrych und nahm Haltung an. Seine rechte Backe war mit Lehm verschmiert.
Der Oberst trat auf den Gegenstand zu und legte das Gesicht in Falten.
»Ich fürchte, das ist keine Zunge, sondern eine Leiche«, sagte der Oberst.
»Der Filjukow ist schuld, Genosse Oberst«, sagte Ssyrych mit jener Lässigkeit, die sich nur Kundschafter und Aufklärer erlauben. »Ich sage ihm: Gib acht, Filjukow! Was tut der Kerl? Er holt mit dem Kolben aus und schlägt mit aller Kraft . . .«
»Was höre ich, Filjukow?« sagte der Oberst und heftete seinen Blick auf den anderen Kundschafter.
»Das war die Angst, Genosse Oberst«, sagte Filjukow aufrichtig. Und begann zu erzählen, auch mit einer gewissen Ungezwungenheit, doch war das nicht die Lässigkeit Ssyrychs, sondern die Lässigkeit eines noch nicht verschüchterten Bauernburschen, der in der Meinung lebt, in der Armee seien alle ungefähr wie er, und der Oberst sei sowas wie der Brigadier im Kolchos. »Es hat sich so ergeben, Genosse Oberst. Wir robbten uns also, der Untersergeant und ich, an irgendso einen Zaun heran. An

so einen niedrigen Zaun aus Birkenholzlatten. Blieben dort liegen. Lagen eine Stunde, lagen zwei Stunden. Niemand kommt, es ist finster, es regnet.« Mit seinen drekkigen Händen faßte sich Filjukow an den Kopf, um das Ausmaß jenes Entsetzens anzudeuten. »Wir haben Zeltbahnen an, oben fließt das Wasser ab, aber unten der Bauch ist klitschnaß. Schauen Sie her.« Er schlug die Zeltbahn zurück und zeigte seinen Bauch, der tatsächlich naß und schmutzig war.
»Warum erzählst du mir das alles?« wunderte sich der Oberst.
»Warten Sie ab. Ich rauch rasch Ihre Zigarette zu Ende.« Ohne eine Erlaubnis abzuwarten, entriß er dem Obersten die Zigarette, zog einige Male daran, warf die Kippe auf den Boden und zertrat sie mit dem Stiefelabsatz. »Wir liegen also da, da sag ich zum Untersergeanten: ›Komm, wir gehen wieder.‹ Er aber sagt: ›Wir warten noch etwas.‹ Da hören wir eine Tür knarren. Hinter dem Zaun geht wer hin und her und quatscht durch den Schlamm. Und eine Weiberstimme fragt nach was, und eine Männerstimme antwortet: ›Es ist kein Petroleum da.‹ Dann ist der Mann fort, und es ist wieder keiner da. Ich denke: ›Jetzt ist er fort‹, da klettert er ...«, Filjukow hockte sich hin und machte runde Augen, was seinem Gesicht den Ausdruck höchsten Entsetzens verlieh, »... direkt auf uns zu. Da greife ich nach dem Gewehr und ...« Filjukow richtete sich hoch auf, riß das Gewehr von der Schulter und schwang es über dem Kopf des Obersten.
Der Oberst wich zurück.
»Was hast du?« sagte er und verfolgte mißtrauisch Filjukows Bewegungen.
»Ich führ das nur vor«, sagte Filjukow und schulterte wieder sein Gewehr. »Ich halte meinen Kopf hin, daß der Mensch noch lebt. Ich stamme nämlich von der Wolga, Genosse Oberst. Dort gab es Deutsche wie Sand am Meer.

Ich kenne diese Burschen, die sind nicht totzukriegen. Alles andere wäre tot gewesen nach so einem Hieb. Eine Katze wäre tot gewesen. Aber der Deutsche bleibt am Leben. Und warum bleibt der Deutsche am Leben?« Filjukow beantwortete die Frage nicht, er zuckte nur mit den Achseln und zog den Kopf zwischen die Schultern, was äußerste Verblüffung über ein solches Rätsel der Natur andeuten sollte.
»Aber diesen hast du trotzdem getötet«, sagte der Oberst streng.
»Überhaupt nicht«, erwiderte Filjukow in völligem Unglauben an seine Kräfte. »Ich sage Ihnen, er lebt. Er atmet sogar.« Er ging zu dem hingestreckten Körper und trat recht sacht mit dem Fuß in den Bauch des Liegenden. Dessen Brust begann sich leicht zu heben, aber es wurde nicht ganz deutlich, ob er atmete oder ob ihn Filjukow bloß mit seinem Fuß aufpumpte.
»Er atmet ganz schwach«, sagte der Oberst. »Laß ihn liegen, Filjukow. Ihr könnt beide gehen.«
Die Aufklärer gingen hinaus.
Der Oberst beugte sich über den Gefangenen und musterte ihn.
»Die haben ihn derart im Dreck gewälzt, daß man weder die Uniform noch die Rangabzeichen erkennt«, murmelte er und hob den Kopf: »Leutnant Bukaschew!«
»Jawohl«, meldete sich der Leutnant.
»Welche Sprache haben Sie in der Schule gelernt?«
»Deutsch, Genosse Oberst.«
»Trauen Sie es sich zu, den Gefangenen zu verhören, wenn er wieder zu sich kommt?«
Bukaschew zögerte. Zwar hatte er die deutsche Sprache gelernt, aber wie? Meistens hatte er die Deutschstunde geschwänzt und war ins Kino gegangen. Irgend etwas hatte er freilich behalten. *Anna und Maria baden* zum Beispiel. Oder *Heute ist das Wasser warm.* Und noch ein

paar einzelne Worte.
»Nun?« fragte der Oberst.
»Ich werde mich bemühen, Genosse Oberst.«
»Bitte bemühen Sie sich. Wir haben sowieso keinen Dolmetscher.«
Der Oberst zog die Kapuze seiner Zeltbahn über die Mütze und ging hinaus.

34

Obwohl die Ausschaltung der Tschonkinbande einem einzigen Regiment anvertraut war, hatte Divisionskommandeur General Drynow die Leitung der Operation infolge ihrer Wichtigkeit persönlich übernommen.
Dieser General hatte in kurzer Zeit eine schwindelerregende Karriere gemacht. Noch vor vier Jahren nämlich war er über einen Balken auf dem Kragenspiegel nicht hinausgekommen. Damals kommandierte er eine Kompanie. Aber eines Tages hatte er großes Schwein. Der Bataillonskommandeur erklärte in einem vertraulichen Gespräch, man könne über Trotzkij alles Mögliche sagen, aber während des Bürgerkrieges sei immerhin er der Oberkommandierende gewesen. Vielleicht wäre es dem erinnerungsfreudigen Kommandeur auch ohne diese Äußerung an den Kragen gegangen, aber dann wäre nicht sicher gewesen, welchen Einfluß das auf das Schicksal des Generals gehabt hätte. So aber kam alles in der vortrefflichsten Weise zusammen. Drynow meldete die Äußerung an den eigens dafür bestimmten Ort weiter und nahm die Stellung des Bataillonskommandeurs ein.
Seit jener Zeit liefen seine Angelegenheiten wie geschmiert. Als er zwei Jahre später in den Krieg gegen die Weißfinnen zog, hatte er bereits drei Balken.
Hier kamen seine Kommandeurseigenschaften voll zur

Geltung. Drynow zeichnete sich dadurch aus, daß er sich in jeder, selbst noch der schwierigsten Situation, völlig frei und sehr rasch zurechtfand, allerdings wählte er unter allen möglichen Entscheidungen stets die dümmste. Das hinderte ihn nicht daran, ungeschoren davonzukommen, und nach Beendigung der finnischen Kampagne fand er sich, nun bereits mit vier Balken auf den Kragenspiegeln, in Moskau ein, wo Großvater Kalinin persönlich im Georgssaal des Kreml mit seinen beiden Händen die feste Hand Drynows schüttelte und bei der Überreichung des Rotbanner-Kampfordens einige Worte an ihn richtete.
Zum General war er erst unlängst in Würdigung seiner bedeutenden Neuerung auf dem Gebiet der Militärtechnik ernannt worden. Er hatte nämlich den Befehl erteilt, bei Kriegsübungen den Mannschaftsbestand seiner Einheit mit richtigen Splittergranaten beschießen zu lassen, wodurch die Lage den Frontverhältnissen maximal angepaßt wurde. Drynow behauptete, bei solchen Übungen fänden nur die schlechten Soldaten, die sich nicht richtig einzugraben verstünden, den Tod. In einem Menschen, der sich nicht eingraben konnte, erblickte Drynow keinen Nutzen. Er selber grub sich gern ein.
Während das Regiment seine Ausgangsposition bezog, zerlegten die Soldaten des Pionierbataillons irgendeine Sauna und bauten aus den Holzbohlen einen Unterstand mit einer dreischichtigen Decke. In diesen Unterstand begab sich jetzt Oberst Lapschin. Nachdem er dem Wachtposten am Eingang seinen Propusk gezeigt hatte, stieg der Oberst die vier Holzstufen hinunter und riß die feuchte Tür auf. Der Unterstand war durch Zigarettenrauch verqualmt, der Rauch war so dicht wie bei einer Feuersbrunst. Mitten im Raum stand ein Zinkzuber, der vermutlich aus der zerlegten Sauna stammte. In den Zuber fielen schwere schmutzige Wassertropfen von der Decke.

Einige Männer in Zeltbahnen saßen dichtgedrängt um einen aus rohen Brettern gezimmerten Tisch, über den Köpfen ragte die Kosakenmütze des Generals.

»Darf ich mich anschließen, Genosse General?« fragte der Oberst mit jener Gelassenheit, die sich nur rangnahe Personen erlauben, und hielt seine Hand nachlässig an den Mützenschirm.

»Du bist das, Lapschin«, sagte, durch die Rauchschwaden hindurch, der General. »Schließ dich nur an. Die Untergebenen haben sich schon versammelt, und der Kommandeur läßt auf sich warten.«

Lapschin trat auf den Tisch zu und erkannte seine drei Bataillonskommandeure, den Chef des Stabes, den Kommandeur der Artillerieabteilung und den Chef des SMERSCH, einen kleinen unansehnlichen Mann. Über den Tisch gebeugt, besprachen sie den Kampfauftrag und studierten die Skizze. Ein unbekannter Mensch in einer Zeltbahn mit zurückgestreifter Kapuze und in chromledernen Stiefeln, die bis zu den Knien mit Lehm verschmiert waren, erläuterte die Skizze. Seiner Kleidung nach unterschied sich der Mann kaum von den hier versammelten Kommandeuren, nur das zerknautschte Käppi auf dem Kopf gab ihn als Zivilisten zu erkennen.

»Macht euch bekannt«, sagte der General und wies mit dem Kopf auf den Zivilisten. »Das ist der Sekretär des hiesigen Rayonskomitees.«

»Rewkin«, sagte der Sekretär und reichte Lapschin seine kalte Hand.

»Lapschin«, erwiderte der Oberst.

»Nun, Lapschin, was gibt es?« fragte der General.

»Sergeant Ssyrych und Gemeiner Filjukow sind eben von der Aufklärung zurückgekommen«, meldete der Oberst etwas träge.

»Und?«

»Sie haben eine Zunge erbeutet.«

»Und was sagt die Zunge?«
»Die Zunge sagt gar nichts, Genosse General.«
»Wieso nicht?« empörte sich der General. »Dann muß man sie eben zwingen!«
»Das ist nicht so leicht, Genosse General«, lächelte Lapschin. »Der Mann hat das Bewußtsein verloren. Bei seiner Gefangennahme haben die Kundschafter zu heftig mit dem Kolben zugeschlagen.«
»Unerhört!« Der General schlug mit der Faust auf den Tisch. Er fing an, wütend zu werden. »Während wir gegnerische Aussagen dringend benötigen, schlagen sie eine Zunge mit dem Kolben nieder. Wer sind die Kundschafter?«
»Ssyrych und Filjukow, Genosse General.«
»Ssyrych wird erschossen!«
»Aber zugeschlagen hat Filjukow, Genosse General.«
»Filjukow wird erschossen!«
»Genosse General«, versuchte sich der Oberst für seinen Aufklärer einzusetzen. »Filjukow hat zwei Kinder.«
Der General richtete sich kerzengerade auf. Seine Augen funkelten grimmig.
»Der Befehl, Genosse Oberst, lautet, daß Filjukow zu erschießen ist – nicht seine Kinder.«
Der Chef des SMERSCH lächelte. Er wußte guten Humor zu schätzen. Auch der Oberst kannte sich ein wenig in diesem Humor aus. Er legte die Hand an den Mützenschirm und sagte gehorsam: »Zu Befehl, Genosse General, Filjukow ist zu erschießen.«
»Na, endlich sind wir uns einig«, sagte der General befriedigt und wieder nicht ohne Humor. Sein Humor basierte darauf, daß der Oberst nach Soldatenart sofort »Zu Befehl!« erwidern mußte, statt wie ein Marktweib mit seinem General zu feilschen. »Komm näher an den Tisch heran«, sagte er, schon wieder ruhig.
Die Kommandeure rückten auseinander, um dem Obersten Platz zu machen.

Auf einem großen Blatt Papier über der Generalstabskarte war mit Bleistift eine Skizze von Krassnoje und Umgebung gezeichnet. Die Quadrate stellten Häuser dar. Zwei Quadrate in der Mitte des Planes waren mit Kreuzen bezeichnet.

»Schau her. Er sagt«, – der General deutete auf Rewkin –, »daß sich hier«, – er bohrte den Bleistift in eines der beiden Kreuze – »und hier«, – er bohrte ihn in das andere Kreuz –, »Kolchosbüro und Schule befinden. Es ist anzunehmen, daß sich in diesen Gebäuden, als den geräumigsten im Dorf, die Hauptkräfte des Gegners konzentrieren. Folglich wird das erste Bataillon seinen Vorstoß von hier nach hier führen.« Der General zeichnete einen breiten gebogenen Pfeil, dessen Spitze gegen jenes Quadrat stieß, welches das Kolchosbüro darstellte. »Das zweite Bataillon greift von hier an.« Der zweite Pfeil zielte auf die Schule. »Und das dritte Bataillon . . .«

»Na ja«, dachte Oberst Lapschin beim Betrachten der Pfeile. »Den Filjukow werde ich wohl retten. Hauptsache, man sagt rechtzeitig ›Zu Befehl!‹. Man braucht den Befehl ja nicht auszuführen.«

35

Als Hauptmann Miljaga wieder zu sich kam, konnte er lange die Augen nicht öffnen. Sein Kopf schien vor Schmerz zerspringen zu wollen. Trotz aller Anstrengungen gelang es dem Hauptmann nicht, sich daran zu erinnern, wo und mit wem er sich so hatte vollaufen lassen. Er bewegte den Kopf hin und her, machte die Augen auf, schloß sie aber gleich wieder, denn er hatte etwas gesehen, das zu sehen er durchaus nicht erwartet hatte. Er befand sich in irgendeiner Scheune oder einem Speicher. Etwas weiter weg in der Ecke des Raumes saß auf einer Munitionskiste ein strohblonder, etwa zwanzigjähriger Bursche. Der Bursche hatte Kartentasche und Papier auf den Knien liegen und schrieb. In einer anderen Ecke, mit dem Rücken zum Hauptmann, saß neben einer halboffenen Tür ein Mann mit einem Gewehr. Der Hauptmann lugte dahin und dorthin, ohne zu begreifen, was vorging. Dann kam aus der Tiefe seines Gehirns die Erinnerung wieder. Er war unterwegs gewesen und nicht am Ziel angekommen. Irgendein Rotarmist mit irgendeiner Frau ... Ach ja, der Tschonkin. Jetzt fiel dem Hauptmann alles wieder ein, mit Ausnahme der letzten Minuten. Er erinnerte sich, wie er aufs Klo gegangen war, wie er den Strick durchgeschnitten und statt seiner den Eber angebunden hatte. Dann war er durch den Gemüsegarten gerobbt, es hatte geregnet, der Boden war aufgeweicht gewesen ... Der Hauptmann betastete sich. Tatsächlich waren Uniformbluse und Hose völlig verdreckt, aber der Dreck begann schon zu trocknen. Doch was war danach gewesen? Und wie war er hierher geraten? Und wer waren diese Leute? Der Hauptmann musterte den strohblonden Burschen. Offenbar war es ein Soldat. Den Umständen nach zu urteilen eine Feldeinheit. Aber wie konnte sich hier eine Feldeinheit befinden, wenn die Front weit weg war und wenn er erst unlängst durch den Gemüsegarten gerobbt war, so daß sogar der Schlamm noch nicht hatte trocknen können? Hatte man ihn womöglich im Flugzeug hergeschafft? Unter den halbgeschlossenen Augenlidern hervor begann der Hauptmann, den Strohblonden zu beobachten. Der Bursche sah auf und schaute den Hauptmann an. Ihre Blicke begegneten sich. Der Strohblonde lächelte.

»*Guten Morgen*«, sagte er unerwartet.

Der Hauptmann klappte die Augenlider wieder zu und begann, ohne Eile zu überlegen. Was hatte der Strohblonde gesagt? Irgendwelche seltsamen nicht-russischen

Worte. *Guten Morgen.* War das nicht deutsch? Aus dem Nebel der Erinnerung tauchte ein Bild auf. Das Jahr Achtzehn, ein ukrainisches Bauernhaus und irgendein rothaariger Deutscher mit Brille, der in diesem Haus, Miljagas Elternhaus, stationiert war, der jeden Morgen im Unterhemd aus dem Nebenzimmer kam und zu seiner Mutter sagte: »*Guten Morgen, Frau Milleg.*« Der Deutsche sprach den Namen auf deutsche Art aus.

Der Rothaarige war ein Deutscher, folglich sprach er deutsch. Dieser Kerl sprach ebenfalls deutsch. Folglich war er ein Deutscher. (Während seiner Dienstzeit in den Organen der Staatssicherheit hatte Miljaga das logische Denken gelernt.) Folglich war er, Hauptmann Miljaga, auf irgendeine Weise in deutsche Gefangenschaft geraten. Gern hätte er angenommen, daß dem nicht so war, aber man mußte der Wahrheit ins Auge sehen. (Miljagas Augen waren momentan geschlossen.) Hauptmann Miljaga wußte aus der Presse, daß die Deutschen mit den Mitarbeitern der Institution und mit Kommunisten kein Erbarmen kennen. Miljaga war beides zugleich. Und dummerweise lag auch noch das Parteibuch in seiner Blusentasche. Allerdings hatte er seit April seinen Mitgliedsbeitrag nicht mehr bezahlt, aber wer würde sich um solche Feinheiten kümmern?

Der Hauptmann öffnete wieder die Augen und lächelte den Strohblonden an, als wäre der ein besonders angenehmer Gesprächspartner.

»*Guten Morgen, Herr*«, sagte Miljaga, dem noch ein weiteres deutsches Wort eingefallen war.

Unterdessen suchte Leutnant Bukaschew genauso qualvoll nach deutschen Worten und fügte die gefundenen zu einem sehr einfachen Satz: »*Kommen Sie, Herr.*«

»Offenbar will er, daß ich zu ihm komme«, begriff der Hauptmann, stand auf, kämpfte das Schwindelgefühl nieder und ging auf den Tisch zu, wobei er den Burschen

freundlich anlächelte. Doch der Bursche erwiderte das Lächeln nicht und sagte mürrisch: *»Sitzen Sie.«*
Der Hauptmann verstand, daß man ihn zum Niedersitzen aufforderte, sah um sich, erblickte aber nichts, was einem Stuhl oder Schemel ähnlich war. Er dankte höflich durch ein Nicken und legte außerdem seine Hand auf jene Stelle, wo beim Normalmenschen das Herz vermutet wird. Die nächste Frage – sie lautete: *»Namen?«* – blieb dem Hauptmann unverständlich, doch er überlegte, welche Frage bei einem Verhör zunächst gestellt wird, und begriff, daß es sich nur um die Frage nach dem Familiennamen des Verhörten handeln konnte. Hauptmann Miljaga dachte nach. Seine Zugehörigkeit zu den Sicherheitsorganen und zur Partei konnte er unmöglich verbergen, ersteres ging aus seiner Uniform hervor, letzteres würde sich bereits bei einer oberflächlichen Leibesvisitation herausstellen. Da fiel ihm der Satz ein, mit dem er sämtliche Verhöre einleitete: »Ein aufrichtiges Geständnis vermag Ihr Los zu erleichtern.« Er wußte aus Erfahrung, daß noch kein einziges aufrichtiges Geständnis irgendein Los erleichtert hatte, aber andere Hoffnungen hatte er nicht, und das war wenigstens eine kleine Hoffnung. Eine andere, ebenfalls schwache Hoffnung richtete sich darauf, daß die Deutschen ein Kulturvolk sind und bei ihnen vielleicht alles anders ist.
»Namen?« wiederholte der Leutnant ungeduldig, ohne sicher zu sein, daß er das Wort richtig aussprach. *»Du Namen? Sie Namen?«*
Er mußte antworten, um den Strohblonden nicht zu erzürnen.
»Ich bin Kapitan Miljaga«, erklärte er schnell. *»Milleg, Milleg. Verstein?«* Immerhin hatte er ein paar deutsche Worte parat.
»Hauptmann Milleg«, schrieb der Leutnant als erste Information ins Verhörprotokoll. Und sah zu dem Gefan-

genen auf. Er wußte nicht, wie er ihn nach seiner Waffengattung fragen sollte.
Aber jener kam ihm zuvor und sagte ungefragt: »*Ich bin ist arbeiten . . . arbeiten, verstein? . . .*« Der Hauptmann stellte mit den Händen eine Arbeit dar, die genauso gut Gartenarbeit wie Arbeit an der Säge sein konnte. »*Ich bin ist arbeiten . . .*« Er überlegte, wie er seine Institution bezeichnen sollte, und fand plötzlich ein überraschendes Gegenstück: »*Ich bin arbeiten in russisch Gestapo.*«
»*Gestapo?*« Der Strohblonde verzog grimmig das Gesicht, er verstand die Worte des Verhörten ein wenig anders. »*Du Kommunisten erschießen, paff-paff?*«
»*Ja, ja*«, bestätigte der Hauptmann bereitwillig. »*Und Kommunisten, und Parteilosen, alle erschießen, paff-paff.*« Um die Pistolenschüsse darzustellen, fuchtelte der Hauptmann mit der rechten Hand in der Luft herum.
Er wollte dem Verhörenden noch gern mitteilen, daß er viel Erfahrung im Kampf gegen die Kommunisten besaß, daß er, der Hauptmann Miljaga, der deutschen Institution einen gewissen Nutzen zu bringen vermochte, aber er wußte nicht, wie er einen so komplizierten Gedanken ausdrücken sollte.
Der Leutnant schrieb unterdessen ins Verhörprotokoll: »Hauptmann Milleg hat während seiner Arbeit in der Gestapo Kommunisten und Parteilose erschossen . . .«
Er spürte, wie der Haß auf diesen Gestapomann langsam in seiner Brust anschwoll. »Gleich schieß ich ihn nieder«, dachte Bukaschew. Seine Hand griff bereits nach der Revolvertasche, doch da entsann sich der Leutnant, daß er ein Verhör führen und sich zusammennehmen mußte. Er hielt sich zurück und stellte folgende Frage: »*Wo ist Verbande disloziert?*«
Der Hauptmann schaute den Strohblonden an, lächelte und versuchte zu begreifen, begriff aber nicht. Er verstand nur so viel, daß es offenbar um irgendeine Bande ging.

»Was?« fragte er.
Der Leutnant wiederholte die Frage. Er war sich nicht sicher, daß er den Satz richtig baute, und begann, die Geduld zu verlieren.
Der Hauptmann verstand wieder nicht, da er aber merkte, daß der Strohblonde zornig zu werden begann, beschloß er, ein Zeichen seiner Loyalität zu geben.
»Es lebe Genosse Gitler!« sagte er, indem er in einen vertrauten Zusammenhang ein neues Wort einsetzte. *»Heil Gitler! Stalin kaputt!«*
Der Leutnant seufzte. Dieser Faschist war ein offenkundiger Fanatiker. Mut konnte man ihm jedoch nicht absprechen. Dem sicheren Tod entgegengehend, ließ er seinen Führer hochleben. Selbst in Gefangenschaft geraten, hätte Bukaschew sich gern genauso verhalten. Er hatte sich oft ausgemalt, wie man ihn folterte, ihm Nägel unter die Fingernägel trieb, ihn mit Feuer brannte, aus seinem Rükken fünfzackige Sterne herausschnitt, und er nichts sagte, sondern immer nur »Es lebe Stalin!« rief.
Doch er war nicht immer überzeugt, daß er dafür genug Mannhaftigkeit aufbringen würde, und so träumte er davon, mit eben diesem Ruf auf dem Schlachtfeld zu sterben.
Der Leutnant ließ die sinnlosen Ausrufe des Deutschen unbeachtet und setzte das Verhör fort. In gebrochenem deutsch-russisch stellte er ihm Fragen. Glücklicherweise konnte der Gefangene ein wenig russisch. So gelang es, einiges aus ihm herauszubekommen.
Der Hauptmann glaubte zu verstehen, daß der Strohblonde mit dem Wort *Verbande* jene Institution bezeichnete, in welcher er, Miljaga, seinen Dienst versah.
»Dort«, sagte er und zeigte bereitwillig in eine bestimmte Richtung, *»ist Haus, nach Haus ist Tschonkin, Verstein?«*
»Verstein«, sagte der Leutnant, ohne sich anmerken zu lassen, daß gerade Tschonkin ihn besonders interessierte.

Vor Kopfschmerzen und Anstrengung das Gesicht verziehend, sagte der Gefangene weiter aus, obwohl er die fremden Worte nur mit Mühe fand.
»Ist Tschonkin und ein, zwei, drei ... sieben russisch Gestapo ... Strippe, Strippe verbunden ... Verstein?« Der Hauptmann versuchte, mit Hilfe von Gesten mehrere aneinander gefesselte Menschen darzustellen. *»Und ein Flug, Flug, Flugzeug.«* Er ließ die Arme wie Flügel flattern.
»Schwalbe! Schwalbe!« tönte es aus dem Nachbarraum.
»Warum, der Teufel soll deine Mutter vögeln, antwortest du nicht?«
Hauptmann Miljaga war verwundert. Er hätte nie gedacht, daß die deutsche Sprache so viel Ähnlichkeit mit der russischen hat. Oder ...
Aber er dachte seinen Gedanken nicht zu Ende. Sein Kopf schien zerspringen zu wollen, im Hals stieg eine leichte Übelkeit auf. Der Hauptmann spuckte aus und sagte zum Strohblonden: *»Ich bin kranken. Verstein? Mein Kopf bumbum.«* Er schlug sich leicht mit der Faust gegen den Scheitel und legte dann die Wange auf die Handfläche. *»Ich bin wollen schlafen.«*
Ohne eine Genehmigung abzuwarten, ging er unsicheren Schrittes und vor Schwäche schwankend zu seinem Strohlager, legte sich darauf und verlor wieder das Bewußtsein.

36

Unterdessen ging die Besprechung beim Divisionskommandeur weiter. Es gab nur eine kleine Unterbrechung, als sich die Bataillonskommandeure entfernten, um ihre Einheiten in die Ausgangspositionen einzuweisen. Nachdem sie den Soldaten den Befehl erteilt hatten, sich am

neuen Ort einzugraben, kehrten die Kommandeure in den Unterstand zurück.
Jetzt beriet man über das Problem der Bewaffnung und Munition. Es stellte sich heraus, daß das Regiment nur über ein einziges Fünfundvierzig-Millimeter-Geschütz nebst drei Granaten, über ein einziges MG Maxim ohne Gurt, über zwei Bataillons-Minenwerfer ohne Minen, über je zwei Gewehre mit beschränktem Patronenvorrat pro Kampfgruppe und über je eine Flasche mit Benzin-Öl-Gemisch pro drei Mann verfügte.
»Alles ist klar«, sagte der General. »Es fehlt uns an Waffen und Munition. Der Überraschungseffekt muß maximal genutzt werden. An Patronen muß gespart werden.«
Die Tür ging auf, in den Unterstand trat ein Rotarmist in einem durchnäßten Mantel.
»Genosse General«, rief er und legte die Hand an das Käppi, »gestatten Sie, daß ich mich an den Genossen Oberst wende?«
»Ich gestatte«, sagte der General.
Der Soldat drehte sich zum Obersten herum. Von seinem Mantel stieg Dampf auf.
»Genosse Oberst, gestatten Sie, daß ich mich an Sie wende?«
»Was hast du denn da in der Hand?« fragte der Oberst.
Der Soldat händigte ihm einen Umschlag aus, bat um die Erlaubnis, sich entfernen zu dürfen, und trat hinaus.
Der Oberst riß den Umschlag auf, las die Meldung und reichte sie wortlos dem General.
Die Meldung hatte folgenden Wortlaut:

An Regimentskommandeur Oberst Lapschin
von Leutnant Bukaschew
MELDUNG

Hiermit melde ich, daß ich, Leutnant Bukaschew, den durch die Aufklärer Ssyrych und Filjukow gefangenge-

nommenen deutschen Armeeangehörigen verhört habe.
Während des Verhörs sagte der Gefangene aus, der Gestapo-Offizier Milleg zu sein. Während seiner Arbeit in der Gestapo zeichnete er sich durch Grausamkeit und Erbarmungslosigkeit aus und beteiligte sich persönlich an der Massenerschießung von Kommunisten sowie auch von parteilosen Sowjetbürgern.
Weiterhin hat er ausgesagt, daß sich der Stab des sogenannten Tschonkin im letzten Haus befindet, welches vor der Besetzung der Postbotin Beljaschowa gehörte. Der Stab wird von einer starken Einheit von Gestapoleuten bewacht, die durch enge Bande verbunden sind. Neben dem Haus gibt es einen Landeplatz und ein Flugzeug, vermutlich zur Aufrechterhaltung der Verbindung mit den regulären Einheiten der Hitlerarmee.
Von ausführlicheren Aussagen hat vorerwähnter Milleg Abstand genommen. Während des Verhörs benahm er sich herausfordernd und fanatisch. Er schrie wiederholt faschistische Losungen (zum Beispiel »Heil Hitler!«) und erlaubte sich empörende Erklärungen bezüglich der gesellschaftlichen und politischen Einrichtungen unseres Landes. Einige seiner lästerhaften Ausfälle betrafen die Person des Genossen J. W. Stalin.

Leutnant Bukaschew

»Nun«, sagte der General. »Diese Informationen sind sehr wertvoll. Leutnant Bukaschew ist für eine Auszeichnung vorzuschlagen. Die Ausgangspositionen sind im Hinblick auf die neuermittelten Tatsachen abzuändern. Damit wir uns nicht zersplittern, werden wir alle unsere Kräfte für den Angriff auf den Stab des sogenannten Tschonkin konzentrieren.« Er zog den Plan zu sich heran, strich die Rechtecke durch, die den Ort der Dislozierung der Bataillone bezeichneten, und verschob die Rechtecke an einen anderen Ort. Er strich die Pfeile durch und zeichnete neue Pfeile ein. Jetzt zeigten alle drei Pfeile auf das Haus der Njura Beljaschowa.

37

Nachdem er den Gefangenen verhört hatte, setzte Leutnant Bukaschew die Meldung auf und schickte einen der Wachhabenden damit zum Regimentskommandeur. Jetzt hätte er sich ein wenig aufs Ohr legen können, aber er hatte keine Lust zu schlafen und beschloß, einen Brief an seine Mutter zu schreiben. Er legte den geöffneten Notizblock vor sich hin, zog die Laterne zu sich heran und begann, mit seiner noch halb kindlichen Schülerhandschrift rasch zu schreiben:

»Meine liebe, gute, teure Mami!

Wenn Du diesen Brief bekommst, wird Dein Sohn vielleicht schon nicht mehr unter den Lebenden weilen. Heute bei Tagesanbruch werde ich auf das Signal der grünen Rakete hin in den Kampf ziehen. Das wird das erste Gefecht meines Lebens sein. Wenn es zugleich auch das letzte werden sollte, dann bitte gräme Dich nicht. Möge Dich der Gedanke trösten, daß Dein Sohn, Leutnant Bukaschew, sein junges Leben für das Vaterland, die Partei und den großen Stalin hingegeben hat.

Glaub mir, ich werde glücklich sein, den Tod zu finden, wenn mein Tod wenigstens etwas von der Schande abwäscht, den Dein ehemaliger Ehemann und mein ehemaliger Vater über uns gebracht hat . . .«

Als Bukaschew das Wort »Vater« hingeschrieben hatte, verfiel er in Gedanken. Und die Erinnerung an jene Nacht wurde in allen Einzelheiten in ihm lebendig, als wäre es gestern gewesen. Er hatte damals die achte Klasse fast beendet.

Als sie kamen und mit den Gewehrkolben gegen die Tür

donnerten und in der Wohnung alle in helle Aufregung gerieten, blieb der Vater ruhig und sagte zur Mutter: »Warte, ich werde öffnen, die kommen mich holen.«
Später wurden diese Worte für Ljoscha zum schwersten Indiz gegen den Vater. »Die kommen mich holen«, hatte er gesagt. Folglich wußte er, daß man ihn holen kommen konnte, folglich wußte er, daß er schuldig war, denn ein Unschuldiger kommt nicht auf so einen Gedanken.
Es waren vier Mann: einer mit Pistole, zwei mit Gewehren und dann noch der Brillenmensch aus dem unteren Stock, den sie als Zeugen genommen hatten. Der Mann mit der Brille schlotterte vor Angst und zwar, wie sich bald herausstellte, nicht von ungefähr, denn einige Zeit später wurde er selbst im Zusammenhang mit dem Fall des Vaters verhaftet.
Sie schlitzten alle Federbetten und Kissen auf (der Flaum flog drei Tage lang im Hof herum), zerbrachen Möbelstücke und zerschlugen das Geschirr. Der mit der Pistole griff nach den Blumentöpfen und zerschmiß einen nach dem andern mitten im Zimmer. Bald war der Boden mit Scherben und Blumenerde bedeckt.
Dann gingen sie fort und nahmen den Vater mit.
In der ersten Zeit hoffte Ljoscha noch auf irgend etwas. Es fiel ihm schwer, sich mit dem Gedanken abzufinden, daß sein Vater, der Bürgerkriegsheld und Ordensträger, dem das Zentrale Exekutivkomitee eine Ehrenwaffe (einen Säbel mit goldenem Griff) verliehen hatte, später Direktor eines der größten Metallwerke des Landes, sich als simpler Spion und Mitarbeiter der polnischen Abwehr entpuppt hatte. Aber leider sollte sich das alles bald bestätigen. Nur eines konnte Ljoscha um alles in der Welt nicht begreifen: warum hatte der Vater diesen Hochofen lahmgelegt? Glaubte er wirklich, daß mit diesem Hochofen der gesamte Sowjetstaat zusammenbrechen würde? Wenn er sein wahres Wesen so lange und so geschickt vor der

Partei, vor dem Volk und endlich vor seiner Familie hatte verbergen können, dann war er keinesfalls dumm. Dann hatte er aber auch viel größere Möglichkeiten zur Schädlingsarbeit. Nein, Ljoscha konnte das nicht begreifen, und gerade das quälte ihn besonders.

Bukaschew stand auf und ging in der Scheune hin und her. Es war still. Der Gefangene lag mit geschlossenen Augen auf dem Stroh, sein Gesicht war bleich. Es roch nach Heu, irgendwo zirpte ein Heimchen. Bukaschew setzte sich wieder, seufzte und befeuchtete seinen chemischen Stift.

»... liebe Mami, vielleicht wirst Du mir Vorwürfe machen, weil ich beim Eintritt in die Kommandeursschule die Wahrheit über den Vater verheimlicht habe. Ich weiß, das war kleinmütig, aber ich wußte mir keinen anderen Ausweg, ich wollte mein Heimatland zusammen mit meinem Volk verteidigen und fürchtete, daß man mir das nicht erlauben würde ...«

Der Leutnant legte den Stift wieder weg und dachte nach. Es wäre gut, irgendwelche Verfügungen für den Fall seines Todes zu treffen, aber er wußte nicht, welche. Früher hatten die Menschen Testamente verfaßt. Doch er hatte nichts zu vermachen. Trotzdem schrieb er: »Mutter, wenn Du Lena Sinelnikowa sehen solltest, dann richte ihr aus, daß ich sie von dem mir gegebenen Versprechen entbinde (sie weiß schon, von welchem). Und verkaufe meinen Anzug, bewahr ihn nicht auf. Das Geld, das Du dafür bekommst, wirst Du brauchen können.

Hiermit beschließe ich meinen Brief, bis zum Angriffssignal ist es weniger als eine Stunde. Leb wohl, liebe Mami. Dein Dich liebender Sohn Ljoscha.«

Dann schrieb er Datum und Uhrzeit: 4 Uhr 07 Minuten.

Leutnant Bukaschew faltete den Brief zu einem Dreieck, schrieb die Anschrift darauf und legte ihn in seine linke Brusttasche zu den Ausweispapieren. Blieb er am Leben,

würde er den Brief vernichten. Fiel er im Kampf, würden andere ihn abschicken.
Es ging schon auf Tagesanbruch zu, Eile war geboten. Der Leutnant riß noch ein weiteres Blatt vom Notizblock und schrieb einen Antrag auf Aufnahme in die Parteiorganisation seiner Einheit. Er hielt es nicht für notwendig, seine Bitte zu begründen.
Er schrieb einfach und schlicht: »Wenn ich im Kampf falle, dann betrachtet mich als Kommunisten.« Darunter setzte er seinen Namen und das Datum. Er ließ den Antrag zum Trocknen liegen und ging hinaus, um sich die Beine zu vertreten. Es war noch dunkel, doch in der Ferne waren schon die Umrisse irgendwelcher Gegenstände zu erkennen und weiter unten, in der Flußniederung, schimmerte weiß ein Nebelstreifen. Der Wachtposten, der am Eingang der Scheune Wache hielt, rauchte eine selbstgedrehte Zigarette und verdeckte das glimmende Ende mit der Hand. Der Leutnant wollte ihn zurechtweisen, unterließ es aber.
»Welches moralische Recht besitze ich, diesem Mann Vorhaltungen zu machen, der doppelt so alt ist wie ich?« So dachte er und kehrte in die Scheune zurück.
Drinnen schaute er dahin, wo der Antrag gelegen hatte. Der Notizblock war noch da, der Antrag war verschwunden. »Zum Teufel nochmal!« dachte der Leutnant und begann, in seinen Taschen zu wühlen. Seinen Dienstausweis fand er. Den Brief an die Mutter fand er. Endlich fand er sogar das Foto von Lena Sinelnikowa. Den Aufnahmeantrag fand er nicht.
Bukaschew blickte den Gefangenen mißtrauisch an, aber der schlief wie vorher in seiner Ecke, wenn auch weniger bleich im Gesicht als vorhin. Der Leutnant nahm die Laterne und suchte alle Winkel ab. Er kroch auf den Knien durch den Raum und stülpte alle Kisten um. Der Aufnahmeantrag war nirgends zu finden.

Die Suchaktion des Leutnants wurde durch einen Lärm draußen unterbrochen. Der Leutnant eilte auf den Lärm zu und sah am Scheunentor den Divisionskommandeur, der dem Wachtposten die Pistole in den Bauch bohrte und eine Ansprache hielt, die durchweg aus Mutterflüchen bestand. Hinter dem General standen in der Dämmerung des anbrechenden Tages Oberst Lapschin, der Chef des SMERSCH und noch ein paar dunkle Gestalten. Der Wachsoldat umklammerte das Gewehr und glotzte den General mit wahnsinnigen Augen an. Der Leutnant nahm Haltung an. Sein Erscheinen lenkte den General von dem Wachtposten ab, der General brüllte: »Und wer bist du?«

»Leutnant Bukaschew«, meldete der Leutnant verdattert.

»Mein Adjutant«, erläuterte Lapschin.

»Warum paßt du nicht auf, Leutnant, der Teufel soll deine Mutter vögeln, daß dieser Schafskopf beim Postenstehen raucht, der Teufel soll seine Mutter ...«

»Meine Schuld, Genosse Armeegeneral!« fand der Posten endlich die Sprache wieder und beförderte Drynow gleich um drei Rangstufen.

Das war eine grobe Schmeichelei, aber auch Drynow war grob. Etwas milder gestimmt, raunzte er: »Deine Schuld, der Teufel soll deine Mutter ... Du wirst diese Schuld mit deinem Blut abwaschen. Der Sekretär des Rayonskomitees, Genosse Rewkin, ist bei uns eingetroffen.« Drynow deutete auf jemanden, der hinter dem Chef des SMERSCH stand. »Wenn er den Saustall sieht, wird er sagen: ›Schöne Zustände in der Armee.‹ Ein einziger Heini wie du kann alles enttarnen und einer ganzen Division den Untergang bringen. Nun, Leutnant, ist alles ruhig?«

»Alles ruhig, Genosse General!«

»Ausgezeichnet! Gehen wir rein.«

38

Hauptmann Miljaga wachte durch irgendeinen Lärm auf. Er stützte sich auf einen Ellbogen. In der Scheune war niemand. Der Strohblonde, der vorhin am Tisch gesessen hatte, war verschwunden. Vielleicht sollte auch er sich davonmachen? Er schaute sich um. Entdeckte unter der Decke ein kleines Fenster. Im Schweinestall der Njura Beljaschowa war auch so ein kleines Fensterchen gleich unter der Decke gewesen. Wenn man alle diese Kisten übereinander türmte . . .
Die Scheune betraten fünf Männer. Den Anfang machte ein Großer, Stämmiger mit einem ziegelroten Gesicht, dann kam ein Dürrer, dann einer in hohen Stiefeln, dann ein kleiner unscheinbarer, aber, wie der Hauptmann zu bemerken glaubte, überaus sympathischer Mann, und den Schluß machte der Strohblonde. Der Mann mit den hohen Stiefeln weckte gleich Miljagas Interesse. Das Gesicht kam ihm sehr bekannt vor. Aber natürlich, das war Sekretär Rewkin. Wahrscheinlich wußten diese Deutschen nicht, wer das war, sonst hätten sie ihn bestimmt ganz anders behandelt. Jetzt sah der Hauptmann einen Weg zu seiner Rettung. Gleich würde er den Deutschen einen großen Dienst erweisen, woraufhin die Deutschen ihn vielleicht gar nicht mehr erschießen würden. Er sprang auf und ging direkt auf Rewkin zu. Rewkin blieb verwundert stehen. Der Strohblonde griff nach der Revolvertasche.
»Afanassij Petrowitsch?« murmelte Rewkin endlich unsicher. »Genosse Miljaga?«
»Der Wolf ist dein Genosse«, lächelte Miljaga und drehte sich zu dem Großen, Stämmigen um, der, das hatte Miljaga begriffen, hier der Chef war. *»Bitte mein Aussage hören, Schwein dieses ist Sekretär Raykomen, Rayonführer. Verstein?«*
»Afanassij Stepanowitsch«, sagte Rewkin verwundert,

»was hast du nur, mein Lieber, komm zu dir!«
»Zu dir werden sie gleich kommen. Dir werden sie es geben.«
Rewkin schaute den General konsterniert an, der General zuckte die Achseln und drehte den Kopf hin und her.
»Wen soll denn jetzt wieder der Teufel . . .«, staunte er.
Die vertraute Wendung verwirrte Miljaga. Er sah von einem zum andern und begriff überhaupt nichts mehr. Außerdem brummte ihm immer noch etwas der Schädel. Da betraten einige Männer mit Maschinenpistolen den Raum. Ihre Helme waren regennaß und glänzten. Und im getrübten Bewußtsein des Hauptmanns dämmerte eine Vermutung auf.
»Wer ist das?« fragte der Große, Stämmige in reinstem Russisch.
»Der Gefangene, Genosse General«, sagte Bukaschew und trat vor. »Der Hauptmann der Gestapo.«
»Der?« fragte der General.
»Wieso denn Gestapo!« widersprach Rewkin und machte einige kurze Angaben zur Person des Hauptmanns Miljaga.
»Aber ich habe ihn doch verhört«, sagte Bukaschew ratlos. »Er sagte, er hätte Kommunisten und Parteilose erschossen.«
»Ich verstehe überhaupt nichts mehr«, gestand Drynow. »Vielleicht sagt er selber mal was. Wer bist du?« wandte er sich direkt an Miljaga.
Miljaga war ratlos, bestürzt und zerschmettert. Er selber verstand hier am allerwenigsten. Wer waren diese Menschen? Und wer war er selber?
»Ich bin . . .«
»Da siehst du es.« Der General drehte sich zu Rewkin um. »Ich sage dir, das ist ein Deutscher.«
»Nein, nein!« schrie Miljaga, von Entsetzen gepackt und brachte alle ihm bekannten Worte aller Sprachen durch-

einander. *»Ich nix Deutscher. Ich russkij, ich russkij, Genosse General.«*
»Du bist doch kein Russe, der Teufel soll deine Mutter vögeln, wenn du kein vernünftiges russisches Wort herausbringst!«
»Doch, doch, ich bringe, ich bringe ein Wort heraus«, beteuerte Miljaga und legte die Hand auf die Brust. »Ich bringe viele Worte heraus.« Und um den General davon zu überzeugen, rief er: »Es lebe Towaristsch Gitler!«
Natürlich hatte er einen anderen Namen nennen wollen. Es war einfach ein Irrtum. Ein tragischer Irrtum. Doch der bedrückende Zustand, in dem er sich seit seiner Gefangennahme befand, hatte in seinem Hirn alles durcheinandergebracht. Nachdem er diesen letzten Satz herausgeschrien hatte, griff der Hauptmann sich mit beiden Händen an den Kopf, kippte um und begann sich auf dem Boden zu wälzen. Er begriff, daß man ihm jetzt nicht mehr verzeihen würde, und auch er selber hätte sich nicht verziehen.
»Erschießen«, sagte der General und machte eine abwinkende Handbewegung.
Zwei Soldaten aus der Wachmannschaft des Generals packten Hauptmann Miljaga bei den Armen und schleiften ihn zum Ausgang. Der Hauptmann wehrte sich und rief irgendwelche Worte, russische vermischt mit deutschen, wobei sich herausstellte, daß er diese Fremdsprache doch zu gut kannte. Die Spitzen seiner verdreckten chromledernen Stiefel zeichneten auf dem spreubedeckten Boden der Scheune zwei verschlungene Furchen.
So manchem, der ihn sah, krampfte sich das Herz vor Mitleid zusammen. Auch Leutnant Bukaschew erging es so, obwohl ihm sein Verstand sagte, daß der Hauptmann sein Los vollauf verdient hatte.
Und der Chef des SMERSCH dachte, als sein Blick den Kollegen auf dem letzten Weg begleitete: »Welch ein

Dummkopf bist du doch, Hauptmann! Welch ein Dummkopf!«
Und wirklich, Hauptmann Miljaga, noch eben der Schrecken des Rayons, starb durch ein reines Mißverständnis. Hätte er nämlich, als man ihn verhörte, die Lage richtig eingeschätzt und begriffen, daß er es mit den eigenen Leuten zu tun hatte, dann hätte er nie und nimmer von der russischen Gestapo gesprochen. Und natürlich hätte er auch keine antisowjetischen Losungen wie »Heil Gitler!«, »Stalin kaputt« und ähnliches mehr gerufen. Nie und nimmer. Und man hätte ihn weiter für einen ausgezeichneten Patrioten gehalten. Und es kann gut sein, daß er sich bis zum General hochgedient hätte und jetzt eine gute Pension beziehen würde. Und daß er der wohlverdienten Muße pflegen und mit befreundeten Rentnern »Ziegenbock« spielen würde. Und daß er auf Wohnviertelebene Vorträge halten und die Jugend im Patriotismus, in guten Manieren und in der Unduldsamkeit gegenüber allen Erscheinungsformen der fremden Ideologie unterweisen würde.

39

Tschonkin ahnte nicht, welche Gefahr ihn bedrohte, doch er sah voraus, daß die Flucht des Hauptmanns ihm Unannehmlichkeiten eintragen würde.
Deshalb öffnete er kurz vor Tagesanbruch, als die Gefangenen und Njura noch im tiefen Schlaf lagen, seinen Wäschesack, zog saubere Unterwäsche an und sichtete sein Eigentum. Für den Ernstfall wollte er Njura irgend etwas als Andenken hinterlassen.
Sein Eigentum war spärlich. Abgesehen von der Unterwäsche bestand es aus zwei Paar Fußlappen, einer Nähnadel mit Garn, einem fast verbrauchten chemischen Stift und

sechs in Zeitungspapier gewickelten Fotos. Seine Kameraden in der Armee ließen sich fotografieren, um ihren Verwandten oder irgendwelchen Mädchen eine Freude zu machen. Tschonkin aber besaß niemanden, den er damit hätte erfreuen können. Deshalb hatte er noch alle sechs Fotos.

Er nahm das oberste, hielt es ans Licht und musterte sein Konterfei. Die Prüfung fiel zufriedenstellend aus. Kammerunteroffizier Trofimowitsch, der sich mit dem Fotografieren ein Taschengeld verdiente, hatte Tschonkin vor einer Kulisse fahrender Panzer und fliegender Flugzeuge zur Abbildung gebracht. Über Tschonkins Kopf wand sich als Aureole der Spruch »Gruß aus der Roten Armee«.

Tschonkin machte es sich am Tischrand bequem, befeuchtete umständlich den Stift und dachte sich einen Text aus. Endlich fiel ihm einer ein, den ihm seinerzeit Trofimowitsch empfohlen hatte. Vor Anstrengung die Zunge herausstreckend, schrieb er mit ungleichmäßigen, fast gedruckten Buchstaben:

> Dein sanfter Blick soll dieses Bild berühren,
> damit Dein Herz mein Herz tät spüren.

Nach kurzem Besinnen schrieb er hinzu: »Für Njura B. von Iwan Tsch. in den Tagen des gemeinsamen Lebens.«

Er steckte den Stift ein und legte das Foto aufs Fensterbrett.

Draußen tagte es, der Regen hatte aufgehört. Es war Zeit, Njura zu wecken und sich wenigstens kurz aufs Ohr zu legen, denn bald würde er wieder die Gefangenen zur Arbeit führen müssen und dort im freien Feld mußte er höllisch auf sie aufpassen, damit sie sich nicht wie ihr Chef verdrückten.

Es tat ihm leid, Njura zu wecken. Njura tat ihm überhaupt leid. Sie lebten schon so lange miteinander, was

mußte sie nicht alles seinetwegen erdulden, allein schon der Klatsch, und bis jetzt hatte sie sich nie beschwert. Ein einziges Mal hatte sie schüchtern darauf angespielt, daß man das Verhältnis eigentlich legalisieren könnte, damals hatte er sich damit herausgeredet, ein Rotarmist dürfe ohne die Erlaubnis seines Kommandeurs nicht heiraten. Das stimmte sogar, aber wenn er aufrichtig war, mußte er zugeben, daß es nicht um die Erlaubnis ging, sondern darum, daß er sich nicht entschließen konnte.
Iwan trat zu Njura und berührte sie an der Schulter.
»Njura, du«, sagte er zärtlich.
»Was ist?« Njura fuhr zusammen und wachte auf. Verschlafen sah sie Tschonkin mit leeren Augen an.
»Lös mich mal ab«, bat er. »Ich hab eine solche Lust auf Schlaf.«
Njura stieg gehorsam aus dem Bett, fuhr in die Stiefel, nahm das Gewehr und setzte sich neben die Tür.
Tschonkin legte sich, ohne sich auszuziehen, auf den freigewordenen Platz. Das Kissen war von Njura her noch warm. Er schloß die Augen. Kaum hatte sein Bewußtsein begonnen, sich zwischen Traum und Wirklichkeit zu verwirren, da hörte er einen sonderbar schlürfenden Laut, irgendwo ächzte etwas auf, die Fensterscheiben klirrten. Iwan war sofort wieder hellwach und setzte sich aufrecht ins Bett. Auch Swinzow und Jedrenkow wachten auf. Njura saß auf ihrem Platz, aber ihr Gesicht drückte Unruhe aus.
»Njura«, rief Tschonkin flüsternd.
»Ja«, erwiderte Njura genauso leise.
»Was ist los?«
»Ich glaub, die schießen.«
Gleich ballerte es wieder, diesmal von der anderen Seite. Tschonkin zuckte zusammen.
»Herr, Dein Wille geschehe!« hauchte Njura.
Jetzt wachten auch die anderen Gefangenen auf. Nur

Leutnant Filippow schmatzte weiter im Schlaf mit den Lippen. Swinzow stützte sich auf einen Ellbogen und sah von Njura zu Tschonkin.

»Njura«, sagte Tschonkin, während er rasch seine Stiefel zuschnürte. »Gib mir das Gewehr und nimm selber aus der Posttasche einen Revolver. Nimm den größten.«

Und ging, ohne die Wickelgamaschen anzuziehen, in den Hof hinaus. Im Hof war es still und dreckig, doch es hatte aufgehört zu regnen. Es war noch nicht taghell, aber die Sicht war gut. Das Flugzeug mit seinen seltsam gespreizten Flügeln stand an Ort und Stelle.

Tschonkin schaute sich um und staunte bei einem seltsamen Anblick.

Etwa zweihundert Meter hinter den Gemüsegärten häuften sich weiße Schneewehen.

»Was soll das nun wieder sein!« wunderte sich Tschonkin. »Wo kommt mitten im Sommer Schnee her?«

Er merkte, daß die Schneewehen sich bewegten, und zwar auf ihn zu. Nun wunderte er sich noch mehr und schaute genauer hin. Da begriff er, daß das gar keine Schneewehen waren, sondern eine Menge von Menschen, die langsam in seine Richtung krochen. Er wußte nicht, daß sie die Stoßabteilung bildeten, die den Auftrag bekommen hatte, Flaschen mit Benzin-Öl-Gemisch in Fortsetzung der Artillerievorbereitung auf den Gegner zu werfen. Bei der Einkleidung hatte sich herausgestellt, daß nicht genug Sommermäntel da waren, da hatte man den Soldaten weiße Wintertarnmäntel gegeben, die auch bei Regenwetter praktisch waren. »Das sind die Deutschen!« dachte Tschonkin. In der gleichen Sekunde fiel ein Gewehrschuß, und die Kugel pfiff an seinem Ohr vorbei. Tschonkin ließ sich hinfallen. Robbte durch den Schlamm zum rechten Fahrwerk und klemmte sein Gewehr zwischen Gestänge und Rad.

»He, ihr da, ergebt euch!« rief irgend jemand von drüben.

»Russen ergeben sich nicht!« wollte Tschonkin zurückrufen, genierte sich aber. Statt dessen legte er die Wange an den Gewehrkolben und schoß, ohne zu zielen. Da ging es los. Von der Seite des Gegners her ertönten Schüsse, ziemlich chaotisch, über Tschonkin pfiffen die Kugeln hinweg. Ein großer Teil von ihnen flog vorbei, einige jedoch trafen das Flugzeug, rissen die Verkleidung auf und prallten surrend gegen den Motor. Tschonkin preßte das Gesicht gegen die Erde. Nicht zu oft, denn er wollte Patronen sparen, schoß er ziellos in die Gegend. Das erste Magazin hatte er bald verbraucht, jetzt schob er das zweite nach. Die Kugeln pfiffen weiter an ihm vorbei, einige ganz niedrig. »Warum hat mir der Spieß keinen Helm gegeben!« haderte Tschonkin, fand aber keine Zeit weiterzudenken. Irgend etwas Weiches plumpste neben ihm auf die Erde. Tschonkin fuhr zusammen. Dann drehte er den Kopf zur Seite und öffnete ein Auge. Neben ihm lag Njura. Sie preßte sich genau wie er gegen den Boden und schoß aus zwei Pistolen gleichzeitig in die Luft. Die Tasche mit den restlichen Pistolen lag als Vorrat neben ihr.

»Njura«, sagte Tschonkin und stieß die Gefährtin an.

»Ja?«

»Warum hast du sie allein gelassen?«

»Hab keine Angst«, sagte Njura und drückte gleichzeitig auf zwei Pistolenabzüge. »Ich hab sie in den Keller gejagt und dort zugenagelt. Da, schau mal!«

Tschonkin hob den Kopf. Jetzt preschten die Weißgekleideten im Laufschritt vor.

»So werden wir mit denen nicht fertig, Njura«, sagte Tschonkin.

»Kannst du mit dem MG schießen?«

»Wo soll ich ein MG hernehmen?«

»Aus der Flugzeugkabine.«

»Richtig! Hab ich ganz vergessen!« Tschonkin sprang auf und stieß sich den Kopf an der Tragfläche. Hinter dem

Rumpf Deckung suchend, riß er die Litzen der Zeltbahn ab, kletterte auf die Tragfläche und war, ehe die Weißgekleideten reagieren konnten, bereits in der hinteren Kabine. Hier befand sich wirklich ein Drehkranz sowie ein MG mit einem vollen Kampfsatz. Tschonkin packte die Führungsgriffe. Doch das MG blieb unbeweglich. Die lange Untätigkeit und der Regen hatten den Drehkranz einrosten lassen.

Tschonkin wollte das MG mit der Schulter in Bewegung bringen, aber es blieb starr.

Da fiel ohne Schuß etwas Schweres auf die obere Tragfläche. Dann noch einmal und noch einmal. Es prasselte ringsum auf Rumpf und Tragflächen und begann stark nach so etwas wie Petroleum zu riechen. Tschonkin streckte den Kopf heraus und sah, daß von jenseits des Zaunes eine ganze Wolke Flaschen auf ihn zugeflogen kam. Die Flaschen waren mit einer gelben Flüssigkeit gefüllt. Die meisten fielen in den Schlamm, einige jedoch trafen das Flugzeug, rollten über die Tragflächen und zerschellten am Motor. (In der Folge stellte sich heraus, daß man vergessen hatte, die Männer der Stoßabteilung darauf hinzuweisen, daß man die Flaschen mit dem Benzin-Öl-Gemisch erst entzünden muß, bevor man sie gegen den Feind schleudert.)

Seitlich auf dem Flügel tauchte Njura auf.

»Njura, duck dich«, rief Tschonkin. »Sonst fliegt dir eine Flasche an den Kopf!«

»Warum werfen die mit Flaschen?« schrie ihm Njura ins Ohr und schoß mit der einen Hand in die Luft.

»Macht nichts, Njura, die liefern wir gegen Pfand ab«, scherzte Tschonkin. Dann befahl er: »Njura, du packst das Flugzeug am Schwanz und drehst es mal dahin, mal dorthin. Hast du verstanden?«

»Hab ich, hab ich!« rief Njura und rutschte auf dem Bauch zur Erde.

40

Unterdessen saß General Drynow unter den drei Deckenschichten im Unterstand und verfolgte den Kampfverlauf durchs Sehrohr. Nicht daß er ein Feigling gewesen wäre (er hatte seine Tapferkeit wiederholt bewiesen): er war einfach der Meinung, daß es einem General vom Rang her geziemt, im Unterstand zu sitzen und sich ausschließlich im Schützenpanzerwagen vorwärts zu bewegen. Durchs Sehrohr sah er, wie seine Truppen zunächst kriechend, dann in kurzem Laufschritt und Sprüngen in Richtung auf das äußerste Haus vorrückten. Auch von dort wurde geschossen, aber spärlich. Der General befahl dem Fernmelder, ihn mit dem Kommandeur des angreifenden Bataillons zu verbinden und erteilte diesem den Befehl, den Angriff einzuleiten.

»Jawohl, Genosse General!« erwiderte der Bataillonskommandeur in den Hörer.

Bald machte sich in der Kette der Angreifenden eine verstärkte Bewegung bemerkbar.

Die Soldaten der Stoßabteilung robbten in ihren weißen Tarnmänteln bis dicht an den Zaun heran. Der General sah, wie sie sich der Reihe nach erhoben und mit den Armen fuchtelten. »Sie werfen die Flaschen«, erriet der General.

Aber warum waren keine Flammen zu sehen?

Der General ließ sich wieder mit dem Bataillonskommandeur verbinden.

»Warum brennen die Flaschen nicht?«

»Kann ich selber nicht verstehen, Genosse General.«

»Sind sie mit Streichhölzern angezündet worden?« fragte der General mit drohender Stimme.

Man konnte hören, wie der Bataillonskommandeur laut in den Hörer atmete.

»Ich frage dich«, beharrte Drynow, »sind die Flaschen

angezündet worden oder nicht?«
»Nein, Genosse General.«
»Warum nicht?«
»Ich wußte nichts davon, Genosse General«, gestand der Bataillonskommandeur nach einem kurzen Schweigen.
»Vor dem Kriegsgericht erzählen sie es dir«, versprach der General. »Welcher Kommandeur ist außer dir noch da?«
»Leutnant Bukaschew.«
»Übergib ihm das Kommando und begib dich in Arrest.«
»Jawohl, Genosse General«, erwiderte der Kommandeur mit ersterbender Stimme.
In diesem Augenblick begann ein Maschinengewehr zu knattern. Der General warf verwundert den Hörer hin und hielt sein Auge ans Sehrohr.
Er sah, daß die Angriffsketten zu Boden gegangen waren, während die Soldaten der Stoßabteilung gegen die Erde gepreßt zurückrobbten. Ihre weißen Mäntel waren jetzt nicht mehr allzu weiß oder besser gesagt ganz und gar nicht mehr weiß. Sie eigneten sich durchaus zur Tarnung.
Der General rückte das Sehrohr ein wenig nach links und sah, daß das MG-Feuer aus dem Flugzeug kam, das, von einer unbegreiflichen Kraft bewegt, auf der Stelle rotierte.
»Wessen Mutter soll denn da der Teufel vögeln«, wunderte sich der General, aber dann staunte er noch mehr. Eine Person von offensichtlich weiblichem Geschlecht in einem geblümten Kleid, in offener Weste und einem auf die Schultern gerutschten Halstuch hatte das Flugzeug am Heck gepackt und drehte es herum. Gerade drehte sich das Flugzeug mit der Seite dem General zu, und dieser erkannte auf dessen Heck deutlich einen Stern. »Ist es eines von unseren?« fuhr es dem General durch den Kopf. Nein, das konnte nicht sein. Es war die übliche feindliche Finte. Deswegen drehte dieses Weib das Flugzeug hin und her, damit die Täuschung perfekt war. Er wendete sich

wieder dem Feldfernsprecher zu und rief den Regimentskommandeur an.
»Hör mal, Zweiter, hier spricht Erster!« sagte der General. »Wieviel Geschosse sind noch in unserem Geschütz?«
»Noch eines, Genosse Erster.«
»Ausgezeichnet«, sagte der General. »Gib den Befehl, das Geschütz bis zu jenem Scheißhaus zu schieben, auf dem irgend etwas in ausländischen Buchstaben geschrieben steht. Und dann direktes Feuer!«
»Aber das MG, Genosse Erster!«
»Was ist mit dem MG?«
»Das läßt uns nicht ran. Da werden Leute sterben.«
»Da werden Leute sterben!« donnerte der General. »Du bist mir der richtige Humanist. Dafür ist der Krieg ja da, daß sie sterben. Das Geschütz ranschieben! Das ist ein Befehl!«
»Zu Befehl, Genosse Erster.«
In diesem Augenblick verstummte das Maschinengewehr. Nachdem Tschonkin den Angriff abgeschlagen hatte, nahm er seine Finger vom Abzug. Sofort trat eine solche Stille ein, daß es einem in den Ohren klang. Auch von der Seite des Gegners wurde nicht mehr geschossen.
»Njura«, sagte Tschonkin und drehte sich um.
»Was ist?« Njura lehnte gegen das Flugzeugheck und atmete schwer, ihr Gesicht war gerötet und feucht, als wäre sie in der Sauna gewesen.
»Du lebst ja noch«, lächelte ihr Tschonkin zu. »Ruh dich jetzt ein wenig aus.«
Es war schon ganz hell geworden. Tschonkin konnte sowohl die Leute in den schmutzigen Tarnmänteln, die die Flaschen geworfen hatten, als auch die anderen in den grauen Uniformmänteln, deren Zahl viel größer war, deutlich erkennen. Doch sie lagen alle da, ohne irgendwelche Lebenszeichen von sich zu geben, und sogar das Gefühl der Gefahr schien sich zu verflüchtigen.

Irgendwo krähte laut ein Hahn, ein anderer antwortete, ein dritter schloß sich ihnen an.
»Die krähen nicht schlecht«, dachte Tschonkin, ohne zu bemerken, daß die Artilleristen ihr Fünfundvierzigmillimeter-Geschütz vorschoben, gedeckt durch das fremdländisch beschriftete Klosett Gladyschews.
»Njura«, sagte Tschonkin zärtlich, »hast du ausgeruht?«
»Was ist denn?« Njura betupfte ihr Gesicht mit einem Ende des Halstuchs.
»Bring mir Wasser. Ich hab Durst. Aber beeil dich, sonst erschießen sie dich.«
Njura rannte gebeugt ins Haus hinüber.
Es knallte ein verspäteter Schuß, aber Njura war bereits um die Ecke.
Als sie im Haus war, warf sie zuerst einen Blick auf die Falltür zum Keller, aber in dieser Hinsicht war alles in Ordnung, die Gefangenen saßen dort unten und rührten sich nicht.
Njura schöpfte etwas Wasser aus dem Eimer. In diesem Augenblick ertönte eine so ohrenbetäubende Detonation, daß sich der Fußboden unter ihr drehte. Im Fallen hörte sie, wie das Glas klirrend aus den Fensterrahmen sprang.

41

Der Kanonenschuß war sehr erfolgreich. Die einzige vorhandene Granate traf genau ins Ziel. Die Soldaten lagen weiter gegen den Boden gepreßt und warteten, daß der Gegner das Feuer erwiderte. Doch das tat er nicht.
Da erhob sich der zeitweilig die Pflichten des Kommandeurs des ersten Bataillons wahrnehmende Leutnant Bukaschew auf alle Viere.
»Fürs Vaterland!« rief er mit vor Erregung heiserer Stimme. »Für Stalin! Hurraaa!«

Er sprang auf und rannte mit seiner Pistole fuchtelnd durch das nasse Gras.
Einen Augenblick lang schien ihm das Herz stehenbleiben zu wollen. War er der einzige, folgte ihm keiner? Aber schon in der nächsten Sekunde hörte er hinter seinem Rücken ein mächtiges »Hurra!« und das Getrampel einiger Dutzend Füße. Gleichzeitig bemerkte er das zweite Bataillon, welches, ebenfalls mit einem Hurra! auf den Lippen, in lockerer Kette die Dorfstraße entlanglief, während das dritte Bataillon das Dorf umgangen hatte und vom Fluß her vorrückte.
Leutnant Bukaschew sprang mit seinen Männern als erster über den Zaun und stürmte in den Gemüsegarten. Was er dort zu sehen bekam, erschien ihm indessen völlig unglaubwürdig. Er sah keine Berge feindlicher Leichen und keine sich in Panikstimmung ergebenden gegnerischen Soldaten. Er sah ein zusammengeschossenes Flugzeug, dessen rechte obere Tragfläche von einem Granatsplitter wegrasiert worden war und bloß noch an dünnen Trossen hing, während das Heck überhaupt ganz woanders lag.
Nicht sehr weit weg von dem Flugzeug lag auf der durch den Kanonenschuß umgepflügten Erde ein Rotarmist mit blauen Kragenspiegeln. Über ihn gebeugt, schluchzte eine Frau in offener Weste und mit zerzausten Haaren.
Bukaschew blieb stehen. Auch die hinter ihm herlaufenden Soldaten hielten ein. Die Hinteren stellten sich auf die Zehenspitzen, um besser sehen zu können, was sich weiter vorn abspielte. Der Leutnant trat verlegen von einem Fuß auf den anderen und nahm dann den Helm ab. Die Soldaten folgten seinem Beispiel.
Jetzt kam auch Oberst Lapschin hinzu. Auch er nahm seinen Helm ab.
»Wie ist der Name des Rotarmisten?« fragte er die Frau.
»Das ist der Tschonkin Iwan, mein Ehegemahl«, sagte

Njura tränenüberströmt.
Dann kam mit Gepolter ein Schützenpanzerwagen angefahren. Aus dem Wagen sprangen einige Männer mit Maschinenpistolen. Sie drängten die Rotarmisten beiseite, um dem ebenfalls dem Wagen entstiegenen General einen Weg zu bahnen. Damit der Divisionskommandeur die Beine nicht heben mußte, wurde ein Teil des Zauns demontiert. Der General verschränkte die Hände im Rükken und legte ohne große Eile den Weg zum Flugzeug zurück. Als er den auf dem Boden liegenden Tschonkin erblickte, nahm er sofort die Kosakenmütze ab.
Jetzt kam Oberst Lapschin angelaufen.
»Genosse General«, meldete er. »Der Auftrag zur Ausschaltung der Tschonkinbande ist ausgeführt.«
»Ist das Tschonkin dort am Boden?« fragte der General.
»Jawohl, Genosse General, das ist Tschonkin.«
»Und wo ist die Bande?«
Der Oberst drehte verwirrt den Kopf hin und her. Da ging die Tür des Bauernhauses auf, und einige bewaffnete Rotarmisten trugen mehrere gefesselte Menschen in grauen Uniformen heraus.
»Da ist sie, die Bande«, sagte einer der weiter hinten stehenden Rotarmisten.
»Das ist doch keine Bande«, sagte Rewkin, der sich auch gerade eingefunden hatte. »Das sind unsere Kameraden.«
»Wer hat sie Bande genannt?« fragte der General und starrte die von hinten andrängenden Rotarmisten an. In deren Reihen machte sich Verlegenheit breit. Die Soldaten wichen zurück. Jeder war bemüht, sich hinter dem Rükken eines anderen zu verbergen.
»Löst die Fesseln!« befahl der General dem Oberst Lapschin.
»Löst die Fesseln!« befahl der Oberst dem Leutnant Bukaschew.
»Löst die Fesseln!« befahl Bukaschew den Soldaten.

»Aber wo ist denn nun die Bande?« fragte der General, zu Rewkin gewandt.
»Das müssen Sie den da fragen«, sagte Rewkin und zeigte auf den Kolchosvorsitzenden Golubew, der gerade in seinem Zweiradwagen angefahren kam. »Iwan Timofejewitsch!« rief er ihm zu. »Wo ist denn nun die Bande?«
Golubew band sein Pferd an den Zaun und trat hinzu.
»Was für eine Bande?« fragte er, seinen gestrigen Zechkumpanen voller Mitgefühl anblickend.
»Wieso denn«, erregte sich Rewkin. »Ich hab dich doch damals angerufen und dich wegen der Genossen gefragt: wer sie verhaftet hätte? Und du hast mir wörtlich gesagt: ›Der Tschonkin mit seiner Miliz.‹«
»Hab ich nicht gesagt«, konterte Golubew. »Ich hab was anderes gesagt. Ich hab gesagt: ›Der Tschonkin mit seiner Mieze.‹ Mit der Njura, die jetzt drüben heult.«
Als Njura ihren Namen hörte, begann sie noch heftiger zu schluchzen. Eine ihrer heißen Tränen fiel auf Tschonkins Gesicht. Tschonkin zuckte zusammen und öffnete die Augen, denn er war nicht tot, sondern bloß betäubt.
»Er lebt! Er lebt!« tuschelten die Soldaten.
»Iwan!« rief Njura. »Du lebst!«
Sie begann, sein Gesicht mit Küssen zu bedecken.
Tschonkin rieb sich die Schläfe.
»Ich muß lange geschlafen haben«, sagte er zweifelnd und sah plötzlich die über ihn gebeugten vielen neugierigen Gesichter. Tschonkin runzelte die Stirn und ließ den Blick auf einem der über ihn Gebeugten ruhen: auf dem Mann mit der Kosakenmütze in der Hand.
»Wer ist das?« fragte er Njura.
»Weiß der Teufel«, sagte Njura. »Irgendso ein Chef, ich kenne mich in Chefs nicht aus.«
»Das ist ein General, Njura«, belehrte sie Tschonkin.
»Jawohl, mein Sohn, ich bin General«, sagte der Mann mit der Kosakenmütze sanft.

Tschonkin blickte ihn mißtrauisch an.
»Sag mal, Njura«, fragte er erregt. »Könnte es sein, daß ich noch schlafe?«
»Nein, Iwan, du schläfst bestimmt nicht.«
Tschonkin war nicht ganz überzeugt, dachte aber, daß ein General ein General ist, selbst noch im Traum, und daß man sich entsprechend an ihn wenden muß. Er tastete die Erde neben sich ab, fand sein Käppi und stülpte es sich über die Ohren. Dann erhob er sich auf die nicht ganz sicheren Beine und legte, mit schwindelndem Kopfe und Übelkeit im Mund, die gespreizten Finger an die Schläfe.
»Genosse General«, sagte er und schluckte den Speichel hinunter, »während der Zeit Ihrer Abwesenheit gab es keinerlei Anwesenheit . . .«
Er wußte nicht weiter und verstummte. Mit den Augenlidern klappernd, blickte er auf den General.
»Sag mal, mein Sohn«, sagte der General und setzte sich die Kosakenmütze wieder auf, »hast du wirklich ganz allein gegen ein ganzes Regiment gekämpft?«
»Nicht ganz allein, Genosse General!« Tschonkin zog den Bauch ein und streckte die Brust raus.
»Also nicht ganz allein?« freute sich der General. »Aber mit wem?«
»Mit der Njura, Genosse General!« brüllte Tschonkin, mehr und mehr zu Kräften kommend.
Die Rotarmisten brachen in Gelächter aus.
»Wer hat da gelacht?!« Die Augen des Generals schossen ergrimmt in die Menge. Das Lachen verstummte sofort. »Da gibt es nichts zu lachen, der Teufel soll eure Mütter vögeln«, fuhr der General fort und ließ sich alle einschlägigen Ausdrücke wieder einfallen. »Ihr Armleuchter, der Teufel soll dreimal . . . Ein ganzes Regiment konnte mit einem einzigen mickrigen Krieger nicht fertigwerden! Du Tschonkin, das sag ich dir ins Gesicht, du bist ein Held, obwohl du nicht danach aussiehst. Im Namen des Ober-

kommandos, der Teufel soll deine Mutter . . ., spreche ich dir den Dank aus und verleihe dir einen Orden.«
Der General griff sich unter die Zeltbahn, nahm einen Orden von seiner Brust und heftete ihn an Tschonkins Bluse. Tschonkin stand stramm, schielte erst auf den Orden und dann auf Njura. Er dachte, es wäre nicht übel, sich jetzt fotografieren zu lassen, sonst glaubte hinterher niemand, daß der General persönlich ihm den Orden gegeben hatte. Er dachte an Samuschkin, an Hauptfeldwebel Pesskow, an Kammerunteroffizier Trofimowitsch. Vor denen müßte man sich jetzt zeigen!
»Genosse General, darf ich mich an Sie wenden!« sagte Leutnant Filippow und warf zackig die Hand an die Schläfe.
Der General fuhr zusammen und blickte den Leutnant nicht gerade freundlich an. Kaum hatte man den Kerl losgebunden, da wollte er schon seinen Senf dazugeben.
»Sprich«, sagte der General.
»Bitte sich mit diesem Schriftstück vertraut zu machen!«
Der Leutnant entfaltete ein Blatt Papier, das rechts unten in der Ecke ein Loch hatte. Der General nahm das Papier und begann es langsam zu lesen. Es war ein Haftbefehl. Er war auf den Namen des Landesverräters Tschonkin, Iwan Wassiljewitsch, ausgestellt.
»Und wo ist das Siegel?« fragte der General in der Hoffnung, daß diesem Schriftstück die gesetzliche Legitimation fehlte.
»Das Siegel wurde im Gefecht weggeschossen«, sagte der Leutnant mit Würde und schlug die Augen nieder.
»Nun, wenn das so ist . . .«, sagte der General verlegen, »ja, wenn das so ist . . . Dann allerdings . . . Ich habe keinen Anlaß, Ihnen nicht zu glauben. Ergreifen Sie geeignete Maßnahmen.« Er trat zurück und gab dem Leutnant den Weg frei. Der Leutnant ging auf Tschonkin zu und packte mit zwei Fingern, wie mit der Kneifzange,

den gerade erst verliehenen Orden. Tschonkin wich instinktiv zurück, aber es war zu spät. Der Leutnant zerrte an dem Orden und riß zusammen mit dem Orden ein Stück von der Bluse weg.
»Swinzow! Chabibullin!« kommandierte der Leutnant. »Den Verhafteten festnehmen!«
Tschonkin wurde an den Armen gepackt. Durch die Reihen der Rotarmisten ging ein Raunen. Neimand verstand etwas.
General Drynow entsann sich der erzieherischen Pflichten des Kommandeurs, wandte sich an die Einheit und verkündete: »Genossen Soldaten, mein Befehl bezüglich der Auszeichnung des Gemeinen Tschonkin wird rückgängig gemacht. Gemeiner Tschonkin hat sich als Vaterlandsverräter entpuppt. Als Held hat er sich bloß aufgespielt, um sich in unser Vertrauen einzuschleichen. Ist das klar?«
»Ist klar«, brüllten die Soldaten nicht gerade überzeugt.
»Oberst Lapschin«, sagte der General, »lassen Sie das Regiment antreten und zur Verladung in den Transportzug abmarschieren.«
»Zu Befehl, Genosse General!«
Oberst Lapschin rannte zur Straße hinüber, stellte sich mit dem Rücken zum Dorf auf und legte die Hände an die Hosennaht.
»Regiment herhören!« krähte er, nicht schlechter als vorhin die Hähne. »Nach Bataillonen in Viererkolonnen aufstellen!«
Während das Regiment auf der Dorfstraße antrat, stieg der General mit Rewkin in den Schützenpanzerwagen und fuhr davon. Auch Golubew suchte sicherheitshalber das Weite.
Endlich stand das Regiment da und nahm die ganze Straße von einem Ende des Dorfes bis zum andern ein.
»Richt euch!« kommandierte der Oberst. »Stillgestanden! Vorwärts marsch! Ein Lied!«

Die Soldatenstiefel polterten über die Dorfstraße. Aus der Mitte der Marschkolonne stieg die hohe Stimme des Vorsängers auf:

Es ritt ein Reitersmann zu Tale
durch das kaukasische Gefild ...

Hunderte von Kehlen nahmen die Melodie auf:

Es ritt ein Reitersmann zu Tale
durch das kaukasische Gefild!

Die kleinen Dorfjungen rannten an der Kolonne entlang und versuchten, in den Gleichschritt zu fallen. Die Dorfweiber winkten mit ihren Tüchern und trockneten die Tränen.
Hinter dem Regiment her zog eine lahme Mähre das Fünfundvierzig-Millimeter-Geschütz, hinter dem Geschütz fuhr auf seinem Wägelchen Bürgerkriegsinvalide Ilja Shikin in seiner Budjonnyjmütze. Als er die Dorfmitte erreicht hatte, gab er auf und kehrte um.
Bald nach dem Abzug des Regiments sahen die Bewohner von Krassnoje, wie ein Anderthalbtonnenlaster aus dem Hof von Njuras Haus fuhr.
Der Leutnant saß in der Fahrerkabine neben dem Fahrer. Die übrigen vier Mann hielten den hinten im Laderaum aufrecht stehenden Tschonkin fest, der aber keine Anstalten machte, sich loszureißen.
Hinter dem Laster her rannte, schluchzend und stolpernd, Njura. Das Kopftuch war ihr auf die Schultern gerutscht, das Haar war zerzaust.
»Iwan!« schrie Njura schluchzend. »Iwaniwaniwan!« Sie rannte und streckte im Rennen die Arme nach dem Laster aus.
Um dieses unliebsame Schauspiel zu beenden, befahl der

Leutnant dem Fahrer, schneller zu fahren. Der Fahrer gab Gas. Njura hielt den Wettlauf nicht aus, stolperte noch ein letztes Mal und stürzte. Aber auch im Liegen streckte sie weiter die Arme in Richtung des sich rasch entfernenden Lasters aus . . . Tschonkins Herz krampfte sich aus Mitleid mit Njura zusammen, er versuchte sich loszureißen, aber das half nichts, sie hielten ihn fest.
»Njura!« rief er und drehte den Kopf verzweifelt hin und her. »Weine nicht, Njura! Ich komme wieder!«

42

Am gleichen Tag gegen Sonnenuntergang verließ Magazinverwalter Gladyschew sein Haus, um den Ort des Gefechts zu besichtigen.
Da er nun, etwa anderthalb Kilometer vom Dorf entfernt, hinter dem Hügel übers Stoppelfeld ging, fand er ein von einer verirrten Kugel getötetes Pferd. Zunächst dachte Gladyschew, es sei ein fremdes Pferd, aber als er näher trat, erkannte er den Wallach Ossoawiachim. Der Gaul war offenbar auf der Stelle tot gewesen. Neben seinem Ohr sah man eine schwarz eingerissene Wunde, von der sich eine eingetrocknete Blutspur zum Maul hinzog. Über den toten Ossoawiachim gebeugt, konnte sich Gladyschew ein Lächeln nicht verkneifen. Wenn er ehrlich war, mußte er sich eingestehen, jenem sonderbaren Traum ein klein wenig Glauben geschenkt zu haben. Natürlich nicht ganz, aber doch in gewissem Maß. Alles paßte so ineinander, daß es einem wahrlich schwer war, nicht in seinen unmystischen Überzeugungen irre zu werden. Wenn er es irgend jemandem erzählen würde . . . Das gäbe Gelächter und Schmach, Schmach und Gelächter.
Plötzlich bemerkte Gladyschew, daß ein Vorderhuf des Gauls ohne Hufeisen war.

»Das hat noch gefehlt«, murmelte er, doch als er sich etwas tiefer beugte, machte er eine zweite Entdeckung. Zwischen Huf und Erde steckte ein Stück Papier. Vom Vorgefühl des Ungewöhnlichen erfaßt, griff Gladyschew nach dem Papier, hielt es sich vors Gesicht und erstarrte zur Salzsäule.

Trotz der sich verdichtenden Dämmerung und seinen nicht überaus scharfen Augen entzifferte der Pflanzenzüchter die mit großer, noch etwas kindlicher Schrift geschriebenen, durch trockene Flecken von Blut und Schlamm hervortretenden Worte:

»Wenn ich im Kampf falle, dann betrachtet mich als Kommunisten.«

»Herrgott!« rief Gladyschew und bekreuzigte sich zum ersten Mal seit vielen Jahren.

1963–1970

Russische Literatur im Diogenes Verlag

Andrej Amalrik
Kann die Sowjetunion das Jahr 1984 erleben?
Essay. Deutsch von Bernd Nielsen-Stockeby. detebe 5

Anton Čechov
Das dramatische Werk
Neu übersetzt und herausgegeben von Peter Urban:
Die Möwe. Komödie in vier Akten. detebe 50/1
Der Waldschrat. Komödie in vier Akten. detebe 50/2
Der Kirschgarten. Komödie in vier Akten. detebe 50/3
Onkel Vanja. Szenen aus dem Landleben in vier Akten. detebe 50/4
Ivanov. Drama in vier Akten. detebe 50/5
Drei Schwestern. Drama in vier Akten. detebe 50/6
Platonov. Das ›Stück ohne Titel‹. detebe 50/7

Das erzählende Werk
Deutsch von Gerhard Dick, Wolf Düwel, Ada Knipper, Hertha von Schulz, Michael Pfeiffer und Georg Schwarz. Gesamtredaktion, Anmerkungen und Nachweise von Peter Urban:
Ein unbedeutender Mensch. Erzählungen 1883–1885. detebe 50/11
Gespräch eines Betrunkenen mit einem nüchternen Teufel. Erzählungen 1886. detebe 50/12
Die Steppe. Erzählungen 1887–1888. detebe 50/13
Flattergeist. Erzählungen 1888–1892. detebe 50/14
Rothschilds Geige. Erzählungen 1893–1896. detebe 50/15
Die Dame mit dem Hündchen. Erzählungen 1897–1903. detebe 50/16
Eine langweilige Geschichte / Das Duell. Kleine Romane I. detebe 50/17
Krankenzimmer Nr. 6 / Erzählung eines Unbekannten. Kleine Romane II. detebe 50/18
Drei Jahre / Mein Leben. Kleine Romane III. detebe 50/19
Die Insel Sachalin. Ein Reisebericht. detebe 50/20

Briefe in fünf Bänden
Neu übersetzt und herausgegeben von Peter Urban.
Briefe 1877 – März 1889
Briefe März 1889 – März 1892
Briefe März 1892 – August 1897
Briefe September 1897 – Oktober 1901
Briefe 1901–1904

Nikolai Gogol
Die Nase
Ausgewählte Erzählungen. Vorwort und Übersetzung von Sigismund von Radecki. detebe 138

Die toten Seelen
Roman. Deutsch von Philipp Löbenstein. detebe 141

Iwan Gontscharow
Ein Monat Mai in Petersburg
Ausgewählte Erzählungen. Deutsch von Johannes von Guenther und Erich Müller-Kamp. detebe 173

Jewgeni Jewtuschenko
Ausgewählte Gedichte
Nachgedichtet von Rainer Brambach Beat Brechbühl, Paul Celan, René Drommert, Otto Jägersberg, Günter Kunert und Peter Rühmkorf. Mit einem Nachwort von Gerd Haffmans. detebe 42

Konstantin Paustowski
Das Sternbild der Jagdhunde
Ausgewählte Erzählungen I. Deutsch von Hans Luchsinger und Rebecca Candreia. detebe 194/1

Die Windrose
Ausgewählte Erzählungen II. Deutsch von Hans Luchsinger und Rebecca Candreia. detebe 194/2

Andrej Sacharow
Wie ich mir die Zukunft vorstelle
Ein Memorandum. Deutsch von E. Guttenberger. Mit einem Nachwort von Max Frisch und den Antworten an Sacharow von Marion Gräfin Dönhoff, Jean Laloy, Pietro Quaroni, William Hayter, Louis Fischer und Heinrich Böll. detebe 79

(Samisdat)
Unruhen aus neuester Zeit
oder Die erstaunlichen Abenteuer des Wanja Chmotanow. Satire. Deutsch von ***. detebe 36

Jewgenij Samjatin
Attila, die Geißel Gottes
Geschichte. Deutsch von Xaver Schaffgotsch. Nachwort von Helen von Ssachno. detebe 174

Alexander Sinowjew
Lichte Zukunft
Roman. Deutsch von Irmgard Lorenz

Gähnende Höhen
Deutsch von Dietrich Saalfelder

Lydia Tschukowskaja
Ein leeres Haus
Roman. Deutsch von Eva Mathay. detebe 8

Untertauchen
Roman. Deutsch von Swetlana Geier. detebe 148

Wladimir Woinowitsch
Die denkwürdigen Abenteuer des Soldaten Iwan Tschonkin
Roman. Deutsch von Alexander Kaempfe. detebe 195

Liebesgeschichten aus Russland
von Alexander Puschkin bis Alexej Tolstoj. Auswahl, Übersetzung und Nachwort von Johannes von Guenther. Ein Diogenes Sonderband

Russische Kriminalgeschichten
von Iwan Turgenjew bis Fjodor Dostojewskij. Auswahl, Übersetzung und Nachwort von Johannes von Guenther. Ein Diogenes Sonderband

Anton Cechov im Diogenes Verlag

Das dramatische Werk

in der Neuübersetzung und -edition von Peter Urban: jeder Band bringt den unzensurierten, integralen, neutranskribierten Text und einen Anhang mit allen Lesarten, Textvarianten, Auszügen aus Čechovs Notizbüchern, Anmerkungen und einen editorischen Bericht:

Die Möwe
Komödie in vier Akten. detebe 50/1

Der Waldschrat
Komödie in vier Akten. detebe 50/2

Der Kirschgarten
Komödie in vier Akten. detebe 50/3

Onkel Vanja
Szenen aus dem Landleben in vier Akten. detebe 50/4

Ivanov
Drama in vier Akten. detebe 50/5

Drei Schwestern
Komödie in vier Akten. detebe 50/6

Platonov
›Das Stück ohne Titel‹ in vier Akten und fünf Bildern. Erstmals vollständig deutsch. detebe 50/7

Die detebe-Nummern 50/8–10 sind *Sämtlichen Einaktern* und den frühen *Humoresken* vorbehalten.

Das erzählende Werk

in Übersetzungen von Gerhard Dick, Wolf Düwel, Ada Knipper, Hertha von Schulz, Michael Pfeiffer und Georg Schwarz. Neutranskribiert, mit Anmerkungen und Nachweis der Erstveröffentlichungen von Peter Urban:

Ein unbedeutender Mensch
Erzählungen 1883–1885. detebe 50/11

Gespräch eines Betrunkenen mit einem nüchternen Teufel
Erzählungen 1886. detebe 50/12

Die Steppe
Erzählungen 1887–1888. detebe 50/13

Flattergeist
Erzählungen 1888–1892. detebe 50/14

Rothschilds Geige
Erzählungen 1893–1896. detebe 50/15

Die Dame mit dem Hündchen
Erzählungen 1897–1903. detebe 50/16

Eine langweilige Geschichte
Das Duell
Kleine Romane I. detebe 50/17

Krankenzimmer Nr. 6
Erzählung eines Unbekannten
Kleine Romane II. detebe 50/18

Drei Jahre · Mein Leben
Kleine Romane III. detebe 50/19

Die Insel Sachalin
Ein Reisebericht. detebe 50/20

Briefe

Die größte nicht-russische Briefausgabe in der Neuübersetzung und -edition von Peter Urban. Jeder Band enthält einen umfangreichen Anhang mit editorischem Bericht, Anmerkungen und einer Chronik; im letzten Band zusätzlich ein Personen- und Werkregister.

Briefe 1877 – März 1889
Briefe März 1889 – März 1892
Briefe März 1892 – August 1897
Briefe September 1897 – Oktober 1901
Briefe 1901–1904

Klassiker und moderne Klassiker der fremdsprachigen Literatur in Diogenes Taschenbüchern

Honoré de Balzac
Die Menschliche Komödie in 40 Bänden. detebe 130/1–40

Charles Baudelaire
Die Tänzerin Fanfarlo. Sämtliche Prosadichtungen. detebe 144

Ambrose Bierce
Die Spottdrossel. Erzählungen. detebe 10

Anton Čechov
Das dramatische Werk · Das erzählende Werk in Einzelbänden in der Neuedition von Peter Urban. detebe 50/1–20

William Faulkner
Werkausgabe in bisher 17 Einzelbänden. detebe 30/1–17

Gustave Flaubert
Briefe. Herausgegeben von Helmut Scheffel. detebe 143

Franz von Assisi
Die Werke. detebe 201

Nikolai Gogol
Die toten Seelen. Roman in zeitgenössischer Übersetzung. detebe 141

Die Nase. Erzählungen. detebe 138

Iwan Gontscharow
Ein Monat Mai in Petersburg. Erzählungen. detebe 173

D. H. Lawrence
John Thomas & Lady Jane
Die zweite und längste Fassung der ›Lady Chatterley‹. detebe 147

Sämtliche Erzählungen und Kurzromane in 8 Einzelbänden. Neuübersetzungen von Elisabeth Schnack. detebe 90/1–8

Carson McCullers
Werkausgabe in 8 Einzelbänden. detebe 20/1–8

W. Somerset Maugham
Gesammelte Erzählungen in 10 Einzelbänden. detebe 125/1–10

Herman Melville
Moby-Dick. Roman. detebe 142

Molière
Komödien und Materialien. 7 Bände Komödien in der Nachdichtung von Hans Weigel und 1 Band ›Über Molière‹ detebe 95/1–7 und 37

Sean O'Casey
Das dramatische Werk · Das autobiographische Werk in Einzelbänden. detebe 2/1–2 und 155/1

Frank O'Connor
Gesammelte Erzählungen in 6 Einzelbänden. Deutsch von Elisabeth Schnack. detebe 85/1–6

George Orwell
Farm der Tiere. detebe 63/1
Essays und Reportagen. detebe 63/2–5

Konstantin Paustowski
Ausgewählte Erzählungen. detebe 194/1–2

E. A. Poe
Der Untergang des Hauses Usher. Ausgewählte Erzählungen. detebe 105

William Shakespeare
Sonette in der Nachdichtung von Karl Kraus. detebe 137

Dramatische Werke in 10 Bänden. Schlegel-Tieck-Übersetzung. detebe 200/1–10

R. L. Stevenson
Werke in 12 Bänden. Edition und Übersetzung von Curt und Marguerite Thesing. detebe 199/1–12

Teresa von Avila
Die innere Burg. Meditationen. detebe 203

Wladimir Woinowitsch

Die denkwürdigen Abenteuer des Soldaten Iwan Tschonkin

Wladimir Woinowitschs Lebenslauf ist der eines proletarischen Schriftstellers schlechthin: 1932 in der tiefsten Provinz geboren, kein Schulabschluß, Tischlerlehre, drei Jahre Armee, schlägt sich in Moskau als Zimmermann durch, bewirbt sich mit Gedichtversuchen erfolglos beim Gorki-Institut, holt das Abitur nach, studiert kurz Pädagogik, beschließt dann aber über das zu schreiben, was er an der Gorkischen »Universität des Lebens« gelernt hat.
Nach seinen ersten Werken wird er als »begabter junger Prosaiker« bezeichnet, doch zum geplanten Teilabdruck des *Iwan Tschonkin* kommt es nicht mehr. Woinowitsch setzt sich für verfolgte Kollegen ein, 1974 wird er aus dem Schriftstellerverband ausgeschlossen.
Die Abenteuer des Braven Soldaten Tschonkin beginnen damit, daß er in ein kleines Dorf abkommandiert wird, um ein notgelandetes Flugzeug zu bewachen, und dabei die Bekanntschaft der Briefträgerin macht. Soldat Tschonkin ist fest entschlossen, die Dienstvorschriften aufs i-Tüpfelchen genau zu befolgen – und so werden *Die denkwürdigen Abenteuer des Soldaten Iwan Tschonkin* zu einer militärischen Groteske.

»Tschonkin ist der unschuldige Dummkopf, durch den die korrupte Dummheit seiner Vorgesetzten an den Tag kommt...
Ein verblüffendes, mutiges Buch: ländlicher Naturalismus, lustig und zart, aufgelockert mit reiner Phantasie und einer beißenden tiefgreifenden Satire auf institutionalisierte Furcht, Stumpfsinn, Hinterhältigkeit, Verblendung und Absurdität.
Man kann es als ein Meisterwerk neuer Form bezeichnen – sozialistischen Surrealismus – oder als das sowjetische *Catch 22,* geschrieben von einem Gogol unserer Tage.«

Theodore Solotaroff/New York Times Book Review

ISBN 3-257-**20628**-3 [8.80]